Die schöne Tote im alten Schlachthof

SABINE SCHNEIDER, geboren 1969 in Eltville am Rhein, in Göttingen aufgewachsen. Studium der Angewandten Geografie/Fremdenverkehrsgeografie an der Universität Trier. Sie lebt in Klausen/Mosel und arbeitet in Trier.
STEPHAN BRAKENSIEK, geboren 1968 in Dortmund. Studium der Kunstgeschichte, Geschichte, Politikwissenschaft und Publizistik an der Ruhr-Universität Bochum. Nach verschiedenen Tätigkeiten im Ruhrgebiet lebt und arbeitet er seit 2004 in Trier.

Im Anhang findet sich ein Glossar.

SABINE SCHNEIDER UND STEPHAN BRAKENSIEK

Die schöne Tote im alten Schlachthof

KRIMINALROMAN

emons:

Bibliografische Information der Deutschen Nationalbibliothek
Die Deutsche Nationalbibliothek verzeichnet diese Publikation in der Deutschen Nationalbibliografie; detaillierte bibliografische Daten sind im Internet über http://dnb.d-nb.de abrufbar.

MIX
Papier aus verantwortungsvollen Quellen
FSC® C083411

Umschlagfoto: photocase.de / eskemar
Umschlaggestaltung: Tobias Doetsch
Druck und Bindung: CPI – Clausen & Bosse, Leck
Printed in Germany 2012
ISBN 978-3-89705-990-0
Originalausgabe

»Menschliche Edelsteine sind selten in Gold gefasst.«

Ilse Kibgis

Prolog

Es würde eine kalte und eisige Nacht werden. Gut, dass sich der Reißverschluss der Regenjacke bis ganz unters Kinn zuziehen ließ. Zum ersten Mal seit Tagen war es windstill. Kaum ein Laut war zu vernehmen, lediglich das Rauschen des Verkehrs auf der Kölner Straße und dem Krahnenufer auf der anderen Seite des Flusses. Den ganzen Tag über hatte es geregnet, nun aber war es trocken, und die Wolkenfetzen, die über den Himmel trieben, gaben immer wieder den Blick auf den Vollmond und vereinzelte Sterne frei. Das karge Mondlicht, das durch die Wipfel der mittlerweile fast blätterlosen Bäume fiel, reichte gerade aus, um den Radweg, der parallel zur Mosel verlief, zu beleuchten.

Gott sei Dank, dass um diese Zeit keine fahrradfahrenden Touristen mehr unterwegs waren. Sie hätten ein angenehmes Laufen an der Mosel deutlich erschwert. Es war nicht mehr weit, bald würde das Ziel der Träume erreicht sein. Eine innere, kaum gekannte Erregung machte sich bemerkbar.

Nach dem Ende des Fahrradwegs ging es am Hotel Römerbrücke zur Aachener Straße hinauf und danach die Eurener Straße entlang Richtung Süden, bis nach knapp zehn Minuten das Ziel des abendlichen Fußwegs in Sicht kam.

Der Schlüssel zur Wohnung war in der Außentasche der Regenjacke. Nicht mehr lange, und sie würden sich endlich wiedersehen, nach langer Zeit wären sie dann wieder einmal ganz für sich. Liebkosungen und innige Umarmungen wurden sehnsüchtig erwartet. Hier, in dieser Umgebung, konnte man sich sicher und geborgen fühlen.

Vor dem alten Haus angelangt, war Licht durch die Vorhänge zu sehen, die die Fenster der Wohnung von innen vor neugierigen Blicken abschotteten. Alles schien vorbereitet. Das Treffen war ja seit Langem geplant.

Von außen machte das Gebäude einen mehr als heruntergewirtschafteten Eindruck; die Haustür hing nur noch schief in den Angeln. Drinnen verhielt es sich kaum besser, im Treppenhaus platzte an vielen Stellen bereits der Putz von den Wänden. Trotz der alten, ausgetretenen Holztreppe, die man kaum lautlos erklimmen konnte, glückte es, unbemerkt in den ersten Stock, in dem sich die Wohnung befand, zu gelangen. Es sollte eine Überraschung werden, deshalb war es erst sieben und nicht – wie ursprünglich vereinbart – neun Uhr. Die Wohnungstür war wie immer nicht verschlossen; das Schloss war kaputt, und anscheinend fühlte sich niemand für die Reparatur zuständig. Aber etwas lag in der Luft. Etwas stimmte nicht. Im Flur lag Kleidung auf dem Boden, darunter ein Paar Stiefel und zwei schwarze Nylonstrümpfe, und aus dem Schlafzimmer drangen Geräusche. Zwei Stimmen, die einer Frau und die eines Mannes, waren zu hören. Beide waren bekannt. Die männliche Stimme gehörte dem, um den die Gedanken des Besuchs bis eben inniglich gekreist waren. Er war der Geliebte, und er liebte zurück, zumindest hatte er das bisher immer signalisiert. Die weibliche Stimme gehörte einer ebenfalls geliebten Person.

Bis zum Schlafzimmer war es nicht weit, nur vier Schritte, leise ausgeführt, schließlich sollte keiner von ihnen etwas bemerken. Die ebenfalls ramponierte Zimmertür war nur angelehnt, sodass durch den Spalt ein Blick ins Innere möglich war. Und dann: Die Atmung schien zu versagen, der Magen krampfte sich zusammen, das Herz schlug bis zum Hals. So etwas war nicht zu erwarten gewesen. Die Frau kniete rücklings nackt auf dem Bett. Hinter ihr stand der Mann und drang mit rhythmischen Bewegungen in sie ein. Der Frau entfuhr dabei jedes Mal ein ekstatisches Stöhnen.

Ruhig, atme ruhig ein und aus. Keiner darf dich entdecken. Nicht jetzt. Diese widerlichen Schweine.

Als der erste Schock vorbei war und die Aufregung sich ein wenig gelegt hatte, war das Schauspiel, diese unwirklich erscheinende Szene, durch den Türspalt noch immer deutlich zu sehen. Es war also tatsächlich kein schlechter Traum – diese Hoffnung verflüchtigte sich, stellte sich als trügerisch heraus, wie leider schon so oft. Nein, es war die bittere Realität. Die ersten Tränen stellten sich ein. *Nur schnell raus hier. Du musst hier raus. Bloß schnell weg.*

Wieder vier große und leise Schritte zurück zur Wohnungstür. Immer noch flossen Tränen. Und in dem Augenblick, in dem sich die Wohnungstür hinter dem Besuch schloss, reifte ein Plan heran. Sie würden büßen müssen, beide.

EINS

»Ist das Kunst, oder kann das weg?«

Jeden Freitagabend, wenn Rudolph Ferschweiler auf dem Weg zu seiner Stammkneipe »Zum Standhaften Legionär« an der Mauer der Kunstakademie entlangging, musste der Trierer Hauptkommissar an den Titel der Show von Mike Krüger denken, bei dessen Witzen er sich regelrecht auf die Schenkel schlagen konnte. Seinem Cousin Gereon wäre das niemals passiert. Der war jahrelang Hausmeister an der Kunstakademie gewesen, aber nachdem er im Lotto gewonnen hatte, war er gemeinsam mit seiner Frau ins sonnige Florida entschwunden, wo er heute eine Schwimmschule betrieb. Lediglich zu Ostern schickte er noch Ansichtskarten in die alte Heimat. Ferschweiler, der niemals aus *seiner* Stadt, wie er Trier immer nannte, weggehen würde, konnte, anders als sein Cousin, sowohl mit der weiten Welt als auch mit moderner Kunst nichts anfangen. Vielmehr machte er sich oft gemeinsam mit seinen Freunden oder Kollegen über das lustig, was an der Akademie gemacht wurde. »Informel, das geht schnell«, witzelten sie beim Bier, ohne zu wissen, was mit Informel eigentlich gemeint war. Kunst war für Ferschweiler ein Buch mit sieben Siegeln, Picasso nur ein Weiberheld und Rubens lediglich ein Freund üppiger Frauen. Seine Welt war das nicht. Wozu brauchte man schon Kunst? Ihm jedenfalls lag nichts daran.

Für Ferschweiler war der 10. November dieses Jahres kein besonders guter Tag gewesen: Ein Mann hatte beim Grillen – im November! Ferschweiler konnte es noch immer nicht fassen – mit Freunden den Versuch unternommen, sich als Feuerschlucker zu betätigen. Er hatte seinen Mund mit Spiritus gefüllt und eine Fackel an die Lippen geführt, um beim Ausspucken des Alkohols eine zirkusreife Stichflamme zu produzieren. Leider hatte er damit keinen Erfolg gehabt und war zwei Stunden später im Brüderkrankenhaus gestorben. Darüber hinaus hatte es im Alleencenter neben dem Hauptbahnhof eine Messerstecherei vor dem Leergutrückgabeautomaten gegeben, und in einer Fußgängerunterführung am Moselufer war ein Toter gefunden worden. Offensichtlich ein Obdachloser, die Spurensicherung hatte jedoch keine Anzeichen für ein Gewaltverbrechen feststellen können. Anscheinend hatte der Tote bereits länger unbeachtet dort gelegen.

Trier, wie es leibt und lebt, dachte Ferschweiler. Es schien keine Rücksichtsnahme mehr in seiner Stadt zu geben, keiner übernahm noch soziale Verantwortung für seine Mitmenschen, vor allem nicht für diejenigen, denen es nicht so gut ging wie den meisten anderen. Seit er bei der Trierer Kripo war, hatte Ferschweiler nur wenige derart seltsame Tage wie den heutigen erlebt. In Trier ging es sonst eher gemütlich zu. Deshalb war er jetzt froh, bald in seinem Stammlokal sitzen und sich von seiner alten Liebe Rosemarie einen Strammen Max zubereiten lassen zu können. Sie machte den besten, davon war Ferschweiler überzeugt. Bei dem Gedanken an knusprige Spiegeleier auf gutem, deftig geräuchertem Eifeler Schinken lief ihm bereits das Wasser im Mund zusammen.

Früher war der Abschnitt der Aachener Straße zwischen der Römerbrücke und dem Bahnübergang an der Kreuzung von Martinerfeld, Hornstraße und Kölner Straße geradezu eine Kneipenmeile gewesen. Früher, als es noch den Schlachthof gegeben hatte. Aber seit der Schlachthof geschlossen worden war und die mittlerweile unter Denkmalschutz stehenden Gebäude als Domizil der Kunstakademie herhalten mussten, hatte eine Kneipe nach der anderen dichtgemacht.

Damals hieß sein Lieblingslokal »Zum alten Schlachthof«. Hinter gemütlichen Butzenglasscheiben mit Brauereimotiven ließ sich ungeniert bei Frikadelle mit Brot auch eine zweite Porz Viez genießen, ohne dass man von anderen Gästen allzu schief angeschaut wurde. Auch das »Luxemburger Eck« hatte bei Ferschweiler hoch im Kurs gestanden, denn dessen Wirtin war Rosi gewesen, die er seit seiner Schulzeit kannte. Als aber die Bitburger Brauerei kräftig die Pacht erhöht und sich zudem die Stadt überlegt hatte, den westlichen Brückenkopf der Römerbrücke »aufzuwerten«, wie es im Verwaltungsdeutsch der Beschäftigten am Augustinerhof hieß, hatte Rosi ihre Kneipe kurzerhand geschlossen und war in die seinerzeit leer stehende Gaststätte »Zum Standhaften Legionär« knapp hundert Meter weiter gewechselt. Ihr neues Lokal betrieb sie nun schon seit fünf Jahren, leider ohne sonderlich großen Erfolg.

Ferschweilers Stadtteil, Trier-West, war eben nicht gerade ein Anziehungspunkt für die vielen Touristen, die seine Stadt besuchten, ja nicht einmal für die meisten Trierer selbst. Sein Freund Berthold, der auf dem Gelände der Universität ein Bistro des Studierendenwerks leitete, beteuerte immer wieder stolz, dass er in seinem ganzen Leben noch nie einen Fuß in den Stadtteil gesetzt habe, aus dem Ferschweiler stammte. Viel zu gefährlich sei ihm das und für sein Auto auch aufgrund des Zustands der Straßen gar nicht zu empfehlen. Er hielt sich anscheinend für etwas Besseres und die Einwohner von Trier-West allesamt für kriminell.

Ferschweiler konnte über so viel Ignoranz nur lachen. Zwar war auch er in einer Straße aufgewachsen, in der schon einmal Schüsse fielen oder morgens die Frauen beim Wäscheaufhängen nur mühsam ihre blauen Flecken und blutunterlaufenen Augen verbergen konnten, aber Ferschweiler war nun einmal einer von hier. Für ihn waren die Straßen zwischen den ehemaligen französischen Kasernen und der Kurfürst-Balduin-Hauptschule seine Heimat. Hier hatte er schon als Kind gespielt, hier war er zur Schule gegangen. Und hier, auf der Kurfürst, hatte er auch Rosemarie Geib kennengelernt.

Ferschweiler ging die letzten Meter bis zur Kneipe, stieg die drei Stufen zur Tür hinauf und betrat den schummrigen Schankraum. Keiner nahm wirklich von ihm Notiz, alle kannten ihn und respektierten ihn, sie nannten ihn hier nur den »Sheriff«, als einen der ihren.

»Hallo, Rudi«, begrüßte ihn Rosi. »Brauchst gar nichts zu sagen. Ich sehe es dir an. War ein Scheißtag, oder?«

»Lass uns nicht darüber sprechen. Jetzt ist Feierabend, und ich freue mich auf ein Stubbi.«

»Kommt sofort«, trällerte die begehrte Wirtin, die heute, wie Ferschweiler fand, besonders hübsch aussah in ihrer rosa geblümten Bluse.

Ferschweiler setzte sich auf einen freien Hocker an der Theke. Gerade jetzt, am Ende dieses allzu langen Tages, hätte er sich gern eine Zigarette angezündet. Das war auch ein Vorteil des »Standhaften Legionärs«: Hier durfte noch geraucht werden. Aber Ferschweiler war schon seit fast sechs Jahren ohne Nikotin. Nur in Momenten hoher Anspannung hatte er noch manchmal Lust auf eine Zigarette. Doch bisher war er immer standhaft geblieben, so wie der Namensgeber von Rosis Pilsstube.

Nach dem ersten Schluck aus der kleinen braunen Flasche, die Rosi ihm mit einem Lächeln hingestellt hatte, entspannte er sich allmählich. Vielleicht würde dieser Tag doch noch ein gutes Ende nehmen.

Das Läuten seines Handys riss ihn aus seinen Gedanken, die ihm ein leichtes Lächeln aufs Gesicht gezaubert hatten.

»Ja, Ferschweiler hier.«

Es war Wim de Boer, sein neuer Assistent, der erst seit ein paar Monaten in der Moselmetropole arbeitete.

»Rudi, wir haben eine Tote. Kannst du bitte kommen?«

»Wohin?«, fragte Ferschweiler missmutig. Ein angenehmer Abschluss dieses Tages schien in weite Ferne zu rücken.

»Aachener Straße, Kunstakademie. Atelier C. Die Kollegen von der Spurensicherung sind schon unterwegs, und ich fahre jetzt auch direkt los.«

»Wir sehen uns gleich«, knurrte Ferschweiler und legte auf.

Wenigstens hatte er es nicht weit. Bis sein Kollege und das Team der Spurensicherung eintreffen würden, konnte er noch in Ruhe bei Rosi sein Stubbi leeren – das war zumindest ein kleiner Trost. Also blieb Ferschweiler erst einmal sitzen und widmete sich der fast leeren Flasche vor ihm auf dem Tresen. Wenige Minuten später stand er auf und verabschiedete sich von Rosi.

»Schade, dass du schon wegmusst«, sagte sie sichtlich enttäuscht.

»Schreib's auf meinen Deckel, wenn noch Platz ist«, erwiderte Ferschweiler schon im Gehen und lächelte ihr zu.

»Bis bald, mein Schöner!«

Draußen war es inzwischen schon dunkel geworden. Der Winter kam immer näher. Mit hochgeschlagenem Kragen wandte sich Ferschweiler nach rechts Richtung Kunstakademie.

»Mein Schöner«. Er hatte es noch gehört. Man nannte ihn schon seit seiner Jugend den »schönen Rudi«. Warum, wusste er selbst nicht wirklich. Er war ein eher bescheidener Typ, der nie besonderen Wert auf sein Äußeres gelegt hatte. Als unauffällig hätte er sich selbst bezeichnet – besondere Merkmale: keine. Für teure Klamotten hatte es in seiner Familie kein Geld gegeben.

An der Kurfürst, wie alle die Schule in seinem Jugendrevier, in dem er immer noch wohnte, nannten, hatte er damit keine Probleme gehabt. Aber auf dem Gymnasium, auf das auch Kinder aus anderen Stadtteilen gingen, verhielt es sich anders, die Unterschiede wurden deutlich: Wrangler und Levi's auf der einen Seite, No-Name-Klamotten auf der anderen. Dem jungen Ferschweiler war das egal gewesen. Ihm war es lediglich darum gegangen, ein gutes Abitur zu machen. Er wollte im Leben etwas erreichen, wollte schon früh Polizist werden, Verantwortung übernehmen. Für ihn war das keine Entscheidung gewesen, mit der er sich schwergetan hätte. Das große Geld hatte er dabei nie im Sinn gehabt. Vielmehr liebte er seine Stadt und seinen Kiez so sehr, dass er sich für beides einsetzen wollte.

Heute, sein dichtes schwarzes Haar wurde allmählich grau, wirkte er im Polizeipräsidium manchmal wie ein Fossil, wenn die neuen Kollegen mit fast rasierten Schädeln in ihren körperbetonten dunkelblauen Uniformen mit ihm bei Besprechungen zusammenkamen. Keiner nannte ihn dort den »schönen Rudi«.

Das Tor zur Akademie stand offen. Der Müll, der aus den Containern daneben quoll, stank penetrant, und Ferschweiler spürte Ekel in sich aufsteigen. Schnell lenkte er seine Schritte auf den Hof hinter der Mauer, die das Gelände der Kunstakademie umgab und an der er erst vor Kurzem auf seinem Weg zu Rosi entlanggelaufen war. Tatsächlich hatte er das Gelände zuletzt als Kind betreten. Seine Mutter hatte sich hier immer Schlachtabfälle besorgt und diese dann anschließend gemeinsam mit ihren Schwestern und Schwägerinnen in seiner Erinnerung zu zu Köstlichkeiten verklärten Gerichten verarbeitet.

Nichts war von der Atmosphäre des einstigen Schlachthofs geblieben abgesehen von den steinernen Rindsköpfen in den Giebeln der alten Abdeckerei. Ansonsten war alles weiß und gepflegt. Auf dem sauber gepflasterten Gelände hatte man Bäume gepflanzt, und zwischen den einzelnen Gebäuden erhob sich die Glasfassade der Kunsthalle, die die einst freistehenden Gebäude des ehemaligen städtischen Schlachthofs jetzt miteinander verband. Dort also wurden die ganzen Klecksereien präsentiert. Wie hatte sein Cousin das nur ausgehalten?

»Da bist du ja«, hörte Ferschweiler eine Stimme hinter sich.

Wim de Boer, der einen weißen Overall und Gummistiefel trug, stand auf dem Platz vor der Kunsthalle und winkte ihm zu.

»Wir haben schon auf dich gewartet.«

Ferschweiler war mit seinem aus Krefeld stammenden Kollegen noch nicht richtig warm geworden, obwohl sie nun schon seit ein paar Monaten miteinander arbeiteten. Manchmal wusste er nicht recht, was er von de Boer halten sollte. Sein Assistent war ein gewissenhafter Polizist, aber bisweilen etwas zu vorschnell und vorwitzig. Bei der Kripo nannten sie ihn »den Holländer«, weil de Boer der Sohn eines Niederländers und einer Deutschen war. Seit er in ihrer Abteilung angefangen hatte, kursierten um seine Person viele Gerüchte. Böse Zungen behaupteten, er könne fachlich rein gar nichts und sei nur durch familiäre Bande zu seinem Posten an der Mosel gekommen. Ferschweiler selbst hatte sich noch keine Meinung gebildet. Nur die Leidenschaft seines neuen Kollegen für Fußball in Orange und *Kroket en frietjes* oder *Kipsaté met pindasaus* war ihm aufgefallen und befremdete ihn. Ferschweiler selbst war eher unsportlich und aß am liebsten gebratene Lyoner mit Zwiebeln und deftigen Bratkartoffeln, eine Spezialität des benachbarten Saarlands. Auch für den heimischen Terdich konnte er sich erwärmen. Aber nur mit gebratener Blutwurst, die musste unbedingt dabei sein.

»Wo ist denn dieses Atelier C?«, fragte er seinen Kollegen.

»Hier entlang. Aber krieg keinen Schreck. Es ist kein schöner Anblick.«

Ferschweiler musste innerlich lächeln. Für wie zartbesaitet hielt der Holländer ihn eigentlich? Da musste zwischen ihnen noch viel passieren.

»Gibt es Zeugen?«

»Nein, nicht wirklich«, antwortete de Boer und öffnete die Tür zur Kunsthalle. »Eine Putzfrau, Ulrike Kinzig, wohnhaft in Konz-Roscheid, hat die Tote gefunden. Sie hat nichts angefasst und sofort die Kollegen von der Leitstelle informiert. Sie hält sich zur Verfügung.«

Ferschweiler winkte ab. »Erst will ich den Tatort sehen.«

Sie durchquerten die Kunsthalle, die in gleißend helles Neonlicht getaucht war. Ferschweiler musste unweigerlich an seine Bierabende mit den Freunden denken, als er im Vorbeigehen die Bilder an den Wänden sah. Informel, das geht schnell.

»Was zeigen die denn hier gerade?«, fragte er de Boer.

»Eine Retrospektive von Erich Kraemer, dem Gründer der Kunstakademie und wichtiger Vertreter des deutschen Informel.«

»De Boer, du bist ja ein echter Kunstkenner«, griente Ferschweiler. Sein Kollege war sichtlich getroffen von so viel Sarkasmus, reagierte aber nicht auf Ferschweilers Spitze und erwiderte:

»Heute war der letzte Tag der Ausstellung. Morgen wird alles abgebaut und eingelagert.«

Na, dachte Ferschweiler, wirklich schade ist es da nicht drum. Und im Dunkeln hält sich Kunst auch viel besser. So hatte er zumindest einmal irgendwo gelesen.

Atelier C war äußerst geräumig und machte einen chaotischen Eindruck. Überall standen von Farbresten überkrustete Staffeleien herum. In der Mitte des Raumes lagen alte Wolldecken und Matratzen auf dem Boden, die von einigen ausgeschalteten elektrischen Heizstrahlern umgeben waren.

»Momentan wird hier Aktzeichnen unterrichtet«, erklärte de Boer. »Der Kurs dauert noch bis Ende der kommenden Woche.«

Aktzeichnen ... Das war vermutlich hauptsächlich eine Beschäftigung für alte Männer.

Dann sah Ferschweiler die Leiche.

Ferschweiler war tief getroffen. So etwas hatte er in seiner ganzen Karriere noch nicht gesehen. Ihm waren schon viele Leichen untergekommen, aber das hier war etwas völlig anderes. Vor ihm lag, vom Bauch ab vollständig unbekleidet, die vielleicht schönste Frau, die er jemals in seinem Leben gesehen hatte – mit Ausnahme von Rosi natürlich, wie sich Ferschweiler schnell, aber mit dem Anflug eines schlechten Gewissens sagte.

Die Frau war blond, hatte langes, glattes Haar und war mädchenhaft schlank – Modelmaße, wie Dr. Quint, der anwesende Gerichtsmediziner, wissend bestätigte. Aber das, was sich ihm nun bot, war ein Bild des Schreckens: Mit grotesk angewinkelten Beinen, die Arme weit abgespreizt, lag die Tote auf dem Rücken. Ihren Oberkörper bedeckte ein seidener Kimono, den Ferschweiler eher in einem Theaterfundus als am Körper dieser toten Göttin vermutet hätte. Die Augen waren weit aufgerissen, der Mund stand wie zu einem stummen Hilfeschrei offen. Direkt neben ihr lagen ein umgestürzter Stuhl sowie einige Pinsel.

»Wir haben sie anhand ihrer Ausweispapiere identifiziert. Der Name der Toten lautet Melanie Rosskämper, geborene von Schnüffies. Sie ist neunundzwanzig Jahre alt und wohnhaft in der Blandine-Merten-Straße«, referierte de Boer sachlich. Auf ihn schien die Tote keinen großen Eindruck zu machen.

»Ihr Körper weist keine äußeren Verletzungen auf«, merkte Dr. Quint an. »Auch keine älteren Einstiche oder Ähnliches, was eventuell auf Drogenmissbrauch schließen lassen würde.«

»Sie ist so schön«, entfuhr es Ferschweiler.

»Ja«, sagte de Boer. »Und ihr Mann ist der Leiter der ›Kinderwunschklinik Babytraum‹ auf dem Petrisberg. Ihr Vater ist Besitzer eines der besten Weingüter an der Mittelmosel und Eigentümer der weltweit größten Sammlung von künstlerisch gestalteten Weinetiketten.«

»Weinetiketten? Wer sammelt denn so was?«, fragte Ferschweiler kopfschüttelnd.

»Mehr Leute, als du denkst. Allein im Landkreis Trier-Saarburg beschäftigen sich mindestens achtzig Personen damit auf hohem bis höchstem Niveau.«

»Woher weißt du denn das, de Boer?«

»Na ja, ich gehöre selbst zu dieser illustren Gemeinschaft.«

»Als Holländer? Wären da nicht eher Genever-Etiketten angemessen?«, knurrte Ferschweiler.

»Du musst es ja wissen.«

Beleidigt zog sich de Boer in eine Ecke des Ateliers zurück und sprach mit einigen uniformierten Kollegen. Ferschweiler wandte sich wieder der Toten zu. Ihren linken Oberschenkel zierte ein Bild. Ferschweiler schaute genauer hin, und ihm schien, als sei das dort auf der nackten Haut der Toten eine Landschaft.

»Ist das ein Tattoo, oder ist das gemalt?«, fragte er Dr. Quint, der ebenfalls gerade dabei war, den Oberschenkel der Toten zu untersuchen.

»Gemalt, Rudi«, antwortete der routinierte Pathologe, der bald in den Ruhestand gehen würde und den Ferschweiler schon seit einer Ewigkeit kannte. »Sie scheint bis zu ihrem Tod an diesem Bild auf ihrem Schenkel gearbeitet zu haben. Sieh hier: Ihre Pinsel liegen noch alle beisammen.«

Ferschweiler schaute auf den Boden neben der Leiche. Auf dem

Stuhl musste Melanie Rosskämper bis zum Augenblick ihres Todes gesessen und ihn dann mit sich umgerissen haben. Die Pinsel hingegen waren fein säuberlich nebeneinander abgelegt, nur einer lag etwas abseits, so als ob er ihr während des Todeskampfes aus der Hand gefallen wäre.

Auf einem Tischchen unweit des umgefallenen Stuhls stand ein offener kleiner Metallkoffer, ähnlich einem Beauty-Case, in dessen Inneren Ferschweiler eine Reihe von kleineren und größeren Apothekenfläschchen sah.

»Hast du schon einen Verdacht, woran sie gestorben sein könnte?«, fragte er.

»Ich vermute, es war eine heftige allergische Reaktion, ein anaphylaktischer Schock. Vermutlich ist ihr Herz dabei einfach stehen geblieben. Es muss sehr schnell gegangen sein.«

Ferschweiler blickte sich erneut um. Er konnte in dem trotz der vielen bunten Farbspritzer an den Wänden und auf dem Boden eher sauber und aufgeräumt wirkenden Atelier keinerlei Lebensmittel oder Getränke entdecken, auch keine Substanzen, die seines Wissens eine heftige allergische Reaktion hätten auslösen können. Und im November gab es auch keine stechenden Insekten mehr.

»Was könnte deiner Meinung nach diesen heftigen anaphylaktischen Schock ausgelöst haben?« Ferschweiler war ratlos.

»Ich tippe auf die Farben, mit denen sie gearbeitet hat. Verschiedene Pigmente können heftigste Reaktionen im Körper auslösen und zu starken Vergiftungen führen, wenn man sie oral zu sich nimmt oder sie auf einem anderen Weg in die Blutbahn gelangen. Nach der Untersuchung in der Gerichtsmedizin wissen wir es genau. Tot ist sie jedenfalls seit knapp zwei Stunden. Ich schätze, dass sie zwischen neunzehn und zwanzig Uhr gestorben ist.«

Dr. Quint ächzte, als er aufstand. Mit seinen vierundsechzig Jahren und knapp hundertdreißig Kilo war er körperlich nicht mehr unbedingt dafür geeignet, auf dem Boden kniend oder in Hockhaltung Arbeiten zu verrichten.

»Ich bin jetzt fertig, Rudi. Kann ich die Leiche abtransportieren lassen?«, fragte er.

»Ja, ja, nur zu«, antwortete Ferschweiler gedankenverloren.

Der Deckel der Leichenbahre aus Chrom-Nickel-Stahl war noch nicht ganz geschlossen, da wurde die Eingangstür des Ateliers aufgestoßen, und eine sichtlich um Fassung ringende Frau mit wirren Haaren stand atemlos im Raum.

»Um Himmels willen, was ist denn hier passiert?«, wandte sie sich ziellos an die Uniformierten. »Wer von Ihnen ist der leitende Beamte?«

»Das bin ich«, meldete Ferschweiler sich zu Wort. »Mein Name ist Rudolph Ferschweiler. Ich bin Hauptkommissar bei der Trierer Mordkommission. Und mit wem habe ich die Ehre?«

»Mordkommission? Wieso Mordkommission? Ist die Leiche denn ermordet worden?«

»Momentan kann und darf ich Ihnen dazu keine näheren Auskünfte geben. Nur so viel: Die Leiche war schon tot. Sie konnte also nicht mehr ermordet werden.«

Die Frau sah ihn verwirrt und fragend an.

Ferschweiler bedauerte seinen pietätlosen Kalauer sofort. Vielleicht war er tatsächlich schon zu lange im Dienst, hatte zu viel gesehen und erlebt. Schnell fügte er hinzu: »Aber vielleicht könnten Sie nun so freundlich sein und mich über Ihre werte Identität aufklären?«

»Ich bin Dr. Natascha Berggrün, die Leiterin der Akademie. Ihr Kollege Wim de Boer hat mich telefonisch benachrichtigt. In all den Jahren, die ich schon in Trier bin, ist so etwas in meiner Institution noch nicht passiert.«

Ferschweiler trat mit ihr auf den Flur hinaus.

»Wer ist die Tote denn?«, fragte Dr. Berggrün, die völlig hilflos wirkte.

»Sie heißt Melanie Rosskämper. Kannten Sie die Dame?«

Natascha Berggrün schien nun den Tränen nahe zu sein. »Melanie Rosskämper? Ihr Mann ist der Vorsitzende unseres Fördervereins.«

»Ihr linker Oberschenkel ist bemalt. Können Sie sich vorstellen, warum?«

»Sie …« Dr. Berggrün blieb kurz die Stimme weg. »Sie hat an einer Fotoserie mit Körperbemalungen gearbeitet. Moni Weiß, ihre momentane Dozentin hier an der Akademie, hat sie darauf gebracht. Frau Rosskämper wollte immer etwas anderes, etwas Neues, Besonderes machen.«

»Und warum hat sie ganz allein in einem so großen Atelier gearbeitet?«

»Moni Weiß ist heute mit ihrem gesamten Kurs nach Luxemburg gefahren, um sich im neuen Museum für moderne Kunst, dem Musée d'Art Moderne Grand-Duc Jean, eine Ausstellung anzusehen. Sie legt nicht nur großen Wert auf die praktische künstlerische Arbeit, sondern sie fordert ihre Kursteilnehmer auch dazu auf, sich kritisch mit anderen künstlerischen Positionen der Gegenwart auseinanderzusetzen. Frau Rosskämper hatte daran allerdings kein Interesse. Sie wollte lieber die Ruhe des Ateliers nutzen, um zu arbeiten.«

Ferschweiler musste sich eingestehen, dass er noch keine blasse Ahnung hatte, was vorgefallen war. Und er war müde. Er wollte in den »Standhaften Legionär« zu Rosi, die sicherlich auf ihn wartete und vielleicht noch die Küche geöffnet hielt.

»Wir sollten uns morgen früh weiterunterhalten, Frau Dr. Berggrün. Fürs Erste habe ich keine Fragen mehr an Sie. Ich bin morgen um Punkt neun Uhr wieder bei Ihnen.«

Ferschweiler verabschiedete sich und verließ den Tatort. Die Spurensicherung würde den Rest erledigen.

Ferschweiler hatte eigentlich de Boer das Verhör mit Ulrike Kinzig, die die Leiche von Melanie Rosskämper gefunden hatte, überlassen wollen, doch er entschied sich anders. Er beauftragte de Boer stattdessen mit der Befragung einiger Kursteilnehmer, die inzwischen von ihrer Exkursion nach Luxemburg zurückgekehrt waren und eigentlich für die Heimfahrt in ihre Autos hatten steigen wollen, die Anwesenheit der Polizei aber dann doch interessanter gefunden hatten. Ihre Dozentin Frau Weiß würde de Boer erst nach ihrer Rückkehr über das Geschehene informieren können. Sie sei diesen Abend, wie einer der Kursteilnehmer berichtete, noch in Luxemburg im Restaurant von Lea Linster zum Essen verabredet gewesen. Voraussichtlich würde sie erst am nächsten Morgen wieder in Trier sein.

Die Kollegen von der Schutzpolizei hatten Ulrike Kinzig zur Befragung ins Keramikatelier – so stand es zumindest an der Tür – gebracht. Als Ferschweiler den Raum betrat, fielen ihm die vielen Töpferscheiben auf, die wie wild und ohne jede erkennbare Ordnung herumstanden. Auch auf den mit Ton überkrusteten Arbeitstischen herrschte blankes Chaos. Alles war mit getöpferten Vasen und Schüsseln vollgestellt. Und was waren das für sonderbare Ge-

genstände da in der hinteren Ecke? Ferschweiler erinnerte sich an einen Abend mit Rosi, an dem sie gemeinsam den Katalog eines norddeutschen Ehehygieneartikelherstellers durchgeblättert hatten. Rosi hatte gemeint, sie sollten ihre etwas in die Jahre gekommene Beziehung einmal durch neue Ideen auffrischen. Er hatte nicht so recht gewusst, was er sagen sollte. Aber die Dinger, die er hier sah, waren aus Ton und riesengroß. Ferschweiler war sprachlos. Wer leitete denn diese Kunstklasse?

Doch bevor er über das, was sich ihm hier bot, weiter nachdenken konnte, rief eine uniformierte Kollegin seinen Namen und winkte ihn hinter eine spanische Wand, die einen Teil des Ateliers abtrennte.

Dort saß Ulrike Kinzig in Begleitung einer weiteren Beamtin. Als Ferschweiler hinter den Paravent trat, hob Ulrike Kinzig den Kopf und sah ihn an. Ferschweiler konnte deutlich erkennen, dass sie geweint hatte, hemmungslos, wie er vermutete. Ihr Lidschatten war verlaufen, die Wangen gerötet, die Augenlider geschwollen. Ferschweiler schätzte Ulrike Kinzig auf Mitte dreißig. Sie hatte blonde, halblange Haare, die jedoch gefärbt waren. Ferschweiler konnte deutlich den dunklen Haaransatz erkennen. Er war etwas überrascht angesichts ihrer Erscheinung, entsprach sie doch ganz und gar nicht dem landläufigen Klischee einer Putzfrau, das er im Kopf hatte. Zwar war sie mit einem blauen, an den Schößen abgewetzten und fleckigen Arbeitskittel bekleidet, aber darunter trug sie eine modische beigefarbene Cordhose und eine geblümte Bluse und an den Füßen schwarze Lederstiefel.

»Guten Abend, Frau Kinzig«, sagte Ferschweiler. »Entschuldigen Sie bitte, dass Sie so lange warten mussten.«

»Schon gut, ist nicht schlimm«, antwortete sie und zündete sich eine Zigarette an. Sie war nervös, das konnte Ferschweiler erkennen. Er sah, wie ihre Hände zitterten. Doch sie benutzte das Feuerzeug, das sie aus der Tasche ihres Arbeitskittels gezogen hatte, äußerst routiniert.

Nachdem Ferschweiler die üblichen Formalitäten wie die Fragen nach Wohnort und Alter abgehandelt hatte, ging er zum Eigentlichen über.

»Frau Kinzig, bitte schildern Sie noch einmal, wie Sie die Leiche von Frau Rosskämper gefunden haben.«

Die Putzkraft zögerte einen Augenblick lang, bevor sie antwortete. Offensichtlich musste sie sich erst sammeln.

»Ich bin«, begann sie dann, »wie üblich durch alle Ateliers gegangen, um die Mülleimer zu leeren und das ganze Zeug wegzuräumen, das die Teilnehmer so liegen lassen. Sie glauben nicht, was ich da so alles finde … In Atelier C bin ich wie immer als Letztes gegangen.«

»Wieso immer als Letztes? Hat dies einen besonderen Grund? Atelier C liegt doch nicht am Ende des Ganges?«

»Ja, aber da arbeitet Frau Rosskämper immer. Nein«, korrigierte sie sich umgehend, »sie hat dort immer gearbeitet. Sie war stets sehr lange darin, weil sie es abends quasi als ihr privates Atelier nutzen durfte. Sie hatte diesbezüglich ein Abkommen mit Frau Dr. Berggrün.« Erneut nahm sie einen tiefen Zug von ihrer Zigarette und schnippte die Asche auf den Fußboden. »Wissen Sie, normalerweise ist hier spätestens ab zwanzig Uhr Feierabend, aber sie hatte nun mal eine Ausnahmegenehmigung. Und sie wollte absolut nicht gestört werden. Niemals. Ihre Arbeit war ihr heilig. Niemand sollte sie beim Kunstschaffen beobachten.«

Während Ulrike Kinzig sprach, machte Ferschweiler sich in seinem kleinen Heft Notizen. Ihm war die Abneigung gegenüber der Toten in der Stimme der Putzfrau nicht entgangen.

»Sie mochten Melanie Rosskämper wohl nicht besonders?«, fragte er.

»Ach, die war eine von der Sorte, die meinen, dass sie etwas Besseres sind und dass man eine Putzfrau von oben herab behandeln kann. Ich kann das einfach nicht leiden. Verstehen Sie das, Herr Kommissar?«

»Ja«, antwortete Ferschweiler, dem ein solches Verhalten aus eigener Erfahrung nicht fremd war. »Aber schließlich sind Sie in Atelier C gegangen?«, ermunterte er Ulrike Kinzig fortzufahren.

»Ich hatte Licht durch das Oberlicht der Tür gesehen und mir gedacht, dass Frau Rosskämper wohl wieder länger arbeitet. Aber irgendwann muss ich ja meinen Job machen, deshalb war es mir egal, dass ich sie stören musste. Als ich das Atelier betreten habe, hatte ich gleich das Gefühl, dass irgendetwas nicht stimmt. Die Rosskämper hatte einen alten Kassettenrekorder, mit dem sie bei der Arbeit immer so abscheuliche Volksmusik gehört hat.« Bei diesen Worten durchfuhr Ulrike Kinzigs Körper ein Schütteln. »Sie hat immer alle mit dieser nervtötenden Lärmmaschine tyrannisiert und an den Rand des Wahnsinns getrieben. Der Rekorder war heute Abend aber still, die Kassette war mittlerweile zu Ende.«

»Sind Sie sich sicher mit der Musik?«, fragte Ferschweiler.

»Ja, natürlich«, entgegnete Ulrike Kinzig. »Das ist mir schon vorher aufgefallen. Ich habe das Atelier immer erst betreten, wenn dieses grauenhafte Gedudel verstummt war. Das konnte manchmal sehr lange dauern. Die Überstunden, die dadurch anfielen, dass ich immer warten musste, bis die Rosskämper fertig war, hat mir Frau Berggrün zum Glück gern bezahlt. Heute aber habe ich gedacht, Frau Rosskämper sei bereits nach Hause gegangen, also habe ich, nachdem ich alles andere erledigt hatte, das Atelier betreten – und dann habe ich sie gesehen. Es war schrecklich, wie sie dalag. Es wirkte so unnatürlich, so verkrampft!«

Ulrike Kinzig fing bei diesen letzten Worten wieder zu weinen an. Unter Tränen fuhr sie fort: »Ich bin dann erst mal raus an die frische Luft. Ich habe Ihre Kollegen angerufen und musste erst mal eine rauchen. Eine Leiche findet man ja nicht alle Tage.« Immer noch schluchzend sah sie Ferschweiler kurz an, senkte aber sofort wieder den Blick. Ihre Hände zitterten, als sie die Zigarette an den Mund führte und inhalierte.

»Ist Ihnen darüber hinaus irgendetwas aufgefallen?«, hakte Ferschweiler nach.

»Ja, sie war nackt, bis auf diesen komischen Kimono, den sie anhatte. Den hatte ich noch nie an ihr gesehen.«

»Wie gut kannten Sie Frau Rosskämper?«, fragte Ferschweiler.

»Na ja, sie war erst seit ein paar Monaten an der Akademie, aber wissen Sie, Herr Ferschweiler, sie kam, sah und siegte. Ja, so kann man das sagen.«

Das wollte Ferschweiler näher wissen. »Wie meinen Sie das, Frau Kinzig?«

Ulrike Kinzig zog, bevor sie antwortete, erneut an ihrer Zigarette, von der mittlerweile nur noch ein winziger Stummel übrig war.

»Die meinen doch alle, dass ich nur die dumme Putzfee bin, aber da täuschen die sich. In meiner Position bekommt man so einiges mit, glauben Sie mir. Es gibt viele Teilnehmer, die mir ihr Herz ausschütten, wenn ich abends durch die Klassen gehe. Und ich kann

Ihnen sagen, dass es hier viele gibt, die die Rosskämper gehasst haben. Die kam an die Akademie und konnte gerade mal einen Bleistift halten. Aber sie wurde von Anfang an von allen männlichen Dozenten hofiert und in den Himmel gelobt. Sogar die Leiterin, Dr. Berggrün, hat ihr lauter Sonderrechte gewährt, die sie sonst keinem anderen Teilnehmer, auch nicht den Dozenten, zugestanden hätte.«

»Und was glauben Sie, woran das lag?«, fragte Ferschweiler, den diese Bevorteilung ebenfalls interessierte.

»Ihr Mann ist der Vorsitzende des Fördervereins, hat viel Einfluss in der Stadt und gute Beziehungen zur Landesregierung. Vitamin B ist halt auch in Trier alles, Herr Kommissar.« Dabei zwinkerte sie Ferschweiler zu, dann schaute sie nervös auf ihre mit Strasssteinen besetzte Armbanduhr.

»Sind wir bald fertig?«, fragte sie und fügte, wie um sich zu entschuldigen, noch hinzu: »Mein Hund ist ganz allein zu Hause. Und der müsste jetzt dringend um den Block.«

»Wir sind fast fertig, Frau Kinzig. Gleich können Sie endlich nach Hause gehen. Aber halten Sie sich bitte zu unserer Verfügung. Es könnte gut sein, dass wir noch weitere Fragen an Sie haben. Eine hätte ich allerdings jetzt noch. Fällt Ihnen jemand ein, der Ihrer Meinung nach Frau Rosskämper etwas angetan haben könnte?«

»Wie meinen Sie das?«, fragte Ulrike Kinzig mit entsetztem Gesichtsausdruck und weit aufgerissenen Augen. »Glauben Sie, dass jemand sie umgebracht hat?«

So weit hatte sie wohl nicht gedacht, überlegte Ferschweiler bei ihrem Anblick.

»Ob es Mord war oder nur ein schrecklicher Unfall, das wissen wir noch nicht. Das werden erst die weiteren Untersuchungen ergeben. Bis dahin können wir vorerst nichts ausschließen. Also noch mal: Gibt es Ihrer Meinung nach jemanden, der ein Interesse am Tod von Frau Rosskämper gehabt haben könnte?«

»Wenn Sie mich so fragen …«, begann Ulrike Kinzig zögerlich. »Ich will ja niemanden in Verruf bringen, aber wie gesagt, es gab beziehungsweise es gibt hier so einige, die Frau Rosskämper wirklich gehasst haben. Ich hatte sogar das Gefühl, dass Frau Dr. Berggrün sie auch nie wirklich leiden konnte.«

»Aber konkret fällt Ihnen niemand ein?«, fragte Ferschweiler.

Ulrike Kinzig nestelte nervös an den Taschen ihres Arbeitskittels. »Ich weiß es nicht, es gab einige Dozentinnen, die schon sehr eifersüchtig auf die Rosskämper waren, weil alle sie und ihre Kunst so bewunderten, und das obwohl sie selbst schon viel länger als Künstlerinnen gearbeitet und sogar an staatlichen Kunsthochschulen studiert hatten. Von den anderen Teilnehmern mal ganz zu schweigen. Alle aufzulisten, die die Rosskämper nicht leiden konnten, das würde ganz schön lange dauern.«

»Frau Kinzig, Sie sprechen von Dozentinnen. Hatten die männlichen Lehrkräfte also keine Probleme mit Frau Rosskämper? Oder wie muss ich das verstehen?«

»Die Männer lagen ihr alle zu Füßen, die waren völlig verrückt nach ihr. Sie haben sie doch gesehen, Herr Ferschweiler, sie war eine äußerst schöne Frau, das muss man neidlos anerkennen. Aber ihre Schönheit beschränkte sich bei ihr auf das rein Äußerliche. Aber Männer sind für so etwas ja blind. Die lassen sich vom Aussehen blenden. Eine gute Figur, dicke Titten, blonde Haare, und schon setzt der Verstand aus«, sagte Ulrike Kinzig im Brustton der Überzeugung.

Ferschweiler fühlte sich ertappt. Auch er war beim Anblick von Melanie Rosskämper überwältigt gewesen. Noch jetzt hatte er das Bild ihres unbekleideten Körpers vor seinem inneren Auge.

»Jetzt müsste ich wirklich nach Hause zu meinem Hund. Sind wir endlich fertig?«, holte Ulrike Kinzig Ferschweiler aus seinen Gedanken zurück in die Realität.

»Gut, Frau Kinzig, ich danke Ihnen. Sie haben uns weitergeholfen. Sie können jetzt gehen.« Ferschweiler bat eine der anwesenden Kolleginnen von der Schutzpolizei, Ulrike Kinzig nach draußen zu begleiten.

ZWEI

Über dem Fluss lag dichter Nebel. Der Wecker hatte ihn heute entgegen seiner Gewohnheit schon um fünf Uhr aus dem Tiefschlaf gerissen. Nun stand er mit einer dampfenden Tasse Kaffee am Fenster seines Zweizimmerapartments im sechsten Stock des Hochhauses an der Dauner Straße und dachte an Rosi. Sie hatte ihn heute Nacht, noch während er schlief, verlassen müssen, um sich im Großmarkt in Zewen für das anstehende Wochenende einzudecken. Im »Standhaften Legionär« sollte es heute einen Biker-Abend geben.

Biker-Abend, dachte Ferschweiler. Seit wann hast du das nicht mehr gemacht? Mit dem Bock durch die Eifel jagen, im Beiwagen die Rosi. In der Nähe vom Schwarzen Mann dann in die Raststätte »Zur Schneifel«, um einen gestandenen Rostbraten zu verspeisen. Waren das noch Zeiten. Ja, lang ist's her.

Es schellte an der Tür. Ferschweiler blickte auf seine Wanduhr: fünf Uhr zwanzig. Wer konnte das nur sein?

Wie immer verzichtete er darauf, die Kette an der Tür festzumachen, bevor er öffnete. Für Türspione hatte sein Vermieter damals kein Geld gehabt.

»Hallo, Rudi.« Vor ihm stand Rolf-Dieter Graz, ein entfernter Bekannter. »Haste kurz Zeit für einen alten Freund?«

»Mhmm«, brummte Ferschweiler missmutig und ging zurück zu seinem Kaffee, den er im Wohnzimmer abgestellt hatte.

Graz war auch einer von hier, allerdings von der anderen Seite des Flusses. Zudem war er ein Studierter. Er hatte an der hiesigen Universität Geschichtswissenschaft und Soziologie studiert sowie mit Politikwissenschaften und Papyrologie begonnen. Dann, nach seinem Studium, hatte er Karriere beim Trierischen Volksfreund gemacht. Ferschweiler konnte sich deshalb denken, warum Graz hier war.

»Sag mal, hast du mal wieder etwas von deinem Cousin Gereon gehört? Wie geht es ihm?«, fing Graz ganz harmlos an.

Graz und Ferschweilers Cousin waren zusammen in der Grundschule gewesen, und auch Ferschweiler selbst verbanden mit Graz so einige Erlebnisse aus seiner Jugend.

»Nee«, sagte Ferschweiler, »der meldet sich nicht mehr. Hat mit alldem hier im Tal abgeschlossen und widmet sich nur noch der Sonne. Den sehen wir nie wieder.«

»Ist doch auch gar nicht übel – die Sonne, meine ich, oder?«

Graz lachte sein auf viele einnehmend wirkendes Lachen. Aber Ferschweiler kannte ihn genau.

»Wie man's nimmt«, entgegnete Ferschweiler. »Also, was willst du so früh von mir?«

»Du weißt schon, die Tote drüben im alten Schlachthof. Was kannst du mir zu ihr sagen? Die Leser vom Volksfreund wollen Genaueres wissen.«

»Ich weiß noch gar nichts. Und wenn: Du wärst der Letzte, dem ich es erzählen würde.«

»Ach, Rudi«, seufzte Graz. »Sei nicht immer so selbstgerecht. So läuft es halt. Wir dienen alle nur dem Mammon.«

Ich nicht, dachte Ferschweiler und nahm einen letzten Schluck aus seiner Tasse. »Ich muss los. Entschuldige mich, aber die Pflicht ruft. Du findest ja selbst raus.«

Sprach's und schlug die Tür hinter sich zu. Sollte Graz ruhig in seiner Wohnung herumschnüffeln, Ferschweiler war das egal. Was konnte der anderes finden als bei sich selbst zu Hause? Auch Graz war Junggeselle.

In all den Jahren, die Ferschweiler nun schon bei der Mordkommission war, hatte er sich an zwei Dinge nie gewöhnen können: Das eine war der nach jedem Fund einer Leiche anstehende Besuch bei den Angehörigen, das andere war der Gang in die Pathologie. Und Letzteres stand Ferschweiler jetzt unmittelbar bevor. Er musste Dr. Quint in dessen »Reich des Todes«, wie Ferschweiler die Pathologie nannte, aufsuchen.

Die Nacht war keine gute gewesen. Ferschweiler hatte schlecht geschlafen. Immer wieder war er wach geworden und hatte an die schöne Frau denken müssen, die er nur wenige Stunden zuvor auf dem Boden im alten Schlachthof liegen gesehen hatte. Nur selten hatte ihn der Anblick einer Toten so bewegt wie dieser. Warum das so war, konnte sich Ferschweiler nicht wirklich erklären. Es hing wohl mit seiner Vorstellung zusammen, wie diese Frau ausgesehen und gewirkt haben musste, als sie noch am Leben gewesen war. Aber sicher war er sich nicht.

Ferschweiler hatte sich dazu entschlossen, zu Fuß zum in der Nähe des Hauptbahnhofs gelegenen Gebäude der Pathologie zu gehen. Der Gang würde ihm sicherlich guttun und ihm beim Nachdenken helfen. Er überquerte also, die Hände tief in den Taschen seines Mantels vergraben, die alte Römerbrücke, die Trier-West mit der »Stadt« verband, wie alle in seinem Kiez die Innenstadt nur nannten. Unter der Brücke mit ihren alten, noch aus der Antike stammenden Pfeilern waberten Nebelschwaden über dem Fluss. Einzelne Schwäne und Enten waren schemenhaft auf dem Wasser und am Ufer zu erkennen, und unter der Brücke schob sich fast lautlos ein Schubverband mit Kohle für die Stahlwerke in Lothringen hindurch.

Die Straßen der Stadt waren samstagmorgens um sechs noch fast wie ausgestorben. Einige wenige Linien- und Touristenbusse fuhren schon ihre Touren, und auch die Müllabfuhr hatte offensichtlich noch einiges aus der vergangenen Woche nachzuholen.

Ferschweiler nahm den Weg durch die Karl-Marx- und die Brückenstraße, wo er vor dem Karl-Marx-Haus einer Gruppe bereits auf die Öffnung des Museums wartenden Asiaten ausweichen musste. Dann überquerte er die weite, unwirtliche Fläche des Viehmarkts, die jetzt im November auch nicht mehr von den Tischen und Stühlen der angrenzenden Gastwirtschaften zumindest teilweise belebt wurde. Nach wenigen Minuten erreichte er die Fußgängerzone. Ab da war es nicht mehr weit bis zu Dr. Quints heiligen Hallen.

Ferschweiler überquerte den Alleenring am Balduinsbrunnen und erreichte die Roonstraße. An deren Ende lag auf der rechten Seite das alte Gebäude der Gerichtsmedizin. Es war ein Bau aus den späten fünfziger Jahren mit einem von eckigen Pfeilern getragenen, tiefen Arkadengang im Erdgeschoss. Ferschweiler klingelte. Er musste nur wenige Sekunden warten, bis Dr. Quint den Türöffner betätigte. Ferschweiler trat ein und stieg, ohne sich Licht zu machen, die Treppe in den ersten Stock hinauf. Er kannte den Weg genau, er war ihn schon oft gegangen.

In den Büros im Obergeschoss war es ebenfalls dunkel. Nur der Obduktionssaal erstrahlte in gleißend hellem Licht. Der Pathologe hatte die komplette Deckenbeleuchtung eingeschaltet.

Für Ferschweiler hatte Dr. Quints vollständig vom Boden bis zur

Decke weiß gefliester Arbeitsplatz stets etwas Gruseliges. Hier zu sein, ließ ihn immer wieder frösteln. In der Mitte des Raumes stand der Seziertisch aus Edelstahl. Darauf lag jetzt die nackte Frauenleiche mit einem fein säuberlich wieder zugenähten Y-Schnitt auf dem Oberkörper. Der Körper wirkte blutleer, die Haut schimmerte bläulich. Dr. Quint war gerade damit beschäftigt, von der Malerei auf dem Oberschenkel der Toten Proben zu entnehmen. Er trug wie immer einen weißen Kittel, der über der Brust geschlossen war, aber über seinem imposanten Bauch offen stand. Die Gummischürze, die er während des blutigen Teils seiner Tätigkeit trug, hing bereits wieder gesäubert an einem Haken neben den Instrumentenschränken.

»Moin, Rudi«, begrüßte er Ferschweiler gut gelaunt. »War eine ereignisreiche Nacht, was? Ich habe die Obduktion, so weit ich sie hier erledigen kann, abgeschlossen. Die entnommenen Proben schicke ich gleich mit einem Kurier nach Mainz zum Gerichtsmedizinischen Institut. Die Ergebnisse haben wir dann vielleicht schon morgen früh.«

Ferschweiler wunderte sich immer wieder über den Mediziner. Dr. Quint war stets vom Tod umgeben, er öffnete Körper, entnahm Organe, blieb dabei aber immer gut gelaunt und verfiel anscheinend niemals in melancholische Stimmung. Wie der Pathologe zum Tod selbst stand, würde Ferschweiler Dr. Quint beizeiten einmal fragen müssen.

»Hallo, Doc«, grüßte Ferschweiler zurück. »Da hast du wirklich eine intensive Nachtschicht gehabt.« Er konnte seinen Blick nicht von dem Gesicht der Toten abwenden. »Hast du schon erste Ergebnisse?«

»Ja, aber sie sind nicht eindeutig.«

Ferschweiler hatte sich neben den Seziertisch gestellt und starrte noch immer auf das Gesicht der toten Melanie Rosskämper.

»Nicht eindeutig?«, echote er in Gedanken.

»Nicht eindeutig, genau. Die junge Frau war organisch so weit gesund. Sie hat zwar eine geknickte Milz, aber das ist nicht weiter schlimm. Leber und Herz waren in Bestform, da könnten wir zwei nicht mithalten, Rudi«, flachste Dr. Quint. »Allerdings litt sie unter massivem Haarausfall und trug, um die Auswirkungen zu verdecken, eine Perücke.«

Wie um seinen Worten Nachdruck zu verleihen, griff der Pathologe behände in die Haare der Toten und hob die künstliche Lockenpracht an. Ferschweiler war baff. Auf der nun zu sehenden Kopfhaut standen nur unregelmäßig vereinzelte Haarbüschel ab. Der Großteil des Schädels war kahl.

»Es handelt sich um eine Echthaarperücke, vermutlich in Schweden gefertigt. Muss ein kleines Vermögen gekostet haben.« Als Dr. Quint Ferschweilers fragenden Blick bemerkte, schob er nach: »Ich habe selbst lange ein Toupet getragen. Hast du anscheinend nie bemerkt, oder? Damals habe ich mich selbst für Echthaarperücken interessiert. Die konnte ich mir aber bei meinem Gehalt nicht erlauben.«

Heute stand der Mediziner offensichtlich zu seiner Glatze. Daran, dass Quint einmal anders ausgesehen hatte, konnte sich Ferschweiler kaum mehr erinnern.

»Anzeichen für ein Sexualverbrechen gibt es keine. Sie hatte allerdings in den letzten Stunden vor ihrem Tod noch Geschlechtsverkehr. Ich habe einige Spermaspuren sicherstellen können. Die gehen auch heute noch nach Mainz. Und sie war schwanger. In der sechsten Woche«, sagte Dr. Quint.

»Tatsächlich?« Dass eine Frau wie die vor ihm liegende Kinder hatte haben wollen, überraschte Ferschweiler ein wenig. »Und gibt es Anzeichen für ein Gewaltverbrechen?«

»Bisher keine. Ich konnte keine äußeren Verletzungen feststellen außer leichten Hämatomen an den Handgelenken. Es sieht so aus, als ob sie vor Kurzem gefesselt gewesen wäre …« Dr. Quint schaute Ferschweiler vielsagend an. »Manche Leute mögen es einfach ein bisschen härter …«

»Könnte es dafür nicht auch eine andere Erklärung geben?«

Dr. Quint lachte. »Ach, Rudi. Hör schon auf, sei doch nicht immer so katholisch.« Dann ergänzte er: »Die Hämatome sind älteren Datums, Rudi. Mit ihrem Tod haben sie nichts zu tun.«

Ferschweiler schüttelte den Kopf. Fesselspiele passten allerdings ins Bild, das er von der jungen Frau hatte, aber ein Kind?

»Ich gehe immer noch davon aus, dass eine allergene Substanz in ihre Blutbahn gelangt sein muss«, sagte Dr. Quint. »Ihre Zunge zeigt Veränderungen auf der Oberseite, kleine Risse und Wunden. Nach der Blutuntersuchung wissen wir es sicher.«

»Also dürfte sie deiner Meinung nach tatsächlich einen anaphylaktischen Schock erlitten haben?«, fragte Ferschweiler.

»Das erscheint mir momentan am wahrscheinlichsten. Es müsste jedoch noch festgestellt werden, auf welche Stoffe sie allergisch reagiert hat. In Frage kämen die Öle, die sie benutzt hat und mit denen die Farbpigmente gelöst werden. Schließlich hat es sie ja erwischt, während sie mit dem Pinsel an dem Bild auf ihrem Oberschenkel gearbeitet hat. Kannst du dich an die Pinsel erinnern, Rudi?«

»Nein«, sagte Ferschweiler. »Was war mit denen?«

»Es waren spezielle Marderhaarpinsel, wie sie zum Aquarellieren benutzt werden, sehr hochpreisig. Und vielfach haben Aquarellmaler die Angewohnheit, ihre Pinsel mit dem Mund wieder in Form zu bringen, denn sie müssen spitz sein, damit die Farbe kontrolliert aufgetragen werden kann.«

»Du meinst also, die Rosskämper hat es auch so gemacht?«

»Das würde zumindest erklären, wie es zu einem anaphylaktischen Schock kommen konnte. Ich habe auch Gewebeproben von ihrer Zunge für den Versand nach Mainz fertig gemacht und die Kollegen von der KTU gebeten, die am Tatort gefundenen Pinsel auf allergene Substanzen hin zu untersuchen. Das Gleiche gilt für den Inhalt ihres kleinen Metallkoffers, der am Tatort sichergestellt wurde.«

Dr. Quint machte eine Pause und wischte sich mit einem großen Taschentuch über die Stirn. »Wenn meine Theorie stimmt, müsste allerdings geklärt werden, warum Melanie Rosskämper genau diese Substanzen verwendet hat. Wenn sie tatsächlich starke Allergikerin war, was ich aufgrund meiner Untersuchungen annehme, dann wäre sie grob fahrlässig gewesen.«

»Oder jemand hat ihr andere Materialien, als sie sonst benutzte, untergeschoben«, ergänzte Ferschweiler die Überlegungen des Pathologen. »Dann würde es sich doch um Mord handeln, weil wir davon ausgehen müssen, dass Melanie Rosskämper diese Substanzen nie wissentlich benutzt hätte.«

»Ja«, bestätigte Dr. Quint, »das wäre dann ein sehr raffinierter und heimtückischer Mord gewesen. Bevor ich diesbezüglich eine endgültige Aussage treffen kann, müssen wir auf die Ergebnisse der mikrobiologischen und chemischen Untersuchungen warten. Aber für mich spricht vieles für ein nahezu perfekt eingefädeltes und ausgeführtes Verbrechen.«

»Allmählich gehe ich auch davon aus. Also werden wir warten müssen, bis deine Kollegen in Mainz ihre Arbeit gemacht haben. Hoffentlich sind sie nicht karnevalistisch unterwegs.«

Ferschweiler musste an die zum Beginn der fünften Jahreszeit täglich stattfindenden Proben der Roten Funken neben den Diensträumen der Mordkommission denken. Er gab seinem alten Weggefährten die Hand und sagte: »Dank dir, Doc, für die schnelle und wie immer gute Arbeit. Bald hast du es geschafft und musst die Pathologie nur noch von außen sehen.«

Damit verabschiedete er sich und ließ Dr. Quint mit erstauntem Gesicht zurück. Offensichtlich wusste der nicht, warum Ferschweiler seinen Arbeitsplatz so unangenehm fand.

Für den Weg zurück nach Trier-West nahm Ferschweiler den Bus. Am Bahnhof ließ er sich kurz beim Bäcker auf ein Croissant und einen Milchkaffee nieder, war dann aber pünktlich am Bussteig, um mit der Linie 3 zur Treviris-Passage zu fahren. Dort stieg er um in die Linie 81, die ihn über die Mosel wieder in seinen Stadtteil brachte. Von der Bushaltestelle Westbahnhof aus, direkt am westlichen Brückenkopf der alten Römerbrücke gelegen, waren es dann noch einmal knapp dreihundert Meter zu Fuß bis zur Kunstakademie.

***

Im Büro der Kunstakademie stand schon seit dem frühen Morgen das Telefon nicht mehr still. Natascha Berggrün hatte zwar mit niemandem außer ihren beiden Mitarbeitern über den tragischen Vorfall vom Vorabend gesprochen, doch anscheinend wusste bereits die ganze Stadt Bescheid. Die Nachricht war von Mund zu Mund gegangen, dafür war Trier bekannt. Hier blieb nichts lange geheim.

Natascha Berggrün konnte es noch immer nicht fassen. Eine Tote in ihrer Kunstakademie. Und dann noch die Frau des Förderverein-Vorsitzenden. Gestern Abend hatte sie nicht gewagt, sich vorzustellen, was das für die Akademie bedeuten würde, doch jetzt zeigte es sich überdeutlich: Teilnehmer wollten ihre Kurse stornieren, da es ihnen zu gefährlich schien, weiterhin an der Kunstakademie zu studieren. Der Oberbürgermeister war außer sich wegen der zu erwartenden schlechten Presse für eine von der Stadt unterstützte Institution. Er hatte, völlig ungewöhnlich für ihn, schon um acht Uhr heute Morgen persönlich zum Hörer gegriffen. Zudem riefen ständig Medienvertreter an, um Neues zu erfahren. RTL und SWR wollten sogar Übertragungswagen schicken.

Natascha Berggrün hatte schlecht geschlafen. Nicht, dass sie der Toten eine Träne nachgeweint hätte. Zu verschieden waren sie gewesen: hier die gestandene, ernsthafte Wissenschaftlerin mit hohem inhaltlichen Anspruch, dort die lebenslustige Bohemienne mit einem mehr als ausgeprägten Hang zur narzisstischen Selbstdarstellung und zum Hedonismus. Reklame war halt nicht alles, da war sich Natascha Berggrün sicher.

»Der Kommissar ist da.«

Forsch wie immer betrat Helena Claus das Büro ihrer Chefin. Die studierte Ökotrophologin war, nachdem sie dreimal durch ihre Diplomprüfung gefallen war, seit mehr als zehn Jahren an der Kunstakademie beschäftigt und kümmerte sich gewissenhaft um die Buchhaltung und die Kursverwaltung. Ohne sie und ihren Kollegen Harry Haltaufderheide, der die gleichen Arbeitsfelder betreute, momentan aber mit seinen Kindern im Urlaub war, lief hier rein gar nichts, zumindest legten die beiden oftmals dieses Selbstverständnis an den Tag. Helena Claus und ihr Kollege waren die Strippenzieher im Hintergrund, die »Leute im Dunkeln«, wie Natascha Berggrün es gern ausdrückte, auch wenn sie selbst wusste, dass das so natürlich nicht stimmte. Schließlich war sie die Chefin.

»Guten Morgen, Herr Kommissar«, begrüßte sie Ferschweiler, der die gleiche Kleidung trug wie am Abend zuvor. Auch sie selbst hatte sich nicht wirklich umgezogen abgesehen von der wuchtigen Kette, die heute ihre Brust zierte.

»Ich habe fast gar nicht geschlafen«, begann sie. »Das alles ist eine Katastrophe. Haben Sie schon mit Herrn Dr. Rosskämper sprechen können?«

»Zu meinem Bedauern, nein. Er ist auf einem Kongress zu neuen Entwicklungen im Bereich der In-vitro-Fertilisation in Boston und kehrt erst morgen wieder nach Trier zurück. Und telefonisch, das hat mir eine seiner Mitarbeiterinnen gesagt, ist er auf Dienstreisen im Ausland kaum zu erreichen. Wir werden ihn also erst über den Tod seiner Frau informieren können, wenn er zurück ist. Aber solche Nachrichten überbringt man eh besser persönlich.«

»Da haben Sie wohl recht.«

Merkwürdig, so viel Empathie hätte sie dem eher robust, vielleicht sogar etwas trottelig daherkommenden Kommissar gar nicht zugetraut.

»Sagen Sie, Frau Dr. Berggrün, gab es besondere Vorkommnisse in der letzten Zeit? War irgendetwas anders als sonst hier bei Ihnen an der Akademie?«, fragte er jetzt.

»War es denn Mord?« Vor Schrecken weiteten sich ihre Augen.

»Nach dem bisherigen Stand unserer Ermittlungen gehen wir davon aus, dass es sich im Fall von Frau Rosskämper um keinen natürlichen Tod handelt. Also noch einmal: War bei Ihnen irgendetwas anders als sonst?«, wiederholte Ferschweiler seine Frage.

Natascha Berggrün überlegte kurz.

»Nein, Herr Ferschweiler, eigentlich nicht«, sagte sie dann. »Unsere Herbstkurse laufen aktuell wie sonst auch, auch wenn sie zu meinem Leidwesen nicht ganz so ausgelastet sind wie erwartet. Aber davon abgesehen ist alles wie immer.«

Helena Claus betrat den Raum. Sie brachte Ferschweiler frischen Kaffee und Natascha Berggrün einen Becher mit dampfendem Tee. Die letzte Frage Ferschweilers und die Antwort ihrer Chefin hatte sie gehört.

»Aber sicher ist etwas anders, Frau Berggrün«, sagte sie selbstbewusst. »Wir haben zum ersten Mal in diesem Herbst einen Wettbewerb unter den Teilnehmern ausgeschrieben.«

»Stimmt, Frau Claus, Sie haben recht«, erinnerte sich Natascha Berggrün. »In diesem Jahr haben wir erstmals dem besten Teilnehmer der Herbstkurse eine eigene Ausstellung in unserer Kunsthalle in Aussicht gestellt. Ansonsten präsentieren wir dort nur die Werke bereits etablierter Künstler. Was glauben Sie, Herr Kommissar, wie sich alle seitdem anstrengen. Unsere Dozenten sind ganz begeistert, können sich aber nicht mehr vor der Inanspruchnahme durch die Teilnehmer retten. Keine Pausen, dafür aber auch keine Was-soll-ich-bloß-malen-Fragen mehr. Die Kreativität unserer Teilnehmer hat sich dadurch unendlich gesteigert.«

»Und was meinen Sie, Frau Claus, könnte der Tod von Melanie Rosskämper damit zu tun haben?«, wandte sich der Kommissar an Helena Claus.

»Keine Ahnung. Aber sie war in allen Kursen die Beste. Punkt.

Und Neider gab es viele. Bei Ballauf und Schenk habe ich übrigens gelernt, dass Neid eines der Hauptmotive bei Kapitalverbrechen ist«, outete sich Helena Claus sichtlich stolz als Tatort-Fan und angebliche Krimiexpertin.

»Frau Dr. Berggrün, ich müsste alle Ihre Kursteilnehmer und Dozenten vernehmen, die mit Melanie Rosskämper zu tun hatten«, sagte Ferschweiler, der bei Helena Claus' Bemerkung kurz gegrinst hatte.

»Natürlich, Herr Kommissar«, entgegnete Natascha Berggrün. »Wir unterstützen Sie, so gut wir können.«

»Ich danke Ihnen. Es gäbe da tatsächlich noch etwas Wichtiges«, sagte Ferschweiler. »Könnten wir die Verhöre hier auf dem Gelände durchführen? Sonst müsste ich alle in die Büros der Kriminalpolizei in der Güterstraße vorladen.«

»Selbstverständlich geht das bei uns. Ich werde Ihnen einen separaten Raum einrichten lassen, den Sie quasi als Dependance Ihrer Dienststelle nutzen können, solange Sie ihn benötigen«, antwortete Natascha Berggrün. »Seien Sie sich meiner hundertprozentigen Unterstützung sicher. Sie glauben gar nicht, wie unangenehm mir die Angelegenheit ist und wie sehr ich mir wünsche, dass die Sache bald ausgestanden ist.«

»Besteht die Möglichkeit, gleich jetzt mit einigen Dozenten zu sprechen?«

»Bis auf Utz Breesich und Otmar Wolters ist noch keiner da«, sagte Natascha Berggrün. »Ihre Kurse haben gestern geendet, und die beiden verlassen heute Trier.«

***

Helena Claus blieb in der geöffneten Eingangstür des Verwaltungsgebäudes stehen und wies mit ausgestrecktem Arm auf zwei Männer, die vor dem Eingang zur Kunsthalle zusammenstanden und sich intensiv miteinander unterhielten. Wobei streiten wohl der bessere Begriff gewesen wäre, bekam Ferschweiler doch schon aus der Entfernung einige Gesprächsfetzen mit. Auch die Gesten des kleineren der beiden Männer waren äußerst heftig. Der größere hingegen stand ganz still und breitbeinig da und hatte die Arme vor der Brust verschränkt.

»Dort drüben, Herr Kommissar, das sind Otmar Wolters und Utz Breesich«, sagte Helena Claus. »Beide dürften allerdings nicht allzu viel Zeit haben. Wolters muss seinen Zug nach Dessau und Breesich sein Flugzeug nach Palma de Mallorca bekommen. Bei dem einen wartet die Familie, beim anderen das Geschäft.«

»Vielen Dank, Frau Claus«, entgegnete Ferschweiler und ging über den Platz auf die beiden Männer zu. Als sie ihn näher kommen sahen, unterbrachen sie ihr Gespräch und schauten ihm erwartungsvoll entgegen. Keiner sagte mehr ein Wort.

»Guten Tag, die Herren«, grüßte Ferschweiler. »Ich bin Rudolph Ferschweiler von der Trierer Mordkommission.« Er wandte sich an den Größeren der beiden. »Mit wem habe ich die Ehre?«

»Tach, Chef. Ich bin der Utz Breesich«, antwortete der. »Kannst mich auch einfach Utz nennen, woll? Ich hab echt nich viel Zeit für so 'n Gespräch über die blöde Schlampe von Rosskämper. Is nich schade drum, Meister. Kannste mir glauben.«

Ferschweiler war mehr als überrascht. Warum dieser ordinäre Ton direkt am Anfang ihres Gesprächs?

»Sie mochten Frau Rosskämper wohl nicht besonders, Herr Breesich?«

»Nee, von mögen kann keine Rede sein.«

»Aber trotzdem wärst du gern mit ihr in die Kiste gestiegen, oder?«, schaltete sich der andere Mann ein.

Während Breesich circa einen Meter neunzig groß war und von kräftiger Statur, war Wolters eher klein zu nennen. Ferschweiler schätzte ihn auf höchstens einen Meter sechzig. Wolters trug einen pastellgrünen, abgewetzten Cordanzug, an dessen Jacke einige Knöpfe fehlten, ein rosafarbenes Hemd und an den Füßen beige-braune Ledersandalen, aus denen vorn die bereits mehrfach fachmännisch gestopften Spitzen von Tennissocken heraussahen. Voller Hass blickte er auf seinen Kollegen, der immer noch mit verschränkten Armen neben ihm stand und ihn verächtlich aus dunklen Augen anschaute.

»Halt's Maul, Wolters«, entgegnete Breesich kühl. »Was hast du denn für 'ne Ahnung. Nix verstehste, bist halt kein echter Mann, sondern nur so 'n verklemmter Puffgänger.«

Ferschweiler war fassungslos. Wie sprachen die beiden Künstler denn mit- und übereinander?

Otmar Wolters begann mit seiner rechten Schulter zu zucken, offenbar ein Tic, der dann zutage trat, wenn er nervös war.

»Wissen Sie, der saubere Herr Breesich meint, an der Akademie so etwas wie einen eigenen Harem zu haben, aus dem er sich ganz frei und nach Belieben bedienen kann«, sagte er zu Ferschweiler. »Spricht den ganzen Tag nur versautes Zeug und fasst die Teilnehmerinnen an.« Und an Breesich, der immer noch völlig unbeeindruckt dastand, gerichtet: »Du solltest dich was schämen.«

Breesich nahm die Arme runter und steckte beide Hände in die Taschen seiner Jeans, die genauso kanariengelb waren wie sein übriges Outfit. Selbst die holländischen Holzschuhe an seinen Füßen waren von dieser Farbe.

»Chef«, wandte er sich breit grinsend wieder an Ferschweiler. »Glauben Se dem Würstchen ma bitte kein Wort, ja. Der quatscht nur gequirlten Dünnschiss. Wat anderes kann der gar nicht, der Schlappschwanz. Neidisch ist der, dass in meinen Kursen immer die schnuckeligen Dinger sitzen und sich darauf freuen, einmal den Utz so richtig intensiv spüren zu können, wenn Sie wissen, was ich meine. Und bei dem hier«, Breesich wies durch ein leichtes Recken des Kinns auf Wolters, »sitzen nur dir alten Vetteln, die sich lieber an Kaffee und Kuchen und nicht an ihrem Dozenten erfreuen. Meine Arbeiten hängen in den Museen dieser Welt und deine noch nich mal beim Zahnarzt deines Vertrauens. Aber ich weiß halt mit meinem Pinsel zu beeindrucken, während man deinen erst noch suchen muss.«

Ferschweiler wurde es zu bunt. »Meine Herren«, sagte er, »ich muss doch sehr bitten. Ich wollte mit Ihnen über Frau Rosskämper sprechen und nicht in Ihre privaten Streitigkeiten hineingezogen werden. Also, zur Sache. Wie war Ihre Beziehung zu der Verstorbenen?« Wieder schaute er Breesich zuerst an.

»Wie gesacht, Chef. Ich bin nich böse drum, dat se wech is. Klar, die hatte 'ne tolle Figur und sicherlich auch 'nen guten Rhythmus im Becken, vorne wie hinten. Aber ma ehrlich, wer will denn mit so 'ner Matratze wat anfangen? War doch durch, die Gute. Is so, kannste mir glauben.«

Wolters' Schulter zuckte schon wieder, aber er blieb ruhig.

»Also kannten Sie Frau Rosskämper recht gut?«, schlussfolgerte Ferschweiler.

»Na ja …« Breesich schien der Frage ausweichen zu wollen. »Ich kannte so dat eine oder andere Detail von ihr, nä, aber kennen, so im Sinne von ›wissen, wat die so bewegt hätte‹, nee, dat tat ich nich. Interessierte mich auch nich. Mit der Kunst, die die Rosskämper immer fabriziert hat, konnte ich auch nicht viel anfangen. Scheußlich. Immer nur Blut, Elend und Angst.«

Breit stand ihm das Grinsen im Gesicht, von Pietät keine Spur. Da schien Wolters es nicht mehr auszuhalten.

»Du Dreckskerl! Wie kannst du nur so über Melanie reden? Sie ist noch keine vierundzwanzig Stunden tot, und was machst du? Du reduzierst sie bloß auf ihren Körper. Du bist echt der größte Prolet, der auf der Erde herumläuft.«

»Besser 'n Assi mit Niveau und 'nem ordentlichen Riemen in der Hose als so 'ne Lusche wie du mit nix als heißer Luft in der Buchse«, konterte Breesich kühl. Wieder an Ferschweiler gerichtet, sagte er: »Die hat doch alle nur ausgenutzt, die Schlampe. Hat mit jedem gefickt, der wollte, Hauptsache, sie hatte 'nen Nutzen davon. Fragen Se ma die andern Typen, ja fragen Se die ma. Sie werden schon sehn, wat die so berichten. Nur den Donald Duck hier«, er nickte knapp in Wolters' Richtung, »den brauchen Se danach nich zu fragen. Der hätte bei der keinen Stich bekommen. Wie auch? Und vor allem: womit denn?« Wieder zeigte Breesichs Gesicht dieses breite, fiese Grinsen.

»Und Sie, Herr Wolters?«, wandte sich Ferschweiler unbeeindruckt von Breesichs Urteil an den anderen Dozenten. »Wie war Ihre Beziehung zu der Verstorbenen? Kannten Sie sie gut?«

»Pfffff«, machte Breesich, noch bevor Wolters überhaupt antworten konnte. »Vorsicht, jetzt kommt ganz viel heiße Luft …«

Wolters, dessen rechte Schulter unentwegt zuckte, antwortete Ferschweiler in ruhigem Ton und schien diesmal nicht auf die Provokation seines Kollegen zu achten: »Nein, ich kannte sie nicht besonders gut. Sie hatte andere künstlerische Ambitionen als die, die ich vertrete und in meinen Kursen vermittle. Sie wollte nur Erfolg, Erfolg und noch einmal Erfolg – finanziellen und auch anderen. Und daran hat sie hart gearbeitet.«

»Sach ich ja, Chef«, schaltete sich Breesich wieder ein, »sach ich ja!«

»Ja, aber anders, als du Volltrottel es dir vorstellen kannst«, antwortete Wolters auf die erneute Einmischung, dann blickte er wieder Ferschweiler an. »Sie war geradezu besessen von der Vorstellung, dass ihre Bilder einmal in den großen Galerien dieser Welt hängen könnten. Und alle Kerle in ihrem Umfeld haben sie unentwegt darin bestätigt, dass sie das auch schaffen könne und eine außergewöhnliche Begabung besitze, enormes Talent. Aber natürlich hat keiner es ernst mit ihr gemeint, sie haben ihr nur gesagt, was sie hören wollte, und bekamen im Gegenzug dafür Sex.«

»Na, Chef«, unterbrach Breesich erneut, »hab ich es nich gerade schon gesacht?«

»Sie war im Grunde eine sehr einsame Seele, Herr Kommissar.« Wolters' Schulter zuckte nun plötzlich nicht mehr. »Sie war in Wahrheit äußerst sensibel, aber sie hatte einen Panzer um sich herum errichtet, einen Schutzwall. Sie wollte ihre Ziele durchsetzen, um jeden Preis. Gefallen hat ihr aber nicht, was sie dafür tun musste. Wie auch, bei Typen wie Breesich und anderen dieses Kalibers?«

Ferschweiler bemerkte, dass Wolters erneut hasserfüllt zu Breesich emporschaute, bevor er fortfuhr.

»Ich hätte ihr gern geholfen. Aber sie hielt mich für einen Schwätzer und hatte keine Lust, sich mit mir auch nur auszutauschen.« Traurig blickte er Ferschweiler an.

»Na, da hatte se ja ma ausnahmsweise recht, die Akademieschlampe …«

Bevor Breesich weitere Hasstiraden ablassen konnte, gebot ihm Ferschweiler mit einer deutlichen Handbewegung Einhalt.

»Herr Wolters«, hakte er nach, »woher haben Sie denn all diese Kenntnisse und Einschätzungen, wenn Sie von Frau Rosskämper eher links liegen gelassen worden sind?«

»Na ja, ich habe das halt so gehört, mal hier, mal dort. Und dann habe ich mir darauf meinen Reim gemacht.«

»Kann es sein«, fragte Ferschweiler, »dass Sie in Melanie Rosskämper verliebt gewesen sind?«

Wolters wurde rot. Er versuchte, Ferschweilers Blick auszuweichen, und starrte zu Boden. Breesich schaute mit interessiertem Blick und erneut vor der Brust verschränkten Armen auf seinen wesentlich kleineren Kollegen herab.

»Nee«, entfuhr es ihm, »du warst also auch scharf auf die Rosskämper? Is ja 'n Ding. Du bist die Sau, nich ich. Machst einen auf

Moralapostel und dann dat … Was sacht'n deine Holde in Dessau dazu?«

Ferschweiler wollte mehr erfahren über das Verhältnis zwischen Wolters und Melanie Rosskämper und bat den Künstler daher, ihn in die Verwaltung zu begleiten. Zu Utz Breesich sagte er nur kurz: »Ich habe an Sie keine Fragen mehr, auf Wiedersehen. Aber halten Sie sich bitte zu unserer Verfügung. Auf Ihren Flug nach Mallorca werden Sie vorerst verzichten müssen.«

Dann ging er gemeinsam mit Wolters in Richtung Verwaltung und ließ den angeblich großen Künstler allein und vor sich hin fluchend auf dem Platz zurück.

Kaum hatten sie die Verwaltung betreten, als auch schon Helena Claus aus ihrem Büro gestürmt kam.

»Herr Kommissar«, sagte sie, als sie den Dozenten neben Ferschweiler erblickte. »Was haben Sie denn mit Herrn Wolters vor?«

»Wir beide wollen uns ein wenig unterhalten. Kann ich dafür einen Raum nutzen, wie Frau Dr. Berggrün mir vorhin angeboten hat?«

»Aber selbstverständlich, kommen Sie mit. Sie können unseren Konferenzraum haben. Der ist frei.« Helena Claus führte sie in den hinteren Teil des Verwaltungsgebäudes in einen großen Raum mit einem zentral gestellten Besprechungstisch.

»Wunderbar«, sagte Ferschweiler. »Wenn Sie uns dann bitte allein lassen würden?« Damit schloss er die Tür und ließ Frau Claus, die anscheinend noch etwas hatte sagen wollen, auf dem Flur zurück.

Otmar Wolters hatte sich bereits auf einen der Stühle an den Tisch gesetzt, das Gesicht in den Händen vergraben.

»Habe ich das vorhin richtig verstanden, Herr Wolters?«, wandte sich Ferschweiler nach einem kurzen Moment, in dem er über die neugierige Helena Claus nachgedacht hatte, an ihn. »Sie haben mir nicht widersprochen, als ich Sie fragte, ob Sie in Melanie Rosskämper verliebt gewesen sind.«

Wolters schwieg.

»Darf ich Sie also nochmals fragen, in welcher Beziehung Sie zu Frau Rosskämper standen?«

Wolters schwieg weiterhin, aber er hatte sein Gesicht aus den Händen genommen und schaute nun aus dem Fenster. Offensichtlich hatte er Angst. Ferschweiler wusste, dass er jetzt geduldig sein musste. Wolters zu drängen, wäre kontraproduktiv. Also gab er ihm Zeit.

Langsam ging er um den Tisch herum, blickte ebenfalls aus dem Fenster auf diverse rostige Eisenobjekte, die draußen in einem Beet herumstanden, ließ seinen Blick anschließend über die Bilder an der Wand des Besprechungsraumes wandern und setzte sich schließlich Wolters an den großen Tisch gegenüber.

»Soll ich uns einen Kaffee holen?«, fragte er freundlich, allerdings ohne große Hoffnung, die Gesprächssituation dadurch merklich zu verbessern. Doch er hatte sich getäuscht. Wolters hob den Kopf und nickte.

»Ja«, sagte er mit zitternder Stimme, »einen Kaffee kann ich jetzt gebrauchen. Das wäre gut.«

Also stand Ferschweiler wieder auf, öffnete die Tür und rief nach Helena Claus, die auch umgehend erschien. Er bestellte zwei Tassen Kaffee mit Milch und setzte sich wieder Wolters gegenüber. Helena Claus hörte man derweil nebenan in der Küche werkeln.

»Also, Herr Wolters, in welcher Beziehung standen Sie zu Melanie Rosskämper?«

Für einen Moment befürchtete Ferschweiler, Wolters würde wieder in seine Lethargie zurückfallen, aber er blickte ihn geradeheraus an, die Hände auf der Tischplatte wie zum Gebet gefaltet. Dann sagte er, zwar sehr leise, aber doch deutlich vernehmbar:

»Ja, Sie haben recht. Ich war tatsächlich in sie verliebt. Aber bitte versprechen Sie mir, dass meine Frau nichts davon erfährt. Es war nicht so, wie Sie vielleicht denken oder wie Breesich, diese Sau, angedeutet hat. Es war rein platonisch. Ich habe gespürt, dass wir verwandte Seelen waren. Aber das würde meine Frau nicht verstehen.«

Ferschweiler glaubte prinzipiell nicht an rein platonische Beziehungen zwischen einem Mann und einer Frau, war aber durchaus bereit, sich eines Besseren belehren zu lassen. »Wie meinen Sie das, verwandte Seelen?«, fragte er.

Wolters schwieg einen Augenblick. Sein Blick streifte umher. Dann antwortete er mit fester Stimme: »Melanie und ich, wir hatten tatsächlich großes Talent. Aber wir wurden von anderen kleingehalten. Sie von ihrem Mann, diesem Kinderwunschwahrmacher, und ich von meiner Frau, die ebenfalls Künstlerin ist. Wir beide wollten uns befreien, wollten endlich unserer Passion folgen: malen, malen und noch einmal malen. Wir hatten so große Pläne …«

»Also waren Sie beide ein Paar?«

»Nein, so kann man das nicht sagen. Ein Paar waren wir nicht. Wir waren einfach verwandte Seelen. Wir tickten gleich, in vielen Bereichen. Wir hatten ähnliche Ideale, ähnliche Ziele.«

»Aber vorhin sagten Sie, Sie hätten die Verstorbene nicht näher gekannt. Nun behaupten Sie etwas ganz anderes. Was kann ich Ihnen glauben?« Ferschweiler versuchte, sein Gegenüber aus der Reserve locken.

»Vorhin, da hat mich doch ständig dieser Prolet provoziert. Stellen Sie sich einmal vor: Der macht Kunst so, wie er durchs Leben geht – mit dem Presslufthammer! Wie hätte ich denn eben ehrlich mit Ihnen über Melanie reden können? Indem ich mich auf das gleiche Niveau herabbegebe wie dieser Möchtegern-Don-Juan? Lieber Herr Ferschweiler, das werden Sie doch hoffentlich nicht von mir erwarten, oder? Wissen Sie, ich komme auch aus der Großstadt, auch aus dem Arbeitermilieu. Aber einer solchen Ausdrucksweise, solch fäkaler Kraftausdrücke würde ich mich nie bedienen. Das ist absolut niveaulos, völlig indiskutabel. Ganz zu schweigen von Breesichs Frauenbild.«

Wolters schüttelte angewidert den Kopf.

»Aber in einer Sache hat der sexsüchtige Breesich recht: Melanie hat sich ausnutzen lassen und versucht, jede ihr gewährte Gunst durch Sex zu vergelten. Sie fand, dass das eine ganz gute Art sei, all ihre Talente zu entwickeln. Aber sie war damit nicht glücklich.«

»Und das wissen Sie so genau?«, fragte Ferschweiler. »Also haben Sie und Melanie Rosskämper oft persönlich miteinander zu tun gehabt?«

»Nein«, antwortete Wolters mit weinerlicher Stimme, »wir haben immer nur miteinander telefoniert.«

»Sie haben sich nie persönlich zu einem Gespräch getroffen?« Ferschweiler war überrascht. »Auch nicht an der Kunstakademie?«

»Doch, hier schon. Und manchmal sind wir dann auch an der Mosel spazieren gegangen oder hoch zur Mariensäule gewandert. Sie suchte meine Nähe, wollte, dass ich ihr meine Galeristen in Köln und Berlin vorstelle, was ich auch gern gemacht habe. Sie wollte auch, dass ich sie in die Sammlerkreise, in denen ich verkehre, wenn ich in Paris bin, einführe. Aber wenn andere dabei waren, dann hat sie mich immer wie den allerletzten Schwachkopf behandelt. Sie hat mich sogar vor meinen Kollegen verspottet und ausgelacht. Offen und frei, so wie sie eben sein konnte. Aber das änderte nichts an meinen Gefühlen für sie. Sie musste unsere Beziehung schließlich geheim halten, daher war mir ihr Verhalten ganz recht.«

»Wie meinen Sie das?«

»Sonst hätte es eine Katastrophe gegeben. Stellen Sie sich vor, meine Frau hätte von unserer Beziehung erfahren. Sie hätte mich in der Luft zerrissen«, sagte Wolters nach kurzem Zögern.

»Wissen Sie eigentlich, ob Melanie Rosskämper Allergikerin war?«

Wolters schaute ihn erstaunt an. »Allergikerin? Gegen Pollen war sie allergisch, wie so viele andere Menschen auch. Birke, glaube ich, und Haselnuss. Allergiker bin ich übrigens auch: Äpfel dürften Sie mir nicht anbieten. Aber derartige Allergien sind doch ganz normal.«

»Nein, ich meinte, dass Frau Rosskämper anscheinend unter einer schweren Allergie gelitten hat, die für sie lebensbedrohlich werden konnte. Durfte sie mit irgendwelchen Substanzen auf gar keinen Fall in Kontakt kommen?«

»Nein, davon weiß ich nichts. Sie hat alles gegessen, getrunken, angezogen – sagte sie zumindest. Ich habe ihr einmal ein von mir für sie in Schottland gekauftes Wams an die Akademie geschickt, als Geschenk, als Überraschung. Und dazu noch selbst gemachten Holunder- und Apfelsaft. Da war ich in Dessau und sie allein hier in Trier, und sie schrieb mir, dass ihr die Säfte so gut geschmeckt hätten und ihr das Wams so gut gefalle, dass sie es ständig tragen würde …«

»Und wo waren Sie gestern zwischen neunzehn und zwanzig Uhr, zu der Zeit, als Melanie Rosskämper starb?«

Wolters' Schulter begann wieder zu zucken.

»Wir waren zusammen im Kino«, sagte Helena Claus, die genau in diesem Moment den Kaffee servierte.

Ferschweiler bemerkte, dass sich Wolters merklich entspannte.

»Otmar ist genau wie ich ein großer Fan von Harrison Ford, und diese Woche lief im Programmkino jeden Abend ein anderer Klassiker mit ihm. Schauen Sie, hier.« Sie deutete durch die offene Tür auf ein Plakat, das draußen auf dem Flur an der Tür zur Teeküche hing und den erwähnten Schauspieler in seiner Rolle als Indiana Jones zeigte. »Ich liebe Harrison Ford.«

Ferschweiler blickte Wolters an. »Sind Sie schon öfter zusammen ins Kino gegangen?«

»Wir machen das regelmäßig, wenn ich in Trier bin. Helena ist eine gute Zuhörerin und so wohltuend normal. Mit ihr einen Film zu sehen, ist pure Entspannung«, antwortete Wolters.

»Wo und wann haben Sie sich gestern Abend getroffen?«, fragte Ferschweiler.

»Um neunzehn Uhr, direkt am Kino, Herr Kommissar«, sagte Helena Claus. »Ich war zuvor bei meiner Chefin in Irsch und danach noch kurz in Tarforst einkaufen. Und Otmar kam zu Fuß. Er liebt es, an der Mosel spazieren zu gehen.«

»Stimmt das?«, fragte Ferschweiler Wolters. »Hat Sie jemand gesehen?«

»Meinen Sie im Kino oder auf meinem Spaziergang dorthin?«, fragte Wolters.

»Beides«, entgegnete Ferschweiler, und zu Helena Claus gewandt, die immer noch das Filmplakat betrachtete, sagte er: »Vielen Dank, wir kommen jetzt auch ohne Sie zurecht.«

»Ich bin dann in meinem Büro. Wenn Sie noch etwas brauchen, sagen Sie Bescheid.« Leise schloss Helena Claus hinter sich die Tür.

»Also«, wandte sich Ferschweiler wieder Wolters zu, »hat Sie nun jemand gesehen?«.

»Die Vorstellung war ziemlich gut besucht, aber wir haben keine Bekannten getroffen. Und auf dem Spaziergang …« Wolters zögerte, dann sagte er: »Ich mache so weit wie möglich alles zu Fuß. Eigentlich mag ich den ganzen Trubel an der Akademie nicht. Ich brauche viel Zeit für mich. Und in Dessau, bei meiner Frau, da stehe ich rund um die Uhr unter permanenter Beobachtung und Anspannung. Aber hier in Trier, da nehme ich mir die Freiheit, auch manchmal nur für mich zu sein. Das ist übrigens der wichtigste Grund, Herr Kommissar, warum ich überhaupt an der Kunstakademie arbeite. Ansonsten fühle ich mich an diesem Ort völlig fehl am Platz. Viele der Kollegen sind so wie Breesich, der nur hinter den Röcken der jungen Teilnehmerinnen her ist.«

Ferschweiler hörte interessiert zu und machte sich Notizen. »Und hat Sie auf Ihrem Spaziergang nun irgendwer gesehen?«, fragte er.

Wolters überlegte kurz.

»Nicht, dass ich wüsste«, antwortete er schließlich. »Der Weg ist nicht wirklich gut beleuchtet, und in der dunklen Jahreszeit sind um diese Zeit dort auch keine Touristen mehr mit ihren Fahrrädern unterwegs.« Dann schwieg er nachdenklich.

Ferschweiler wollte schon sein Notizbuch schließen, als Wolters sagte: »Richtig, da waren diese Obdachlosen. Die hängen oft unterhalb der alten Lithowerkstatt rum und geben sich die Kante. Die waren gestern auch da. Haben mich angemacht, mich als Arschloch und bürgerlichen Drecksack beschimpft. Würden Sie die als Zeugen akzeptieren, Herr Kommissar?«

Ferschweiler nickte. »Ja, sicher. Ich werde dem nachgehen, Herr Wolters.«

Vorerst, entschied Ferschweiler, würde der Künstler die Heimreise in seine Heimstätte zu seiner herrischen Frau allerdings nicht antreten können.

»Herr Wolters«, sagte er abschließend. »Ich muss Sie bitten, sich weiter zu unserer Verfügung zu halten. Sie dürfen Trier bis auf Weiteres nicht verlassen. Bitte geben Sie mir Ihre Adresse hier in der Stadt.«

Schlagartig wurde Wolters kreidebleich und sprang von seinem Stuhl auf. Seine Schulter begann wieder, unregelmäßig zu zucken.

»Sie verdächtigen doch nicht etwa mich?«, entfuhr es ihm voller Entsetzen. »Ich habe sie geliebt, wirklich! Geliebt aus tiefstem Herzen. Wie könnte ich dann …«

Ferschweiler gab dem Künstler keine Antwort. Resigniert sank dieser auf seinem Stuhl zusammen und begann zu weinen.

»Herr Wolters.« Ferschweiler blieb hart. »Wir müssen erst einmal alle Eventualitäten abklären. Bisher wissen wir noch nicht, ob es ein Unfall war oder Mord. Aber wir werden bald Gewissheit haben. Und da wir männliche DNA am Leichnam von Frau Rosskämper gefunden haben, dürften wir auch bald wissen, ob Sie mit Melanie Rosskämper nicht vielleicht doch – anders als Sie behaupten – gestern noch intim gewesen sind. Sie geben uns sicher freiwillig eine Speichelprobe, oder? Sie haben sie ja nur platonisch geliebt.«

Wolters wurde panisch. »Was soll denn meine Frau denken? Oh

Gott, wenn sie es erfährt …« Flehend blickte er Ferschweiler an. »Herr Kommissar, gibt es vielleicht nicht doch eine Möglichkeit, dass ich heute noch nach Dessau fahren kann?«

Ferschweiler sah, dass der Künstler völlig verzweifelt war. Aber Wolters war ein wichtiger Zeuge, vielleicht sogar ein möglicher Verdächtiger. Schließlich hätte er ein Motiv gehabt: Er hatte sie geliebt, und sie hatte offenbar nur mit ihm gespielt und gleichzeitig mit anderen angebandelt. Verschmähte Liebe gepaart mit Eifersucht – ein stärkeres Mordmotiv konnte sich der Kommissar kaum vorstellen. Zwar hatte Wolters für die Tatzeit ein Alibi; die Geschichte mit den schimpfenden Obdachlosen schien Ferschweiler jedoch nicht besonders belastbar. Er würde nach den Berbern suchen lassen, ob die sich allerdings aufgrund ihres dauerhaften Alkoholkonsums überhaupt an Wolters erinnern würden, bezweifelte er.

»Ich kann leider keine Ausnahme machen, Herr Wolters«, antwortete er schließlich. »Halten Sie sich also bitte zu unserer Verfügung. Ich wünsche Ihnen noch einen guten Tag.«

Ohne dem fassungslosen Künstler die Hand zu reichen, stand Ferschweiler auf und verließ den Raum. Vor Helena Claus' Büro blieb er stehen. Die Tür stand offen. Frau Claus saß hinter ihrem Schreibtisch und arbeitete konzentriert an ihrem Rechner. Als sie ihn bemerkte, fragte sie:

»Kann ich Ihnen noch behilflich sein?«

»Ja, vielleicht. Wissen Sie, ob Moni Weiß schon auf dem Gelände ist? Ich müsste die Dame einmal sprechen.«

»Ja, sie ist schon da«, antwortete Helena Claus, die offensichtlich stets gut informiert war. »Ich habe ihr auch schon – Ihr Einverständnis einfach einmal vorausgesetzt –«, sie lächelte ihn offen an, »mitgeteilt, dass Sie sie sicherlich so bald wie möglich werden sprechen wollen. Sie ist in der Kunsthalle und arbeitet dort.«

»Vielen Dank«, sagte Ferschweiler, der so viel Voraussicht bei seinem Kollegen de Boer manchmal vermisste. Er verließ die Verwaltung und ging erneut hinüber zur Kunsthalle. Wolters saß immer noch im Besprechungsraum und weinte. Sein Schluchzen war bis zur Eingangstür der Verwaltung zu hören.

Als Ferschweiler gerade die Mitte des Platzes zwischen Verwaltungsgebäude und Kunsthalle erreicht hatte, bog der Wagen seines Assistenten mit quietschenden Reifen auf den Hof des Akademiegeländes ein. Um Haaresbreite verfehlte er dabei eine ältere Radfahrerin, die ihn laut fluchend und mit der Faust schüttelnd zur Hölle wünschte. De Boer schien das allerdings nicht weiter zu stören. Sichtlich unbeeindruckt stieg er aus dem Wagen und kam auf Ferschweiler zu.

»Guten Morgen, Rudi«, sagte er. »Hattest du eine gute Nacht?«

»Nein«, entgegnete Ferschweiler, der unwillkürlich wieder an den Anblick der schönen Frau auf dem Seziertisch in der Pathologie denken musste. »Sie war kurz und zu sehr angefüllt mit Nachdenken. Ich bin schon seit sieben wieder bei der Arbeit. Und du? Wieso kommst du erst jetzt?«

»Ich hatte noch einen Termin bei einem Makler. Ich suche doch eine neue Wohnung.«

»Na«, entgegnete Ferschweiler kühl. »Du hast auf jeden Fall zwei äußerst interessante Herren verpasst. Ich informiere dich nachher über die Gespräche, die ich mit ihnen geführt habe. Jetzt haben wir einen Termin mit Moni Weiß, Melanie Rosskämpers Dozentin.«

»Moni Weiß?« De Boers Augen begannen zu leuchten. »Moni Weiß erwartet uns? Wow.«

»Wer genau ist denn diese Dame?«, fragte Ferschweiler erstaunt.

»Moni Weiß hat in den letzten Jahren eine schier unglaubliche Karriere hingelegt. Sie ist einer der deutschen Shooting Stars der internationalen Kunstszene. Sie wird von den momentan wichtigsten Galeristen in den USA und in Berlin vertreten und verkauft ihre Arbeiten zu Preisen, bei denen uns ganz schummrig wird, Rudi. Und sie ist tatsächlich Dozentin hier an der Akademie?«

»Ja, aber das wusstest du doch schon gestern, oder?« Ferschweiler konnte den spontanen Begeisterungsausbruch seines Kollegen nicht nachvollziehen.

»Nein, das wusste ich da nicht. Gestern war nur von einer Frau Weiß die Rede«, entgegnete de Boer. »Entschuldige, Rudi, dass ich – anders als du – manchmal nicht sofort auf der Höhe bin und Gedanken lesen kann.«

Arroganter Sack, dachte Ferschweiler und öffnete die Tür zur Kunsthalle.

Drinnen herrschte reges Treiben. Ältere und Jüngere, Frauen und Männer wuselten durch den großen Raum und trugen die unterschiedlichsten Dinge hin und her. Hier schlug eine Tür zu, dort öffnete sich eine andere – es war ein stetes Kommen und Gehen. Und in der Mitte der Halle, direkt unter einer gigantischen Palme in einem ebenso großen Pflanzkübel, von der Ferschweiler sich nicht vorstellen konnte, wie sie an diesem Ort überleben konnte, stand eine Frau, die auf sie zu warten schien, denn sie blickte ihnen unverwandt entgegen. Warum musste er bloß sofort, als er sie sah, an ein Lied aus seiner Kindheit denken? Es lag wohl an ihrer Kleidung. Sie trug ein rotes, mit weißen Punkten übersätes ponchoartiges Oberteil, unter dem ein grüner Filzrock hervorschaute. Ihre schlanken Beine steckten in einer längs gestreiften, blau- und petrolfarbigen Wollstrumpfhose, und ihre Füße zierten Filzschuhe in cremigem Weiß. Was für eine Erscheinung, dachte Ferschweiler und summte unwillkürlich die Melodie des Männleins, das im Walde steht.

De Boer hingegen war nicht mehr zu halten. Er sprang förmlich auf die verhalten lächelnde Frau zu und ergriff ihre rechte Hand.

»Frau Weiß«, stotterte er mehr, als dass er sprach. »Ich bin ein Verehrer Ihrer Kunst. Sie heute hier zu treffen, ist für mich wie ein Wunder.«

Ferschweiler verdrehte die Augen. Um die Situation zu retten, sagte er: »Guten Tag, Frau Weiß. Mein Name ist Rudolph Ferschweiler, das ist mein Kollege Wim de Boer. Wir sind von der Mordkommission.«

Moni Weiß, der de Boer immer noch enthusiastisch die Hand schüttelte, blickte von einem zum andern und lächelte beide freundlich an.

»Ja, meine Herren. Einen guten Tag wünsche ich auch Ihnen. Aber ist es wirklich ein guter Tag? Ich weiß ja nicht so recht.«

Ferschweiler war diese Frau sofort sympathisch. Er fand, dass sie ein offenes Gesicht hatte, und ihre Augen hinter den runden Brillengläsern von der Farbe seines grünlichen Duschvorhangs verrieten die Fähigkeit zu großer Empathie.

»Da haben Sie wohl recht, Frau Weiß«, gab er zurück. »Hätten Sie denn Zeit für ein Gespräch über den Tod von Melanie Rosskämper?«

»Selbstverständlich, meine Herren«, antwortete Moni Weiß, die mittlerweile ihre Hand, wenn auch nur mit Mühe, aus der Umklammerung de Boers gelöst hatte. »Sollen wir gleich hier miteinander sprechen, oder bevorzugen Sie eine etwas privatere, weniger hektische Umgebung als die Kunsthalle?« Noch immer lächelnd fügte sie hinzu: »Sie sehen ja: Hier tobt das Leben, hier explodiert die Kreativität.«

»Wir können auch an Ort und Stelle miteinander sprechen. Bei dem ganzen Trubel sind wir ja quasi ungestört.«

»Also gut«, entgegnete Moni Weiß. »Was möchten Sie wissen?«

»Melanie Rosskämper war in Ihrem noch laufenden Kurs als Teilnehmerin eingeschrieben. Wie verhielt sie sich denn im Kurs? Welchen Eindruck hatten Sie von ihr?«

»Als Künstlerin oder als Mensch?«

»Beides«, antwortete Ferschweiler.

»Nun ja, handwerklich hatte sie als Künstlerin ganz gute Voraussetzungen. Eigentlich. Aber sie war nicht sehr kreativ.«

»Das klingt bei vielen anderen an der Akademie ganz anders.«

»Na sicher, die haben ja auch alle eine rosarote Brille auf, was Frau Rosskämper betrifft. Nein, ohne Frage, sie hatte Talent. Vieles von dem, was sie mir gezeigt hat, bevor sie in meinen Kurs kam, war wirklich gut. Sie hatte Biss und ein gutes Gespür für die tiefen Stellen, wenn Sie verstehen, was ich meine.«

Während de Boer wissend nickte, musste Ferschweiler nachhaken.

»Nein, ich weiß nicht, was Sie meinen. Könnten Sie es mir erklären?«

»Na, sehen Sie«, immer noch lächelte die Künstlerin – Ferschweiler fühlte sich an die Mona Lisa erinnert –, »sie hat die Tiefen der menschlichen Seele auszuloten versucht: die unterschiedlichen Ängste, die viele von uns heute haben, das Leiden an den kleinen Dingen des Alltags, der Schmerz, der die meisten von uns als permanentes Gefühl, wenn nicht körperlich, so doch seelisch begleitet und quält. Und da hatte sie gute Ansätze, da war sie wirklich auf dem richtigen Weg. Aber ihr fehlte das Eigene, sie war, um das Kind einmal beim Namen zu nennen, nur eine Nachahmerin. Sie schuf nichts aus sich selbst heraus, obwohl alles in ihr schlummerte.«

»Sie meinen also, Frau Rosskämper war so eine Art Freiherr von Guttenberg im Bereich der Kunst?« Ferschweiler fiel kein besserer Vergleich ein.

»Ja, durchaus.« Moni Weiß schien das gewählte Beispiel nicht zu irritieren. »Man muss die Kategorien natürlich fein säuberlich trennen. Auch Melanie Rosskämper schöpfte aus fremden Quellen, obwohl sie eigentlich eine konkrete Vorstellung von dem hatte, was sie eigentlich ausdrücken wollte. Aber ihr fehlte eben die für den Ausdruck des Innerlichen nötige Sprache. Was das angeht, war sie völlig unbegabt. Melanie Rosskämper hängte ihr Fähnlein immer nach dem Wind, der in den jeweils von ihr besuchten Seminaren wehte. War sie etwa bei dem bekloppten Breesich, dann machte sie mit dem Vorschlaghammer Kunst. Und auch bei ihren anderen Dozenten verhielt es sich ähnlich: Stets imitierte sie deren Handschriften, wohl immer in der Hoffnung, auf diesem Wege viel Beachtung und Lob zu erhalten.«

»Und«, Ferschweiler war neugierig, »erhielt sie dieses Lob dann auch?«

Als Moni Weiß antwortete, konnte er einen leichten Anflug von Sarkasmus in ihrer Stimme erkennen.

»Tja, Herr Kommissar. Natürlich. Was denken Sie? Sie haben sie ja gesehen. Hätten Sie einer Frau wie ihr widerstehen können, wenn sie Ihnen ein eindeutiges Angebot gemacht hätte?«

Ferschweiler wurde rot. Tatsächlich hatte er sich bereits genau dieselbe Frage gestellt.

»Sie meinen also, wenn ich Sie richtig verstehe, Frau Weiß, dass Melanie Rosskämper sich Lob, Zustimmung und Unterstützung bei der Vermarktung ihrer Kunst durch Sex quasi erkauft hat?« Ferschweiler war froh, wieder in die Offensive gehen zu können.

»Genau. So würde ich es sagen. Sie war eine Person, die mit ihrem Körper in gewisser Weise Geschäfte gemacht hat.«

»Aber das tun Sie auch, Frau Weiß«, mischte sich de Boer, der bisher voller Ehrfurcht vor der renommierten Künstlerin geschwiegen hatte, in das Gespräch ein. »Auch Sie nutzen Ihren Körper für Ihre Kunst. Und die verkauft sich doch sehr gut.«

Moni Weiß' Lächeln wandelte sich vom sarkastischen hin zum mitleidigen.

»Aber natürlich nutze ich meinen Körper auch für meine Kunst. Und natürlich möchte ich auch von meiner Kunst leben können. Aber mal ehrlich, Herr Kommissar«, sie schaute Ferschweiler tief in die Augen, »wenn ich meinen Körper bemale und ihn dann abfotografiert in einer Ausstellung entfremdet präsentiere: Ist das das Gleiche, wie wenn ich mit meinen Sammlern und Kollegen ins Bett gehe? Sicher nicht, oder?«

De Boer blickte betreten zu Boden. Er schien seinen unüberlegten Vorstoß zu bereuen.

»Und was mich am meisten aufgeregt hat«, jetzt lächelte Moni Weiß nicht mehr, ihr leuchtend rot geschminkter Mund hatte sich wie zu einer scharfen Klinge verzogen, »war, dass die Rosskämper auch noch versuchte, sich mit meiner Technik der Körperbemalung zu profilieren. Wo kommen wir denn da hin? Darauf habe ich eine Art Monopol. Ich habe sogar versucht, mir diese Technik gesetzlich schützen zu lassen, aber hier in Deutschland geht das leider nicht. Und dann wollte die Rosskämper auch noch, dass ich ihre Arbeiten meinen Galeristen zeige.«

Die Künstlerin war außer sich. Zum ersten Mal erkannte Ferschweiler, dass sich unter dem fliegenpilzartigen Poncho auch Arme verbargen.

»Das ist doch Betrug, ein reines Plagiat! Und geschäftsschädigend noch dazu! Und soll man so etwas dulden? Herr Kommissar, was sagen Sie denn? Gehört die Idee an einer Sache denn niemandem mehr? Kann sich denn jeder einfach so überall bedienen?«

Ferschweiler musste Moni Weiß beipflichten. Auch er war der Meinung, dass Erfindungen und Ideen geschützt werden mussten. Allerdings kannte er sich im Metier der Kunst nicht aus. Daher antwortete er ausweichend: »Wenn es um richtige Werte geht, schon, aber bei Bildern ist das vielleicht nicht ganz so zentral …«

»Ja, ja. Sie haben gut reden«, erwiderte Moni Weiß immer noch sehr erregt. »Ihnen wird ja nichts geklaut. Bei Ihnen ist alles mehr oder weniger Teamarbeit. Hier aber agieren Individualisten! Hier arbeitet man immer nur für sich und gegen andere. Deshalb ist das Lehren an der Akademie auch so schwierig. Können Sie sich vorstellen, wie nervig es ist, wenn alle Teilnehmer eines Kurses sich nur an ihrem Dozenten orientieren? Die sollen lernen, ihre eigenen kreativen Energien fließen zu lassen, und nicht, sich an dem Deppen vorn zu orientieren.«

Sie hielt inne und wurde nachdenklich.

»Die Schule, Herr Ferschweiler, die Schule ist schuld. Da werden wir versaut für ein kreatives, aus uns selbst heraus schöpfendes Leben. Glauben Sie mir, ich weiß, wovon ich spreche.«

Ferschweiler hatte eine ungefähre Ahnung davon, was die Künstlerin meinte. Seine Erinnerungen an die Schulzeit waren auch nicht die besten.

»Aber zurück zu Melanie Rosskämper, Frau Weiß«, versuchte er, dem Gespräch wieder eine sinnvolle Richtung zu geben. »Was genau hat Frau Rosskämper denn nun gemacht?«

»Sie war sehr engagiert, ganz ohne Zweifel. Sie war die Erste, die morgens im Atelier war, und die Letzte, die abends ging. Oft hat sie sogar nachts gearbeitet. Ich war eigentlich immer dagegen, dass sie für das Atelier andere Arbeitszeiten gestattet bekam als die übrigen Teilnehmer. Aber sie hatte halt so ihre Kontakte zur Verwaltung. Ihr Mann ist ja, wie Sie sicherlich schon wissen, Vorsitzender des Fördervereins. Er wiederum besitzt beste Kontakte in der Landes- und Lokalpolitik sowie in die hiesige Wirtschaft. Und Frau Dr. Berggrün hoffte durch ihn, die Akademie dauerhaft besser im öffentlichen Bewusstsein zu platzieren und fördern lassen zu können. Insofern ist es für mich eine lässliche Sünde, dass Dr. Berggrün der Rosskämper so manches Privilegium eingeräumt hat, das andere nie bekommen hätten. Früher wäre an der Akademie für jeden um acht Uhr Schluss gewesen. Aber die Rosskämper, die durfte auch nachts noch arbeiten.«

Ferschweiler hatte sich alles Wesentliche notiert. Aber er hatte noch weitere Fragen.

»Und wie verhielt sich Frau Rosskämper in Ihrem Kurs?«

»Gegenüber den anderen Kursteilnehmern war sie eher abweisend und kühl, arrogant könnte man vielleicht sogar sagen. Und ich glaube, die anderen mochten sie deshalb auch nicht. Sie saß immer an ihrer Staffelei in einer Ecke des Ateliers und sprach fast nie mit den anderen. Wenn einer ihr beispielsweise einmal Kuchen oder etwas anderes anbot, wandte sie sich immer angewidert ab. Sie wollte keinen Kontakt.«

»Wissen Sie, ob Melanie Rosskämper unter Allergien litt?«

»Nein, das weiß ich nicht. Sie hat auch nie über private Dinge gesprochen. In unseren Gesprächen ging es immer nur um ihr Vorankommen als Künstlerin. Sie drehten sich nur um das Verbessern ihrer Technik und Ähnliches. Melanie Rosskämper hatte kein wirkliches Interesse an anderen Menschen, wenn Sie mich fragen. Sie war das, was man in Norddeutschland einen kalten Fisch nennt.«

Ferschweiler nickte versonnen. De Boer sagte immer noch kein Wort.

»Und warum ist sie gestern allein im Atelier geblieben, während Sie mit Ihrer Klasse nach Luxemburg gefahren sind? Waren da persönliche Differenzen im Spiel?«, fragte Ferschweiler.

»Nein, Herr Kommissar, das hatte damit nichts zu tun. Wissen Sie, ich bin eine sehr friedfertige Person. Ich bin äußerst tolerant. Wenn Sie bei mir im Kurs wären, dann könnten Sie erst einmal tun und lassen, was immer Sie wollen. Nur: Sie sollten sich entwickeln. Und das hat die Rosskämper eben nie gemacht. Sie hat nicht ihren eigenen Weg gefunden, sondern mich nur kopiert. Und das nicht einmal offen und in meiner Gegenwart. Darüber bin ich am meisten schockiert. Denn während der Kurszeiten hat sie immer nur auf Leinwand gearbeitet.«

Moni Weiß war, obwohl sie immer noch lächelte, sichtlich verärgert.

»Das Problem war nicht, dass Sie sich im Kurs an meinem Arbeiten orientiert hat. Das tun auch viele andere Teilnehmer. Ich finde das auch gar nicht verwerflich. Viele von ihnen müssen ja erst einmal eine Linie finden und die Grundtechniken erlernen, die Basics. Man orientiert sich immer zuerst einmal am Lehrer und entwickelt dann seine eigene Technik und seinen eigenen Stil. Aber gestern, Herr Kommissar, als ich mit dem ganzen Kurs nach Luxemburg gefahren bin, da hat sie, die immer eine sprichwörtliche Extrawurst brauchte und sich auch nicht für meine Theorie interessierte, die Körpermalerei probiert. Und die ist mein eigener Ausdruck, die lehre ich nicht in meinen Kursen! Glauben Sie mir, dafür schätzen mich Sammler und Kenner in der ganzen Welt. Das macht sonst keiner so! Und darüber, dass die Rosskämper diese so schamlos und vor allem hinter meinem Rücken kopiert hat, darüber bin ich nun, da ich es weiß, mehr als entsetzt.« Moni Weiß hatte mittlerweile ihre Arme aus dem Fliegenpilzponcho gezogen und vor der Brust verschränkt.

»Und eins versichere ich Ihnen, bei aller Menschenliebe: Wenn ich enttäuscht bin, dann nachhaltig. Und Melanie Rosskämper ist für mich kein Thema mehr. Sie war ein hintertriebenes Miststück.«

Ferschweiler war erstaunt, welche Abgründe sich ihm da gerade offenbarten. Bisher hatte er noch nichts Gutes über die schöne Tote gehört. Das gab ihm zu denken.

Sein Assistent war immer noch still. Selbst als Moni Weiß nichts mehr sagte, schwieg er beharrlich. Anscheinend hatte es ihn hart getroffen, das Missfallen der Künstlerin erregt zu haben.

Ferschweiler hatte für den Moment keine Fragen mehr und knuffte de Boer am Arm. Dieser schien aus einer Art Trance zu erwachen, schaute erst ihn, dann die Künstlerin an, sagte aber weiterhin nichts. Ferschweiler fragte abschließend: »Aber warum überhaupt Malerei auf Haut? Das kann man dann doch nur fotografisch festhalten, zumindest wenn man die Pelle nicht abziehen und gerben will.«

Moni Weiß antwortete gelassen: »Unsere Haut ist ein sensibles Material. Sie ist unser größtes und gleichzeitig das uns am wenigsten bewusste Organ. Die Haut ist zudem ein Material mit einer weitreichenden Tradition: Haut spielte schon immer eine wichtige Rolle in Kultur und Kunst. Denken Sie nur an das Pergament, an Tierhäute, auf denen das gesamte Mittelalter geschrieben hat. Zudem lässt sie sich gut bemalen. Und wenn es Ihre eigene ist, dann macht es auch noch Spaß.«

Und während sie das sagte, zwinkerte sie Ferschweiler auf eine für ihn unbestimmbare Art zu.

***

Nach einer kurzen Mittagspause machten sich Ferschweiler und de Boer am frühen Nachmittag auf den Weg zu Melanie Rosskämpers Eltern. Sie hatten es nicht besonders eilig, Ürzig an der Mosel zu erreichen, das etwa fünfzig Kilometer flussabwärts von Trier lag. Deshalb verließ de Boer die wie üblich samstagnachmittags leer gefegte Autobahn schon bei Schweich und bog auf die B 53 ab, die sich parallel zu der mäandrierenden Mosel durch das von Weinbergen gesäumte Tal zog. Ferschweiler hatte den Vorschlag gemacht, diese Strecke zu nehmen, da sie ihn an die vielen Ausflüge mit dem Motorrad erinnerte, die er früher gemeinsam mit seinem Bruder gemacht hatte. Sein holländischer Kollege wäre lieber auf der Autobahn geblieben und hätte den Diesel des Dienstwagens an seine Grenzen gebracht. Aber Ferschweiler war der Chef.

Sie durchfuhren Leiwen und Piesport, dann Bernkastel-Kues und schließlich Zeltingen, wo der so umstrittene Hochmoselübergang gebaut werden würde. Dann, nach knapp einer Stunde Fahrt, erreichten sie Ürzig. Sie mussten den Ort fast ganz durchqueren, bis die prächtige Renaissancefassade des Hauptgebäudes des Weingutes in ihr Blickfeld kam.

De Boer hatte bereits einiges zur Familie der Toten recherchiert und Ferschweiler für die Fahrt ein Dossier zusammengestellt. Die von Schnüffies wohnten auf einem der bekanntesten Weingüter der Region. Ihre Reputation in der Öffentlichkeit verdankten sie ihren ausgezeichneten Weinen, für die Herrmann Laurenz von Schnüffies, Melanie Rosskämpers Vater, regelmäßig auf nationaler wie internationaler Ebene Preise gewann. Zu ihrer Bekanntheit trug aber auch das Weingut als solches bei, war es doch aufgrund seiner architektonischen Gestalt und seiner Geschichte ein echtes Kleinod.

Ursprünglich hatte es sich im Besitz der Zisterzienser aus der Abtei Himmerod in der Eifel befunden. 1804, nach der Säkularisation des Kirchenbesitzes unter Napoleon, gelangte das Weingut in die Hände der belgischen Familie van Wijkeren, die es historistisch umbauen ließ und 1886 mit der noch heute zu sehenden prächtigen, eher an den flämischen Raum, weniger an die Moselregion erinnernden Neorenaissancefassade versah. Doch die Zeiten meinten es nicht gut mit den van Wijkeren. Nachdem sie den 1857 plötzlich einsetzenden, fast schon kometenhaften Aufstieg des Moselweins zu Weltruhm zu nutzen gewusst hatten, verspekulierte sich das Familienoberhaupt Carel van Wijkeren und musste seine Güter an der Mosel 1912 an den damals noch jungen Friedrich-Wilhelm von Schnüffies verkaufen, Melanie Rosskämpers Großvater, der durch die Erfindung eines neuartigen Isoliermaterials für Stromleitungen früh zu einem außergewöhnlichen Vermögen gekommen war.

»Mannomann«, sagte Ferschweiler, als er das Dossier gelesen hatte. De Boer steuerte derweil den Wagen auf den Hof vor dem Hauptgebäude des Weingutes und brachte ihn knirschend auf dem Schotter zum Stehen. »Das ist ja eine interessante Historie.«

»Aber in der Akte steht nicht alles«, erwiderte de Boer. »Kennst du den Bau nicht auch aus dem Fernsehen?«

Ferschweiler sah seinen Assistenten erstaunt an. Anscheinend wusste er nicht, dass Ferschweiler das gängige Fernsehprogramm grundsätzlich ablehnte.

»Na«, erklärte de Boer, »hier ist doch diese Fernsehserie gedreht worden. Es ging da um eine Winzerfamilie, die …«

Weiter kam er nicht. Neben der Fahrertür erschien ein junger Mann in Reiterkluft, hinter dem ein offensichtlich temperamentvoller Hannoveraner-Hengst aufgeregt wieherte und mit den Hufen scharrte. Mit seiner behandschuhten Hand klopfte der Pferdeführer an das Fenster.

»Sie müssen hier wegfahren«, sagte er, nachdem de Boer das Fenster heruntergelassen hatte. »Das ist kein Parkplatz. Wollen Sie Wein kaufen, oder kommen Sie wegen der Pferde?«

»Weder noch«, antwortete de Boer, der die Augen nicht von dem Rassepferd mit seiner geflochtenen Mähne lassen konnte. »Wir sind von der Trierer Polizei und würden gern mit Herrn von Schnüffies sprechen.«

Der junge Mann bat um etwas Geduld, wies de Boer einen Parkplatz zu und verschwand in Richtung des imposanten, mit vielen Schleifgiebeln verzierten Gebäudes. Den Hengst hatte er zuvor einer jungen Frau ausgehändigt, die in eleganter Reitkleidung mit zwei weiteren hochschultrigen Vollbluttieren über den Hof kam. Leise hörten die Polizisten im Inneren ihres Wagens das gleichmäßig elegante Klackern der Hufe.

»Pferde«, entfuhr es Ferschweiler. »Wieso denn Pferde? Ich dachte, von Schnüffies macht in Wein?«

Diesmal war es de Boer, der erstaunt schaute. »Hast du die Akte nicht richtig gelesen? Herrmann Laurenz von Schnüffies ist einer der berühmtesten Dressurreiter.«

»Ich kenne nur Reiner Klimke und seinen Hengst Alarich«, sagte Ferschweiler.

»Ahlerich«, korrigierte ihn der Holländer. »A-h-l-e-r-i-c-h. Ein wunderbarer Wallach, kein Hengst, wenn auch etwas eigenwillig. Aber er hat zusammen mit Klimke über fünfzig Grand-Prix-Siege eingefahren. Von Schnüffies fällt in die gleiche Kategorie, auch wenn er nicht so medienpräsent ist wie Klimke.«

»Ist Reiten auch ein Hobby von dir?«, fragte Ferschweiler verwundert, als sie aus dem Wagen stiegen.

De Boer musste verlegen lächeln. »Ja«, antwortete er schließlich. »Ich habe lange Jahre jedes Wochenende Reitstunden genommen, damals, als ich noch nicht in Europa gelebt habe. Ich war von Pferden absolut begeistert. Allerdings hatte ich nie selbst eins.«

De Boer hätte sicherlich noch weitererzählt, wenn nicht der junge Mann von eben zurückgekehrt wäre, um ihnen mitzuteilen, dass Baron von Schnüffies sie gemeinsam mit seiner Gemahlin in der Bibliothek erwarte. Er würde sie dorthin begleiten.

Die drei Männer überquerten den Vorplatz, erklommen die zehn Stufen der weit ausladenden Freitreppe und betraten das Herrenhaus durch eine Tür mit aufwendigen Ornamentschnitzereien, die schon mehrere Jahrhunderte auf dem Buckel haben musste. Der Anblick der sich dahinter öffnenden Halle verschlug Ferschweiler kurz den Atem. Er hatte aus dienstlichen Gründen schon viele großbürgerliche Häuser und Villen von innen gesehen, aber so etwas wie das Anwesen der von Schnüffies kannte er nicht. Bestimmt sechs Meter hoch und mit einem bunt verglasten Oberlicht abgeschlossen erstrahlte die Eingangshalle in eleganter Pracht. Gobelins mit Jagdmotiven hingen an den Wänden, und die Eingangstür wurde von zwei auf Hochglanz polierten Ritterrüstungen flankiert.

»Bitte kommen Sie, meine Herren«, sagte ihr Begleiter und deutete auf einen Durchgang, über dem ein großer Wappenschild prangte, der die drei Attribute der Familie von Schnüffies zeigte: Kutte, Flöte und Buch.

Sie gingen den angrenzenden Flur entlang auf eine doppelflügelige Tür zu. Der junge Mann öffnete sie nach kurzem Anklopfen und führte die beiden Polizisten in die Bibliothek.

Ein etwa achtzigjähriger, grauhaariger Mann von äußerst gepflegter Erscheinung blickte ihnen entgegen. Er war in einen beigefarbenen Tweedanzug mit gleichfarbiger Weste über einem weißen Hemd gekleidet. An den Füßen trug er schwarzlederne Reitstiefel, und unter seiner linken Manschette war ein goldenes Chronometer zu erkennen. Sein Gesicht zierte ein kaiserlicher Backenbart, der Ferschweiler an das Reiterstandbild am Deutschen Eck in Koblenz erinnerte. Neben dem Mann stand, die Hände nervös gefaltet, eine um einiges jüngere Frau von ebenfalls elegantem Äußeren. Ihr taubenblaues Wollkostüm harmonierte perfekt mit dem üppigen Blumenschmuck, den Ferschweiler auf einem Tisch neben zwei großen Ohrensesseln bemerkte.

»Meine Herren«, begann der Hausherr. »Ich bin Herrmann Laurenz Edler von Schnüffies. Dies ist meine Gattin, Margaretha Freifrau von Corritz. Was verschafft uns die Ehre Ihres Besuchs?«

Ferschweiler schaute kurz zu de Boer, wusste aber schon vorher, dass er den Part des Überbringers der traurigen Nachricht selbst würde übernehmen müssen.

»Wollen wir uns nicht setzen?«, fragte er, und von Schnüffies wies mit ausgestreckter Hand auf eine lederne Sitzgarnitur in der hinteren Ecke des großen Raumes.

»Bitte, meine Herren. Dann nehmen wir also erst einmal Platz. Sie machen es ja geheimnisvoll.«

Nachdem sich alle gesetzt hatten, sagte Ferschweiler in ruhigem Ton: »Wir haben Ihnen eine traurige Mitteilung zu machen. Ihre Tochter Melanie ist gestern Abend an der Kunstakademie in Trier tot aufgefunden worden.« Er blickte den beiden tief in die Augen und fügte dann, diesmal mit deutlich belegter Stimme, hinzu: »Es tut mir sehr leid.«

Frau von Corritz brach augenblicklich in Tränen aus und hielt laut schluchzend die Hände vor ihr Gesicht. Der Baron hingegen verzog keine Miene.

»So, hat das Drama also ein Ende gefunden«, sagte er nach kurzem Schweigen. »Es musste so kommen. Dieses Flittchen. Geschieht ihr ganz recht.«

»Herrmann«, rief seine Frau mit von Weinen geröteten Augen. »Sprich nicht so über Melanie. Sie ist immerhin deine Tochter.«

»Nein, Margaretha, ist sie nicht. Ich habe sie aus meinem Leben gestrichen, das weißt du. Und ich werde sie nicht wieder aufnehmen, nur weil ihres nun zu Ende ist.« Mit versteinerter Miene wandte er sich den Polizisten zu und fragte: »Gehen Sie von einem Verbrechen aus? War es Mord?«

De Boer war der Erste, der sprach. »Das können wir zum jetzigen Zeitpunkt noch nicht eindeutig sagen, Herr von Schnüffies. Es könnte sich auch um einen Unfall handeln. Ihre Tochter hat höchstwahrscheinlich einen anaphylaktischen Schock erlitten, während sie an einem Bild auf ihrer Haut gearbeitet hat. Daran ist sie dann nach unseren bisherigen Erkenntnissen gestorben.«

Frau von Corritz war mittlerweile aufgestanden und hatte sich an eines der hohen Fenster gestellt, die den Blick auf die hinter dem Herrenhaus am Hang liegenden Rebstöcke freigaben. »Musste sie leiden?«, fragte sie leise.

»Nein.« Nun sprach Ferschweiler. »Unser Gerichtsmediziner sagte, es sei alles sehr schnell gegangen.« Und im direkten Anschluss:

»Dürfen wir Ihnen einige Fragen zu Ihrer Tochter stellen? Wir müssen ihr Umfeld etwas beleuchten.«

»Also gehen Sie doch von Mord aus«, sagte von Schnüffies finster. »Es musste ja so enden bei ihrem Charakter.«

»Nein, die Fragen sind Routine. Wir müssen sie stellen.«

»Dann fangen Sie um Himmels willen auch damit an«, entgegnete der Baron in harschem Ton. »Ich habe nicht den ganzen Tag Zeit für diesen Schmarrn. Ich habe heute noch Wichtigeres zu tun.«

Ferschweiler fiel der verständnislose Blick der Frau auf, als ihr Gatte laut wurde. Vielleicht ergab sich später die Gelegenheit, mit ihr allein zu sprechen.

»Warum haben Sie Melanie aus Ihrem Leben gestrichen, Herr von Schnüffies?« De Boer hatte seinen kleinen Notizblock aus der Tasche gezogen.

»Wissen Sie, wir sind eine alte Familie mit gewissen Traditionen«, hob der Baron an. Auch er war wieder aufgestanden. »Wein und Pferde gehören dazu. Und es war mir immer wichtig, dass meine Kinder diese Traditionen fortführen, sie quasi weiterleben und damit der Familie Ehre erweisen. Aber während aus meinen beiden Söhnen Maximilian und Leopold-Wilhelm exzellente Reiter geworden sind und sie sich auch beim Vinifizieren als wahre Genies herausstellten, ist Melanie nie am Umgang mit Pferden interessiert gewesen. Und Wein wollte sie nicht machen, sondern nur trinken.«

»Aber sie hatte doch ihre Allergien, Herrmann«, schaltete sich Frau von Corritz in das Gespräch ein.

»Papperlapapp«, fuhr ihr der Baron über den Mund. »Sie hat schon früh angefangen zu simulieren. Konnte angeblich nicht in den Stall gehen, weil sie dann keine Luft bekäme. Unglaublich! Bei ihren beiden Brüdern war das doch auch kein Problem.«

»Herrmann, sie war krank«, kam es vom Fenster her. »Das haben wir in der Uniklinik in Homburg feststellen lassen.«

»Ja, ja.« Schnüffies machte eine abwehrende Handbewegung, so als wolle er das Argument seiner Frau beiseitewischen. »Das Gutachten: eine Schande. Was stand denn da drin? Dass sie eine Art Heuschnupfen hatte. Allergien hatte ich als Kind auch. Und? Habe ich meinen Weg mit den Pferden nicht gemacht? Sie hat nur Schande über unser Haus gebracht. Nur Schande. Es war unerträglich. Ich habe irgendwann aufgehört, sie als meine Tochter zu betrachten. Auch sonst hat sie immer nur gemacht, was sie wollte, und so etwas konnte ich mir nicht gefallen lassen. Ich habe meine Prinzipien, und von denen rücke ich keinen Nanometer ab. Wo kämen wir denn da hin?«

Ferschweiler war den Ausführungen des Hausherrn aufmerksam gefolgt und hatte dabei seinen Blick durch den Raum streifen lassen. Nun stand er auf und ging zu einem der Bücherregale aus dunklem Holz, das eine der Wände des großen Raumes komplett ausfüllte und das geradezu beladen war mit einheitlich in dunkles Leder gebundenen Bänden. Er hatte nie verstanden, warum manche Leute so viel Geld nur für Bücher ausgaben. Immerhin gab es in der Nähe der meisten Menschen Leihbibliotheken wie die an der Weberbach oder im Palais Walderdorff, in die er als Kind manchmal mit seiner Mutter gegangen war.

»Ihre Leidenschaft gilt also komplett den Pferden?«, fragte Ferschweiler angesichts der Titel, die er auf den Buchrücken lesen konnte.

»Nicht nur mein Herz gehört den Pferden, Herr Kommissar«, entgegnete von Schnüffies, der Ferschweiler verächtlich aus eiskalten Augen ansah. »Wir pflegen hier ein besonders feines Reiten in der französischen Tradition der Légèreté.« Wie um seinen Worten Nachdruck zu verleihen, fuhr er sich über seinen sorgfältig gestutzten, Ferschweiler immer noch irritierenden Bart. »Unsere Vorbilder sind François Robichon de la Guérinière, François Baucher und die vielen anderen Meister … Aber davon haben Sie sicherlich nicht den geringsten Schimmer.«

»Im Gegenteil«, meldete sich de Boer unvermittelt zu Wort. »Ich bin auch ein großer Anhänger der gerittenen ›Leichtigkeit‹.«

»Ja?«, fragte von Schnüffies sichtlich amüsiert. »Dann halten Sie es wohl auch mit Nuno Oliveira: ›Reiten Sie Ihr Pferd glücklich‹.« Dann brach er in ein tiefes Lachen aus, von dem Ferschweiler nicht wusste, ob es echt oder nur aufgesetzt war. De Boer hingegen blieb völlig ruhig.

»Wie ich sehe, sind Sie darüber hinaus auch ein großer Bücherliebhaber«, stellte de Boer fest.

»Ja«, antwortete der Baron. »Das Reiten ist nicht meine einzige Passion. Ich sammle auch Hippologica.«

»Hippo– was?«, fragte Ferschweiler, der sich ausgeschlossen fühlte.

»Hippologica – Pferdeliteratur. Und da habe ich über die Jahre eine beachtliche Sammlung zusammengebracht, immerhin nun fast viertausend Bände aus sechs Jahrhunderten. Interessieren Sie sich dafür?« Noch bevor Ferschweiler dies verneinen konnte, hatte de Boer bereits »Ja« gesagt.

»Soll ich Ihnen vielleicht einige Kostbarkeiten aus meiner Kollektion zeigen? Vielleicht meine vorzüglich erhaltene Ausgabe von Markus Fuggers ›Von der Gestüterey‹ von 1584, dem möglicherweise monumentalsten Grundwerk der Hippologie? Oder interessieren Sie sich eher für Fragen der Dressur und der Pferdezucht? Dann zeige ich Ihnen meine sehr gut erhaltene Ausgabe von Karl Wilhelm Ammons Werk ›Nachrichten von der Pferdezucht der Araber‹, erschienen 1834 in Nürnberg. Mein Exemplar hat einst dem preußischen König gehört, in den Einband sind seine Wappen geprägt … Schauen Sie, hier.«

De Boer war interessiert an den Baron herangetreten, der zielsicher einen Band aus dem Regal gezogen hatte und nun wie verliebt den Ledereinband streichelte. Ferschweiler nutzte die Gelegenheit und ging hinüber zu Frau von Corritz, die ihre Tränen noch immer nicht unter Kontrolle hatte.

»Sie müssen ihn entschuldigen«, sagte sie, als er neben ihr am Fenster stand. »Es war damals eine schwere Zeit für uns alle. Und er hat Prinzipien. Eigentlich ist das ja gut, aber er ist manchmal ein solcher Dickschädel …«

Wieder verfiel sie in tiefes Schluchzen. Ferschweiler sagte erst einmal gar nichts.

»Wissen Sie, Herr Kommissar«, fuhr Frau von Corritz leise mit Blick auf ihren Gatten fort, der de Boer gerade seinen Fugger-Folianten zeigte, »mein Mann hat auch mir jeden Kontakt zu Melanie untersagt. Selbst als sie vor einiger Zeit geheiratet hat, durfte ich nicht zur Trauung nach Bonn fahren. Sie hatte diesen Rosskämper dort an der Uni kennengelernt. Er war damals der Assistent eines bedeutenden Genetikers.«

Ferschweiler machte sich Notizen. »Und Sie haben sie gar nicht mehr getroffen?«

»Doch, natürlich.« Nun flüsterte Frau von Corritz. »Selbstverständlich haben wir uns ab und zu getroffen. Mal in Trier zum Einkaufen, mal zu Museumsbesuchen in Frankfurt oder Köln. Aber es war immer nur für wenige Stunden. Und verständlicherweise hat sie sich immer mehr von mir entfremdet.«

»Frau von Corritz, können Sie sich vorstellen, dass jemand Ihre Tochter hätte umbringen wollen?«

»Melanie war schwierig. Schon als Kind hatte sie keine wirklichen Freunde. Sie wollte immer alles und dies vor allem immer als Erste. Sie wollte stets in allem die Schönste und Beste sein. Und dazu war ihr alles recht. Sie hat schon früh erkannt, dass der Herrgott ihr einen außergewöhnlich schönen Körper geschenkt hatte – und den hat sie, wenn Sie mich fragen, auch schamlos zum Erreichen ihrer Ziele eingesetzt. Aber ich sollte nicht so über meine Tochter sprechen. Sie ist noch nicht einmal bestattet.« Wieder gingen ihre letzten Worte in Schluchzen unter.

»Aber können Sie sich vorstellen, dass jemand sie töten wollte?«

Frau von Corritz schnäuzte sich in ein mit Spitzen besetztes Taschentuch.

»Nein, Herr Ferschweiler, das kann ich mir nicht vorstellen. Wer denn auch? Ihr Mann? Nein, der hat sie, glaube ich, wirklich geliebt, obwohl sie auch ihn schlecht behandelt hat. Da kam sie ganz nach ihrem Vater.« Ihr Seitenblick auf den Baron war Ferschweiler auch diesmal nicht entgangen. »Und irgendwelche Leute von früher, aus ihrer Kindheit oder Schulzeit? Das wäre ja absurd. Nach all den Jahren. Nein, ich kann es mir beim besten Willen nicht vorstellen. Aber war es denn tatsächlich Mord? Sie sagten doch, alles spräche eher für einen Unfall?«

»Ja«, antwortete Ferschweiler. »Aber wenn Ihre Tochter die starke Allergikerin war, für die sie alle hielten – außer Ihrem Mann vielleicht –, dann frage ich mich schon, weshalb sie nicht vorsichtiger gewesen ist. Sie hat den Pinsel, mit dem sie beim Malen die Farbe aufgetragen hat, zum Anspitzen in den Mund genommen. Wir gehen im Moment davon aus, dass sie die Substanz, auf die sie allergisch reagierte, auf diese Weise oral zu sich genommen hat. Mal ganz davon abgesehen, dass es schon recht ungewöhnlich ist, sich die Haut mit Farbe zu bemalen.«

Nun musste Frau von Corritz leicht lächeln. »Ach, Herr Kommissar, Sie haben sie nicht gekannt. Sonst wüssten Sie, dass sie nichts mehr langweilte als das Gewöhnliche. Nichts war ihr zu hoch, nichts zu weit, nichts zu schwer. Ich erinnere mich noch, wie sie ihren ersten Fallschirmsprung am Flugplatz in Föhren gemacht hat. Oder wie sie mit achtzehn Jahren, kurz nach ihrem Geburtstag – und da waren ihr ihre Allergien bereits bestens bekannt und auch schmerzhaft bewusst – mit einer Freundin eine Trekkingtour durch Birma gemacht hat.« Dann blickte sie wieder mit vor der Brust verschränkten Armen aus dem Fenster. »Aber so war sie eben«, sagte sie mit belegter Stimme. »Sie war eine Rebellin. Ich habe sie dafür sogar bewundert.«

Ferschweiler schaute hinüber zu de Boer, der mittlerweile gemeinsam mit von Schnüffies vor einem mit einem schmiedeeisernen Gitter gesicherten Schrank stand. Er konnte nur wenige Fetzen ihres Gespräches verstehen. Sie unterhielten sich offenbar immer noch über Bücher. »Ja, ich besitze die vollständigste Sammlung seiner Schriften weltweit«, hörte er den Baron sagen, »… viel mehr als selbst Konstanz … auch das ›Mirantische Flötlein‹ von 1682 … und die ›Mirantische Mayen-Pfeiff‹ auch … Nein, ich glaube nicht, dass da jemand anders … den ›Himmels-Tulipan‹? Ja, den hab ich 1987 in Amsterdam …«

Ferschweiler wandte sich wieder der Mutter der Toten zu. »Frau von Corritz, wussten Sie überhaupt, dass Ihre Tochter gemalt hat?«

»Ja, sie hat es mir bei einem unserer letzten Treffen gesagt. Und sie hat mir Fotos von einigen ihrer Arbeiten gezeigt. Grauenhaft. Ich hatte das Gefühl, dass das Malen für sie therapeutische Zwecke hatte. Alles von früher kam da wieder hoch.« Nach einer Pause fügte sie achselzuckend hinzu: »Aber wenn es ihr half …«

»Entschuldigen Sie, aber erlauben Sie mir noch einige Fragen zum privaten Umfeld Ihrer Tochter?«, sagte Ferschweiler.

»Ich weiß nicht, ob ich Ihnen da weiterhelfen kann. Aber ich werde mein Bestes tun. Was möchten Sie wissen?«

»Führte Ihre Tochter eine harmonische Ehe?«

»Haben Sie Dr. Rosskämper schon kennengelernt?«

»Nein«, sagte Ferschweiler kopfschüttelnd, »mein Kollege und ich hatten bisher noch keine Gelegenheit, mit ihm persönlich zu sprechen.«

»Er ist ja eine ganz stattliche Erscheinung, mit seiner Glatze und seinen breiten Schultern«, sagte Frau von Corritz und sah Ferschweiler an, ehe sie fortfuhr, »aber bei aller zur Schau getragenen Männlichkeit ist er von seinem Wesen her eher ein Schwächling. Auch wenn Melanie ihn schlecht behandelt hat, traue ich ihm einen Mord kaum zu.« Frau von Corritz nestelte nervös an ihrer Kette. Die Situation war ihr sichtlich unangenehm. »Melanie versuchte, alle stets zu kontrollieren. Da kam sie ganz nach ihrem Vater.«

Ferschweiler hörte aufmerksam zu.

»Als ich das letzte Mal mit ihr zum Einkaufen in Zweibrücken war, rief sie ihren Mann permanent an und kommandierte ihn herum wie einen Bediensteten. ›Ferdi, tu dies, Ferdi, tu jenes.‹ Es war fast unerträglich. Aber Melanie fand das ganz normal. Er müsse tun, was sie verlange, erklärte sie mir, schließlich sei er ihr Mann.«

Ferschweiler war erstaunt. Bisher kannte er einen solchen Kontrollzwang nur von eifersüchtigen Ehemännern.

»Aber hatte Melanie denn einen Grund, ihrem Ehemann gegenüber misstrauisch zu sein?«, fragte er.

Frau von Corritz musste müde lächeln. »Ach, wo denken Sie hin. Wenn Sie mich fragen, dann war es reiner Machthunger. Sie brauchte jemanden, den sie erniedrigen konnte. Auch diesbezüglich war sie ganz wie ihr Vater.«

»Noch eine Frage, Frau von Corritz. Hatte Ihre Tochter Freunde?«

»Freunde? Nein. Sie hat mir gegenüber nie jemanden erwähnt, weder Frauen noch Männer.«

Frau von Corritz wandte sich plötzlich von Ferschweiler ab, drehte ihm den Rücken zu und ging wortlos durch eine Terrassentür hinaus in den novemberlichen Garten, um an einem Rosenstock die letzten noch verbliebenen Blüten abzuzupfen. Für Ferschweiler war der Besuch beendet. Er hatte Mitleid mit Melanie Rosskämpers Mutter; gern hätte er sich noch von ihr verabschiedet. Den Ehemann der Toten hingegen würde er sich genauer anschauen müssen.

Auf der Fahrt zurück nach Trier brach Ferschweiler erst nach knapp zehn Minuten das anfängliche Schweigen. Ürzig hatten sie längst hinter sich gelassen.

»Was war das denn vorhin für eine Sache mit den Büchern? Ich dachte, du hättest dir die Weinetiketten zeigen lassen wollen oder die Stallungen.«

De Boers Gesicht zeigte nun nicht mehr den starr verkrampften Ausdruck eines Rennfahrers, sondern ein leichtes Grinsen. »Nein«, sagte er. »Die Etiketten kenne ich schon, die habe ich bereits vor einigen Jahren bei einer großen Ausstellung in Bordeaux gesehen. Und die Pferde interessieren mich gar nicht wirklich. Mit dem Reiten habe ich schon längst abgeschlossen. Aber für Hippologica kann ich mich immer noch begeistern.«

Ferschweiler zweifelte einmal mehr am Verstand seines Mitarbeiters.

»Na ja«, sagte er. »Und die Schriften, die ihr euch zuletzt angesehen habt? Ging es da auch um Pferde?«

»Nein, da ging es um einen berühmten Vorfahren der Familie aus dem Barock. In Ürzig verwahrt der Patron die vollständigste Sammlung seiner Schriften. Atemberaubend, wenn du mich fragst.«

Ferschweiler schüttelte den Kopf. Bücher! Was das nur sollte.

»Aber es ist interessant«, meinte de Boer, »dass sich von Schnüffies mehr für seine Bücher interessiert hat als für den Tod seiner einzigen Tochter, sein eigen Fleisch und Blut.«

»Ja.« Ferschweiler hatte das Gleiche gedacht. »Ihm war seine Tochter tatsächlich – entschuldige den Ausdruck – scheißegal. In dieser Beziehung war er kalt wie ein Fisch. Erst bei den Büchern wirkte er leidenschaftlich und einfühlsam. Hast du gesehen, wie er die Einbände regelrecht liebkost hat?«

»Schlimm, oder?« De Boer musste lachen. »Ersatzbefriedigung, wenn du mich fragst. Der Mann hat wenig Spaß im Leben. Dabei ist seine Frau doch noch sehr attraktiv.«

»Ja.« Ferschweiler rechnete nach. »Sie muss, als die beiden sich kennengelernt haben, gerade mal Mitte zwanzig gewesen sein. Er war da schon wesentlich älter, fünfzig mindestens. Und von seiner Ehefrau abgesehen hat er einige weitere Erfolge in seinem Leben eingefahren. Er war ein richtiger Star, wenn ich das richtig verstanden habe.«

»Aber Erfolg ist halt nicht alles«, ergänzte der Holländer. »Manchmal braucht es einfach mehr, um glücklich zu sein – oder weniger.« Dabei musste er lächeln. »Aber zurück zu Melanie Rosskämper: Eine einfache Jugend hat die ja nicht gerade gehabt, oder?«

»Im Gegenteil«, sagte Ferschweiler. »Ich fand das, was ich gehört habe, schon dramatisch. Kein Wunder, dass sie so eine arrogante Zicke geworden ist und alle anderen gebissen hat. Und auch die Aussagen von Wolters und Breesich scheinen sich zu bestätigen: Sie hat – glaubt man ihrer Mutter – schon früh ihren Körper eingesetzt, um ihre Ziele zu erreichen. Aber warum war sie so unvorsichtig? Warum hat sie nicht alles auf ihr Allergierisiko hin abgeklopft?«

»Aber das wissen wir doch noch gar nicht, Rudi«, antwortete de Boer. »Vielleicht war sie gar nicht so unvorsichtig, und wir haben es hier tatsächlich mit einem Mord zu tun.«

»Darüber denke ich auch schon die ganze Zeit nach, Wim. Mal gehe ich fest davon aus, mal zweifele ich wieder daran. Aber wenn es sich tatsächlich um Mord handelt, dann war es wirklich ein fast perfekt geplanter und ebenso durchgeführter. Wir haben noch keine Beweise für ein Verbrechen. Und das Motiv? Was könnte das Motiv gewesen sein?«

Wieder trat eine Pause ein.

»Eigentlich haben wir beide nur so ein Gefühl ...«, sagte Ferschweiler schließlich und biss sich dabei auf den Daumennagel seiner rechten Hand, so wie er es immer tat, wenn er verzweifelt nachdachte. Das fast perfekte Verbrechen? Sie würden sehen.

***

Der spätere Nachmittag dieses Samstags gestaltete sich recht kompliziert. Rosi hatte im Büro angerufen und bei einer Kollegin die Nachricht hinterlassen, dass sie heute Abend dringend Ferschweilers Hilfe benötige. Im »Standhaften Legionär« seien einige Dinge nicht so, wie sie sein sollten. Dann hatte sich ein Praktikant des Volksfreunds gemeldet und unbeholfen um Auskünfte zu der Toten in der Kunstakademie gebeten.

Und zu guter Letzt hatte ihnen nach ihrer Rückkehr aus Ürzig Freiherr von Schnüffies über seinen Anwalt ausrichten lassen, dass er mit der ganzen Geschichte um seine verstorbene Tochter nichts zu tun haben wolle. Falls weitere Fragen nötig seien, dann seien sie doch bitte an die Gutsverwaltung zu richten, keinesfalls an ihn persönlich oder an seine Frau. Und von unangemeldeten Besuchen der Polizei, wie heute Nachmittag geschehen, sei in Zukunft bitte abzusehen. In wichtigen Fällen, allerdings auch nur dann, sei er bereit, eine Ausnahme zuzulassen.

Der heutige Besuch falle seiner Ansicht nach allerdings nicht in die Kategorie »wichtiger Gründe«. Ferschweiler verstand wieder einmal die Welt nicht mehr.

De Boer war, nachdem sie in der Güterstraße angekommen waren, im Archiv verschwunden und betrat erst knapp zwei Stunden später mit stolzem Lächeln wieder ihr gemeinsames Büro.

»Sieh mal, was ich gefunden habe«, sagte er sichtlich triumphierend. »Manchmal ist der Volksfreund gar nicht mal so schlecht.«

Ferschweiler wandte seinen Blick vom Entwurf eines vorläufigen Berichts auf dem Computermonitor ab. »Was hast du da, Wim?«

»Na ja, Chef. Melanie Rosskämper hatte auch in Trier eine überaus bewegte Vergangenheit.«

»Wieso?« Ferschweiler war neugierig. »Hast du mehr herausgefunden als das, was ihre Eltern uns erzählt haben?«

»Ja«, sagte der Holländer. »Entweder wussten sie es nicht, oder sie haben uns nicht alles über ihre Tochter erzählt.«

»Lass hören.«

Aber bevor de Boer berichten konnte, klingelte das Telefon. Es war Dr. Berggrün, die Ferschweiler wissen lassen wollte, dass sie für Montag alle Teilnehmer der Kurse sowie die momentan an der Kunstakademie beschäftigten Dozenten zu einer Versammlung gebeten habe. Ferschweiler bedankte sich höflich für ihr Engagement und fragte sie, ob sie am morgigen Sonntag ebenfalls in der Akademie sei. Er wolle sich noch einmal den Tatort ansehen und habe noch einige Fragen an sie. Nachdem Dr. Berggrün zugestimmt hatte, legte er auf.

»Also«, wandte er sich wieder an de Boer. »Was hast du gefunden?«

»Melanie Rosskämper hat dieses Frühjahr einige Zeit für einen Trierer Fotografen als Model gearbeitet. Schau dir die Anzeigen im Volksfreund an, ich habe dir einige Kopien gemacht.« De Boer reichte Ferschweiler einige Blätter. »Dann gab es da eine Geschichte, in die sie im Sommer verwickelt war. Es muss ihr wohl zu Hause auf dem Petrisberg langweilig geworden sein, denn damals hat sie als Bedienung im ›Café Mokka‹ in der Nähe des Viehmarkts gearbeitet. Aus Geldnot hat sie das sicherlich nicht gemacht, vermutlich wollte sie dort Männer kennenlernen. Das Café ist ein merkwürdiger Laden. Etwas zwielichtig, wenn du mich fragst, aber egal. Dort hatte sie Streit mit einem Gast, der sie angeblich angefasst haben soll.

Sie hat ihn angezeigt, er allerdings hat glaubhaft alles bestritten, und das Gericht gab ihm recht.«

»Na, dann ist doch alles klar.« Ferschweiler wandte sich wieder dem langweiligen Bericht zu, den er heute noch unbedingt zu Ende schreiben musste.

»Nein«, setzte de Boer nach. »Nichts ist klar. Zwei Monate später hat der Volksfreund gemeldet, dass es in derselben Kneipe einen ähnlichen Vorfall gegeben habe. Und wieder war vermutlich Melanie Rosskämper verwickelt. Allerdings hat man in der Zeitung keine konkrete Verbindung zwischen den beiden Vorfällen hergestellt. Bei uns ist dieser zweite Vorfall übrigens nicht aktenkundig geworden, es muss also alles ohne Polizei abgelaufen sein.«

Ferschweiler konnte nur müde lächeln. »Und?«, fragte er, allmählich ungeduldig werdend. »Meinst du nicht, so etwas passiert öfter?«

»Doch, schon. Aber wenn dieselbe Person zweimal in demselben Lokal angeblich belästigt wird, scheint mir da zu viel Zufall im Spiel zu sein. Ich glaube, ich werde einmal mit dem Wirt der Kneipe sprechen.«

»Tu das, Wim«, sagte Ferschweiler. »Bis du wieder da bist, bin ich hoffentlich auch mit meinem Bericht fertig. Wir sehen uns dann später.«

***

Der Viehmarkt zählte nicht gerade zu den schönsten Plätzen in Trier. Auch der gläserne Kubus, der über den Ruinen der antiken Thermenanlage errichtet worden war, trug nicht eben dazu bei, den Platz zu verschönern. Jetzt im November fehlten auch die Tische und Stühle der anliegenden Lokale, die zumindest bei Sonnenschein für etwas lebendige Betriebsamkeit sorgten. Heute präsentierte sich de Boer der Viehmarkt in seiner kompletten Unwirtlichkeit.

Das »Café Mokka« lag an der südöstlichen Ecke des Platzes und machte mit seiner rot gestrichenen Fassade und den großen Fenstern einen recht einladenden Eindruck. Als de Boer die Gaststätte betrat, waren nur einige wenige Tische besetzt. Der eigentliche Betrieb würde heute erst gegen zwanzig Uhr losgehen.

Hinter dem Tresen stand wie immer Hannes Trierweiler, der das Lokal seit nun schon fast zehn Jahren betrieb. Obwohl de Boer erst seit ein paar Monaten in Trier war, kannten sich beide bereits von verschiedenen Ermittlungen her, denn Trierweiler galt als gut vernetzt und über die Vorgänge in der Stadt stets bestens informiert.

»Guten Tag, *Herr Kommissar*«, begrüßte er de Boer schlecht gelaunt. »Wenn ich deine Visage sehe, verheißt mir das nichts Gutes.«

De Boer musste lachen. »Keine Sorge, Hannes. Heute geht es nicht um dich – oder vielleicht doch? Nein, Spaß beiseite. Wir haben eine Tote. Sie heißt Melanie Rosskämper und hat im Sommer bei dir gearbeitet.«

»Gearbeitet, na ja.« Trierweiler verzog sein unrasiertes Gesicht. Mit einem schmutzigen Geschirrtuch trocknete er, während er sprach, routiniert Weingläser ab. »Arbeiten ist etwas anderes. Eigentlich ging es ihr nur darum, irgendwelche Männer abzuschleppen.«

»Aber du hast sie bezahlt, oder?« Als Trierweiler nickte, stellte de Boer fest: »Also hat sie für dich gearbeitet.«

»Du und deine Spitzfindigkeiten«, zischte Trierweiler. »Bleib mir weg.«

»Und wie oft war sie hier? Einmal die Woche? Zweimal?«

»Ach, wo denkst du hin. Sie kam fast täglich. Und ist immer irgendwann mit einem der Gäste gegangen. Echtes Kellnern sieht anders aus, zumindest nach meiner Vorstellung. Engagiert war sie, das kann man nicht anders sagen, nur eben nicht in Bezug auf meinen Laden.«

De Boer registrierte den Ärger und den Sarkasmus, der in Trierweilers Worten steckte. Ob da vielleicht auch etwas Eifersucht mitschwang? »Weißt du, wohin Melanie Rosskämper mit ihren Bekanntschaften ging?«

»Nicht genau«, antwortete der Wirt. »Aber ich meine, einmal gehört zu haben, wie sie einem Mann gegenüber vom Hotel Bender gesprochen hat.«

»Ich habe gelesen, dass es bei dir mehrmals Probleme zwischen ihr und männlichen Gästen gegeben hat. Ist da etwas dran?«

»Na, was man so als Probleme bezeichnet.« Trierweiler war mit den Weingläsern fertig und begann nun, die Spülmaschine auszuräumen. »Die Rosskämper sah halt sehr gut aus und hatte eine tolle Figur. Da sind mit manchen Gästen schon mal, gerade wenn sie etwas getrunken hatten, die Pferde durchgegangen. Und die Rosskämper hat enorm provoziert. Aber wenn sie mal nicht bei einem landen konnte, wie sie wollte, dann hat sie geschrien und dem Betreffenden vorgeworfen, er habe sie unsittlich angefasst.«

»Warum hat sie das denn gemacht?«, fragte de Boer.

»Ich glaube, sie wollte Aufmerksamkeit.« Trierweiler räumte jetzt den Kühlschrank auf. »In allem, was sie tat, mit allem, was sie sagte, wollte sie immer nur Bewunderung von anderen. Sie war da wie besessen. Auch mich hat sie angemacht, um die Stelle hier zu bekommen. Heftig sogar. Ich kann dir sagen …«

De Boer hatte sich Notizen gemacht und dankte Trierweiler mit einem Nicken für den Kaffee, den dieser ihm ungefragt hingestellt hatte. Er hatte gemerkt, dass der Wirt rot geworden war. Er würde diesbezüglich nicht weiter nachfragen.

»Wegen ihrer Ambitionen, wie ich das einmal nennen möchte, war sie sogar in psychologischer Behandlung.« Dem Wirt war das Blut regelrecht ins Gesicht geschossen. Die Rosskämper musste ihn wohl wirklich beeindruckt haben.

»Das hat sie dir erzählt, so etwas Intimes?« De Boer war erstaunt.

»Nein, darüber haben wir nicht gesprochen. Wir haben sowieso eher wenig miteinander geredet. Sie hatte deutlich andere Interessen als reden.«

»Woher weißt du denn dann, dass sie in Behandlung war?«

Trierweiler schmunzelte. »Meine derzeitige Perle arbeitet als Sprechstundenhilfe bei dem Seelenklempner, bei dem die Rosskämper sich auf die Couch gelegt hat.«

»Dann gib mir mal die Adresse«, sagte de Boer.

Trierweiler erzählte, Melanie Rosskämpers behandelnder Arzt sei ein gewisser Dr. Hanus gewesen, der seine Praxis in der Bruchhausenstraße habe, was sich De Boer notierte.

»Also war sie eine stets berechnend Handelnde«, sagte de Boer und nippte vorsichtig an der dampfenden Tasse. »Wann hat sie denn aufgehört, bei dir zu arbeiten?«

»Das ist noch gar nicht so lange her«, antwortete Trierweiler. »Ich meine, so um den 15. September herum. Sie hat übrigens niemals wirklich gekündigt. Sie hat einfach nur gesagt, sie bräuchte jetzt mal eine Pause von meinem Laden. Sie habe da etwas Neues, Aufregenderes. Und dann ist sie einfach nicht mehr gekommen. Ich habe sie seitdem auch nicht mehr gesehen.«

»Hat sie vielleicht noch etwas zu diesem ›Neuen, Aufregenderen‹ gesagt? Kannst du dich an irgendetwas erinnern, auch wenn es dir noch so unwichtig erscheinen mag?«

Trierweiler dachte nach. Er hatte seine Tätigkeiten unterbrochen und lehnte an dem Schrank hinter dem Tresen.

»Nun ja«, sagte er nach kurzem Überlegen. »Richtig ausgeführt hat sie es nicht. Aber sie sprach von jemandem, der ihre Begabungen richtig erkannt habe und sie groß rausbringen wolle. Ich habe mir nur gedacht, wieder so ein Idiot, der ihr den Himmel verspricht, um unter ihren Rock zu kommen. Aber möglicherweise war da ja doch etwas dran. Das rauszukriegen, ist allerdings deine Aufgabe, Wim.«

»Hab vielen Dank für die Informationen«, verabschiedete sich de Boer. »Vielleicht komme ich bald mal wieder nur auf ein Bier vorbei.«

Mit einem kurzen, als Gruß gemeinten Tippen an die Stirn verließ er das Café. Draußen hatte es zu stürmen begonnen. Der Winter schien tatsächlich mit großen Schritten näher zu kommen.

Als de Boer eine knappe halbe Stunde später wieder ins Büro kam, traute er seinen Augen nicht. Ferschweiler saß mit in den Nacken gelegtem Kopf nach hinten gekippt auf seinem Stuhl, hatte die Beine auf den Schreibtisch gelegt und schnarchte mit offenem Mund. So hatte de Boer seinen Chef noch nie gesehen. Leise hüstelte er, dann, nachdem nichts passierte, klopfte er laut von innen an die bereits wieder geschlossene Bürotür. Ferschweiler schoss sofort hoch und rief »Herein«. Dann erkannte er seinen Assistenten und blickte ihn verstört an.

»War ich eingeschlafen?«, fragte er.

»Kann man wohl so sagen, Rudi. Du hast geschnarcht wie das Sägewerk in Longuich«, antwortete de Boer mit einem leichten Lächeln. »Solltest mal etwas früher ins Bett gehen und nicht so viele Stubbis trinken.«

»Sehr witzig«, knurrte Ferschweiler, der allerdings die Ironie in de Boers Stimme erkannt hatte. »Aber immerhin habe ich meinen Bericht fertig.« Zufrieden deutete er auf den vor ihm auf dem Schreibtisch liegenden Aktendeckel. »Während du weg warst, habe ich übrigens mit den Kollegen von der KTU gesprochen. Die Ergebnisse der Tatortuntersuchung liegen vor. Alles wie gehabt, bis auf ein kleines Detail: Sie haben in der Nähe der Leiche einen Zigarettenstummel gefunden. Vielleicht haben wir Glück, und die Kollegen in Mainz können daran DNA sicherstellen.«

»Aber glaubst du wirklich, der Mörder wäre so dumm, seine Kippe neben der Leiche liegen zu lassen? Dann hätte er auch gleich seinen Personalausweis hinterlassen können.«

»Wir werden sehen. Und wie war's bei dir?«, fragte er. »Hat dein Besuch im ›Café Mokka‹ etwas ergeben?«

De Boer unterrichtete seinen Chef knapp über das, was ihm Hannes Trierweiler erzählt hatte.

»Die Rosskämper war anscheinend in psychologischer Behandlung. Ich denke, wir sollten mit ihrem Psychologen reden.«

»Gute Idee, Wim. Kümmerst du dich am Montag darum? Ich werde jetzt nach Hause gehen und auf dem Weg noch bei Rosi im ›Standhaften Legionär‹ vorbeischauen. Irgendetwas muss da defekt sein, und sie braucht meine Hilfe. Wir sehen uns dann morgen.«

»Okay«, sagte de Boer. »Ich bleib dran. Und ich durchforste noch einmal unsere Datenbanken und das Internet nach der Rosskämper. Vielleicht finde ich noch etwas, das uns weiterhilft.«

Ferschweiler hatte bereits seinen Mantel angezogen, als auf seinem Schreibtisch das Telefon klingelte. Es war Margaretha von Corritz.

»Frau von Corritz.« Er war überrascht. »Was verschafft mir die Ehre Ihres Anrufs?«

Melanie Rosskämpers Mutter klang nervös. Ferschweiler hatte auf Lautsprecher gestellt, damit de Boer mithören konnte.

»Herr Kommissar, ich rufe Sie an, um Ihnen noch einige Informationen über Melanie zu geben. Aber Sie müssen mir versprechen, dass mein Mann davon nichts erfährt. Er weiß nicht, dass ich Sie anrufe … und er würde es nicht gutheißen.«

»Machen Sie sich bitte keine Sorgen, gnädige Frau. Wir werden dieses Gespräch und Ihre Informationen absolut vertraulich behandeln«, beruhigte Ferschweiler sie.

»Gut.« Die Anspannung in Frau von Corritz' Stimme wich Erleichterung. »Darauf verlasse ich mich.«

Doch am Telefon blieb es daraufhin erst einmal still.

»Was also wollten Sie uns berichten?«, hakte Ferschweiler nach einigen Sekunden sachte nach.

»Ach, vielleicht ist es auch ganz unwichtig, wenn ich es mir recht überlege. Ich weiß nicht …«, hörte er vom anderen Ende der Leitung.

»Jede noch so kleine Information kann hilfreich sein, Frau von Corritz«, sagte Ferschweiler ermutigend. »Also zögern Sie nicht.«

»Also gut.« Frau von Corritz schien zu flüstern, so als fürchte sie, ihr Mann könne jede Sekunde hinter ihr auftauchen. »Ich glaube nicht, dass Melanies Tod ein Unfall war.«

»Warum nicht?«

»Nun, sie war immer äußerst vorsichtig mit allem, was sie an sich heranließ. Ich meine, an irgendwelchen Substanzen. Mit Männern hielt sie es da nicht so genau.« Wieder machte Frau von Corritz eine längere Pause.

»Sie meinen also, Männer ließ sie vollständig ungeprüft an sich heran?« Ferschweiler ärgerte sich über seine Wortwahl.

»Ungeprüft vielleicht nicht, Herr Kommissar, aber da war sie längst nicht so vorsichtig, wenn Sie verstehen, was ich meine. ›Männer sind ja nicht toxisch und lösen höchstens mentale Allergien aus‹, hat sie immer gesagt, wenn ich versucht habe, ihr ins Gewissen zu reden. Seit es im Alter von zehn Jahren mit ihren Allergien so richtig angefangen hat, war alles, was sie anziehen wollte oder womit sie ihren Körper in Berührung brachte, genau zu prüfen. Sie hatte sich dicke Ordner angelegt, in denen sie alle Informationen sammelte, die sie über bestimmte Substanzen fand. Insofern würde es mich mehr als wundern, wenn sie bei ihren künstlerischen Ambitionen alle Vorsicht hätte fahren lassen. Nein, Herr Kommissar, das kann nicht sein. Meine Tochter wurde ermordet! Da bin ich mir sicher!«

Ferschweiler hatte aufmerksam zugehört. »Waren es bei den Pferden eigentlich die Haare der Tiere, auf die Ihre Tochter so stark allergisch reagierte? Oder waren es andere Dinge?«

»Nein, es waren die Haare, besonders einige Eiweißstoffe darin. Und natürlich die in den Hautschuppen zu findenden Milben und Sporen. Wir haben anfangs versucht, die Symptome mit Antihistaminika zu bekämpfen oder wenigstens zu lindern – Sie haben ja die, entschuldigen Sie bitte meine Ausdrucksweise, kranken Ansprüche meines Mannes gehört. Aber letztendlich blieb uns nichts anderes übrig, als sie von den Pferden fernzuhalten. Sie hätten einmal Melanies Asthmaanfälle miterleben müssen. Meinem Mann war das egal, der glaubt an so etwas wie Gewöhnung. Aber ich habe oft gedacht, sie würde mir ersticken.«

Ferschweiler konnte sich das Leiden der Frau sehr gut vorstellen, hatte doch sein Bruder immer unter einer heftigen Katzenhaarallergie gelitten.

»Sie haben heute Mittag gesagt, Sie hätten ein Gutachten an der Uniklinik in Homburg erstellen lassen. Was hat dieses Gutachten denn ergeben?«

»Laut den Ärzten litt Melanie neben der Pferdehaarallergie noch unter zig weiteren Überempfindlichkeiten auf alles Mögliche, unter anderem auch auf Kern- und Steinobst. Auch hatte sie die üblichen Kreuzallergien gegen Nüsse aller Art. Die Ärzte waren allesamt gestandene Allergologen, das kann ich Ihnen versichern, und nicht die Stümper, als die sie mein Mann bis heute unentwegt bezeichnet. Wir wurden sogar verklagt und mussten einen Verleumdungsprozess gegen einen der Ärzte führen, den wir verloren haben …«

De Boer machte sich, während er dem Gespräch lauschte, Notizen.

»Aber dann konnte Melanie doch eigentlich kein normales, unbeschwertes Leben führen, oder?« Ferschweiler war nachdenklich geworden.

»Nein, ein normales Leben führen, so wie Sie und ich uns das vorstellen, konnte sie tatsächlich nicht, und das hätte sie auch nie gekonnt. Im Grunde war sie, entschuldigen Sie bitte diesen Ausdruck, ich höre ihn selbst auch nicht gern, behindert. Aber sie hat dagegen angekämpft und wollte sich beweisen, dass sie mehr konnte als andere, als all diejenigen, die keine Beeinträchtigungen hatten wie sie.«

Frau von Corritz schwieg einen Moment lang, dann sagte sie: »Ich muss Schluss machen, ich glaube, mein Mann kommt … Aber vielleicht habe ich Ihnen ja ein wenig helfen können.« Und schon hatte sie aufgelegt.

Ferschweiler legte den Hörer zurück auf die Gabel, setzte sich, ohne seinen Mantel wieder auszuziehen, auf den Stuhl hinter seinem Schreibtisch und starrte nachdenklich ins Leere.

»Ich bin gespannt, was der Psychologe sagt«, sagte er schließlich und erhob sich wieder. »Versuch unbedingt, in dieser Sache schnell vorwärtszukommen, Wim. Ich muss jetzt los.«

Sprach's und verließ das Büro, ohne sich noch einmal umzudrehen.

***

Für Ferschweiler begann jetzt endlich sein freier Samstagabend, und er hatte Lust auf ein altes Ritual. Rosi würde heute Abend nun doch noch ein wenig warten müssen.

Nicht weit von Ferschweilers Dienststelle gab es eine Gastwirtschaft, in der zentral im Schankraum ein mächtiger abgesägter Baumstamm stand. In diesen galt es – so die Vorstellung der Wirtin von einem gelungenen, ehrlichen Wettkampf – mit möglichst wenigen Hammerschlägen Zimmermannsnägel zu treiben. Geschlagen werden durfte dabei nur mit der scharfen Seite eines Maurerhammers, die fast so schmal war wie eine Klinge. Als Ferschweiler das zum ersten Mal ausprobiert hatte, hätte er vor Frustration fast geschrien. Was für ein Wahnsinn. Regelmäßig verloren alle Anwesenden gegen die Wirtin, die stets mit ausgestrecktem Arm und maximal drei gezielten Schlägen den Metallstift sicher im Holz versenkte. Die Anzahl der im Vorfeld konsumierten Stubbis war dabei genauso egal wie die Tageszeit, zu der der Wettkampf ausgefochten wurde.

Ferschweiler war anfangs ebenso entsetzt wie fasziniert gewesen. Er war hier in Gartenfeld! Neben einigen Teilen Trier-Süds, der Weismark und Heiligkreuz war dies sicherlich das bürgerlichste Viertel seiner Heimatstadt. Und gerade hier diese Riten und Gebräuche! Das hatte ihn nachdenklich gemacht. Doch schnell hatte er die Leute kennengelernt und erkannt: Trier war Trier, egal in welchem Stadtviertel man sich befand. Und seitdem fühlte er sich wohl in der Schänke, die den Namen des ersten sicher nachweisbaren Bischofs von Trier trug. Und mit der Zeit war ihm sogar der eine oder andere Sieg gegen die übermächtig scheinende Amazone hinter der Theke gelungen, wenn, und das gab er selbst gern und ohne Umschweife zu, auch nur selten.

Heute würde es sicherlich noch spät werden.

DREI

Dr. Berggrün saß selbstvergessen an ihrem Computer, als Ferschweiler am Sonntag die Tür zu ihrem Büro öffnete.

»Oh«, sagte sie, als sie seiner nach einigen Sekunden gewahr wurde. »Guten Morgen, Herr Kommissar. Ich hatte Sie noch gar nicht so früh erwartet. Es ist ja erst neun Uhr.«

»Ich bin ein Frühaufsteher und froh, wenn die sonntäglichen Vormittage nicht durch Müßiggang in die Länge gezogen werden«, antwortete Ferschweiler. »Aber um ehrlich zu sein: Ich habe meiner Freundin schon vor Wochen für heute den Besuch der Hochzeitsmesse im Nells Park Hotel versprochen. Und da möchte ich natürlich nicht wortbrüchig werden.«

Als Dr. Berggrün bereits Anstalten machte, ihm freudig zu gratulieren, schüttelte Ferschweiler den Kopf. »Nicht, was Sie jetzt denken. Aber deswegen habe ich mir gedacht, ich versuche es schon früh bei Ihnen. Und ich habe Sie richtig eingeschätzt: Sie sind schon da.«

»Ja«, antwortete Dr. Berggrün. »Der frühe Vogel fängt den Wurm. Und ich nutze ganz gern die Stille am Wochenende, um mich den Dingen zu widmen, für die mir der Trubel unter der Woche keine Zeit lässt. Auch wenn viel von den Alltagsgeschäften von meinen beiden Mitarbeitern erledigt wird, ab und an muss ich nachsehen, ob die zwei auch keinen Unsinn gemacht haben. Es ist halt schwierig, heutzutage gutes Personal zu bekommen …«

»Wem sagen Sie das«, sagte Ferschweiler und setzte sich auf einen der vier Stühle an Dr. Berggrüns Besprechungstisch. »Ich kann mir meine Mitarbeiter auch nicht immer aussuchen. Und kontrollieren muss ich die auch regelmäßig. Schließlich trage ich ja die Verantwortung.«

»Aber Sie scheinen doch einen recht tüchtigen Assistenten zu haben. Herr de Boer macht wirklich einen sehr guten Eindruck, ist freundlich und hat offensichtlich einen messerscharfen Verstand. Wenn ich das mit meinem *staff* vergleiche … Aber egal. Was kann ich heute für Sie tun, Herr Kommissar? Ich beantworte seit gestern quasi ununterbrochen E-Mails, die wegen Frau Rosskämpers Tod hier eingehen und deren Inhalt immer der gleiche ist: Kann ich an der Kunstakademie noch studieren? Ist es nicht zu gefährlich dort? – Als ob unser schönes Trier in Tschetschenien liegen würde. Und dann das ewige Telefongeläute. Heute habe ich die Telefonanlage ausnahmsweise auf den Anrufbeantworter umgestellt. Sonst käme ich zu nichts …« Dr. Berggrün spielte, während sie sprach, mit der großen Kette aus bunten Filzkugeln, die sie um den Hals trug.

»Haben Sie denn dann die Zeit, mich über das Gelände zu begleiten? Ich wollte mir heute, mit etwas zeitlichem Abstand, noch einmal einen Eindruck vom Tatort verschaffen. Ich mache das eigentlich immer so, es hilft mir beim Nachdenken. Und Freitagabend war alles, wie immer bei solchen Einsätzen, sehr hektisch. Die Spurensicherung macht ihre Arbeit hervorragend, da gibt es nichts zu bemängeln. Aber es kommen einem doch manchmal ganz neue Gedanken, wenn man sich noch einmal am Tatort aufhält.«

»Ja, das verstehe ich natürlich.« Dr. Berggrün hatte sich mittlerweile auf ihrem mit Papieren, Prospekten und Kunstkatalogen beladenen Glasschreibtisch eine kleine Fläche freigeräumt, damit sie einen Brief unterschreiben konnte. »Sie stören mich nicht, ich begleite Sie gern. Sie würden sich auf dem weitläufigen Gelände sonst wahrscheinlich auch verlaufen. Aber geben Sie mir bitte noch eine Minute. Dieser Brief muss heute noch fertig werden. Ich muss ihn sogar selbst zustellen, weil Sonntag ist, aber es ist nun einmal dringend.«

»Natürlich, Frau Dr. Berggrün, machen Sie ruhig. Ich warte. Die Gebäude sind sicherlich sonntags auch alle verschlossen, nehme ich an?«

»Ja, alles ist zu«, antwortete die Akademieleiterin, die für Ferschweilers Geschmack zu schnell wieder zum Alltagsgeschäft übergegangen war. »Aber nicht nur sonntags. Wir schließen jeden Abend sämtliche Türen ab. In den letzten Jahren ist einfach zu viel gestohlen worden. Ich hätte auch gern einen Sicherheitsdienst, der nachts auf dem Gelände patrouilliert, aber dafür fehlt das Geld. Und die Stadt will nichts zuschießen. Noch nicht einmal für anständige Tore haben die Geld. Die bessern lieber hinterher die Schäden aus, statt präventiv zu denken. Erst Ende vergangenen Monats hatten wir hinten an einem Atelier in der Nähe der Radierwerkstatt einen Fall von versuchter Brandstiftung.«

»Haben Sie das zur Anzeige gebracht?«, fragte Ferschweiler.

»Nein«, antwortete Dr. Berggrün mit einem Kopfschütteln. »Es war ja nur eine Bagatelle. Nur ein paar Jugendliche, und letztendlich ist nichts passiert.«

»Frau Dr. Berggrün.« Ferschweiler wurde ernst und blickte die Leiterin der Kunstakademie durchdringend an. »Was haben Sie eigentlich zum Zeitpunkt von Melanie Rosskämpers Tod, vergangenen Freitag zwischen neunzehn und zwanzig Uhr, gemacht?«

Dr. Berggrün schaute überrascht von ihrer Tastatur auf. »Ich, wieso? Bin ich denn eine Verdächtige?«

»Sie wissen doch, dass ich zu einem so frühen Zeitpunkt in alle Richtungen ermitteln muss. Also: Was haben Sie gemacht?«

Dr. Berggrün fingerte an ihrer wuchtigen Kette herum, die, wie Ferschweiler erst jetzt bemerkte, nicht aus Filzkugeln, sondern aus kunstvoll zu Rundungen vernähten Reißverschlüssen zu bestehen schien, wie man sie in der Kurzwarenabteilung erwerben konnte. Er merkte, dass Natascha Berggrün nervös war.

»Ach, ich habe Freitagabend an einem Vortrag gearbeitet, den ich eigentlich morgen in Paris halten sollte. Es ging um den Gründer der Akademie und sein Wirken.« Sie nickte wichtig. »Ich kann Ihnen sagen, die an der Académie de la Grande Chaumière waren nicht begeistert über meine kurzfristige Absage …« Sie schaute wieder auf ihren Computermonitor.

»Also«, insistierte Ferschweiler nach einem kurzen Moment, »wo waren Sie denn nun am Abend von Frau Rosskämpers Tod?«

»Na, daheim, das sagte ich ja bereits. Frau Claus kann es übrigens bezeugen. Sie hat mir noch Unterlagen vorbeigebracht.«

Ferschweiler machte sich eine Notiz. Er würde das überprüfen müssen.

»Wann war Ihre Mitarbeiterin denn bei Ihnen?«

»So gegen achtzehn Uhr, wenn ich mich recht erinnere. Es kann aber auch etwas später gewesen sein. Früher allerdings nicht, denn bis kurz vor fünf war ich noch beim Frisör.«

»Und für den Rest des Abends haben Sie kein Alibi?«

»Brauche ich denn eins? Ich wundere mich schon sehr darüber, dass Sie ernsthaft die Möglichkeit in Betracht ziehen, ich könnte Frau Rosskämper etwas angetan haben, Herr Kommissar.« Entrüstet schüttelte sie den Kopf.

»Ich muss Sie das fragen, Frau Dr. Berggrün. Zu diesem Zeitpunkt sind meine Fragen reine Routine.« Ferschweiler blieb ruhig. Er kannte diese Art von Gesprächen bestens. »Das kann sich allerdings schnell ändern, wenn echte Verdachtsmomente auftauchen. Seien Sie also bitte kooperativ, dann entstehen auch keine Missverständnisse.«

Dr. Berggrün wirkte nun betroffen. »Nein, Missverständnisse sollen auch nicht entstehen, Gott behüte. Davon gab es schon mehr als genug. Aber ich habe Freitagabend wirklich an meinem Vortrag gearbeitet, bis mich dann irgendwann Ihr Assistent angerufen hat, um mich über den Leichenfund in der Akademie zu unterrichten.«

»Wir müssten allerdings Ihre Nachbarn diesbezüglich befragen.« Ferschweiler sah mit einer gewissen Genugtuung, wie die Akademieleiterin wieder nervös wurde.

»Aber wozu denn? Glauben Sie mir etwa nicht? Ich hatte doch nichts gegen Melanie Rosskämper. Sie war schließlich die Gattin des Vorsitzenden unseres Fördervereins … Aber wenn Sie meinen«, sie schien ihre Selbstsicherheit zurückerlangt zu haben, »dann tun Sie sich keinen Zwang an. Aber Sie werden sehen, es hat alles seine Richtigkeit, was ich Ihnen gesagt habe. Allerdings werden Ihnen meine Nachbarn nicht viel sagen können, denn gestern war das traditionelle Martinsgans-Essen der Freiwilligen Feuerwehr, zu dem ich auch gegangen wäre, hätte ich nicht an meinem Vortrag arbeiten müssen.«

»Hatten Sie eigentlich irgendwelche Probleme mit Frau Rosskämper? Lief immer alles glatt zwischen Ihnen beiden?«, fragte Ferschweiler.

»Also, Herr Kommissar. Wo läuft denn schon alles glatt? In Arkadien vielleicht, aber hier? Nein. Natürlich hatten wir so unsere Konflikte. Sie wollte immer eine Extrawurst, beispielsweise länger als die anderen Kursteilnehmer im Atelier bleiben und einen besonderen Parkplatz für ihren Wagen, direkt vor dem Atelier. Aber was sollte ich machen? Wissen Sie, was von unserem Förderverein alles abhängt?«

Erwartungsvoll sah Dr. Berggrün Ferschweiler an, der allerdings nicht wusste, was er sagen sollte.

»Nein«, meinte sie dann nach einem Moment. »Woher auch. Ich sage Ihnen: viel, so gut wie alles. Also habe ich letztendlich immer nachgeben müssen. Sehr zu meinem Leidwesen übrigens, das können Sie mir glauben. Ich versuche eigentlich immer, gerecht zu sein und niemanden von den Dozenten oder Teilnehmern zu bevorzugen.«

»Gut«, sagte Ferschweiler, der die Erregtheit der Akademieleiterin nicht recht einzuordnen vermochte, und erhob sich. »Ich gehe schon einmal nach draußen auf den Hof. Wenn Sie dann Zeit haben, würde ich mich freuen, wenn Sie nachkämen und mich zum Tatort begleiten würden.«

Im Gehen bemerkte er, wie Natascha Berggrün ihm gedankenverloren zunickte und sich wieder ihrem Rechner widmete. »Bis gleich«, hörte er sie noch sagen. Dann schloss sich hinter ihm die Tür.

Ferschweiler verließ die Verwaltung. Draußen schlug er den Kragen seines Mantels hoch. Es war wieder winterlich kalt an diesem Morgen.

Er schlenderte, während er auf Dr. Berggrün wartete, über das Gelände. In einer Ecke standen zwei große, halb verrostete Metallkörbe mit allerhand Eisenschrott darin. An einem der Körbe hing ein laminierter Zettel. Ferschweiler trat näher, um lesen zu können, was darauf stand: »Eigentum der Teilnehmer des Metallkurses«. Darunter der Zusatz: »Bitte nicht entwenden«. Ferschweiler war überrascht. Sollte er hier an der Kunstakademie auf eine Ecke von Trier-West gestoßen sein, wo man noch an das Gute im Menschen glaubte?

»Wir können nicht alles wegschließen«, hörte er Dr. Berggrün hinter sich sagen, die offenbar erraten hatte, was er dachte. »Und da wir an Metallschrott immer wieder leicht und preiswert herankommen, haben wir uns entschlossen, diese Dinge auf dem Außengelände zu lassen und durch das Schild an die Ehrlichkeit der Menschen zu appellieren. Andere, wertvollere Materialien haben wir weggeschlossen. Genauso wie die Kunstwerke, die hier entstehen oder entstanden sind. Kommen Sie hier entlang.« Die Leiterin der Akademie öffnete eine Tür, die in eines der an die Kunsthalle angegliederten Gebäude führte.

»Dies ist der direkte Weg zum Atelier, in dem Frau Rosskämper zu Tode gekommen ist.«

Ferschweiler folgte Dr. Berggrün auf dem Fuß durch das Gebäude und sah sich dabei genau um.

»Wie sind die Türen denn gesichert?«, fragte er.

»Wir haben vor einem Monat eine neue Schließanlage installiert. Alle Türen, die als Ein- und Ausgänge genutzt werden oder die in besonders sensible Bereiche wie das Kunstdepot oder die Heizungsräume führen, sind durch elektronische Schlösser gesichert, für die nur sehr wenige Leute eine Schließberechtigung besitzen.«

»Wer hat so eine denn?«, hakte Ferschweiler nach.

»Zum einen die Haustechniker, die kommen in alle Räume. Aber die sind nicht die ganze Zeit über auf dem Gelände, sondern kommen nur auf Anforderung. Wir teilen sie uns mit der nahegelegenen Kurfürst-Balduin-Hauptschule … entschuldigen Sie, Realschule plus natürlich. Von den Technikern abgesehen besitzt auch Ulrike Kinzig, unsere Putzkraft, eine Schließberechtigung. Und dann natürlich wir in der Verwaltung. Die Dozenten bekommen immer nur eine zeitlich befristete Genehmigung für die Räume, in denen sie arbeiten.«

»Zeitlich befristet heißt, dass das elektronische Schloss den Schlüssel nach Ende des jeweiligen Kurses nicht mehr akzeptiert?«

»Ja, so ist es. Wir haben nur noch an ganz wenigen Türen herkömmliche Schlösser. Die elektronischen Schlösser hingegen werden mit Transpondern geöffnet. Die sehen so aus.«

Dr. Berggrün reichte Ferschweiler ihren Schlüsselbund und zeigte auf eine flache runde Scheibe, die wie ein Halbedelstein glänzte.

»Die halten Sie vor den Schließzylinder, dann blinkt es grün, und Sie können die Tür öffnen. Tun Sie nichts, dann verriegelt sich die Tür nach fünf Sekunden wieder. Sicherer geht es momentan für unsere Verhältnisse nicht.«

Mittlerweile waren sie vor der Tür zu Atelier C angekommen. Ferschweiler brach das Siegel, das die Kollegen am vergangenen Freitag angebracht hatten, auf, und Dr. Berggrün öffnete mit ihrem Transponder die Tür. Sie betraten das große und helle Atelier. Irgendwie schien es Ferschweiler jetzt kaum vorstellbar, dass hier vor Kurzem eine junge Frau zu Tode gekommen war. Nur die mit Kreide gezogenen Umrisslinien von Melanie Rosskämpers Körper auf dem Boden deuteten noch darauf hin, dass dies ein möglicher Tatort war.

»Und wer hat eine Schließberechtigung für dieses Atelier, Frau Dr. Berggrün?«

»Die eben genannten Personen sowie Moni Weiß. Sie unterrichtet momentan ja in diesem Raum.«

»Sonst niemand?«

»Nein, sonst niemand.«

Ferschweiler blickte sich um. In dem Atelier gab es vier Türen und zwölf große Fenster, die allerdings erst ab einer Höhe von ungefähr zwei Meter fünfzig begannen.

»Sie sagten, nicht alle Türen seien mit diesen elektronischen Schlössern gesichert?«, fragte er.

»Nein. Wir hätten gern alle damit ausgestattet, aber die Stadt hat uns nur Geld für die Türen genehmigt, durch die man direkt in eines der Ateliers gelangt. Die anderen, die die einzelnen Ateliers miteinander verbinden oder die in die Kunsthalle führen, verfügen weiterhin über herkömmliche Schlösser. Tagsüber während der Kurse sind aber alle Türen geöffnet, abends schließen wir sie ab.«

»Und wer schließt die Türen dann ab?«

»Derjenige, der als Letztes geht. An dem bleibt diese Aufgabe dann hängen.« Nach einer kurzen Pause fügte Dr. Berggrün in resignativem Tonfall hinzu: »Und in der Regel bin das ich.«

Ferschweiler sah sich weiter um.

»Und wer besitzt einen Schlüssel für die Zwischentüren? Sind das auch nur wenige Personen?«

»Leider nein. Diese Schlüssel sind schon vor Jahren an alle damaligen Dozenten ausgegeben worden. Niemand hat darüber je Buch geführt. Selbst einige Studierenden hatten welche.«

»Und Melanie Rosskämper hat auch einen von Ihnen bekommen?«

»Das stimmt. Wie gesagt, Frau Rosskämper hatte in ihrem Mann einen potenten Fürsprecher. Ich selbst hätte ihr niemals einen Transponder gegeben. Aber was sollte ich machen?«

»Besteht die Möglichkeit, dass sich jemand Unbefugtes durch eines der Fenster Zutritt zu diesem Gebäude verschafft haben könnte?«

Dr. Berggrün nickte – und wurde schlagartig blass.

»Ja«, sagte sie. »In einem Atelier ist schon seit einigen Wochen ein Fenster kaputt. Einer der Haustechniker hat bemerkt, wie ein paar besoffene Jugendliche versuchten, das Fenster aufzubrechen. Er hatte noch spät auf dem Gelände zu tun – es gab einen Stromausfall, weil eine Sicherung durchgebrannt war –, und da hörte er den Lärm. Der Fensterrahmen wurde in Mitleidenschaft gezogen, und seitdem ist das Schloss kaputt.«

»Aber warum haben Sie es nicht schon längst reparieren lassen?«

»Weil die Stadt uns kurz hält, Herr Ferschweiler. Sieht es in Ihren Büros etwa besser aus? Zieht es da nicht durch die Fensterrahmen, und putzt man bei Ihnen mehr als einmal im Jahr die Scheiben?«

Ferschweiler konnte nur den Kopf schütteln.

»Wir jedenfalls konnten das Fenster nur provisorisch mit einem dicken Gummiband geschlossen halten. Für die Reparatur wäre erst wieder im kommenden Haushaltsjahr Geld da gewesen.«

»Kann ich das Fenster sehen?«, fragte Ferschweiler, der sein Handy aus der Jackentasche genommen hatte und damit begann, eine SMS zu schreiben. »Ich werde meinem Kollegen von der KTU kurz eine Mitteilung schicken, dass er sich möglichst schnell mit seinen Mitarbeitern das Fenster anschauen soll. Vielleicht ist der Täter ja auf diesem Wege in den Atelierkomplex gelangt.«

Während Ferschweiler unbeholfen seine Nachricht tippte, führte Dr. Berggrün ihn zum erwähnten Atelier, das auf der anderen Seite der Kunsthalle lag.

»Sehen Sie, da vorn«, sagte sie beim Betreten des Ateliers. »Das ist das Fenster.«

Ferschweiler sah von seinem Handy auf. Die Nachricht war noch nicht vollständig eingetippt. Intensiv tastete sein Blick das Fenster ab.

»Und wo ist das von Ihnen erwähnte Gummiband?«, wollte er wissen. »Es gibt keine Sicherung mehr an diesem Fenster. Es lässt sich ohne Probleme öffnen, von außen genügt wahrscheinlich schon ein einfacher Druck, aber dafür ist es praktisch nicht mehr zu schließen. Es konnte also jeder, der davon wusste, in das Ateliergebäude einsteigen.«

Dr. Berggrün hatte es die Sprache verschlagen.

»Davon hatte ich keine Ahnung«, sagte sie schließlich. »Das müssen Sie mir bitte glauben. Im Übrigen hatte der Haustechniker die Gummibandkonstruktion so angebracht, dass man sie von außen weder sehen noch abnehmen konnte. Davon habe ich mich selbst überzeugt.«

»Dann muss also jemand, der Zutritt zu diesem Atelier hatte, das

Gummiband abgenommen haben, um das Fenster später von außen öffnen zu können.«

Ferschweiler sah keine andere Möglichkeit. Schnell tippte er die SMS an seinen Kollegen von der Spurensicherung zu Ende und begleitete dann Dr. Berggrün zurück in das Atelier, in dem Melanie Rosskämper gestorben war.

»Nachher«, sagte er, »wird also noch einmal ein Team der Spurensicherung bei Ihnen auftauchen, um das Fenster genauer unter die Lupe zu nehmen. Wären Sie so freundlich und würden ihm jegliche Unterstützung gewähren?«

»Selbstverständlich«, antwortete Dr. Berggrün. »Ich tue alles, was in meiner Macht steht, um zur Aufklärung der schrecklichen Umstände des Todes von Melanie Rosskämper beizutragen. Alles.«

Ferschweiler hatte genug gesehen. Gern wäre er noch länger geblieben. Der Nachmittag mit Rosi auf der Hochzeitsmesse im Nells Park Hotel reizte ihn nicht wirklich. Er verabschiedete sich von Dr. Berggrün und ergab sich in sein Schicksal.

VIER

Warum Wim de Boer Polizist geworden war, blieb ihm bis heute selbst ein Rätsel. Eigentlich wäre er lieber wie sein Vater Ingenieur geworden, ein Mann, der technische Meisterleistungen vollbrachte und der Menschheit damit Gutes tat. Doch da der Vater seiner Mutter bei der Polizei gewesen war, hatte ihn die Familie in den Staatsdienst gedrängt. Nun saß er in einem nicht gerade gemütlichen Büro in der Güterstraße hinter dem Trierer Hauptbahnhof in direkter Nachbarschaft zur Karnevalsgesellschaft Rote Funken und jagte Verbrecher. So hatte er es zumindest seinem Neffen erklärt, der ihn immer wieder danach fragte, was er als Kommissar denn so mache.

Am Wochenende hatte zu de Boers Entsetzen die fünfte Jahreszeit begonnen. Karneval war für ihn der absolute Horror. Er, der sich bevorzugt auf Spätschicht einsetzen ließ, musste jetzt wieder über Wochen tagtäglich in seinem Büro das Wummern der Trommeln und das Tröten der Schalmeien ertragen.

De Boer war schon früh weit gereist, sprach vier Sprachen fließend. Als Kind war er oft mit seinem Vater auf Montage gewesen, auf den Philippinen, in Santiago de Chile, in Dubai, und bei dem nervenzehrenden Wummern aus den direkt nebenan liegenden Vereinsräumen hatte er nur einen Gedanken gehabt: Wie schön musste es jetzt gerade in der Wüste sein.

Bei dem Lärm, der auch an diesem Morgen wieder von nebenan zu hören war, war De Boer froh, aus dem Büro zu kommen. Melanie Rosskämper war bei Dr. Hanus in Behandlung gewesen, und der Diplompsychologe hatte sich nach einem kurzen Telefonat für ein Gespräch heute Morgen bereit erklärt, sodass de Boer bereits um acht Uhr seinen Wagen in der Bruchhausenstraße parkte. Das Haus, in dem die Praxis lag, war ein historistischer Bau wie auch alle anderen Häuser, die diese Straße flankierten. Dr. Hanus begrüßte de Boer freundlich, nachdem seine Assistentin den Kommissar angemeldet hatte.

»Was kann ich für Sie tun?«, fragte er und wies de Boer den Stuhl vor seinem Schreibtisch zu. »Polizisten sind nicht gerade häufig dienstlich zu Gast bei mir. Ehrlich gesagt sind Sie sogar der erste.«

De Boer hatte immer gedacht, von der Praxis eines Psychologen eine ganz genaue Vorstellung zu haben. Er hatte geglaubt, dort gäbe es immer eine Liege mit einem Lehnstuhl daneben. Aber das traf nicht auf den Raum zu, in dem er sich gerade befand. Dieser präsentierte sich ihm als fast vollständig unmöbliert. Auf dem schmutzigen ockerfarbenen PVC-Fußboden, der an verschiedenen Stellen bereits deutlichen Abrieb zeigte, stand lediglich ein etwas in die Jahre gekommener Schreibtisch samt Rollcontainer mit zwei Stühlen davor. An der Wand hinter dem Schreibtisch hingen zwei großformatige Bilder, von denen de Boer eines als eine Arbeit von Erich Kraemer identifizierte. Das zweite Bild war eine Abbildung von bunten, schwebenden Objekten, die ihn an Ostereier erinnerten.

»Vermissen Sie die Liege?«, fragte ihn Dr. Hanus unvermittelt. Lachend fügte er hinzu: »Machen Sie sich keine Sorgen, ich kann genauso wenig Gedanken lesen wie Sie. Aber alle, die zum ersten Mal bei mir sind, haben diesen suchenden Blick.«

De Boer musste ebenfalls lachen. »Da bin ich aber beruhigt«, sagte er. »Ich dachte schon, ich wäre anomal.«

»Ach, wo denken Sie hin. Aber die Psychologie macht doch auch Fortschritte.« Dr. Hanus lächelte sanft. »Aber Sie sind ja nicht wegen einer Behandlung hier. Es geht um Melanie Rosskämper?«

»Exakt«, sagte de Boer. »Wir haben Frau Rosskämper am Freitag tot aufgefunden. Sie hat beim Malen in der Kunstakademie in Trier-West einen anaphylaktischen Schock erlitten.«

»Um Gottes willen.« Dr. Hanus war sichtlich bestürzt. »Dann ist sie genau daran gestorben, wovor sie immer so panische Angst hatte.«

»War sie deshalb bei Ihnen in Behandlung?«

»Unter anderem, ja«, antwortete der Psychologe. »Sie hatte immer wieder einen Traum, der sie schon seit Jahren, eigentlich sogar seit ihrer Kindheit verfolgte. Darin steckte ihr Vater sie in eine Pferdebox und ließ sie darin sterben. ›Konfrontationstherapie‹ nannte er das in ihrem Traum, hat sie immer gesagt. Dabei meint der Begriff in der Wissenschaft etwas ganz anderes.«

»Was meint er denn?«, fragte de Boer.

»Natürlich nicht, dass man jemanden bis ultimo einer lebensgefährlichen Situation aussetzt. Die Konfrontationstherapie ist eine erprobte psychotherapeutische Intervention, bei der es darum geht, den Patienten von Zwangs- und Angstzuständen zu befreien. Dazu wird der Patient in der sogenannten Exposition mit den für ihn angstauslösenden Reizen konfrontiert, allerdings immer mit der Zustimmung des Patienten. Im Fall von Frau Rosskämper wäre das angstauslösende Moment ihr Vater gewesen, nicht das Pferd. Sie mit einem Pferd in eine Box zu sperren wäre auch völlig sinnlos, ist doch ihre Allergie keine psychische Disposition, sondern medizinisch indiziert. Verstehen Sie?«

De Boer hatte Dr. Hanus folgen können und nickte.

»Also litt sie unter Ängsten«, stellte er fest. »Hatte sie neben der vor ihrem Vater noch weitere?«

»Nein«, antwortete Dr. Hanus. »Aber sie hatte eine ganze Reihe von Kompensationshandlungen entwickelt, die sehr problematisch waren und sie immer wieder in schwierige Situationen gebracht haben.«

»Was meinen Sie genau?«

»Nun, Sie haben sie ja wohl gesehen. Sie war mehr als attraktiv, sie war das, was man landläufig als eine Göttin bezeichnet.«

»Sie meinen eine Sex-Göttin, Dr. Hanus?«

»Wenn Sie so wollen, ja. Sie war einfach umwerfend, ihr Körper perfekt, ihre Bewegungen …«

»Haben etwa auch Sie mit ihr geschlafen?« De Boer wusste nicht, ob er die Grenzen des Zulässigen überschritt. Doch der Arzt blieb erstaunlicherweise völlig ruhig.

»Ja«, gestand Dr. Hanus. »Das habe ich. Sie würden es sowieso herausbekommen. Sie hat mir förmlich keine andere Wahl gelassen.«

De Boer schaute etwas mitleidig, was den Psychologen seinerseits offenbar irritierte.

»War sie nymphoman veranlagt?«, fragte de Boer.

»Diesen Begriff benutzen wir in der Psychologie schon lange nicht mehr, Herr Kommissar. Heute sprechen wir von Hypersexualität, obwohl auch dieser Begriff mehr als umstritten ist. Aber zu Ihrer Frage, ich will schließlich nicht dozieren: Ja, sie hatte gewisse Tendenzen. Sie hat von sich selbst gesagt, dass ein Tag ohne einen neuen Mann für sie ein verlorener sei. Und sie hat stark nach dieser Maxime gehandelt. Aber etwa ab dem Spätsommer hat sie eine Veränderung in ihrem Verhalten gezeigt.«

»Das heißt, Ihre Therapie zeigte Wirkung?«

»Vielleicht.« Hanus strich sich durch seine bereits etwas schütteren Haare. »Wissen Sie, ich betreibe hier Gesprächstherapie. Erfolge sind dabei manchmal unmittelbar, manchmal aber auch erst über einen längeren Zeitraum festzustellen. Frau Rosskämper jedenfalls hat ab einem gewissen Punkt ein deutlich entspannteres Verhalten gezeigt als in den Sitzungen zuvor. Und sie machte mich auch nicht mehr so offensiv an, wie sie es vorher schon mal getan hatte.«

De Boer nickte. »Worauf führen Sie die von Ihnen geschilderte Änderung ihres Verhaltens zurück, Dr. Hanus?«

»Tja.« Nun wurde der Psychologe verhalten. Er schaute aus dem Fenster. »Ich glaube, es gab einen Mann in ihrem Leben, der anders war als alle anderen zuvor. Ein Mann, der sie mit seinem Wesen oder seiner Erscheinung so gefangen nahm, dass sie sich von ihrer psychosozialen Einstellung her allmählich veränderte. Aber das ist nur eine Vermutung, keine belastbare Theorie.«

Bei seinen letzten Worten hatte Dr. Hanus sich de Boer wieder zugewandt. Dieser machte sich wie üblich Notizen.

»Hat sie sich näher zu diesem Mann geäußert?«, fragte de Boer.

»Nein, sie hielt sich, was dieses Thema anging, erstaunlich bedeckt, ich habe keinen blassen Schimmer. Nur über Kunst hat sie im Zusammenhang mit diesem Mann häufiger gesprochen.«

»Über Kunst?« De Boer wurde hellhörig. »Halten Sie es für möglich, dass sie mit jemandem an der Kunstakademie liiert war?«

De Boer konnte am Gesichtsausdruck des Psychologen erkennen, dass es diesem unangenehm war, über Melanie Rosskämpers Sexualleben zu sprechen.

»Ich denke, Sie wissen noch deutlich mehr über Melanie Rosskämper, als Sie mir bisher gesagt haben.« Hanus hatte bereits seine Hand zum Einspruch gehoben, aber de Boer kam ihm zuvor. »Sie meinen vielleicht, Sie dürften mir nicht mehr erzählen. Geschenkt. Wenn Sie damit den Ermittlungsbehörden helfen, dann dürfen Sie schon. Sie müssen sogar! Mir geht es nur um den Fall, also um Melanie Rosskämper. Anderes, etwa Ihr Sexualleben, interessiert mich nicht.«

Dr. Hanus stand auf und ging unruhig im Raum auf und ab. De Boer saß derweil auf dem ihm zugewiesenen Stuhl und schwieg. Der Psychologe stellte sich ans Fenster und blickte auf die Straße hinunter, auf der sich die Autos nur im Schneckentempo vorwärtsbewegten, und schwieg.

»Also«, sagte de Boer. »Sie hat mit Ihnen über den Mann ihrer Träume gesprochen, habe ich recht?«

Dr. Hanus fuhr sich mit der rechten Hand über die Lippen.

»Warum haben Sie denn so Probleme, mit mir darüber zu reden? Melanie Rosskämper ist tot. Und es besteht die Möglichkeit, dass sie ermordet wurde. Und wir wollen nicht, dass ihr Mörder noch lange frei herumläuft. Sie doch auch nicht, oder?«

Nun kam Bewegung in Dr. Hanus' Körper. »An Ihnen ist ja auch ein Psychologe verloren gegangen«, sagte er leicht süffisant. »Aber Sie haben recht. Für mich ist es unerträglich, daran denken zu müssen, dass dort draußen jemand frei herumläuft, der diese Frau getötet hat.«

Wieder blickte er aus dem Fenster. Dann, ganz plötzlich, ging er zu seinem Schreibtisch und setzte sich.

»Okay«, begann er, wobei er seine Hände auf der Tischplatte faltete und de Boer tief in die Augen schaute. »Sie wollen also alles wissen? Gut, ich sage Ihnen alles.«

***

Die neue Woche begann, wie die vorherige geendet hatte: mit Nebel. Von seinem Wohnzimmerfenster aus hatte Ferschweiler den Fluss heute Morgen wieder nicht sehen können. Nun sah er sich in Atelier A der Kunstakademie allen Teilnehmern sowie den Dozenten der Herbstkurse gegenüber. Bereits gegen acht Uhr hatte ihn ein Mitarbeiter der KTU angerufen und ihm mitgeteilt, dass an dem untersuchten Fenster in der Akademie keine Fingerabdrücke gefunden worden seien. Alles sei offenbar erst vor Kurzem fein säuberlich gereinigt worden, Fenster und Rahmen waren blitzblank. Ganz anders übrigens als alle anderen Fenster in dem Atelier, die die Kriminaltechniker sich ebenfalls angesehen hatten. An denen stand der Dreck von mindestens einem Jahr.

Gegen neun Uhr hatte dann Dr. Quint angerufen und Ferschweiler mitgeteilt, dass der anaphylaktische Schock, der – inzwischen hatte er es schwarz auf weiß – zum Tod der schönen jungen Frau geführt hatte, durch Walnussöl verursacht worden war. Der Kollege

Wingertszahn-Lichtmeß von der KTU hatte dieses Öl in Melanie Rosskämpers Koffer sichergestellt und Dr. Quint mitgeteilt, dass es sich um *Oleum Juglandis* von bester Arzneimittelqualität handele, das man nur in Apotheken bekäme. Walnussöl sei ein, wie der Pathologe daraufhin Ferschweiler erklärte, Stoff mit hohem allergenen Potenzial, den man in früheren Zeiten auch als Lösungsmittel für Farbpigmente benutzt habe. Heutzutage allerdings würde man diese Substanz nicht mehr zu diesem Zweck einsetzen.

»Hätte man Melanie Rosskämpers Tod noch verhindern können?«, hatte Ferschweiler gefragt.

»Ja«, so Dr. Quint, »aber nur, wenn sie schnell gefunden worden wäre. Dann hätte der Notarzt ihr Adrenalin spritzen können. Adrenalin ist ein starkes Stresshormon, das in Sekundenschnelle die Herz-Kreislauf-Funktion steigert und bewirkt, dass die Blutgefäße sich verengen. Auf diesem Wege wird erreicht, dass der Körper wieder mehr Blut zur Verfügung hat. Außerdem erleichtert es die Atmung.«

»Das sind für mich böhmische Dörfer, Doc. Warum ist das mit dem Blut denn wichtig?«

»Als Folge des Schocks ist die Flüssigkeitsmenge in den Gefäßen vermindert. Diesen Mangel kann man aber durch eine schnell laufende Infusion ausgleichen. So kann man den Blutdruck wieder steigern und schließlich stabilisieren. Gleichzeitig kann man mit der Infusion dem Körper Cortison zuführen. Die Entzündungsreaktion des Körpers wird so wirkungsvoll gehemmt.«

Ferschweiler hatte Dr. Quint daraufhin die alles entscheidende Frage gestellt: »War es Mord oder nur ein tragischer Unglücksfall?«

Und Dr. Quint hatte Ferschweilers Vermutung bestätigt. »Nach meiner Meinung, Rudi, spricht alles für Mord. Wie gesagt, Walnussöl findet heute keine Verwendung mehr in der Malerei, und Melanie Rosskämper hätte es wohl kaum bei ihrer Arbeit benutzt.«

Der Täter musste also gewusst haben, schlussfolgerte Ferschweiler, dass die Schöne am Freitagabend allein im Atelier arbeiten würde und keine anderen Kursteilnehmer oder Dozenten in den Raum kämen. Zudem musste er oder sie – Ferschweiler hatte noch keine Ahnung, zog aber alles in Betracht – darüber im Bilde gewesen sein, dass die Künstlerin allergisch auf Nüsse reagierte und vermutlich dazu neigte, die von ihr verwendeten Aquarellpinsel spitz zu lecken. Ferschweiler war mittlerweile sehr nachdenklich geworden. Denn alle diese Details schränkten den Kreis der möglichen Täter natürlich deutlich ein, auch wenn Ferschweiler noch nicht wusste, wann und wie jemand Melanie Rosskämper das Walnussöl hätte unterjubeln können. Dazu kam, dass er, jetzt wo er vor den Studenten und Dozenten der Kunstakademie stand, auch noch keinen blassen Schimmer hatte, wer von den hier versammelten »Künstlern« ein Motiv für einen solch ausgefeilt vorbereiteten und perfide durchgeführten Mord gehabt haben könnte.

***

»Und?«

De Boer war neugierig auf die Ausführungen des Psychologen. Doch der hatte sich erst einmal in seinem Stuhl zurückgelehnt und massierte sich eine Zeit lang nachdenkend das Kinn, bevor er endlich sagte:

»Melanie Rosskämper kam erstmals Ende Juni dieses Jahres zu mir in die Praxis. Wir kannten uns aus dem Café am Viehmarkt, wo sie manchmal kellnerte. Dort hatten wir einen ersten sehr heftigen Kontakt, der in einem Hotelzimmer endete. Es war wunderschön. Aber ich habe sie danach nicht mehr gesehen bis zu dem Tag, als sie plötzlich als Patientin bei mir aufgetaucht ist.«

»Wissen Sie, warum sie ausgerechnet zu Ihnen kam?«

»Nein, ich habe keine Ahnung. Sie kannte meinen Namen nicht. Die Nummer im Hotel war völlig anonym abgelaufen, sie hatte mich nicht einmal nach meinem Vornamen gefragt. Sie hatte nur Sex, und zwar heftigen, gewollt. Glauben Sie mir, so etwas hatte ich in meinem ganzen Leben noch nicht erlebt. Es war gigantisch. Aber ich habe sie danach immer mit einem Vampir verglichen. Sie hat mich regelrecht ausgesaugt – und meine leere Hülle dann liegen lassen.«

Dr. Hanus schienen die Erinnerungen allerdings zu gefallen. »Ich war eingeschlafen, und als ich gegen einundzwanzig Uhr aufgewacht bin, war sie bereits weg. Also bin ich am nächsten Tag wieder in das Café gegangen. Und sie war tatsächlich da. Aber sie hat mich keines Blickes mehr gewürdigt. Als wenn ich Luft wäre, als wenn zwischen uns nichts gelaufen wäre. Das hat mich schon ziemlich enttäuscht. Und als ich sie angesprochen habe, hat sie plötzlich geschrien und behauptet, ich hätte sie unsittlich angefasst.«

De Boer dämmerte so einiges. Der Psychologe hatte Angst um seine Reputation und sich deshalb zunächst gesperrt.

»Stellen Sie sich einmal vor: Ich, ein renommierter Psychologe hier in dieser kleinen Großstadt – und dann das! Und zu allem Überfluss hat sie auch noch damit gedroht, mich anzuzeigen!« Dr. Hanus war außer sich.

»Aber Sie waren nicht der Mann, der sich vor Gericht verantworten musste? Sonst hätte sie ja gewusst, wer Sie sind, bevor sie in Ihre Praxis kam.«

»Nein«, erwiderte Hanus. »Das war jemand anderes. Aber er hat offenbar das gleiche Schicksal erlitten. Bei mir ist es nicht zu einem Verfahren gekommen, wir konnten uns gütlich einigen. Aber diese Frau wurde dann knapp einen Monat später meine Patientin. Und sie hat da weitergemacht, wo sie nach unserer gemeinsamen Nacht aufgehört hatte: Sie machte mich an! Ganz direkt! Es war ohne Worte …«

»Das heißt, Sie haben noch einmal mit ihr geschlafen?«

»Nein, wo denken Sie hin? Ich will doch meinen guten Ruf nicht verlieren.« Dr. Hanus machte mit beiden Händen eine ablehnende Geste. »Damit hatte ich abgeschlossen. Ich habe mich von ihr verschaukelt gefühlt. Ich gebe zu, beim ersten Mal, in dem Café, ist sie bei mir offene Türen eingerannt. Da war ich auch auf ein erotisches Abenteuer aus. Aber mit einer Patientin? Nein, dadurch hätte ich nicht nur meinen guten Ruf verloren, sondern auch«, Dr. Hanus senkte seine Stimme, »meine Existenzgrundlage.«

»Aber warum haben Sie Melanie Rosskämper dann nicht an einen Kollegen verwiesen? Warum haben Sie sich bereitgefunden, sie zu behandeln?«

»Ich dachte«, sagte Dr. Hanus, »dass ich ihr helfen könnte. Ich meinte, ich würde sie, da ich schon so meine Erfahrungen mit ihr gemacht hatte, vielleicht besser verstehen. Aber ich habe mich getäuscht, habe mich selbst überschätzt. Leider … Es war ein Fehler.«

De Boer konnte und wollte sich diesbezüglich keine Meinung machen. Stattdessen fragte er: »Und Melanie Rosskämper hat Ihnen gegenüber von dem Unbekannten gesprochen?«

»Ja«, antwortete Dr. Hanus. »Sie hat über ihn gesprochen, aber sie hat keinen Namen genannt. Sie hat ihn lediglich in den höchsten Tönen gelobt: als wunderbaren Liebhaber, tollen Begleiter, einfühlsamen Zuhörer und zuvorkommenden Menschen. Können Sie sich vorstellen, wie ich darunter gelitten habe? Aber gut … Sie brauchte einen solchen Menschen, einen, der in der Lage war, ihrem eigenen selbstzerstörerischen Verhalten etwas Positives entgegenzusetzen. Insofern war ich als Psychologe froh, dass es diesen Mann gab. Als Mann aber, der einmal etwas mit ihr hatte …«

De Boer verstand; für ihn musste Dr. Hanus nicht weitersprechen.

»Und sie hat gar nichts Konkretes über ihn gesagt? Keine beiläufige Beschreibung seiner Haare, seiner Größe oder sonst etwas?«, ließ de Boer nicht locker.

»Nein, ich kann mich nicht erinnern.« Dr. Hanus schien verzweifelt. Melanie Rosskämper hatte in ihm offensichtlich einiges durcheinandergebracht. »Sie hat davon gesprochen, dass er sich nicht nur aufs Vögeln, sondern auch auf Vögel versteht, auf solche aus Südamerika vor allem. Ich habe dem damals keine weitere Bedeutung zugemessen … aber nun … wo Sie danach fragen … Aber das ist vermutlich völlig unwichtig … Vögel … tsss.« Und nach einer kurzen Pause: »Aber mehr weiß ich wirklich nicht. Sie meinte lediglich zu mir, er teile ihre Leidenschaft für die Kunst. Ich hatte das Gefühl, dass sie ihn bewundert und zu ihm aufgeschaut hat.«

Wenige Minuten später hatte de Boer die Praxis verlassen und stand wieder auf der vom morgendlichen Berufsverkehr durchpulsten Bruchhausenstraße. Melanie Rosskämper musste eine aus verschiedenen Perspektiven sehr interessante Persönlichkeit gewesen sein. De Boer hatte keine Ahnung, was ihn und Ferschweiler im Zusammenhang mit der schönen Toten im alten Schlachthof noch erwarten würde. Jetzt würde er erst einmal zur Kunstakademie fahren. Ferschweiler wartete sicherlich schon auf ihn.

***

»Meine sehr verehrten Damen und Herren«, begann Natascha Berggrün. »Am vergangenen Freitag hat es in unserer Akademie möglicherweise einen Mord gegeben.«

Ferschweiler wurde hellhörig. Woher wusste die Leiterin der Akademie so sicher, dass es Mord gewesen war? Er hatte mit ihr noch nicht über Dr. Quints Ergebnisse gesprochen.

»Melanie Rosskämper, Sie kennen sie alle, nicht zuletzt als Ehefrau des Vorsitzenden unseres Fördervereins, wurde tot in Atelier C aufgefunden. Es ist eine tragische Geschichte. Ich bin untröstlich.«

Dr. Berggrün schien die Fassung zu verlieren. Tränen traten ihr in die Augen. Helena Claus knuffte sie in die Seite.

»Reißen Sie sich zusammen«, sagte sie leise zu ihr, aber Ferschweiler konnte es hören. »Sie sind die Leiterin der Akademie.«

Natascha Berggrün fasste sich wieder. »Ich darf Ihnen Herrn Rudolph Ferschweiler vorstellen, den die Ermittlungen leitenden Hauptkommissar der Trierer Mordkommission. Ich würde mich sehr freuen, wenn Sie alle mit ihm zusammenarbeiten würden. Dieser Mord muss so schnell wie möglich aufgeklärt werden. Es geht um sehr viel.«

Sie begann erneut zu schluchzen. Auch Helena Claus würde nun nicht mehr helfen können, und sie versuchte es auch gar nicht erst. Still und betroffen stand sie neben ihrer Chefin.

Schweigend standen die Künstler da. Einige schienen ebenfalls den Tränen nahe zu sein. Keiner wagte, etwas zu sagen.

»Vielen Dank, dass Sie alle erschienen sind«, nutzte Ferschweiler die Stille. »Wir stehen noch am Anfang unserer Ermittlungen und sind auf Ihre Unterstützung angewiesen. Zum jetzigen Zeitpunkt könnte sich jedes Detail zu Frau Rosskämpers Person als wichtig erweisen, selbst Dinge, die Ihnen vielleicht völlig bedeutungslos erscheinen mögen. Wenn Sie uns etwas zu Melanie Rosskämper sagen können, dann zögern Sie bitte nicht, sich an mich und meinen Assistenten Wim de Boer, der momentan leider nicht hier sein kann, zu wenden. Nur so können wir der Aufklärung ihres Todes schnell näherkommen, und Sie haben so auch schnell wieder Ruhe vor uns.«

Dr. Berggrün hatte für die beiden Beamten im am Moselufer gelegenen Gebäude der Lithowerkstatt ein Büro einrichten lassen. Zu Zeiten des Schlachthofs war in diesem Gebäude eine Kühlkammer gewesen, heute erinnerte jedoch nichts mehr an die frühere Nutzung. Auch als Lithografiewerkstatt war der Raum kaum mehr zu erkennen. Zwar gab es hier noch die vier Pressen, die die Akademie besaß und die noch bis vor fünf Jahren in reger Benutzung gewesen waren, heute jedoch, da keiner mehr das schwierige und kräftezehrende Handwerk des Steindrucks betreiben wollte, waren die Druckmaschinen sorgfältig eingemottet, störten aber nicht die Funktionalität des neu eingerichteten Ermittlerbüros.

Ferschweiler lehnte sich zurück. Sein Rücken tat ihm weh; die Akademieleitung hatte ihm als Sitzgelegenheit lediglich einen alten, farbüberkrusteten Holzhocker zur Verfügung gestellt. War er denn ein Künstler, asketisch von Grund auf und allem weltlichen Komfort abhold? Immerhin war die erste Arbeit getan. Er hatte mittlerweile mehrere Kursteilnehmer, die meinten, über Melanie Rosskämper und ihr Wirken an der Akademie Auskunft geben zu können, vernommen. De Boer, der einen bequemen ledernen Bürostuhl hatte ergattern können – wie, blieb Ferschweiler schleierhaft –, hatte sich gleichzeitig um weitere gekümmert.

Morgen würde sich Ferschweiler bei seinen Befragungen auf die Dozenten konzentrieren. Vorher würde er aber noch den Besuch bei Melanie Rosskämpers Ehemann absolvieren, der in der kommenden Nacht endlich aus Boston zurückkehren würde. De Boer hatte die Einreisebehörde auf dem Amsterdamer Flughafen Schiphol gebeten, Dr. Rosskämper bei der Passkontrolle möglichst schonend über das zu unterrichten, was in Trier passiert war. Hoffentlich waren die Holländer sensibler als sein Kollege, dachte Ferschweiler, als de Boer an seinen Schreibtisch trat.

»Wie wär's mit einem Kaffee, Chef? Dabei könnten wir uns über unsere Ergebnisse und Eindrücke austauschen.«

»Gute Idee. Hat denn das Café auf dem Akademiegelände noch geöffnet?«

»Nein, leider nicht, aber Frau Claus hat uns eine Kanne frisch aufgebrüht. Nette Dame übrigens, oder?«

Ferschweiler meinte von sich, keinen Blick mehr für Frauen zu haben. Nur Rosi, so seine Überzeugung, konnte ihn noch begeistern. Also ließ er de Boers Bemerkung unbeantwortet.

Nachdem beide einen großen Schluck von ihrem Kaffee genommen hatten, begann de Boer:

»Bei meinen Vernehmungen ist nicht viel herausgekommen. Nur ein Teilnehmer, Hans-Joachim von Stiependorf, kommt in den näheren Kreis der möglichen Verdächtigen. Du solltest selbst noch einmal mit ihm sprechen, um dir einen Eindruck zu machen.«

Ferschweiler hatte nur oberflächlich zugehört. Nun aber wurde er wach.

»Warum denn?«, fragte er.

De Boer blätterte in seinem Notizbuch, das dem von Columbo ähnelte. Fatzke, dachte sich Ferschweiler jedes Mal, wenn er ihn damit sah. Fehlte nur noch der versiffte Trenchcoat.

»Wohnhaft ist er in Mannheim, er arbeitet aber in Ludwigshafen. Er hat einen Bruder, der Apotheker ist und ganz in der Nähe, in Trittenheim, eine eigene Apotheke betreibt.«

Manchmal konnte der Holländer Ferschweiler noch richtig überraschen.

»De Boer, gute Arbeit. Hatte von Stiependorf etwas mit der schönen Toten zu tun? Hatten die beiden vielleicht ein Verhältnis?«

»Das kann ich mir nicht vorstellen, Chef. Nach allem, was ich gehört habe, interessiert sich von Stiependorf nicht für Frauen, sondern nur für die Kirche.«

»Kontrollier doch bitte mal, ob in den letzten drei Monaten in der Trittenheimer Apotheke Walnussöl bestellt worden ist. Oder nein: Erweitere den Zeitraum auf das letzte halbe Jahr. Man weiß ja nie«, sagte Ferschweiler.

De Boer lächelte. »Habe ich schon gemacht, Chef. Trittenheim war ein Volltreffer: von Stiependorf hat vor zwei Wochen in der Apotheke seines Bruders eine größere Menge Walnussöl bestellt. Die PTA, mit der ich telefoniert habe, sagte, es seien drei Liter gewesen.«

Ferschweiler dachte nach.

»Aber wieso hat er derart viel von dem Öl bestellt? Um einen anaphylaktischen Schock bei einer hochallergischen Person wie Melanie Rosskämper auszulösen, reicht doch auch eine geringe Menge. Aber gut gemacht, Wim. Dann war von Stiependorf immerhin in Besitz der nötigen Substanz.«

Wieder dachte Ferschweiler kurz nach. »Aber an Walnussöl wird man wohl auch außerhalb großer Chemiekonzerne und Apotheken herankommen, oder? Der Erwerb und der Besitz des Öls spricht von Stiependorf leider noch nicht schuldig. Entscheidend ist doch, ob er auch ein Motiv und die Gelegenheit hatte.«

»Da liegt in diesem Fall das Problem«, sagte de Boer. »Ich wüsste nicht, welches Motiv er gehabt haben könnte. Zwar haben alle von mir Befragten bestätigt, dass der ausgelobte Wettbewerb um eine eigene Ausstellung in der Kunsthalle einen enormen Konkurrenzdruck ausgelöst hat. Allerdings haben von Stiependorf und die Rosskämper auf zu verschiedenen Gebieten gearbeitet, um wirklich zu Konkurrenten werden zu können. Zudem ist von Stiependorf eine sehr bescheidene Persönlichkeit und macht seine Kunst, wie mir Doris Egger bestätigt hat, nur für sich selbst.«

»Woher weiß diese Doris Egger das so genau?«

»Sie kennt ihn schon seit mehr als siebzehn Jahren. Die irrt sich bestimmt nicht. Sie ist eine sehr interessante Frau und eine echt gute Künstlerin«, schwärmte de Boer. »Zudem hat von Stiependorf noch nie den Versuch unternommen, etwas auszustellen oder zu verkaufen.«

Ferschweiler wurde allmählich sauer. »Reiß dich mal am Riemen, de Boer! Es geht um Fakten, nicht um Emotionen. Du und deine Vorlieben für die Kunst. Bleib mal sachlich.«

»Tue ich doch, Chef. Sie ist wirklich eine gute Künstlerin. Selbst die Münchner Staatsgemäldesammlungen und das Rijksprentenkabinet in Amsterdam haben Arbeiten von ihr – und das will etwas heißen!«

Ferschweiler beschloss, das Thema zu wechseln. Von diesen Dingen hatte er keine Ahnung. Da begab er sich auf für ihn unsicheres Terrain, und er wollte sich nicht vor de Boer blamieren.

»Also von Stiependorf. Den sollten wir uns noch einmal vornehmen. Gut, sonst noch jemand?«

»Na ja, die Egger könnte zumindest noch nähere Angaben zu Melanie Rosskämpers Verhalten machen. Wie gesagt: eine sehr interessante Frau. Neben ihrer Tätigkeit als Druckgrafikerin malt sie auch – und zwar experimentell. Sie macht Bilder, bei denen durch den Einsatz von bestimmten chemischen Substanzen ein dreidimensionaler Eindruck entsteht. So etwas habe ich – und das, obwohl ich selbst einige Semester Kunstgeschichte studiert habe – noch nie gesehen.«

Die Kunst ist doch nicht nur inhaltlich eine moderne Hexenküche, dachte Ferschweiler. Gut, dass sich sein Cousin damit nicht mehr beschäftigen musste, sondern nun den Schwimmernachwuchs der Vereinigten Staaten trainieren durfte. Er musste ihn wieder einmal anrufen.

»Und was hat dein Gespräch mit dem Psychologen ergeben?«, fragte er de Boer.

»Dr. Hanus hat noch einmal bestätigt, was wir bereits über Melanie Rosskämper wussten, eben das, was alle erzählen. Aber einen Hinweis hatte er noch. Er sprach davon, dass sich die Rosskämper in letzter Zeit sehr verändert habe, weil sie sich wohl wirklich in einen Mann verliebt habe. Er wusste zwar keinen Namen, aber nach dem, was er mir erzählt hat, könnte sie diesen Mann an der Kunstakademie kennengelernt haben. Insofern sollten wir uns auf die männlichen Dozenten und Kursteilnehmer konzentrieren, die mit Melanie Rosskämper näher zu tun hatten. Frau Dr. Berggrün oder Helena Claus werden uns in diesem Punkt sicher weiterhelfen können.«

Ferschweiler nickte und fasste dann seine Befragungen zusammen.

»Bei mir«, berichtete er, »gab es gar keine brauchbaren Ergebnisse. Zwar habe ich mit zwei Kursteilnehmerinnen gesprochen, die die Tote nach eigenen Aussagen ›gehasst‹ haben, aber mir ist nicht ganz klar, warum. Ich vermute, weil die beiden Damen es nicht mit der blendenden Schönheit der Rosskämper aufnehmen konnten. Aber einen Hinweis haben die beiden mir gegeben. Sie bestätigten noch einmal, dass die Rosskämper so manches Techtelmechtel mit dem einen oder anderen Dozenten gehabt hat. Dabei mag es sich um üble Nachrede handeln aufgrund von Neid und daraus resultierendem Hass auf die junge, attraktive Frau, aber darin könnte auch ein mögliches Motiv liegen: Eifersucht ist immerhin nicht die ungewöhnlichste Motivation, die zum Töten führt.«

»Jetzt werd mal nicht philosophisch«, entgegnete de Boer. »Das waren wahrscheinlich zwei schon pensionierte Lehrerinnen aus Ostdeutschland, die sich mit einem Pinsel selbst verwirklichen wollen.«

»Melanie Rosskämpers sexuelle Attraktivität und ihre Schönheit sind schon ein Aspekt, den wir von seiner Wirkung her näher beleuchten sollten, oder? Wie viele männliche Kursteilnehmer sind eigentlich derzeit an der Akademie, und wie steht es mit den Dozenten? Ich hab mir noch nicht die Mühe gemacht, sie durchzuzählen.«

»Laut dem aktuellen Jahresprogramm gibt es zurzeit vierzehn männliche Dozenten an der Akademie. Aber wie viele davon in deinem Sinne zum Kreis der Verdächtigen zählen, das steht da leider nicht«, grinste de Boer Ferschweiler an. »Vielleicht sollte Dr. Berggrün deren Interesse an jungen, hübschen Kunststudentinnen noch mit in den biografischen Teil des Jahresprogramms aufnehmen?«

Irgendetwas schien mit seiner Autorität nicht zu stimmen, dachte Ferschweiler. Er würde de Boers Verhalten weiter beobachten und ihn zu gegebener Zeit einmal maßregeln müssen. Aber nicht jetzt, dafür hatte er heute keinen Nerv. Morgen Nachmittag würden sie die Vernehmungen fortsetzen. Bis dahin würde de Boer hoffentlich etwas mehr über die männlichen Dozenten der Akademie herausbekommen haben. Für Ferschweiler würde der morgige Tag eher schwierig werden. Morgen früh hatte er den Weg auf den Petrisberg, wo der Ehemann der Toten wohnte, anzutreten.

Nun aber war erst einmal Feierabend. Ferschweiler schaltete die alte Schreibtischlampe auf der Werkbank aus, die ihm als Schreibtisch diente, und verließ zusammen mit de Boer die Lithowerkstatt. Schluss für heute! Jetzt ging es zu Rosi.

FÜNF

Der Nebel war wieder dicht an diesem Morgen. Das kleine Kastanienwäldchen, an dem ihr Weg vorbeiführte, war nur als dunkles Etwas zu erkennen.

Sie ging seit Jahren, seitdem sie sich einen Hund hielt, jeden Morgen denselben Weg. Dieser führte aus dem Wohngebiet heraus leicht bergan an dem Kastanienwäldchen vorbei, dann wieder bergab und an der alten Viehweide entlang. Bis vor ein paar Jahren hatte hier jemand, wie ehemals viele in der historisch betrachtet eher als arm zu bezeichnenden Eifel und im Hunsrück, eine kleine Schafherde gehalten. Aber nun verkamen der alte Stall und die Streuobstwiese, auf der die Tiere geweidet hatten, zusehends.

Ihre Runde dauerte bei strammem Schritt nicht länger als eine halbe Stunde. Oftmals brauchte sie etwas länger, da sie regelmäßig auf andere Hundebesitzer traf und mit ihnen ins Gespräch kam, vor allem im Sommer. Im Winter, zudem noch früh am Morgen, waren nur wenige auf dem Weg an den Feldern entlang unterwegs. Die meisten Hundehalter blieben auf ihren morgendlichen Gassigängen innerhalb des Wohngebietes, wo die Straßenbeleuchtung für Licht sorgte. Ihr jedoch machte die Dunkelheit nichts aus. Sie genoss die Stille und freute sich, wenn sie einen Fuchs oder Rehe sah. Das waren ihre kleinen Lichtblicke. Danach konnte ihr Tag beginnen. Die einzige Sorge, die sie manchmal hatte, war, sie könne Wildschweinen über den Weg laufen, obwohl das noch nie vorgekommen war.

Gustav, ihr braun gefleckter Mischlingsrüde, trottete auch heute die meiste Zeit über ruhig neben ihr her. Hin und wieder hob er den Kopf, spähte über die Stoppelfelder, schnupperte und lief etwas voraus, machte jedoch keinerlei Anstalten, weiter wegzulaufen. An diesem Morgen waren also keine Rehe unterwegs, im Gegensatz zu den vorangegangenen Tagen. Da war ihr der Hund ein paarmal weggelaufen, richtig außer sich war er gewesen, kaum zu bändigen. Auch die kleine Hundepfeife, die sie immer an ihrem Schlüsselbund trug, hatte keinerlei Wirkung gezeigt.

Die Kälte kroch ihr durch die Jacke.

Ich hasse dieses nasskalte Wetter, dachte sie noch, als sie plötzlich ein Rascheln hinter sich hörte. Im nächsten Augenblick spürte sie einen stechenden Schmerz und dann: nichts mehr. Nur noch tiefes Schwarz.

Gustav war einige Meter vor ihr hergelaufen, als er den kurzen Aufschrei seines Frauchens vernahm und aufhorchte. Er drehte sich um und lief zu dem am Boden liegenden Körper zurück, schnupperte am Gesicht, leckte an den Wangen und ignorierte die Gestalt, die neben seinem Frauchen stand. Im nächsten Augenblick wurde auch er vom Blatt des Spatens getroffen.

Erst eine Stunde später sollte ein Spaziergänger, der ebenfalls mit seinem Hund unterwegs war, die Frau und Gustav auffinden.

Ulrike Kinzig war sofort tot gewesen. Der Spaten hatte sie an der Schläfe getroffen und ihr den Schädel zertrümmert.

***

Ferschweiler nahm den Bus. De Boer hätte ihn zwar bei seinem Termin begleiten und ihn in seinem bequemen Dienstwagen auf den Petrisberg chauffieren können, doch das hatte Ferschweiler abgelehnt. Er wollte allein mit dem Ehemann des Opfers sprechen. Und die Zeit, die sich ihm während der Busfahrt bot, wollte er zum Nachdenken nutzen.

Als sich vor ihm an der Haltestelle Kurfürstenstraße, unweit der Dienststelle der Mordkommission, die Türen des Busses der Linie 14 öffneten, bereute Ferschweiler seinen Entschluss bereits. Ein warmer Vorhang verbrauchter Luft von älteren Damen auf dem Weg zum Einkaufen oder Friseur und den Ausdünstungen von Schülern und halbbetrunkenen Studenten schlug ihm entgegen. Aber was sollte er machen? Missmutig stieg er ein.

Hinter dem Fahrer fand Ferschweiler einen Platz. Er war gespannt, welches Bild sich ihm gleich auf dem Petrisberg bieten würde. Das letzte Mal war er vor drei Jahren dort gewesen, damals anlässlich des jährlichen Wandertags der Polizei, dem er seitdem konsequent ferngeblieben war. Auch vorher war er nicht immer mitgegangen. Veranstaltungen, die zu geheuchelten Verbrüderungen unter sich ansonsten als Konkurrenten eher ablehnend gegenüberstehenden Personen führten, fand er unerträglich. Auch sonst mied er große Menschenmengen, wenn er nur konnte – de Boer nannte ihn deshalb immer augenzwinkernd den *lonesome wolf*. Seinerzeit hatte der Polizeipräsident Ferschweiler persönlich eingeladen mitzumarschieren. Und da er Dr. Süß von verschiedenen zurückliegenden Anlässen kannte und schätzte, hatte er zugesagt.

Das Gelände auf dem Petrisberg hatte in den letzten Jahrzehnten der französischen Garnison als Kasernenareal und Materialdepot gedient. Ferschweiler konnte sich noch gut daran erinnern, wie er als Kind mit seinem Freund Pierre, dessen Vater bei den Franzosen die Panzer reparierte, einmal die Kasernen und Schuppen besucht hatte. Damals war er tief beeindruckt gewesen. Aber so waren kleine Jungs eben: Panzer waren etwas Tolles, wie so ziemlich alles, was krachte und stank.

Allerdings stand Ferschweiler dem, was die Entwicklungsgesellschaft Petrisberg, die für den Umbau des Kasernengeländes zum Wohnquartier verantwortlich zeichnete, nach dem Abzug der Soldaten aus dem Gebiet gemacht hatte, ablehnend gegenüber. Ein eigenes Viertel für die »Luxemburger« war entstanden, für diejenigen, die in den Banken jenseits der Grenze arbeiteten, zumindest war das Ferschweilers Eindruck. Bereits die ersten, anlässlich der Landesgartenschau hochgezogenen Bauten schienen ihm da recht gegeben zu haben – »Wohnen am Wasserband«: Was sollte das denn sein? Ferschweiler war gespannt, was er gleich zu sehen bekommen würde.

Der Bus kroch schnaufend die Serpentinen hinauf, vorbei am Hotel Petrisberg mit seinem schmucken schmiedeeisernen Torbogen und dem sensationellen Blick auf die unten im Tal liegende Stadt, vorbei am Kloster St. Clara und der Station des Deutschen Wetterdienstes sowie dem letzten Überbleibsel des westlichen Kasernenausläufers, einem alten Fahrzeugschuppen, der nun auch – so das Bauschild – zu einem luxuriösen Loft ausgebaut wurde. Das war tatsächlich Wohnen mit besonderem Flair! Ferschweiler wäre es nie in den Sinn gekommen, in einer Garage zu wohnen, obwohl dies offensichtlich angesagter war, als er gedacht hatte, wie er schmunzelnd angesichts der die Straße säumenden Hauswürfel feststellte.

»Am Wasserturm« – das war seine Haltestelle, hier musste er aussteigen. Jetzt waren es nur noch wenige hundert Meter zu Fuß.

Ferschweiler ging am Wasserturm vorbei und den Weg entlang, der das Gelände zwischen Petrisberg und dem Plateau mit dem ehemaligen französischen Militärhospital säumte. Als besonderes Angebot an die fitnessbewussten Bewohner des neuen Stadtteils hatte sich die Entwicklungsgesellschaft Petrisberg einfallen lassen, hier eine Finnbahn anzulegen, sodass nun ein Jogger nach dem anderen und Damen fortgeschrittenen Alters in schrillfarbiger Funktionskleidung mit Wanderstöcken diesen Weg in Beschlag nahmen. Ferschweiler musste öfter größeren, unbeirrt auf ihn zumarschierenden Gruppen ausweichen und bereute es zunehmend, nicht zusammen mit de Boer zu Dr. Rosskämper gefahren zu sein.

Von außen glich das Wohnhaus der Rosskämpers einer Festung. Betonsichtig empfing es seine Besucher. Buchsbaumsetzlinge sollten wohl ein wenig aristokratisches Grün vermitteln, und mickrige Rhododendren duckten sich vor der abweisenden Fassade, die zwischen den dicht heranrückenden Nachbarbauten noch burgartiger wirkte.

Ferschweiler betätigte die Klingel neben der mit großen geometrischen Mustern verzierten Tür. Er hatte mindestens mit einem Westminsterschlag gerechnet, doch bloß ein schrilles Klingeln erklang.

Dr. Rosskämper öffnete nach wenigen Augenblicken. Er war groß gewachsen, von athletischer Statur und hatte blaue, leicht wässrig wirkende Augen sowie eine Glatze.

»Guten Morgen, Herr Dr. Rosskämper. Mein Name ist Rudolph Ferschweiler. Ich bin Kommissar bei der Mordkommission hier in Trier. Wir hatten telefoniert. Darf ich Ihnen mein Beileid ausdrücken?« Ferschweiler hasste derartige Situationen. Er würde sich wohl nie daran gewöhnen können.

»Guten Tag, Herr Kommissar. Ich habe Sie erwartet. Kommen Sie bitte herein.«

Dr. Rosskämper trat zurück und ließ Ferschweiler eintreten. Das Haus machte im Inneren keinen anderen Eindruck als von außen. Ferschweiler fröstelte. Alle Wände waren in Grau gehalten, und auch der Fußboden bestand aus nacktem Beton. Der Wohnbereich, der sich über zwei Etagen erstreckte und auch die Küche beinhaltete, beherbergte nur einige wenige Möbelstücke. An der Küche war bemerkenswert, dass die Küchenmöbel alle in Schalen aus Beton eingelassen waren. Ob hier jemals gekocht wurde? Ferschweiler hätte darauf nicht wetten wollen.

Im zentralen Bereich des Wohnzimmers standen gegenüber dem

Sofa, einem Designerstück aus hellbraunem Cord aus den siebziger Jahren, zwei klobige Ledersessel, wie Ferschweiler sie aus dem Dienstzimmer seines obersten Vorgesetzten kannte. Lounge Chairs hießen diese Möbel, hatte Dr. Süß ihm gesagt, und sie seien äußerst teuer. Bequem waren sie allerdings nicht, fand Ferschweiler, schön war für ihn auch etwas anderes.

»Ich bin erst heute Nacht aus Boston zurückgekehrt. In Schiphol hat mich Ihre Nachricht erreicht. Wie ist es denn passiert? Musste sie sehr leiden?«

Ferschweiler musste wieder an das starre, verzerrte Gesicht der Toten denken.

»Nein, unser Gerichtsmediziner hat mir gesagt, dass sie nicht leiden musste, es ging alles sehr schnell. Ihre Frau hat einen anaphylaktischen Schock erlitten, und da sie in dem Atelier, wo es passiert ist, allein war, konnte ihr auch niemand helfen. Eine Putzfrau hat sie dann einige Zeit später gefunden.«

»Ich kann es nicht fassen«, sagte Dr. Rosskämper sichtlich bewegt und wischte sich eine Träne aus dem linken Augenwinkel. »Sie war so lebensbejahend und fröhlich. Und nun ist sie tot. Haben Sie schon eine Ahnung, wer es gewesen sein könnte? Oder gehen Sie nicht von einem Mord aus?«

»Es spricht alles dafür, dass jemand Ihre Frau umgebracht hat. Aber das Motiv kennen wir bislang noch nicht. Können Sie sich vorstellen, wer einen Grund gehabt haben könnte, Ihre Frau zu töten?«

»Warum sollte jemand Melanie etwas antun?«, fragte Rosskämper.

Ohne auf diese Gegenfrage zu antworten, erkundigte sich Ferschweiler: »Führten Sie eine glückliche Ehe? Ihre Schwiegermutter hat uns gegenüber gewisse Andeutungen gemacht.«

»Ich kann mir schon denken, was die alte Schachtel gesagt hat. Für sie wäre es normal gewesen, wenn ich in unserer Ehe die Hosen angehabt und mich so verhalten hätte wie ihr Ehemann. Aber bei uns war das anders. Wir führten eine gleichberechtigte Ehe.«

»Im Gespräch mit Ihrer Schwiegermutter habe ich jedoch den Eindruck gewonnen, dass Ihre Frau Sie unterdrückt und überwacht hat.«

»Sie meinen, weil ich sie ständig darüber unterrichten musste, was ich tat und wo ich war?« Rosskämper lachte. »Manchmal war es tatsächlich anstrengend. Aber auf diesem Weg konnte ich auch immer erfahren, ob es ihr gut geht. Denn sie war krank und neigte nicht unbedingt dazu, mich über ihren Zustand und Aufenthaltsort zu informieren. Nur auf meinen Auslandsreisen, da hatte ich Ruhe.«

»Wer wusste denn, dass Ihre Frau eine so starke Allergikerin war?«, fragte Ferschweiler weiter.

»Darüber hat sie meines Wissens mit niemandem gesprochen. Schwächen zuzugeben war nicht gerade ihre Stärke. Von ihren Allergien gewusst haben eigentlich nur ihre Familie und ich.«

»Aber dann war sie stets äußerst vorsichtig, oder?«

»Absolut, sie war mehr als vorsichtig. Ansonsten hätte sie sich gar nicht im Leben bewegen können. Für die Aufbewahrung ihrer Malutensilien benutzte sie beispielsweise einen Metallkoffer, der mit einem Zahlenschloss gesichert war. Die Kombination hielt sie geheim, nicht einmal mir hat Melanie sie verraten.««

Ferschweiler dachte nach. Ein tragisches Unglück war also wirklich auszuschließen. Melanie Rosskämper hätte sicherlich nie Substanzen beim Malen verwendet, die sie nicht vorher penibel geprüft hätte. Und das Walnussöl musste am Abend der Tat selbst, kurz bevor sie mit dem Malen begonnen hatte, in den Metallkoffer gelangt sein. Jemand musste also Zugang zum Atelier und einen unbeobachteten Moment genutzt haben, als der Koffer bereits geöffnet war. Viele Personen kamen dafür nicht in Frage. Eine Sache gab Ferschweiler allerdings noch zu denken.

»Wussten Sie, dass Ihre Gattin schwanger war?«

»Ja, das wusste ich.« Dr. Rosskämper verzog bei dieser Frage keine Miene.

»Und sind Sie der Vater?«

»Nein«, antwortete der Arzt. »Ich bin seit einer Mumps-Infektion mit vierzehn Jahren zeugungsunfähig. Aber Melanie hatte sich über alles ein Kind gewünscht. Und als Reproduktionsmediziner habe ich schnell die entsprechende Lösung gefunden.«

»Von wem stammen denn, wenn ich fragen darf, die Spermien, die Sie – wenn ich richtig annehme – zur Befruchtung genutzt haben?«

»Das dürfen Sie, nur müsste ich da in meinen Unterlagen nachsehen.«

»Wusste der Spender, dass er Vater wird?«

»Nein. Die Samenspenden werden mit einem Zahlencode versehen und dann sofort eingefroren. Auch wenn die Spender somit anonym bleiben, ist es wie bei einer Chiffreanzeige möglich, sie zu identifizieren. Viele Männer, gerade Studenten, spenden ihren Samen des Geldes wegen. Die meisten von ihnen wollen dann auch gar nicht wissen, was mit ihren Zellen passiert. Oder könnten Sie sich vorstellen, in Ihrer Stadt ständig Ausschau halten zu müssen nach Kindern, die Ihnen möglicherweise ähnlich sehen? Oder fürchten zu müssen, dass es irgendwann an Ihrer Wohnungstür klingelt und jemand, den Sie noch nie zuvor gesehen haben, ›Papa‹ zu Ihnen sagt?«

Ferschweiler musste innerlich grinsen. Aber er wunderte sich ein wenig über die Offenheit des Arztes, stand sie doch in einem auffälligen Widerspruch zu seiner deutlich zu bemerkenden Nervosität. Dr. Rosskämpers Hände zitterten in einer Art, wie Ferschweiler es sonst nur bei den Berbern gesehen hatte, die in Trier-West entweder auf den Steinen gegenüber vom »Standhaften Legionär« vor dem Kaufland saßen oder sich an der Bushaltestelle Westbahnhof auf ein »gepflegtes« Bier zusammenfanden.

»Wenn Sie wollen, dann schaue ich kurz in meinem Rechner nach und gebe Ihnen die gewünschten Daten.«

Ferschweiler stimmte, obwohl es für ihn eigentlich keine Relevanz hatte, zu. Man konnte ja nie wissen, vielleicht würde sich diese Information später doch noch als wichtig erweisen.

Dr. Rosskämper verschwand die Treppe hinauf in den ersten Stock. Ferschweiler blieb allein zurück und blickte sich um.

An der Wand hinter dem Sofa hingen zwei große Gemälde. Als Ferschweiler sich ihnen zuwandte, wurde ihm schlagartig noch kälter. Zuerst hatte er gedacht, es handele sich um abstrakte Kompositionen, aber beim näheren Hinsehen erkannte er auf beiden Bildern gefesselte und komplett mit Bandagen eingewickelte Menschen, auf dem einen Bild einen Mann, auf dem anderen eine Frau. Beide hatten den Mund zum Schrei geöffnet, beide wirkten unendlich hilflos. Ob Melanie Rosskämper diese Bilder gemalt hatte? Was musste nur mit ihrem Seelenleben los gewesen sein?, fragte sich Ferschweiler.

»Melanie hatte wirklich ein außergewöhnliches Talent«, sagte Dr.

Rosskämper, der wieder im Wohnbereich aufgetaucht war. Ferschweiler fuhr zusammen. Er hatte ihn nicht kommen hören.

»Und sie war auf dem besten Weg, sich auf dem internationalen Kunstmarkt zu etablieren. Die Kunstakademie hat ihr dabei sehr geholfen.«

»Das glaube ich gern«, erwiderte Ferschweiler, immer noch benommen von der Wirkung der beiden Gemälde. »Aber wenn sie so talentiert war, warum hat sie dann an der Kunstakademie studiert? Ich dachte, das sei eher etwas für nach Sinn suchende Hausfrauen und Damen im fortgeschrittenen dritten Lebensabschnitt.«

Dr. Rosskämper schien das etwas anders zu sehen.

»Ich hoffe, Sie meinen das als Scherz«, sagte er kühl. »Meine Frau war im Förderverein der Akademie, ich bin sogar Vorsitzender. Ich schätze sehr, was dort unter Natascha Berggrün geleistet wird.«

Ferschweiler wurde rot.

»Ohne die Akademie wäre Trier kulturell doch trostlos. Was gibt es denn hier schon für Museen mit moderner Kunst? Oder glauben Sie etwa, dass es vor 1970 überhaupt moderne Kunst in Trier gegeben hätte? Und ohne die an der Akademie tätigen Künstler würde sich diese Stadt kulturell in keinster Weise weiterentwickeln«, ereiferte sich Dr. Rosskämper. Dann fragte er plötzlich, wieder in völlig ruhigem Ton: »Hätten Sie etwas dagegen, wenn wir auf die Terrasse gehen würden? Ich möchte gern eine Zigarette rauchen.«

Er öffnete die große Terrassentür und trat hinaus in eine Art Innenhof, in dem ein Zierbrunnen im japanischen Stil neben einem roten Trauerahorn leise vor sich hinplätscherte. Strahlend weiße Kiesel bildeten einen Kontrast zu dem auch hier vorherrschenden Betongrau der umliegenden Mauern.

»Kommen Sie mit nach oben. Da können wir uns weiterunterhalten.«

Sie stiegen eine Treppe hinauf und stellten sich an die Brüstung der erhöhten Terrasse mit Blick auf den im Tal liegenden Weinort Olewig. Dr. Rosskämper schaltete einen Gasheizstrahler ein.

»Damit Sie nicht frieren müssen, Herr Kommissar«, sagte er lächelnd. Ferschweiler spürte noch immer die Nervosität des Mediziners.

Nachdem Rosskämper zwei tiefe Züge von seiner Zigarette genommen hatte, übergab er Ferschweiler die Papiere, die er bereits seit seiner Rückkehr in den Wohnbereich in Händen gehalten hatte.

»Bitte, darauf finden Sie alle gewünschten Informationen zu dem Samenspender. Aber bitte verwenden Sie diese Angaben streng vertraulich. Ich möchte nicht, dass mein Ruf als Reproduktionsmediziner Schaden nimmt.«

»Sie können mir glauben«, versicherte Ferschweiler, »dass wir äußerst diskret mit diesen Informationen umgehen werden.«

»Gut.« Rosskämper zog erneut heftig an seiner Zigarette.

»Ich hätte da noch einige Fragen, Herr Dr. Rosskämper«, sagte Ferschweiler.

»Nur zu.« Rosskämpers Hände schienen nicht mehr zu zittern.

»Sie waren drei Jahre lang verheiratet. Haben Sie bei Ihrer Eheschließung eigentlich Gütertrennung vereinbart?«

»Nein, wir haben beide füreinander gehaftet, aber auch voneinander profitiert.«

»Und haben Sie in letzter Zeit voneinander *profitiert*?«

»Nein, in den letzten Monaten ging es uns nicht besonders gut – zumindest nicht finanziell. Und da Sie es sowieso herausfinden werden: Wir sind so gut wie bankrott.«

»Aber Ihre Klinik läuft doch sehr gut, wenn man der Presse Glauben schenken darf.«

»Das schon, aber wir wollten unser Geld anlegen, und da hatte uns ein ehemals guter Freund, der bei einer Bank in Luxemburg arbeitet, amerikanische Immobilienfonds empfohlen, die angeblich große Renditen erwarten lassen würden.«

»Und in die haben Sie dann investiert.«

»Und zwar im sechsstelligen Bereich ...« Rosskämpers Hände fingen wieder an zu zittern. »... und den Rest kennen Sie ja wohl, selbst wenn Sie nur den Trierischen Volksfreund lesen. Wir haben alles verloren.«

Nun konnte er sich nicht mehr zusammenreißen und fing hemmungslos an zu weinen.

Ferschweiler verschlug es die Sprache. Alles auf eine Karte zu setzen ... Wer tat denn so etwas? Das war finanzieller Selbstmord.

»Und warum haben Sie Ihr gesamtes Vermögen so hochriskant investiert?«, fragte er.

»Meine Frau wollte immer alles sofort«, antwortete Rosskämper.

»Sie hatte keine Geduld, im Casino nicht und auch nicht an der Börse. Und es ist schiefgegangen. Ich hätte nicht auf sie hören dürfen. Aber so war sie: Sie bekam immer, was sie wollte. Und wenn ich mal nicht sofort nach ihrer Pfeife getanzt habe, dann hat sie mich knallhart auf sexuellen Entzug gesetzt. Sie konnte richtig grausam sein.« Erneut wischte er sich eine Träne aus dem Augenwinkel. »Erst ist das ganze Geld weg und nun auch noch Melanie. Was soll ich denn jetzt nur machen?«

Dr. Rosskämper schien völlig am Ende zu sein. Ferschweiler klopfte ihm tröstend auf die Schulter.

»Haben Sie vielen Dank für Ihre Offenheit. Wenn ich etwas für Sie tun kann, dann lassen Sie es mich bitte wissen. Für heute habe ich keine weiteren Fragen, am besten ruhen Sie sich etwas aus. Ich finde allein hinaus.«

Wortlos stieg Ferschweiler die Treppe hinab und verließ durch den wenig wohnlichen Wohnbereich das Haus. Als er sich bei der Finnbahn noch einmal umdrehte, stand Dr. Rosskämper noch immer auf der Terrasse seiner Festung und schaute in die Ferne. Da klingelte Ferschweilers Handy.

Ferschweiler war beim Anblick der Leiche schockiert. In seiner langen Laufbahn als Polizist hatte er schon vieles erlebt. Aber zwei ermordete Frauen innerhalb weniger Tage, und das im eher beschaulichen Trier und seinem ebenso beschaulichen Umland, das war doch sehr ungewöhnlich. Dass beide Morde miteinander in Verbindung standen, daran hegte er keinerlei Zweifel. Die eine Leiche hatte man in der Kunstakademie gefunden; die zweite war die Frau, die die erste gefunden hatte. Ein Zufall war somit nahezu ausgeschlossen.

Ferschweiler stand auf dem von Raureif überzogenen Feld und blickte auf Trier hinab, das weit unten im Tal im Nebel lag. Bei schönem Wetter musste man von hier aus eine phantastische Aussicht haben, aber durch den kalten Novembernebel konnte man die Stadt nur erahnen.

Die Kriminaltechniker waren noch mit der Spurensuche beschäftigt. Georg Wingertszahn-Lichtmeß, den alle nur »Schorsch« nannten, rief Ferschweiler zu sich.

»Rudi, komm mal her. Da sind Fußspuren. Der Täter muss sich

dort vorn, hinter den Kastanien, versteckt und dem Opfer aufgelauert haben. Ich habe auch eine Zigarettenkippe gefunden, wahrscheinlich irgendein orientalisches Produkt. Der Täter muss nach der Tat über das Feld in Richtung Wald gelaufen sein. Und was meinst du zu diesem Schuhabdruck? Vielleicht ein Turnschuh?«, fragte Wingertszahn-Lichtmeß.

»Sieht ganz so aus«, stimmte Ferschweiler zu. »Könnte so ein Basketball- oder Tennisschuh sein. Aber das werdet ihr hoffentlich noch genauer ermitteln. Ich brauche die Ergebnisse so schnell wie möglich. Am besten, wir rufen die Hundestaffel und lassen die ganze Gegend durchkämmen. Schließlich muss der Täter auf irgendeinem Weg hierher- und auch wieder weggekommen sein. Wim, komm doch mal!«

Sein Assistent war mit der Befragung einiger Joggerinnen beschäftigt, die am Tatort vorbeigekommen waren. Warum die Befragung allerdings so lange dauerte, wurde Ferschweiler beim Anblick der Damen sofort klar. Die Frauen trugen alle äußerst eng anliegende Jogginghosen – und irritierend rosafarbene Jacken. Die hautenge Joggingbekleidung ließ die Vorzüge ihrer Körper deutlich hervortreten.

De Boer kam mit hochrotem Kopf auf Ferschweiler zu.

»Mensch, Wim, reiß dich zusammen. Du sollst nicht die joggenden Hausfrauen anbaggern, sondern ermitteln. Hast du wenigstens schon etwas herausbekommen? Hat eine der Damen unser Opfer gesehen? Oder sogar den Täter?«, blaffte Ferschweiler seinen Mitarbeiter an.

»Äh …«, fing dieser an zu stottern.

»Nun hör schon auf rumzukaspern, sondern sag mir lieber, was du bisher in Erfahrung bringen konntest und verständige die Polizeihundestaffel in Wittlich. Ich möchte, dass jeder Stein in der näheren Umgebung umgedreht wird.«

Ferschweiler war wütend. Eigentlich stellte er nicht gern Mitarbeiter vor versammelter Mannschaft bloß, aber manchmal kam er nicht drum herum. Wie sollten sie sonst mit ihren Ermittlungen vorankommen?

De Boer stieg die Röte immer weiter ins Gesicht. Er holte sein Handy aus der Jackentasche und verständigte die Kollegen in Wittlich.

»Sie sind mit den Hunden in etwa einer Stunde hier«, berichtete er, nachdem er das Gespräch beendet hatte. »Zu den Joggerinnen: Sie sagen, dass sie jeden Morgen zur gleichen Zeit diese Strecke an den Feldern entlanglaufen. Sie starten immer gegen acht Uhr am Freilichtmuseum in Roscheid und laufen dann den Weg hoch, den auch Ulrike Kinzig genommen haben muss. Es ist ihnen heute Morgen allerdings nichts weiter aufgefallen, also, ich meine, abgesehen von uns halt, der ganze Polizeiaufmarsch und so, und da wollten sie mal sehen, was passiert ist. Das Opfer kannten alle vom Sehen. Sie haben ausgesagt, dass Ulrike Kinzig viel mit dem Hund spazieren gegangen sei und meistens den Weg über die Felder in Richtung Haus Kobenbach genommen habe. Sonst noch Fragen, Chef?«

De Boer sah Ferschweiler herausfordernd an.

Ferschweiler wurde wieder einmal bewusst, warum die anderen Kollegen kein gutes Haar an de Boer ließen, aber er schluckte die Erwiderung, die ihm bereits auf der Zunge lag, hinunter.

»Also, Wim, es ist ja wohl offensichtlich, dass der Mord an Melanie Rosskämper irgendwie mit dem an Ulrike Kinzig zusammenhängen muss.«

»Die Kinzig findet die Rosskämper in einem der Ateliers in der Kunstakademie«, rekapitulierte de Boer. »Sie hat dort als Putzfrau gearbeitet. Und nun ist sie selbst ermordet worden. Wieso? Ob sie den Mord an Melanie Rosskämper beobachtet hat?«

»Das könnte sein«, sagte Ferschweiler. »In dem Gespräch, das ich Freitagabend mit ihr geführt habe, wirkte sie auf mich äußerst fahrig und nervös.«

»Was mich außerdem wundert«, fügte de Boer hinzu, »ist, dass sie in Konz-Roscheid gelebt hat. Ich dachte ja immer, hier wohnen nur Luxemburg-Pendler und Ärzte. Aber egal.«

»Lass uns später noch einmal in Ruhe über einen möglichen Zusammenhang der beiden Fälle sprechen. Hat schon jemand Ulrike Kinzigs Angehörige verständigt?«

»Nein, wir dachten, dass du vielleicht …«

»Schon gut, dann gib mir in Gottes Namen die Adresse«, entgegnete Ferschweiler genervt. Feige ist er auch noch, dachte er. Wie soll aus dem bloß ein gescheiter Ermittler werden?

Ulrike Kinzig hatte in einem der wenigen Mehrfamilienhäuser in Roscheid gewohnt, einem Ortsteil der kleinen Trierer Nachbarstadt Konz, den man auf dem Reißbrett entworfen hatte. In den späten siebziger Jahren war hier ein von Einfamilien- und Reihenhäusern geprägtes Wohngebiet entstanden, das aufgrund der guten Verkehrsanbindung ins nur dreizehn Kilometer entfernte »Ländchen«, wie alle Luxemburg nannten, vor allem bei Pendlern beliebt war. Dies hatte dazu geführt, dass die Häuserpreise parallel zum Wirtschaftsboom im Großherzogtum in den letzten Jahren enorm gestiegen waren.

Für Ferschweiler wäre diese Gegend nie zum Leben in Frage gekommen. Ihm war sie – trotz der attraktiven Lage in fast unberührter Natur – zu künstlich. Zu viele Neubauten, zu viele hinzugezogene Fremde, die sich nicht für das Leben und die Traditionen an der Mosel interessierten. Jetzt, da er Roscheid erreichte, wunderte er sich ebenfalls, dass die Putzfrau der Kunstakademie ausgerechnet hier gelebt hatte. Was verdiente man denn so als Reinigungskraft? Doch sicherlich kein Vermögen.

Als er an der Tür der Kinzigs klingelte, öffnete ihm ein leicht untersetzter Mittfünfziger, der lediglich mit einem zerschlissenen Feinrippunterhemd und einer ausgebeulten Jogginghose bekleidet war. Um die Hüfte herum war ihm die Hose viel zu eng. Seine Füße steckten in weißen Birkenstockpantoffeln. Ferschweiler fielen die vielen Tätowierungen des Mannes auf. Besonders stach ihm der Skorpion auf dem rechten Oberarm ins Auge. Die Tätowierung reichte vom Ellenbogen bis zum Schulterblatt.

»Guten Morgen, mein Name ist Rudolph Ferschweiler. Ich bin von der Kripo Trier, Mordkommission«, stellte er sich vor. »Sind Sie Rolf Kinzig? Darf ich reinkommen?«

»Wenn's sein muss«, antworte der Mann missmutig und ging voran ins Wohnzimmer.

Ferschweiler nahm auf einer schwarzen Ledercouch Platz. Fast hätte er sich dabei auf eine schlummernde grau getigerte Katze gesetzt. Offensichtlich waren die Kinzigs sehr tierliebe Menschen.

Lange Vorreden waren nicht Ferschweilers Sache. Er informierte Rolf Kinzig kurz über den Tod seiner Frau und des Hundes. Dr. Süß, der ihm aus irgendeinem Grund gewogene Polizeipräsident, hatte ihm einmal gesagt, er sei oftmals etwas zu ruppig, er müsse mehr

Feingefühl walten lassen. Aber wie denn? Tot war tot, Ferschweiler wusste nicht, wie man jemandem den Tod eines geliebten Menschen schonend hätte beibringen können.

Kinzig brach sofort in Tränen aus. Ferschweiler griff in seine Jackentasche und reichte ihm ein Papiertaschentuch.

Nachdem sich Rolf Kinzig etwas beruhigt hatte, begann Ferschweiler vorsichtig mit seiner Befragung. Er hatte in seinem nunmehr über zwanzig Jahre währenden Berufsleben schon oft Menschen über das Ableben eines nahen, manchmal mehr, manchmal weniger geliebten Angehörigen informieren müssen. Für ihn war es nie zur Routine geworden. Kein Wunder, dass er auf de Boer sauer war. Dessen Verhalten war reiner Egoismus, wie ihm schlagartig bewusst wurde.

Der Mann tat ihm wirklich leid. Ferschweiler fragte sich jedoch, worüber Kinzig eigentlich mehr weinte: über den Tod seiner Frau oder über den seines Hundes. Immer wieder flüsterte Kinzig den Namen »Gustav« vor sich hin.

Kinzig arbeitete, wie er dann berichtete, als Gabelstaplerfahrer bei der Cargo-Lux, der weltweit operierenden Luftfrachtgesellschaft am Luxemburger Flughafen, dem Findel. Damit er und seine Frau finanziell über die Runden kamen, ließ er sich überwiegend in der Nachtschicht einsetzen, da diese besser bezahlt wurde als die beiden Tagesschichten. Gegen sieben Uhr morgens war er, so seine Aussage, heute nach Hause gekommen. Aufgrund des dichten Nebels hatte er heute länger für die Heimfahrt gebraucht als sonst. Für ein Gespräch mit seiner Frau sei bei seiner Rückkehr kaum mehr Zeit gewesen.

»Sie hatte bereits gefrühstückt. Gustav lag wie immer zu ihren Füßen«, sagte Rolf Kinzig, der wieder zu weinen begonnen hatte.

Da er sehr müde gewesen sei, sei er direkt ins Bett gegangen und sofort eingeschlafen. Deshalb habe er nicht mehr mitbekommen, wie seine Frau mit dem Hund die Wohnung verlassen hatte. Ohne dass Ferschweiler ihn danach gefragt hätte, erzählte Kinzig, dass seine Frau jeden Morgen denselben Weg über die Felder genommen habe, wenn sie Gustav ausführte. Er selbst ging, den Nachtschichten geschuldet, fast nie morgens mit dem Hund raus.

»Das weiß hier jeder, Herr Kommissar«, sagte Kinzig mit schluchzender Stimme. Ferschweiler, der sich alle Details der Aussage in seinem kleinen Notizbuch notiert hatte, machte sich bereits so seine Gedanken.

Kinzig verfügte also für die Tatzeit über kein Alibi, aber Ferschweilers Gefühl, das ihn bisher nur selten im Stich gelassen hatte, sagte ihm, dass er als Täter nicht in Frage kam. Er konnte sich einfach nicht vorstellen, dass dieser Mann seinen eigenen Hund erschlagen hatte.

Nachdem er die Wohnung der Kinzigs verlassen hatte, rief Ferschweiler de Boer an und bat ihn, die finanziellen Verhältnisse der beiden Roscheider zu überprüfen. In Luxemburg zu arbeiten musste sehr rentabel sein, dachte er. Ihm war der riesige Flachbildfernseher im Wohnzimmer der Kinzigs aufgefallen. Berthold, sein beim Studierendenwerk beschäftigter Freund, besaß auch so ein Gerät, und Ferschweiler beneidete ihn ein wenig darum. Andererseits hätte er in seinem kleinen Wohnzimmer sowieso keinen Platz dafür gehabt, und so begnügte er sich weiterhin mit dem alten Röhrengerät, das er seit seiner Zeit an der Polizeischule hatte. Und für die paar alten Videos, die er besaß und in die er abends kurz mal reinschaute, um zu entspannen, reichte der Apparat allemal.

Das Mobiliar der Kinzigs wirkte ebenfalls teuer, die Couch hätte auch von Fesser Einrichtungen sein können. Das Möbelhaus befand sich in Trier-West und passte mit seinen exklusiven Stücken etwa genauso gut dorthin wie eine Boutique von Karl Lagerfeld in die Hornstraße, fand Ferschweiler und musste bei diesem Gedanken grinsen.

Er stieg zu dem Schutzpolizisten in den Wagen und ließ sich zurück zur Dienststelle fahren. Dort angekommen lief er auf dem Flur, auf dem sein Büro lag, Dr. Süß über den Weg.

»Ach, Ferschweiler, da sind Sie ja«, sagte der Polizeipräsident.

Beide wussten nie so genau, ob sie sich duzen sollten oder in ihrer Beziehung noch beim förmlichen Sie waren. Ferschweiler war mit dem Polizeichef bisher immer gut zurechtgekommen, aber seit dem Mord an der Kunstakademie schien der studierte Jurist mächtig unter Druck zu stehen. Es war seitdem kein Tag vergangen, an dem er Ferschweiler nicht angerufen hatte, um sich nach dem aktuellen Stand der Ermittlungen zu erkundigen.

»Schon wieder ein Mord, und das innerhalb weniger Tage«, konstatierte Dr. Süß. »Was haben Sie bisher in Erfahrung bringen können?«

»Ich komme gerade erst vom Tatort«, wiegelte Ferschweiler ab. »Ich halte Sie auf dem Laufenden. Sobald ich mehr weiß, teile ich es Ihnen mit.«

»Ja, das sagen Sie mir andauernd. Haben Sie eine Ahnung, was bei mir los ist? Mein Telefon steht nicht mehr still, und die Presse rennt mir die Türen ein. Gestern war ein Reporter von der BILD-Zeitung bei mir, und ich kann Ihnen sagen, es hat mich eine Viertelstunde gekostet, bis ich den Kerl wieder losgeworden bin. Sogar die Staatskanzlei in Mainz hat schon bei mir angerufen. Dieser Fall zieht äußerst weite Kreise. Ferschweiler, wir brauchen endlich ein paar handfeste Ergebnisse, damit ich die Herrschaften aus Politik und Presse zumindest etwas beruhigen kann. Also: erst die Tote aus der Kunstakademie und dann diese Putzkraft. Haben wir uns verstanden?«

Dr. Süß schien ernsthaft verzweifelt. Das kannte Ferschweiler von seinem Vorgesetzten gar nicht. Der war doch immer so tough, ein richtiger Hans-Dampf-in-allen-Gassen. Gern hätte Ferschweiler ihm geholfen, aber er hatte einfach noch nichts Konkretes in der Hand.

»Die Presse muss sich noch etwas gedulden«, entgegnete er. »Ich bin mir bisher nur sicher, dass die Morde an Melanie Rosskämper und Ulrike Kinzig miteinander in Verbindung stehen, auch wenn ich dafür noch keine Beweise habe. Aber wir bemühen uns, da dürfen Sie sicher sein.«

Als er endlich mit einer Tasse Kaffee an seinem Schreibtisch Platz nahm, fühlte er sich völlig zerschlagen. Ballauf und Schenk hatten zumindest eine attraktive Assistentin – aber er, er hatte nur diesen Holländer! So viel zum Thema »realitätsnahe Abbildung des Polizeialltags im ›Tatort‹« …

De Boer hatte in der Zwischenzeit die Finanzen und Lebensumstände der Kinzigs durchleuchtet. Die Ergebnisse hatte er seinem Chef auf den Tisch gelegt, und Ferschweiler begann, die Unterlagen zu sichten. Wie es aussah, verfügten die Kinzigs über keine wesentlichen Ersparnisse. Sie besaßen lediglich ein Sparbuch mit rund zweitausend Euro. Rolf Kinzig fuhr einen alten VW-Passat, Baujahr 1989, und sie wohnten zur Miete. Jedoch verfügten sie über eine höchst exklusive Wohnungsausstattung, die so gar nicht ins Bild passte. Würde mich nicht wundern, dachte sich Ferschweiler, wenn es da noch ein paar geheime Konten in Luxemburg gäbe.

»Wim, nimm doch mal Kontakt zur Steuerfahndung auf und frag wegen der Kinzigs nach«, sagte er zu de Boer, der an seinem Schreibtisch saß. »Irgendwie passt das alles nicht zusammen.«

»Wird sofort erledigt«, antwortete de Boer. »Ich habe da aber noch etwas anderes, das dich interessieren dürfte.«

»Mach es nicht so spannend«, entgegnete Ferschweiler genervt.

»Also, ich habe den Namen Rolf Kinzig mal durch unsere Computer gejagt, und siehe da: Es gibt eine Akte bei der Sitte über ihn. Sieht ganz so aus, als hätte der trauernde Witwer früher einmal ein paar Damen laufen gehabt.« De Boer zwinkerte Ferschweiler komplizenhaft zu.

Da war es wieder, dieses dämliche Grinsen, dachte Ferschweiler. Der neue Kollege war ihm manchmal einfach nur unsympathisch. Aber fleißig war er, das musste er sich, wenn auch widerwillig, eingestehen. De Boers Ergebnisse erklärten so einiges.

Ferschweiler wollte sich gerade wieder den Ermittlungsakten zuwenden, als das Telefon auf seinem Schreibtisch klingelte. Am Apparat war Georg Wingertszahn-Lichtmeß.

»Rudi, ich habe interessante Neuigkeiten für dich.«

Ferschweiler nahm in seinem alten schwarzen Bürostuhl, dessen Lederbezug an vielen Stellen bereits verschlissen war, eine straffere Haltung ein. Er hatte seinen Kollegen von der KTU selten so euphorisch erlebt. Eigentlich entsprach Schorsch mehr dem Klischee des typisch muffigen Trierer Technikers, dem nur selten ein Lachen gelingen wollte. Wahrscheinlich lag es daran, anders konnte sich Ferschweiler diesen Umstand nicht erklären, dass der glatzköpfige Kollege mit seinen bald fünfzig Jahren immer noch bei seiner Mutter lebte. Daheim bewohnte er, wie das ganze Präsidium wusste, sein altes Kinderzimmer. Ob Schorsch mittlerweile irgendwelche privaten Fortschritte gemacht hatte, dazu hätte Ferschweiler tatsächlich nichts sagen können. Unter den Kollegen war aber bekannt, dass Schorschs mittlerweile achtzigjährige Mutter sich trotz des fortgeschrittenen Alters ihres Sohnes standhaft weigerte, ihn auch nur den Müll hinausbringen zu lassen.

Aber nun klang der begabte Techniker regelrecht enthusiastisch.

»Wir haben am Fundort der Leiche von Ulrike Kinzig doch einen Zigarettenstummel gefunden, Marke Emir«, sagte er. »Der Stummel lag direkt neben der Leiche, sodass er eigentlich nur vom Täter stammen kann. Zudem war er noch halbwegs trocken, dabei hat es die ganze letzte Nacht über geregnet und erst aufgehört, kurz bevor die Kinzig ihre Runde gemacht hat. Die Emir ist ein ägyptisches Produkt, das in Trier und Umgebung nicht zu bekommen ist. Aber das ist noch nicht alles: Auch bei dem Zigarettenstummel, den wir am ersten Tatort gefunden haben, handelt es sich um eine Emir. Ich habe zudem an dem Stummel neben Ulrike Kinzigs Leiche Textilfasern sicherstellen können. An der Analyse arbeite ich gerade.«

Ohne Ferschweilers Antwort abzuwarten, ging Schorsch dazu über, die Ergebnisse der Spurensuche durch die Hundestaffel en detail zu referieren. Der Täter war offensichtlich zu Fuß vom Tatort geflohen. Einem Personensuchhund, einem sogenannten »Man-Trailer«, war es gelungen, die Spur quer durch den Wald bis zur Pellinger Straße, der B 268, zu verfolgen. Dort hatte sie sich jedoch verloren.

»Der Mörder ist dort höchstwahrscheinlich in ein Fahrzeug gestiegen. Allerdings haben wir an der betreffenden Stelle so viele Reifenspuren gefunden, dass wir nicht auf das Fahrzeug des Täters schließen können, denn auch viele Spaziergänger und Jogger stellen an dieser Stelle ihre Autos ab. Tut mir leid, Rudi.«

Schorsch klang für einen Augenblick tatsächlich etwas niedergeschlagen, fuhr dann aber fort: »Aber dafür haben wir etwas anderes: Bei dem Schuhabdruck am Tatort handelt es sich mit ziemlicher Sicherheit um einen Tennisschuh der Marke Nike, Modell ›Gouvernator‹, Größe 43.«

Damit war Georg Wingertszahn-Lichtmeß am Ende seiner Ausführungen angelangt. Er rief noch ein kurzes »Tschö«, und im nächsten Augenblick hatte er bereits aufgelegt. Das plötzliche Ende des Telefonats verwunderte Ferschweiler nicht weiter. Schließlich war er nicht erst seit gestern bei der Trierer Polizei und kannte mittlerweile die etwas seltsame Art seines Kollegen.

Ihn stimmten Schorschs Ausführungen nur mäßig optimistisch. Er hatte ernsthaft darauf gehofft, dass die Spur des Täters sich weiter würde verfolgen lassen. Zu dumm, dass es keinen Hinweis auf das Fluchtfahrzeug gab. Aber die Sache mit der ägyptischen Zigarette hatte ihn hellhörig gemacht, weil es das erste Indiz für eine Verbindung zwischen den beiden Morden war. Dem musste er nachgehen, und er wusste auch schon, wer ihm in dieser Sache weiterhelfen würde.

Aber zunächst waren noch immer Melanie Rosskämpers Dozenten an der Kunstakademie an der Reihe. Immerhin hatte Dr. Süß ihm die Prioritäten bei den Ermittlungen gerade erst unmissverständlich klargemacht. Er sollte sich vordringlich um die Aufklärung des Mordes an Melanie Rosskämper kümmern. Ferschweiler hatte es tatsächlich auch nicht anders erwartet. Was war schon eine Putzfrau im Gegensatz zur Frau eines angesehenen und vermeintlich wohlhabenden Mediziners, die zudem einer renommierten Familie von der Mittelmosel entstammte?

Es war doch immer dasselbe, dachte Ferschweiler bitter.

SECHS

Am nächsten Morgen traf Ferschweiler sich mit de Boer an der Kunstakademie. Es war acht Uhr, als der Holländer seinen Wagen im Innenhof des alten Schlachthofs abstellte. Das Hinweisschild, dass der Hof nur zum Ausladen gedacht sei und man sein Fahrzeug doch bitte an einer anderen Stelle parken möge, übersah er dabei geflissentlich. Ferschweiler war bereits schon etwas länger auf dem Gelände. Er hatte, nachdem Rosi heute Morgen schon um knapp halb sechs aufgestanden war, um zum Großmarkt zu fahren, keine Ruhe mehr gefunden, war nach dem Frühstück schon früh zur Akademie geschlendert und auf dem Gelände auf und ab gegangen, um dabei seinen Gedanken nachzuhängen.

Missmutig grüßte er seinen Assistenten, dessen gute Laune ihn heute irgendwie nervte. Vermutlich lag es am fehlenden Kaffee – bei Rosi war der Vollautomat gestern Abend kaputtgegangen, und ohne Koffein war Ferschweiler, wie selbst Rosi einmal geäußert hatte, morgens nahezu unausstehlich. Schweigend gingen die beiden auf das Verwaltungsgebäude zu.

Helena Claus kam ihnen entgegen. Ihr mittellanges, welliges dunkles Haar trug sie heute offen. In ihrer eng anliegenden Jeans, der hellblauen Bluse und der schwarzen Strickweste war sie eine durchaus aparte Erscheinung, wie Ferschweiler, der bei dem Gedanken an Rosi fast schon ein schlechtes Gewissen bekam, feststellen musste. Zwar entsprach sie nicht unbedingt seinem weiblichen Idealbild, dazu war sie ihm zu schlank, aber irgendetwas an ihr hatte sein Interesse geweckt.

»Guten Tag, die Herren«, begrüßte sie ihn und de Boer. »Wie schrecklich, was mit Frau Kinzig passiert ist … Damit Sie in Ruhe arbeiten können, haben wir die ehemalige Lithowerkstatt für Sie noch etwas bequemer gestaltet. Wenn Sie erlauben, begleite ich Sie ein Stück auf Ihrem Weg.«

Während sie sprach, hatte sie de Boer keines Blickes gewürdigt, Ferschweiler jedoch nicht aus den Augen gelassen. Innerlich grinste Ferschweiler zufrieden.

Helena Claus ging vor den beiden her über den Platz in Richtung

Kunsthalle. »Wen wollen Sie heute denn verhören, Herr Kommissar?«, fragte sie neugierig.

»Zunächst hätte ich einige Fragen an Sie, Frau Claus.«

»Nur zu«, sagte sie, »ich helfe, wo ich kann.« Sie zog eine Visitenkarte aus ihrer Hosentasche und reichte sie Ferschweiler. »Dann können Sie mich jederzeit anrufen, falls Sie noch etwas von mir wollen ...«

Ferschweiler überging die letzte Bemerkung und steckte die Karte wortlos ein.

»Hatten Sie eine gute Beziehung zu Ulrike Kinzig?«, fragte er dann.

»Eigentlich ja«, antwortete Helena Claus. »Aber sie war eher verschlossen. Sie nahm zum Beispiel nie an irgendwelchen Feiern hier an der Akademie teil und mied auch ansonsten alle Zusammenkünfte, selbst unseren Betriebsversammlungen blieb sie fern. Ich glaube, sie war ein eher unsicherer Typ.«

»Aber sie war doch schon lange hier beschäftigt?«

»Immerhin sechs Jahre. Aber auch die Zeit hat nichts an ihrer Zurückhaltung geändert. Privates hat sie nie erzählt. Und wenn doch einmal ein Gespräch zustandekam, dann ging es immer nur um ihren Hund oder um Pop-Musik.«

Ferschweiler nickte. »Wissen Sie, ob Frau Rosskämper zu manchen ihrer Dozenten näheren Kontakt pflegte?«

»Sie war mit Otmar Wolters befreundet, aber das wissen Sie ja schon«, antwortete Helena Claus, dann zögerte sie. »Und dann wäre da natürlich Laszlo Kafka, ein weiterer unserer Dozenten. Aber ich möchte keine Gerüchte in die Welt setzen, Herr Ferschweiler.«

»Das kann ich verstehen, Frau Claus, aber dieses Risiko werden Sie angesichts des Todes von Melanie Rosskämper eingehen müssen«, entgegnete Ferschweiler.

»Frau Rosskämper hat Laszlo Kafka regelrecht angebetet, das kann man kaum anders sagen.« Helena Claus war vor dem Eingang zur Kunsthalle stehen geblieben. »Ich glaube, die beiden hatten was miteinander, zumindest würde es mich nicht wundern.«

»Könnten Sie das bitte näher ausführen?«

»Ich habe sie verschiedene Male zusammen gesehen. Einmal standen sie nebeneinander an Frau Rosskämpers Staffelei und haben über ihre Arbeit gesprochen. Mir ist dabei die Art und Weise aufgefallen, wie sie sich angesehen haben. Sie machten den Eindruck, als wären sie ineinander verliebt, zumindest wirkten beide äußerst vertraut miteinander.«

»Danke, dass Sie uns Ihre Beobachtung mitgeteilt haben, Frau Claus. In dem Fall würden wir jetzt gern Herrn Kafka zu seiner Beziehung zu Melanie Rosskämper befragen.«

»Das dürfte aktuell etwas schwierig sein. Herr Kafka ist vergangenen Freitag ins Ausland gereist, nach Luxemburg, glaube ich. Aber wir erwarten ihn für morgen zurück. Helena Claus öffnete die Tür zur Kunsthalle. Drinnen herrschte bereits rege Aktivität.

»Gerade wird die Abschlussausstellung der Herbstkurse vorbereitet. Die veranstalten wir jedes Mal, wenn eine Kurseinheit zu Ende geht. An diesem Abend werden alle Ateliers der Öffentlichkeit zugänglich gemacht, und jeder, der sich für die Arbeit an der Akademie interessiert, kann kommen und sich informieren. Einige unserer Teilnehmer konnten an diesen Abenden schon eines ihrer hier bei uns entstandenen Kunstwerke verkaufen. Aber diesmal ist alles anders als sonst.«

Sie schloss die Tür hinter sich und den beiden Kommissaren. »Die Nerven liegen bei vielen blank. Sie wissen ja, dass Dr. Berggrün diesmal einen Preis ausgeschrieben hat. Eine Jury wird sich heute Abend alle Arbeiten anschauen und dann einen Sieger küren, der im kommenden Jahr eine Ausstellung seiner eigenen Werke in der Kunsthalle ausrichten darf. Für einige unserer Teilnehmer könnte dies der Durchbruch sein, entsprechend strengen sich alle an. Aber die Stimmung ist diesmal sehr aufgeladen, nicht so entspannt wie sonst. Und dann noch die beiden Morde …«

Dank der hohen Wände und der guten Lichtverhältnisse schien die Kunsthalle Ferschweiler tatsächlich ideal für Veranstaltungen aller Art, besonders für Kunstausstellungen. Er selbst hätte diesen grandiosen Raum zwar anders genutzt, vielleicht für eine Großraumdisco, aber gut.

Helena Claus begann damit, über die Geschichte der Akademie und die Nutzung der Kunsthalle im Besonderen zu referieren, während sie auf den Ausgang auf der gegenüberliegenden Seite zugingen. Plötzlich wurden sie von lautem Geschrei abgelenkt. Zwei Frauen hatten unweit von ihnen lautstark miteinander zu streiten begonnen. Die eine – Ferschweiler schätzte ihr Alter auf Mitte bis Ende sechzig – hielt eine Leinwand in den Händen, die die andere, noch ältere Frau ihr zu entreißen versuchte.

Helena Claus entschuldigte sich und eilte zu den beiden Streithennen, die jetzt damit begannen, sich an den Haaren zu ziehen. Helena Claus gelang es überraschend schnell, die beiden zu trennen. Die Leinwand jedoch lag zertreten auf dem Boden. Ferschweiler und de Boer schauten sich erstaunt an. Dass es tatsächlich schade um das Bild war, daran zweifelte Ferschweiler stark. Aber so viel Aggression nur wegen einer Ausstellung? Das hätte er nicht für möglich gehalten. Konkurrenz und Neid waren allerdings klassische Motive für ein Kapitalverbrechen. Sie würden ihre Verhöre auf alle Studierenden, die mit Melanie Rosskämper Kurse besucht hatten, ausweiten müssen.

Die Befragungen der restlichen Kursteilnehmer und Dozenten, die näher mit der schönen Toten zu tun gehabt hatten, hatten schon den ganzen Vormittag über angedauert. Auch der Nachmittag würde dafür eingeplant werden müssen. Konkrete Ergebnisse gab es bisher allerdings noch keine. Zwar hatten Ferschweiler und de Boer inzwischen ein besseres Bild davon gewonnen, wie Melanie Rosskämper auf ihre Mitmenschen gewirkt hatte und zudem die durch Konkurrenzdruck und Animositäten angespannte Atmosphäre an der Akademie besser kennen- und verstehen gelernt, doch waren sie noch keinen wirklichen Schritt weiter. Auch im Zusammenhang mit dem Tod von Ulrike Kinzig gab es keine neuen Erkenntnisse. Die meisten der befragten Kursteilnehmer kannten sie nur flüchtig vom Sehen, kaum einer hatte jemals mit ihr gesprochen. Ferschweiler und de Boer hatten allerdings den Eindruck gewonnen, dass dies eher am Charakter der Putzkraft gelegen hatte und weniger von irgendwelchen Standesdünkeln bei den Künstlern herrührte.

Ferschweiler hatte de Boer nach der Mittagspause zurück ins Präsidium geschickt, damit dieser die Angaben überprüfen sollte, die die bisher verhörten Teilnehmer gemacht hatten. Er selbst war mit einer Tasse Kaffee wieder in die Lithowerkstatt gegangen und bereitete sich auf die nächsten Vernehmungen vor.

Als Nächsten hatte Ferschweiler Hans-Joachim von Stiependorf einbestellt. Als dieser den Raum betrat, schaute Ferschweiler, der gerade seine Aufzeichnungen noch einmal durchgegangen war, auf und war erstaunt.

»Guten Tag, Herr Kommissar. Mein Name ist Stiependorf, Hans-Joachim von Stiependorf.«

Der Mann, der vor Ferschweiler stand, hatte schlohweißes, schulterlanges, zu einem Pferdeschwanz zusammengebundenes Haar. Er trug einen roten Overall, der an einigen Stellen weiße und schwarze Farbflecken aufwies. Anscheinend gehört das hier zur Tracht, dachte Ferschweiler. Künstler mussten sich offensichtlich mit Farbe bekleckern, sauberes Arbeiten war wohl nicht mehr en vogue. Seine alte Kunstlehrerin Helga Spieß an der Kurfürst hätte ihm da etwas anderes erzählt.

Der Reißverschluss des Overalls von Stiependorf war nur bis knapp zur Brust geschlossen. Darunter trug er ein weißes T-Shirt mit V-Ausschnitt, unter dem Brusthaare von der gleichen Farbe, wie sie seinen Kopf zierten, in üppiger Dichte hervorquollen. Zudem trug Hans-Joachim von Stiependorf eine beeindruckende Goldkette mit einem Marienbild als Anhänger. Ein praktizierender Katholik, dachte Ferschweiler. Auch das noch.

Ferschweiler hätte beinahe breit gegrinst, doch er ließ sich nicht anmerken, welchen Eindruck der ältliche Kunststudent auf ihn machte, dafür hatte er in seiner langjährigen Laufbahn schon zu viel gesehen. Stattdessen bat er Hans-Joachim von Stiependorf, Platz zu nehmen.

»Herr von Stiependorf, Sie wissen sicherlich bereits, warum wir hier sind«, begann Ferschweiler die Befragung und bat den Mann zunächst, weitere Angaben zu seiner Person zu machen. Als von Stiependorf sich darüber beschwerte, dass de Boer ihn ja schon befragt hatte, entgegnete Ferschweiler: »Routine, Herr von Stiependorf, alles Routine. So läuft das halt bei der Polizei. Also bitte.«

Von Stiependorf war vierundsechzig Jahre alt, von Beruf Chemietechniker bei der BASF und wohnte in Mannheim. Er war zur Tatzeit allein in der Radierwerkstatt gewesen und hatte somit kein Alibi, wie Ferschweiler in seinem Protokoll festhielt. Mit Ulrike Kinzig hatte er nie etwas zu tun gehabt. Er gab zu Protokoll, ihm habe nie etwas an einer Unterhaltung mit ihr gelegen, er habe immer den Raum verlassen, wenn sie zum Putzen gekommen sei. Auch Melanie Rosskämper kannte von Stiependorf nur flüchtig aus einem zurückliegenden Kurs bei Doris Egger. Er selbst bezeichnete sich als einen »Stammkunden« der Kunstakademie – ein merkwürdiger Begriff für einen Künstler in Ausbildung oder Selbsterprobung, wie Ferschweiler fand.

»Herr Kommissar, ich bin sozusagen ein Teilnehmer der ersten Stunde. Anders als heute jedoch ging es früher noch um Inhalte. Nur mit gutem Aussehen wäre man hier damals nicht weit gekommen. Haben Sie sich die Arbeiten von Melanie Rosskämper einmal genauer angesehen?«, fragte er.

Ferschweiler musste sich eingestehen, dass er mit den Bildern, die er bisher von Melanie Rosskämper gesehen hatte, nicht viel anfangen konnte. Er hatte nur eine gewisse Beklemmung bei den Motiven empfunden: Qual, Folter, Erniedrigung waren die Assoziationen, die er mit dem Gesehenen verband. Aber er wollte sich seinem Gesprächspartner gegenüber keine Blöße geben, und so wog er seine Worte gut ab, bevor er antwortete:

»Nun, künstlerisches Talent und überaus gutes Aussehen müssen nicht unbedingt im Widerspruch zueinander stehen. Soweit ich weiß, war auch Picasso kein hässliches Entlein. Und dass Melanie Rosskämper über Ersteres wie Letzteres verfügte, werden Sie wohl nicht bestreiten wollen, oder?«

»Welches Talent meinen Sie?«, rief von Stiependorf erbost und gab sich entsetzt über die glorifizierende, fast schon faschistoide Darstellung von Leid, Schmerz und Gewalt in Melanie Rosskämpers Arbeiten. Das sei alles nur Augenwischerei, ohne wirkliche Tiefe und ohne jeglichen echten Ausdruck. Heldenmut, Standhaftigkeit, die Aufopferungsbereitschaft für höhere Ideale, das sei eine Botschaft. Aber Melanie Rosskämpers Kunst sei nur auf den Effekt aus gewesen, nichts Echtes, schloss von Stiependorf sichtlich echauffiert. Kunst jedenfalls sei etwas anderes. Von Stiependorf wirkte sehr kategorisch in seiner Ablehnung. Er wollte gar nicht mehr aufhören, den Kopf zu schütteln.

Ferschweiler konnte dessen Ärger nicht recht verstehen und setzte in scharfem Ton nach: »Wenn ich Sie richtig verstehe, fühlen Sie sich übergangen. Da rackern Sie sich in den ganzen Jahren ab, kämpfen mit dem Material und den Kniffen und Tücken der Kunst, und dann kommt da diese junge und äußerst attraktive Frau und erntet die Lorbeeren. Die Dozenten loben sie in den höchsten Tönen, versprechen ihr Erfolg und Ausstellungen in den großen Galerien dieser Welt. Und Sie als alter Hase der Akademie gehen leer aus. Da ist bei Ihnen eine Sicherung durchgebrannt.«

»Was fällt Ihnen ein, Herr Kommissar?«, fuhr ihn von Stiependorf an, aber Ferschweiler blieb völlig ruhig, und sein Konsequenzen verheißender Blick ließ von Stiependorf schnell wieder verstummen.

»Außerdem haben Sie vor Kurzem in der Apotheke Ihres Bruders mehrere Liter Walnussöl erstanden. Warum? Arbeiten Sie damit?«

Ferschweiler war nun richtig in Fahrt. Wenn er irgendetwas nicht ausstehen konnte, dann die Überheblichkeit und Arroganz eines Oberschichtlers wie von Stiependorf. Was bildete sich dieser Altachtundsechziger eigentlich ein? Es wäre doch gelacht, wenn er ihm nicht etwas Respekt einflößen könnte, dachte er nicht ohne Genugtuung. Allerdings kam von Stiependorf als Täter für ihn nicht wirklich in Frage, das sagte ihm sein Bauchgefühl, auf das er sich bisher immer hatte verlassen können. Aber irgendwann irrte sich jeder einmal – und gegen einen möglichen Irrtum half nur größtmögliche Professionalität.

»Ja, Sie haben recht«, entgegnete von Stiependorf wieder etwas gefasster. Er war offenbar leicht aus der Reserve zu locken und eher impulsiv denn überlegt. »Personen wie Melanie Rosskämper, denen einfach so das in den Schoß fällt, wofür andere hart arbeiten müssen, haben mich einfach schon immer aufgeregt. Aber es ist nicht so, dass ich neidisch auf sie gewesen wäre. Als Maler tauge ich nichts, das habe ich durch verschiedene Kurse an der Akademie mittlerweile erkannt. Aber diese Erkenntnis war nicht schlimm für mich, ich würde sie sogar als heilsam bezeichnen. Ich male nicht, um groß rauszukommen, wie so viele andere hier. Wofür auch? Ich will nicht berühmt werden. Mir geht es um ganz andere Dinge, um innere Werte.«

»Und das Walnussöl?«, insistierte Ferschweiler.

»Was haben denn meine kulinarischen Vorlieben mit der Rosskämper zu tun? Seit wann hat es die Polizei zu interessieren, womit ich mir meine Vinaigrette zubereite?«

»Also bestreiten Sie nicht, Walnussöl gekauft zu haben?«

»Warum denn auch?«

»Weil diese Substanz im Zusammenhang mit dem Tod von Melanie Rosskämper eine zentrale Rolle spielt.« Ferschweiler sah von Stiependorf direkt in die Augen. Aber dieser hielt stand.

»Sie verdächtigen doch nicht etwa mich? Also wirklich, Herr Kommissar.« Von Stiependorf schüttelte den Kopf. »Da hätten Sie besser recherchieren sollen. Dann hätten Sie nämlich herausgefunden, dass ich immer, wenn ich in Trier und Umgebung bin, bei meinem Bruder bestimmte Dinge für meine heimische Küche oder als Geschenke für kulinarisch interessierte Freunde kaufe. Neben Walnussöl höchster Qualität und Reinheit besorgt mir mein Bruder auch reinen Safran, der um Längen besser ist als alles, was sie im herkömmlichen Handel bekommen können. Und bei dem Öl ist es genauso. So gutes wie aus der Apotheke bekommen Sie vielleicht noch beim Nussfest in Vianden oder im Périgord. Einmal probiert, für immer verführt, Herr Kommissar. Sie sollten es auch einmal kosten. Die Qualität der Produkte aus der Apotheke ist einfach unglaublich.«

Ferschweiler stutzte. Der Mann kaufte anscheinend tatsächlich seine Lebensmittel in der Apotheke.

»Ich habe übrigens, falls es Sie interessiert, auch Frau Dr. Berggrün und Frau Claus jeweils ein kleines Fläschchen von dem Walnussöl abgefüllt. Die beiden interessieren sich nämlich ebenfalls sehr für gutes Essen und werden Ihnen sicherlich gern alles, was ich gesagt habe, bestätigen.«

»Und wie können Sie belegen, dass Sie nicht in den Mord an Melanie Rosskämper verwickelt sind?«, fragte Ferschweiler. »Sie waren zur Tatzeit auf dem Gelände. Was haben Sie gemacht, und kann das jemand bezeugen?«

»Nun ja, Herr Ferschweiler …« Von Stiependorf machte ein ernstes Gesicht. »Wissen Sie, die Kunst der Radierung ist ein sensibles Unternehmen. Konzentration ist da alles. Normalerweise habe ich nur den Deutschlandfunk als Gesellschaft, manchmal höre ich auch SWR2 oder das Klassikradio. Ich genieße es, abends, wenn alle anderen Kursteilnehmer bereits nach Hause gegangen sind, noch in der Radierwerkstatt zu bleiben und ganz in Ruhe weiterzuarbeiten. Die Dunkelheit ist meine Muse, und in der Nacht reduziert sich meine Welt lediglich auf meinen Arbeitsplatz in der Werkstatt. Nirgends sonst ist man der Kunst so nahe wie dort. Der Gründer der

Akademie hat mir damals persönlich die Erlaubnis gegeben, immer wenn ich in Trier bin, auch abends oder nachts in den Ateliers zu arbeiten. Neben Melanie Rosskämper war ich der einzige Teilnehmer, der dies durfte.«

Von Stiependorf schien mächtig stolz auf dieses Privileg zu sein. Nach einigen Sekunden fügte er hinzu: »Vergangenen Freitagabend hatte ich jedoch meinen Bruder aus Trittenheim zu Gast, der sich einmal ansehen wollte, was ich alles so im Atelier mache. Er kam gegen vier und blieb bis kurz nach acht. Er hat die ganze Zeit neben mir gesessen und mir bei der Arbeit zugesehen.«

Dann schwieg von Stiependorf eine Weile sehr theatralisch, wie Ferschweiler meinte, der sich eine Notiz gemacht hatte. Schließlich setzte er nach: »Tatsächlich aber muss ich dem Täter oder der Täterin meinen Respekt zollen. Chapeau! Ich habe über die Umstände lange nachgedacht. Die Tat passt zur Akademie, schließlich war es kein einfaches Verbrechen. Das war Mord als hohe Kunst! Perfekt, sauber, unaufklärbar – Sie werden sehen: Der Täter war ein Künstler, das steht fest.«

Ferschweiler blieb die Spucke weg. Was redete sein Gegenüber da?

»Fürs Erste sind wir fertig, Herr von Stiependorf«, sagte er schnell. »Ich muss Sie aber bitten, sich zu unserer Verfügung zu halten. Verlassen Sie also nicht die Stadt. Wir werden sicherlich noch einmal auf Sie zurückkommen. Vielen Dank.«

Angesichts des so plötzlich erfolgten Ende des Verhörs wirkte Hans-Joachim von Stiependorf fast beleidigt. Offensichtlich hörte er sich gern reden und konnte es nicht ertragen, wenn man ihn unterbrach. Für Ferschweiler war der Mann nichts als ein Schwätzer, jedoch einer mit äußerst kontroversen Ansichten. Wortlos stand von Stiependorf auf und verließ mit hängenden Schultern und unter permanentem Schütteln seines Kopfes die Lithowerkstatt.

Ferschweiler rief de Boer in ihrem gemeinsamen Büro in der Güterstraße an und bat ihn, von Stiependorf und dessen Alibi zu überprüfen. Bereits eine knappe halbe Stunde später rief de Boer ihn zurück. Ferschweiler hatte bis zu diesem Zeitpunkt noch nicht einmal die Hälfte der Aussage von Stiependorf auf seiner alten Hermes Baby niedergeschrieben. Seine kleine Reiseschreibmaschine mochte er nicht missen, er hatte sie schon seit nunmehr zwanzig Jahren und nahm sie stets zu seinen nicht auf dem Revier stattfindenden Verhören mit. Einen Computer hatte er nur im Büro.

Kurz und prägnant fasste de Boer seine Rechercheergebnisse zu den Teilnehmern, die sie am Vormittag befragt hatten, zusammen. Alle waren sauber, ihre Angaben, wo sie sich den Freitagnachmittag und -abend über aufgehalten hatten, stimmten. Und zu von Stiependorf lag lediglich eine belanglose Mahnung aufgrund eines unbezahlten Knöllchens wegen innerörtlicher Geschwindigkeitsüberschreitung vor, ansonsten: keine Vorstrafen, auch die Finanzen schienen auf den ersten Blick in Ordnung zu sein. Und sein Bruder hatte ihn tatsächlich am Freitag besucht; das hatte er de Boer am Telefon bestätigt.

Die Sache mit der ägyptischen Zigarette hatte Ferschweiler schon den ganzen Tag über nicht mehr losgelassen. Für ihn war sie ein entscheidendes Puzzleteil zur Aufklärung der Morde an Melanie Rosskämper und Ulrike Kinzig. Offiziell bot tatsächlich kein Tabakwarenladen in Trier die Marke Emir an, das hatte er de Boer recherchieren lassen. Doch irgendwoher musste der Täter die Glimmstängel ja bezogen haben. Natürlich schied das Internet als Bezugsquelle nicht völlig aus, aber Ferschweiler wusste aus eigener Erfahrung, dass Suchtmittel schnell zu beschaffen sein mussten, wenn die Vorräte zur Neige gingen. Also musste der Täter die Zigaretten irgendwo in Trier oder in der näheren Umgebung gekauft haben. Ferschweiler hatte nicht lange überlegen müssen, wen er in diesem Fall um Rat fragen konnte.

Von den Kollegen einer herbeigerufenen Streife ließ er sich vor der Hofeinfahrt zum Dechant-Engel-Haus auf der anderen Seite der Trier-West durchziehenden Bahngleise absetzen. Noch sehr gut konnte er sich daran erinnern, wie er hier einmal gegen eine Bande von Autodieben ermittelt hatte, damals, als er noch nicht bei der Mordkommission gewesen war. Seitdem hatte sich hier viel getan. Heute beherbergte die Einrichtung der Caritas eine Jugendspielstube, eine Kindertagesstätte sowie die Büros des Ortsvorstehers und den kommunalen Versammlungsraum.

Eilig ging Ferschweiler die Eurener Straße entlang, und nachdem er den russischen Markt mit dem einladend klingenden Namen »Sibiria« passiert hatte, bog er rechts in die Gneisenaustraße ein. Weit hatte er es nicht mehr. Noch knapp zweihundert Meter, und er hätte Günthers »Happy Shop« erreicht, die Quelle für so manches in seinem Kiez.

Plötzlich war er nicht mehr allein.

»He, Alter, bleib stehn!«

Vor ihm hatten sich zwei Halbstarke mit Baseballcaps und schimmernden, reich bedruckten Nylonjacken und -hosen aufgebaut. Ringe verschiedener Größe zierten ihre Ohren und Nasenflügel, Tätowierungen waren auf ihren Handrücken zu erkennen. Der kleinere der beiden hielt ein Messer in der Rechten, der andere hob drohend eine Art Schlagring.

»Macht keinen Quatsch, Jungs. Ich bin von der Polizei«, warnte Ferschweiler, doch da war es bereits zu spät.

Wie beiläufig hatte der Größere ihn in die Magengrube geschlagen. Mit einem lauten »Uff« ging Ferschweiler in die Knie.

»Haste Geld, Alter? Dann gib schnell. Sonst gibbet noch einen.«

»Lasst mich in Ruhe, von mir bekommt ihr nichts!«

Mit voller Wucht schlug der Messerträger Ferschweiler mit der Faust auf die Schulter. Der andere fasste ihm gleichzeitig in die Jackentasche und zog seine Brieftasche heraus. Noch bevor Ferschweiler reagieren konnte, waren die beiden auch schon weg.

»Scheiße!«, schrie er für seine Verhältnisse unverhältnismäßig laut. »Und so etwas passiert gerade mir.«

Dies war einer der seltenen Momente, in denen er sich darüber ärgerte, niemals seine Dienstwaffe zu tragen. Als er sich gerade wieder erhoben hatte und den Schmutz von seiner Jacke klopfte, sah er die beiden Jungkriminellen erneut auf sich zukommen.

Diesmal nicht, Jungs, dachte er. Diesmal bin ich vorbereitet. Schließlich habe ich nicht umsonst früher Kampfsport trainiert. Alles werde ich ja wohl nicht vergessen haben.

Aber die beiden verhielten sich ganz anders als noch kurz zuvor. Geradezu verlegen traten sie vor Ferschweiler und blickten unsicher zu Boden. Der kleinere der beiden, der Ferschweiler vorhin mit dem Messer bedroht hatte, hielt ihm die Brieftasche, die darin enthaltenen Geldscheine sowie seinen Personalausweis entgegen, auf den sie einen Blick geworfen haben mussten. Ferschweiler war mehr als überrascht. Was wurde denn hier gespielt?

»Sorry, Alter. Tut uns echt leid. Hätten mir gewusst, dass du der

Ferschweiler bist, hätten mir natürlich nix gemacht. Also alles quant, okay?«

Ehrfurchtsvoll grüßten die beiden und verschwanden schnell in Richtung des Don-Bosco-Hauses. Ferschweiler blickte ihnen fassungslos nach. So etwas war ihm noch nie passiert. Aber allmählich wurde ihm die ganze Sache klar. »Ferschweiler« war in Trier-West kein unbekannter Name. Viele aus seinem weiteren Familienkreis waren Boxer, manche hatten sogar erfolgreich überregionale Wettkämpfe absolviert. Es war allgemein bekannt, dass man sich mit den Ferschweilers lieber nicht anlegte. Vielleicht sollte er doch mal wieder zu einem der jährlich an Ostern stattfindenden Familientreffen gehen, jetzt da er von seinem Nachnamen derart profitiert hatte. Nachdenklich machte er sich auf den weiteren Weg zu Günthers »Happy Shop«.

Als er in den Laden trat, erklang eine altmodische Türglocke. Günther saß wie immer breitbeinig auf seinem kleinen Plastikhocker hinter der Glastheke, seinen beeindruckenden Bauch ließ er nach unten hängen. Vor ihm stand ein halb geleertes Stubbi, der Aschenbecher neben der alten Registrierkasse quoll über.

»Moien, Günner«, grüßte Ferschweiler.

»Marjuusebetter, Rudi. Dat is ja 'n Überraschung! Lang nit gesehen. Komm rin. Willste och 'n Stubbi?«

Günther schien sich tatsächlich über seinen Anblick zu freuen.

»Nee, Günner. Lass mal. Ich bin im Dienst.«

»Oh, der Herr Kommissar ist Blaukreuzler geworden. Könnte mir nie passieren.«

Tja, dachte Ferschweiler, und das ist vielleicht auch dein größtes Problem. Er kannte Günther Brakonier schon lange. Dessen kriminelle Karriere hatte bereits während der Schulzeit begonnen; damals war kaum eine Woche vergangen, ohne dass die Polizei in der Kurfürst vorstellig geworden war, um Günther mitzunehmen. Dann hatte Günther irgendwann geglaubt, das ganz große Ding drehen zu können, war aber verpfiffen worden und für fünf Jahre in den Knast gewandert. Dort war wohl irgendetwas mit ihm passiert, denn nach Verbüßen seiner Strafe hatte er im Krämerladen seiner Tante Nette angefangen und sich als Kaufmann versucht.

Seit dem Tod seiner Tante führte er den Laden unter seinem eigenen Namen weiter. Was das Sortiment anging, so hatte Günther andere Akzente gesetzt. Mehl, Butter und Ähnliches gab es hier schon lange nicht mehr, dafür jede Menge Hochprozentiges, alle nur erdenklichen Marken an Zigaretten sowie Plastikspielzeug, militärische Modellbausätze und Telefonkarten. Alle vier Wände hingen voll mit Regalen, aus denen das ganze Zeug in schier unglaublichen Mengen hervorquoll. Anscheinend konnte Günther ganz gut davon leben, auch wenn er – zumindest was das Bier anging – offenbar selbst sein bester Kunde war.

»Mit was kann ich dem Herrn Kommissar denn dienen?«, feixte Günther.

»Günner, du bist doch Spezialist für Kippen aller Art«, antwortete Ferschweiler. »Wo könnte ich denn deiner Meinung nach in Trier Zigaretten der Marke Emir bekommen?«

»Seit wann schmauchst 'n du wieder, Rudi?«, lachte der Dicke, dass sein mächtiger Bauch vibrierte. »Ehrlich, Rudi, du solltest nix Stärkeres nehmen als die Ducal. Schon gar keine ägyptischen.«

Ferschweiler fand Günther gerade gar nicht lustig, spielte dieser doch offen auf eine Episode im Leben des Kommissars an, an die er lieber nicht erinnert werden wollte.

»Hast du noch Kontakt zu den Lonien?«, fragte Günther.

»Nein, überhaupt keinen. Du denn noch?«

Günther musste wieder lachen. »Klar. Sind gute Kunden von mir. Wohnen alle wie eh und je in der Granastraße. Et Sandra hat mittlerweile fünf Quäst. Dazu schon sechs Ängkelkönner. Was meinst du, was die an Telefonkarten und Modellbausätzen verbrauchen? Ihr Pabb, der Jubbi, ist schon vor acht Jahren verstorben. Die Leewer.« Günther nickte vielsagend. Sein monumentales Doppelkinn hob und senkte sich dabei im Takt.

Ferschweiler war einmal kurz in Sandra Lonien verliebt gewesen. Das war zu einem Zeitpunkt gewesen, als Rosi einmal nichts von ihm hatte wissen wollen. Um Sandra zu imponieren, hatte er Gitanes ohne Filter in großen Mengen geraucht, die ihm jedoch heftigst auf die Verdauung geschlagen waren.

»Weißt du noch, wie die Koar aussah, als du mit Sandra aus dem Autokino gekommen bist? Du warst völlig newen der Kaap.«

Wieder bewegte sich Günthers kolossaler Bauch im Rhythmus seines Lachens. »Nur gut, dass Sandras Vadda kein Piedeler und damals auch ein wenig in dei Fraamensch Mutta verliebt war. Was sonst passiert wär, möcht ich mir nit vorstellen. Priejel, Priejel, Priejel.«

Ferschweiler lächelte gequält. Manchmal war es doch von Nachteil, nie aus dem Viertel herausgekommen zu sein.

»Günner, mal ehrlich. Wo könnte ich die ägyptischen Mäggo bekommen? Hast du eine Ahnung?«

Günther nahm einen guten Schluck aus seinem Stubbi und wischte sich anschließend mit seinem breiten, behaarten Handrücken über den Mund. Von seinem großen Schnauzbart tropfte Bier.

»Ahhh«, entfuhr es ihm aus der Tiefe seines gewaltigen Körpers. »Na ja, offiziell kungelt mit sonnem Pubes nimmes in uns Staad. Och nimmes im Kreis oder bei de Seibränner. Selbst bei den Schangen wüsste ich kaanen, der loa mit kungeln tät. Zu wenig Nachfrage, wenn du mich fraogst.«

Günther spielte auf Zeit. Offensichtlich erwartete er von Ferschweiler etwas als Gegenleistung.

»Okay, Günner. Was kann ich denn für dich tun, um deinem Gedächtnis ein wenig auf die Sprünge zu helfen?«

»Wenn Sie mich schon so fragen, Herr Kommissar«, wechselte Günther plötzlich ins Hochdeutsche. »Ich hätte da so eine Anzeige ...«

»Bist du etwa rückfällig geworden, mein Dicker?«

»Nein. Nicht, was du jetzt denkst. Ich bin nur bei Rot über eine Ampel gefahren. Drüben in Heiligkreuz. Sagen jedenfalls deine Kollegen. Eigentlich war es aber noch Gelb, fast sogar noch Grün.«

Sicher, dachte Ferschweiler. So wird es gewesen sein.

»Ich werde sehen, was sich machen lässt. Aber jetzt: Hast du eine Idee?«

»Wenn ich so darüber nachdenke, kommt mir da ein Student in den Sinn, der seit einiger Zeit unter der Hand den Kram vertickt. Sein Name ist Thomas Gorges. Er wohnt irgendwo oben in Kierenz, am Weidengraben, wenn ich mich nicht irre. Den wirst du schon finden, du mit deiner Spürnase. Der Gorges is eher 'n Trendelaorsch.«

Ferschweiler wusste nicht, was er noch sagen sollte. Stumm salutierte er vor so viel Wissen und verabschiedete sich von Günther.

Beim Verlassen des Ladens erklang wieder die Türglocke, und Ferschweiler fiel erst jetzt auf, dass in der ganzen Zeit niemand anderes in Günthers »Happy Shop« gekommen war. Sonderbar, wovon Günther wohl leben mochte? Anscheinend nicht nur von seinem Laden. Aber das war nicht Ferschweilers Baustelle.

Schon lange war er nicht mehr an der Universität gewesen. Seinen Freund Berthold hatte er an dessen Arbeitsplatz noch nie besucht, aber das würde er nun ändern. Nachdem ein Nachbar von Thomas Gorges ihm verraten hatte, dass sich der junge Mann um die Mittagszeit immer im »Bistro A/B« an der Universität aufhielt, hatte Ferschweiler endlich einmal wieder einen Grund, die hiesigen »heiligen Hallen der Gelehrsamkeit«, wie er die Universität nannte, aufzusuchen.

Ferschweiler verließ den Bus an der Haltestelle Universität und ging über die Fußgängerbrücke in Richtung der Hochschule. Auch hier hatte sich in den letzten Jahren viel verändert. Ganz neu kamen Ferschweiler die eingeschossigen Pavillons neben dem Parkplatz sowie das dreistöckige Gebäude, auf das er über die Brücke direkt zuging, vor. Er fragte sich, ob er sich hier zurechtfinden würde, aber seinen Freund Berthold würde er schon finden – ganz der Devise folgend: Immer dem Geruch nach!

Als er das Hauptgebäude der Uni betrat, in dem sich laut Geländeplan auch das Bistro befand, schlug ihm eine Welle heißer Luft entgegen. Er war einiges gewöhnt, aber so heizte man noch nicht einmal im Polizeipräsidium.

Wo das Bistro sei, fragte Ferschweiler einen Herrn im fortgeschrittenen Alter mit dicker, runder Hornbrille, ergrauter Halbglatze und verkniffenem Gesicht. Stumm zeigte der offensichtlich etwas vergeistigte Gelehrte in die entsprechende Richtung. Ferschweiler wunderte inzwischen gar nichts mehr. Gut, dass er etwas anderes machte, als hier zu arbeiten.

Im Bistro hing der Geruch von Knoblauch in der Luft. Vielleicht etwas zu stark angebraten, aber na ja, Berthold war immerhin gelernter Koch, der würde schon wissen, was er tat.

Massen von Studenten füllten trotz des Geruchs das Bistro. Offenbar wollte an der Uni so ziemlich jeder Bertholds Küche genießen. Hinter einer verglasten Theke hantierten mehrere in Weiß gekleidete Damen mit großen Löffeln und Hebern und füllten die Teller der hungrigen Nachwuchsakademiker. Zwei Sprüche von seiner Mutter waren Ferschweiler unauslöschlich in Erinnerung geblieben: »Leerer Bauch studiert nicht gern« war der eine, und der andere lautete »Probieren geht über studieren«. Aber ob das Probieren wirklich besser war als das Studieren? Ferschweiler war sich hier nicht so sicher.

Dann sah er Berthold. Er thronte hinter einer modernen Computerkasse und wickelte den Andrang in der bei ihm bekannten Ruhe ab. Regelmäßig hielt er beim Kassieren ein Schwätzchen mit dem jeweiligen Kunden, ohne sich darum zu kümmern, dass es in der Schlange dahinter vor Ungeduld brodelte.

»Hallo, Berthold«, sagte Ferschweiler. »Bist voll in Aktion, was?«

»Rudi, was machst du denn hier? Ich dachte, du kommst nie auf diese Seite des Flusses.«

Berthold war Ferschweilers Verbundenheit zu dessen Kiez natürlich bekannt, dafür kannten sich beide schon lange genug.

»Ich bin eher dienstlich an der Uni. Kennst du zufällig einen Thomas Gorges? Der muss hier Student sein.«

»Den Gorges, klar, den kenne ich. Der isst jeden Tag bei mir. Hängt jeden Tag zwischen elf und drei Uhr hier rum. Dahinten sitzt er, dort am dritten Tisch, der mit der blauen Mütze.«

»Dank dir, Berthold«, sagte Ferschweiler. »Mach's gut, bis bald.«

»Willst du denn nichts essen? Wir haben heute einen ganz wunderbaren Fisch, italienische Art.«

Doch Ferschweiler hatte den Kassenbereich des Bistros bereits verlassen und steuerte direkt auf den beschriebenen Tisch zu.

»Guten Tag, darf ich mich zu Ihnen setzen?«, sagte er zu dem jungen Mann mit der Mütze, der allein an seinem Tisch saß und bei dem es sich laut Berthold um Thomas Gorges handelte.

»Bitte«, antwortete dieser und widmete sich wieder seinem dick panierten Fischfilet.

»Schmeckt's?«, wollte Ferschweiler wissen.

Aber der Student schien keine Lust auf ein Gespräch mit ihm zu haben.

»Sind Sie Thomas Gorges?«, fragte Ferschweiler ihn geradeheraus.

»Äh, ja«, stammelte der Student überrascht und mit vollem Mund. »Und wer will das wissen?«

»Ich bin Rudolph Ferschweiler, Hauptkommissar bei der hiesigen Mordkommission.«

Der Student pulte sich wie gedankenverloren im Mund. Als er eine kurze Pause einlegte, sagte er:

»Mordkommission? Aber der Fisch hier ist doch schon seit Langem tot.«

Sprach's und zog sich ein Fitzelchen Zeitungspapier aus dem Mund.

Als er den erstaunten Gesichtsausdruck Ferschweilers bemerkte, sagte er: »So etwas gibt es hier immer wieder. Tätowierten Fisch nennen wir das. Es gibt sogar schon einen ganzen Blog darüber. Die Qualität des Essens hier ist manchmal eine Sache für sich, wirklich.«

»Aber Sie essen trotzdem jeden Tag im Bistro?«, fragte Ferschweiler leicht verwundert. »Sie halten sich sogar fast vier Stunden täglich hier auf. Warum?«

»Na, weil es hier so gemütlich ist. Seit die Wände in Rot und Gelb gestrichen worden sind, sogar umso mehr«, entgegnete Gorges ironisch.

»Nicht, weil Sie an diesem Ort Ihre Geschäfte machen?«

Gorges wurde sichtbar nervös. »Haben Sie überhaupt einen Ausweis? Was wollen Sie eigentlich von mir?«

»Nun beruhigen Sie sich erst einmal. Ich bin nicht wegen Ihrer Geschäfte gekommen. Ich weiß davon, ja, aber dafür zuständig wäre eine andere Abteilung.« Ferschweiler schaute dem jungen Mann in die Augen. »Wäre! Konjunktiv, wenn Sie wissen, was ich meine. Ich bin für Mord zuständig. Und damit haben Sie doch nichts zu tun, oder?«

Aber Gorges beruhigte sich nicht. Vielmehr zeigte sein Gesicht nun eine gewisse Blässe.

»Ich, wieso? Was habe ich denn …? Nein.«

»Na also«, versuchte Ferschweiler, das Gespräch wieder in geordnete Bahnen zu lenken. »Aber Sie handeln mit ägyptischen Zigaretten, oder?«

»Ja, manchmal.«

»Manchmal? Eher ständig, oder? Sie bestreiten damit Ihr Studium und Ihren Lebensunterhalt.«

»Mensch, ja! Ich handele damit. Aber mein Studium kann ich davon nicht bezahlen. Das ist nicht drin.«

Gorges verlor allmählich die Beherrschung. Ferschweiler musste aufpassen, ihn nicht zu sehr unter Druck zu setzen, wenn er noch etwas aus ihm herausbekommen wollte.

»Ich verticke so in der Woche ein bis zwei Stangen. Sonst nix.«

Na sicher, dachte Ferschweiler. Das wollen wir erst noch sehen.

»An wen verkaufen Sie die denn so? Es sind doch sicher Stammkunden?«

»Ja, im Grunde schon. Der eine ist so ein stiernackiger Playboy, der andere ein schmieriger Typ mit großer Klappe. Und daneben gibt es natürlich auch noch den einen oder anderen Studenten.«

»Und haben Sie von denen auch die Namen?«

»Nein. Die kommen immer her und bezahlen bar.«

»Besondere Kennzeichen?«

»Weiß nicht, sehen alle irgendwie gleich aus.«

Klar, dachte Ferschweiler. Verarschen kann ich mich allein.

»Und woher beziehen Sie Ihre Zigaretten?«

»Berufsgeheimnis«, erwiderte Gorges, lächelte frech und stand auf. »Um das zu erfahren, müssen Sie mich schon vorladen. Grüß Gott, Herr Kommissar.«

Und er entschwand unter dem großen Lärm seines zurückgeschobenen Stuhles, nicht ohne sein Tablett ordnungsgemäß auf dem Fließband bei der Geschirrrückgabe abgestellt zu haben. Berthold würde sich freuen.

Tätowierter Fisch, dachte Ferschweiler. Auf den von Gorges erwähnten Blog müsste er einmal de Boer ansetzen, um zu erfahren, was so über Bertholds Küche geschrieben wurde.

Er rief im Büro an und sagte Bescheid, dass er heute nicht mehr vorbeikommen würde, de Boer aber Gorges für den nächsten Morgen aufs Präsidium bestellen solle. Er wollte doch mal sehen, wer hier die Hosen anhatte … Heute würde er schon früh zu Rosi gehen und ihr ein wenig im »Standhaften Legionär« zur Hand gehen. So viel Zeit musste sein.

SIEBEN

Als Ferschweiler am nächsten Morgen aus dem Fenster schaute, konnte er den Fluss vor lauter Nebel nicht sehen. Nur gut, dass er die Nacht bei Rosi verbracht hatte, in ihrer kleinen Wohnung direkt hinter dem Schankraum des »Standhaften Legionärs«. Nächte bei Rosi waren für Ferschweiler selten, doch zog er aus ihnen immer die Energie, die er benötigte, um dem alltäglichen Wahnsinn standzuhalten. Und er war froh, dass Rosi ihm seinen Ausflug zum Nageln neulich nicht übelgenommen hatte.

Sie war schon seit fünf Uhr aus dem Haus – wie immer hatte der Großmarkt gerufen, und dieser Ruf war gnadenlos. Still und einsam war es zu dieser Zeit im »Standhaften Legionär«. Das einzige Geräusch, das den Raum erfüllte, war das Zischen der Kaffeemaschine. Ferschweiler saß in der Ecke neben dem Flipper und dem unsinnige Melodien piependen Spielautomaten und kaute an einem Brötchen mit Mettwurst und Käse, das Rosi ihm noch hingestellt hatte. Der Tag begann also schon mal schlecht: Mettwurst und Käse! Was für eine Kombination.

Als er den »Standhaften Legionär« verließ, um zur Kunstakademie zu gehen – das Brötchen lag ihm schon jetzt schwer im Magen –, dachte er über sein Leben als Polizist nach. Es gab Tage, da hing ihm alles zum Hals heraus. Ständig dieses Graben und Wühlen in den Dingen anderer. Ständig dieses »Aber nein, Herr Kommissar, gewiss nicht«, nur um dann im Verhör drei Stunden später unter Tränen alles zu gestehen. Vielleicht sollte er es wie sein Cousin machen und einfach abhauen, in den Süden. Aber was sollte er machen? Trier war nun einmal *seine* Stadt, und es waren noch einige Jahre hin bis zu seiner Pensionierung.

Als er das Gelände des ehemaligen Schlachthofs betrat, stand Helena Claus vor dem Eingang der Verwaltung und begrüßte ihn mit einem Lächeln.

»Guten Morgen, Herr Ferschweiler. Schön, dass Sie schon so früh kommen. Ich habe Ihnen eine Menge zu erzählen.«

Auch das noch. Die ewig gleiche Kombination: hübsch und geschwätzig. Was für ein Glück hatte er doch mit Rosi.

»Ja, Moien«, presste er heraus. »Kann ich wohl einen Kaffee haben?«

»Aber selbstverständlich. Kommen Sie mit in mein Büro. Da können wir ungestört reden. Mein Kollege und die Chefin kommen erst so gegen zehn.«

Ferschweiler folgte Helena Claus in das Gebäude der ehemaligen Schlachthofverwaltung. Er musste plötzlich daran denken, wie er einmal beim Direktor des Schlachthofs hatte vorstellig werden müssen, weil er und Rolf-Dieter Graz gemeinsam in der Freibank Kutteln für seine Mutter, die viele aufgrund ihres kleinen Alkoholsproblems die »blaue Käthe« nannten, gestohlen hatten. Aber es war damals glimpflich ausgegangen. Der Direktor hatte ihnen nur eine längere Standpauke gehalten und sie dann sogar mit ein paar Kilo Fleischabfällen nach Hause geschickt. Aber diese Zeiten lagen lange zurück. Im Flur der heutigen Verwaltung hingen Bilder von mit E-Gitarre rockenden Gören und Plakate, die für Aktzeichnen und diverse Vorsorgeuntersuchungen ab fünfzig warben.

Ferschweiler hatte langsam genug von der Akademie und ihren Künstlern, für ihn war dies eine völlig fremde Welt. Konnte man an so einem Ort tatsächlich arbeiten? Helena Claus konnte, davon war er angesichts ihrer ständig guten Laune überzeugt. Sie ließ sich auf ihrem Drehstuhl nieder und öffnete behände ihr dunkles Haar, das sie zu einem Zopf zusammengebunden hatte.

»Ich mache Ihnen einen Kaffee, genau so, wie Sie ihn gestern auch getrunken haben«, sagte sie augenzwinkernd. Offensichtlich wollte sie Eindruck bei ihm schinden. Dabei war er mindestens zehn Jahre älter als sie.

»Ja, danke«, sagte Ferschweiler. »Aber weniger Milch wäre auch in Ordnung gewesen. Ich nehme meinen Kaffee rehbraun, nicht weiß.«

»Oh, das tut mir leid. Dann weiß ich ja Bescheid – rehbraun«, gluckste sie und begann, sich an der Kaffeemaschine zu schaffen zu machen.

Ferschweiler sah genervt an die Decke. »Was haben Sie mir denn so Sensationelles mitzuteilen?«, fragte er etwas unfreundlich. Eigentlich war sie eine nette Frau, aber das spielte jetzt keine Rolle.

»Ich habe in den letzten Tagen und Wochen nur so einige Beobachtungen gemacht. Die könnten Sie vielleicht im Zusammenhang mit Ihren Ermittlungen interessieren.«

»Na, dann erzählen Sie mal.«

Helena Claus war an ihren Schreibtisch getreten und nestelte nervös an einem Kugelschreiber herum. Die Selbstsicherheit, die sie eben noch zur Schau getragen hatte, schien ihr angesichts Ferschweilers Stimmung schlagartig abhanden gekommen zu sein. Dann sprudelte es plötzlich nur so aus ihr heraus. Zunächst stotternd, dann mit immer klarerer Stimme erzählte sie, ihr sei aufgefallen, dass seit einiger Zeit mehrere Teilnehmer, die schon seit Jahren regelmäßig an den Kursen der Kunstakademie teilnahmen, Stammkunden quasi, nicht mehr erschienen. Kommentarlos. Sonst gebe es immer lange Diskussionen mit den Dozenten darüber, was man an der Akademie verbessern könnte, wer sich von wem ungerecht behandelt fühlte und so weiter.

Das Übliche eben, dachte Ferschweiler. Warum sollten die in der Welt der Kunst es auch besser haben als er im öffentlichen Dienst?

Aber Helena Claus war noch nicht am Ende. Ungebremst redete sie weiter über die Probleme der Akademie und das, was ihr an angeblich Wichtigem aufgefallen war. Sie erzählte von ausbleibenden Finanzmitteln, neurotischen Künstlern und ihren Befindlichkeiten, von Problemen bezüglich der Lage des Akademiegeländes und den immer wieder angestellten Überlegungen, die Akademie stärker an die Teile der Stadt jenseits des Flusses anzubinden.

Warum wollten Frauen eigentlich immerzu ein gutes Bild von sich selbst vermitteln? Warum wollten sie einem immer alles recht machen? Wer verlangte es denn von ihnen? Er, da war Ferschweiler sich sicher, zumindest nicht.

Helena Claus erzählte währenddessen weiter.

»Vor einigen Wochen habe ich in der Trier-Galerie eine langjährige Teilnehmerin getroffen, zu der ich immer ein sehr gutes Verhältnis hatte. Sie heißt Silvia Meyer-Schütze.«

Wie lang sollte diese Erinnerungsarbeit noch dauern? Was wollte Helena Claus eigentlich von ihm? Sie könnte ihn auch einfach fragen, ob sie einmal irgendwo gemeinsam auf eine Porz Viez einkehren könnten. Natürlich nicht in Trier, das wäre Ferschweilers Bedingung, Rosi musste davon ja nicht unbedingt erfahren. Aber er verwarf diese Idee schnell wieder.

»Auch Silvia ist seit Monaten nicht mehr zu den Kursen erschienen. Umso überraschter war ich, sie plötzlich in der Innenstadt zu treffen. Die Silvia wohnt nämlich gar nicht in Trier, sondern in Esslingen am Neckar. Ihr Mann ist ein hohes Tier bei Daimler.«

Die Akademie war also doch eine Beschäftigungsanstalt für gut betuchte Witwen und vermögende Damen der »besseren« Gesellschaft. Bewohner von seinem Kiez fand man hier sicherlich keine. Danach musste er einmal fragen.

»Wissen Sie, Herr Ferschweiler«, fuhr Helena Claus mit leuchtenden Augen fort, »Silvia malt schon sehr lange bei uns und hat immer die Kurse von Laszlo Kafka, unserem Top-Dozenten, besucht.«

»Top-Dozent?«, unterbrach sie Ferschweiler mit fragendem Blick.

»Na ja, Laszlo Kafka ist der Star unter unseren Dozenten. Seine Kurse sind immer, aber auch wirklich immer, ausgebucht. Und die Wartelisten sind unglaublich lang. Er könnte mehr als doppelt so viele Kursen anbieten, ja eigentlich eine ganze Kunstakademie allein betreiben.«

Unruhig rutschte Helena Claus auf ihrem Bürostuhl hin und her.

»Das Programm ist noch nicht gedruckt, die Termine noch nicht im Internet veröffentlicht, da sind die Plätze bei ihm schon alle weg. Und die Nachrückerlisten sind lang.«

»Können Sie mir das erklären?«, fragte Ferschweiler.

»Wie das halt so ist«, entgegnete sie. »Er sieht wahnsinnig gut aus, er hat phantastische didaktische Fähigkeiten …« Hier lächelte sie kurz, doch Ferschweiler hatte es bemerkt. Derartige Regungen entgingen ihm nicht, dazu war er schon zu lange im Geschäft. Hier schien noch etwas mehr als nur professionelle Bewunderung im Spiel zu sein, da war er sich sicher. Aber anders als noch vor fünf Minuten wollte er den Mitteilungsdrang von Helena Claus nicht unterbrechen. Die Geschichte schien allmählich interessant zu werden. Und wenn sie sich erregte, war sie wirklich eine recht ansprechende Person, diese Helena Claus. Nur gut, dass Rosi nicht über telepathische Fähigkeiten verfügte und Ferschweilers Gedanken lesen konnte. Aber die waren ja bekanntlich frei, und ein paar Freiheiten brauchte auch ein Sheriff.

»Nun erklären Sie mir das mit den didaktischen Fähigkeiten mal genauer«, forderte er Helena Claus mit leicht süffisantem Ton auf weiterzuerzählen.

»Laszlo«, fuhr sie fort und strich sich dabei gedankenverloren –

offensichtlich hatte sie Ferschweilers Unterton gar nicht bemerkt – durchs Haar, »also, ich meine, Herr Kafka verfügt über ein äußerst fundiertes Wissen. Zudem ist er mehr als sensibel bei den Bildbesprechungen und hat ein sehr sicheres Gespür für den Umgang mit unseren Teilnehmerinnen.« Wieder lächelte sie fast unmerklich. »Sie können sich sicherlich vorstellen, dass diese nicht immer ganz einfach sind. Künstlerinnen leben für ihre Arbeiten. Man gibt ja in seinen Werken immer auch einen Teil von sich selbst preis. Und Laszlo weiß ganz genau, wie er mit den Eigenarten der Teilnehmerinnen umzugehen hat.«

»Und deshalb ist er so beliebt«, folgerte Ferschweiler. »Verstehe.«

Interessiert hatte er ihren Ausführungen gelauscht. Zudem war der Kaffee besser als gedacht. Er nahm die rote Thermoskanne, die auf Helena Claus' Schreibtisch stand, und goss sich, ohne zu fragen, eine weitere Tasse nach.

Helena Claus sprach indessen weiter. Mit der rechten Hand spielte sie mit einer ihrer üppigen dunkelbraunen Locken und ließ Ferschweiler dabei nicht aus den Augen.

Sie will sicher sein, dass ich ihr auch genau folge, dachte er. Sie weiß, was ich von ihr halte. Warum war er für Frauen immer wie ein offenes Buch? Warum schaffte er es nie, seine Gedanken und Gefühle zu verbergen? Er hatte dafür keine Erklärung.

Sie führte weiter aus, dass man in der Verwaltung einen Zusammenhang zwischen dem Schwinden der Teilnehmerzahlen und der Wirtschaftskrise vermutet habe. Es war schließlich nicht ganz billig, sich hier unterrichten zu lassen. Dann jedoch hatten Gerüchte die Runde gemacht, Gerüchte über Dozenten, die parallel auch an anderen Institutionen unterrichteten. Dr. Berggrün sah es nicht gern, wenn ein Künstler ihrer Akademie auch woanders unterrichtete. Aber was sollte sie machen? Ein Künstler musste eben schauen, wie und wo er seinen Lebensunterhalt verdienen konnte.

»Denn nur von der Kunst allein kann fast keiner mehr leben. Verstehen Sie, Herr Ferschweiler«?

Er hatte seine eigenen Sorgen, was interessierten ihn da mittellose Künstler? Wer fragte denn danach, was es ihm brachte, ein vielleicht nicht nur durchschnittlicher Kriminalbeamter mit guter Spürnase zu sein? Und bedurfte es dazu nicht auch einer gewissen Kunst? Der Kunst, sich einzufühlen, Dingen nachzuspüren, die andere gar nicht wahrnahmen? Ganz zu schweigen von der Bereitschaft, sich mehr als üblich – wie er fand – zu engagieren? Letztendlich brachte es gar nichts. Die Pension blieb die gleiche, Leistungszulagen gab es keine, und auf den obligatorischen Wimpel oder die schlecht gedruckte Urkunde dazu konnte er getrost verzichten. Vielleicht war es gar nicht schlecht, sich einen Bereich zu suchen, der einem tatsächlich etwas bedeutete und in dem man eine tiefe Befriedigung erfahren konnte.

»Auch wenn Silvia mir gegenüber nicht konkret geworden ist, habe ich Laszlo im Verdacht, etwas mit der ganzen Sache zu tun zu haben«, fuhr Helena Claus fort. »Er hat mich in den letzten Monaten immer mal wieder nach den Adressen seiner Kursteilnehmerinnen gefragt. Aber aus Datenschutzgründen darf ich ihm die nicht geben, und ich habe es auch niemals getan. Außerdem war ich auch ein wenig eifersüchtig. Ich konnte mir eigentlich nur vorstellen, dass er mit ihnen …« Helena Claus errötete leicht.

Ferschweiler war auf diesen Top-Dozenten nun allmählich wirklich gespannt. Der musste ja förmlich ein Supermann sein.

»Vor ein paar Wochen hatte ich dann allerdings das Gefühl, dass jemand an meinem Computer war. Ich habe meinen Kollegen darauf angesprochen, aber der hat mich nur ausgelacht.«

»Wie sind Sie denn auf die Idee eines Datendiebstahls gekommen?«

Ferschweiler war kein EDV-Spezialist, er kannte sich nur mit Textverarbeitung ein wenig aus. Die weitere Arbeit an den Rechnern überließ er immer de Boer.

»Beim Öffnen der Datei, in der alle Teilnehmerdaten festgehalten sind, ist mir aufgefallen, dass die Daten anders sortiert waren, als ich es gewohnt bin. Die Datensätze waren nach dem Geschlecht der Teilnehmer geordnet und nicht nach der alphabetischen Reihenfolge der Nachnamen. Als ich nachschauen wollte, welche Dateien als Letztes geöffnet worden waren, zeigte mir der Rechner ein externes Laufwerk an, einen Wechseldatenträger wie einen USB-Stick oder eine externe Festplatte. Mit solchen arbeite ich aber gar nicht. Offensichtlich hatte sich jemand Teilnehmerdaten von meinem Computer heruntergeladen. Außer meinem Kollegen könnte das eigentlich nur die Chefin, Dr. Berggrün, gewesen sein. Aber die kann mit Computern nicht wirklich umgehen.«

Sympathisch, dachte Ferschweiler.

»Für mich kommt somit nur ein Dritter in Frage. Und das muss Laszlo gewesen sein!«

Hier musste Ferschweiler sie nun doch energisch unterbrechen. »Haben Sie denn außer Ihren Eifersüchteleien und einem vagen Verdacht auch irgendetwas Konkretes? Ein Rufmord ist schnell begangen und – bedenken Sie – nicht straffrei.«

Helena Claus bekam große Augen. »Rufmord? Aber Herr Kommissar, ich will doch niemanden schädigen! Ich will Ihnen helfen. Er hat mich schließlich nach genau diesen Daten gefragt.«

»Aber Ihr Rechner ist doch sicherlich passwortgeschützt?«, fragte Ferschweiler.

»Natürlich, aber die Passwörter kennen auch der Kollege und die Chefin.«

Verständlich, dachte Ferschweiler. Er selbst hatte sein Passwort auf der Unterseite der Tastatur stehen.

»Haben Sie denn mit irgendjemandem bisher über Ihren Verdacht gesprochen?«, fragte Ferschweiler, der nicht umhin kam, allmählich daran zu glauben, dass an der Geschichte doch etwas dran sein könnte.

»Ja, kurz mit meinem Kollegen Harry Haltaufderheide. Aber der hat mich für verrückt erklärt. Ich hätte Hirngespinste, würde mir alles bloß einbilden, hat er gesagt und nur gelacht. Danach habe ich mich nicht mehr getraut, mit Dr. Berggrün darüber zu sprechen. Einen direkten Verdacht habe ich nicht geäußert.«

»Aber Sie sind sich sicher, dass – wie war noch mal sein Name? – Harry Haltaufderheide nichts damit zu tun hat?«

Merkwürdiger Name. Irgendwo hatte er den schon einmal gehört. Außerdem hatte er den Mann an der Kunstakademie noch gar nicht zu Gesicht bekommen. Wann der wohl arbeitete?

Ihn erinnerte das an Peter Müller, einen alten Kollegen, der mehr Zeit in seiner Gartenlaube am Hang des Markusberges unterhalb der Mariensäule verbrachte als im Dienst. Und immer wenn es eng wurde, kam prompt die nächste Krankmeldung. Ferschweiler hoffte für Helena Claus, dass Harry Haltaufderheide nicht auch so gestrickt war.

»Ich würde gern mit ihm sprechen.«

»Bitte, Herr Kommissar, sagen Sie ihm nichts von dem, was ich

Ihnen gerade erzählt habe. Er ist heute den ersten Tag nach seinem Urlaub wieder da und müsste gleich kommen.«

Wie bestellt klingelte in diesem Moment Ferschweilers Handy. Als er die Nummer sah, wusste er schon, was ihn erwartete.

Rosi rief ihn eher selten während der Dienstzeit an; wenn, dann hatte sie immer nur den einen Grund: Ihr fehlten Lebensmittel, die es morgens auf dem Großmarkt nicht gegeben hatte.

»Rudi, könntest du nachher noch kurz im Kaufland vorbeigehen und mir etwas mitbringen?« – So oder ähnlich fingen diese zumeist kurzen Gespräche immer an. Am Ende hatte Ferschweiler dann eine Liste mit zehn bis zwanzig Posten, die abgearbeitet werden wollten.

Heute sollte Ferschweiler die Einkäufe noch vor fünfzehn Uhr vorbeibringen, da diesen Abend im »Standhaften Legionär« geschlossene Gesellschaft war – der Skatklub »Skat und Singen kann man nicht erzwingen« aus Pallien hatte zur jährlichen Kaapes-Terdich-Feier geladen, und Rosi hatte eine Menge vorzubereiten. Denn die heimische Spezialität aus Sauerkraut und Kartoffelpüree musste ihr gelingen, sonst würden die Kartenklopfer im nächsten Jahr in eine andere Kneipe umziehen. Das konnte und wollte sich Rosi nicht erlauben. Zudem war sie anspruchsvoll; der Terdich musste bei ihr zu jeder Feier in mindestens einer neuen Variante serviert werden, sonst war sie nicht zufrieden. Und die Gäste dankten es ihr. Was sollte Ferschweiler also machen?

Bevor er Rosi allerdings zu Diensten sein konnte, hatte er noch einen Verhörtermin in der Lithowerkstatt, seinem neuen »Verhörraum« hier in seinem Kiez. Dort war er für neun Uhr mit Doris Egger verabredet. Im Gehen drehte er sich jedoch noch einmal wie beiläufig zu Helena Claus um und fragte: »Sagen Sie, Frau Claus, hat Ihnen Herr von Stiependorf eigentlich vor Kurzem Öl geschenkt, Speiseöl, meine ich?«

»Ja«, antwortete sie, ohne zu zögern. »Wunderbares Walnussöl, wie ich es liebe! Ich backe für mein Leben gern damit und nutze es auch für eine spezielle Vinaigrette, deren Rezept in meiner Familie seit Generationen weitergegeben wird. Herr von Stiependorf kennt meine Leidenschaft, seit er einmal ein Stück meines nicht nur hier an der Akademie legendären schwedischen Walnusskuchens probiert hat. Er hat sofort erkannt, worin das Geheimnis des Kuchens liegt.

Niemand zuvor war jemals darauf gekommen, er aber sofort! Und seitdem bekomme ich von ihm immer, wenn er wieder einen Kurs belegt, unaufgefordert eine kleine Flasche von diesem wunderbaren Öl geschenkt. Es ist so rein, so aromatisch – so was kannte ich bis dahin noch gar nicht. Wo er es wohl herhat? Bestimmt direkt aus dem Périgord.«

»Haben Sie noch etwas von dem Öl, das er Ihnen beim letzten Mal geschenkt hat?«

»Nein.« Helena Claus schüttelte den Kopf. »Ich habe an dem Abend, an dem er es mir geschenkt hat, direkt mehrere Kuchen gebacken. Das mache ich immer so, wenn ich die richtigen Zutaten bekommen kann. Ich friere den Kuchen dann ein und habe so das restliche Jahr über immer etwas zum Naschen oder zum Verschenken. Soll ich Ihnen morgen vielleicht ein Stück mitbringen? Ich würde Ihnen eins auftauen.«

»Danke, Frau Claus«, sagte Ferschweiler. »Aber ich habe es nicht so mit Süßkram. Mir steht der Sinn eher nach Deftigem.«

Er hatte im Laufe seiner Tätigkeit bei der Mordkommission seine ganz eigenen Befragungsstrategien entwickelt. Denn er hatte beobachtet, dass es oftmals besser war, beiläufig und in scheinbar belanglosen Situationen Fragen zu stellen, als sein Gegenüber direkt und förmlich mit dem zu konfrontieren, was er wissen wollte. Die meisten Befragten waren in solchen Momenten ehrlicher weil mitteilsamer, fühlten sich weniger unter Druck gesetzt und gaben oftmals mehr preis, als ihnen zunächst tatsächlich bewusst war.

»Aber Sie können mir doch sicher noch einmal im Detail sagen«, fuhr Ferschweiler fort, »was Sie am Freitagabend gemacht haben?« Er hätte Helena Claus auch schon vorher darauf ansprechen können, aber nun, so war er sich sicher, vertraute sie ihm, und er erhoffte sich bessere und vor allem ehrlichere Antworten.

Überrascht sah sie ihn an. »Bin ich denn verdächtig, Herr Kommissar?«

Mit dieser Frage hatte Ferschweiler gerechnet. Innerlich musste er schmunzeln. Solche Gegenfragen kamen immer, brachten ihn aber nur noch sehr selten aus dem Konzept.

»Reine Routine«, antwortete er daher wie gewohnt. »Reine Routine. Also?« Es war immer der gleiche Ablauf.

Helena Claus musste nicht lange überlegen. »Am Freitag habe

ich hier in der Verwaltung um halb fünf Schluss gemacht. Da meine Chefin wieder einmal Unterlagen, die unbedingt unterschrieben werden mussten, im Büro liegen gelassen hatte, bin ich erst mal zu ihr nach Irsch gefahren, wo sie den Tag über an ihrem Vortrag für Paris gearbeitet hat. Da war ich so bis gegen kurz nach achtzehn Uhr. Vielleicht ist es auch etwas später geworden, ich habe nicht auf die Uhr gesehen. Danach bin noch schnell ins Einkaufszentrum dort auf der Höhe gegangen, und ab sieben war ich dann mit Herrn Wolters zusammen im Kino. Es lief ›Aus Mangel an Beweisen‹. Wollen Sie die Eintrittskarte und den Kassenzettel vom Discounter sehen? Frau Dr. Berggrün haben Sie ja sicherlich schon befragt.«

»Danke, Frau Claus«, antwortete Ferschweiler und war bereits im Begriff, das Büro zu verlassen. »Das ist im Moment nicht nötig, vielen Dank. Sie können beides aber gern möglichst bald meinem Assistenten geben.«

Bevor er ging, wandte er sich dann doch noch einmal um, auch dies ein Teil seiner immer wieder angewandten Strategie. »Eins wollte ich Sie noch fragen. Hatten Sie eigentlich ein gutes Verhältnis zu Frau Rosskämper?«

»Ich habe zu allen an der Akademie ein gutes Verhältnis, Herr Kommissar. Schließlich sitze ich hier an einer ganz sensiblen Stelle. Wenn ich mir Launen erlauben oder immer meinen Sympathien und Abneigungen entsprechend handeln würde, dann würde Frau Berggrün schon bald hier als Letzte das Licht ausmachen dürfen. Nein, im Ernst: Natürlich mag ich den einen mehr, die andere weniger. Aber das spielt für mich in meinem beruflichen Alltag keine Rolle.«

»Das ehrt Sie, Frau Claus«, sagte Ferschweiler. »Aber was haben Sie denn Frau Rosskämper gegenüber empfunden, was haben Sie über sie gedacht? Sie haben ja mehr mitbekommen als die meisten hier. Sie haben auch so eine Art, dass man einfach schnell Vertrauen zu Ihnen fassen kann.«

Ferschweiler wusste, dass Komplimente manchmal Wunder bewirken konnten.

»Ach, jetzt schmeicheln Sie mir aber.« Helena Claus strahlte ihn an. »Aber Sie haben natürlich recht. Ich bekomme an der Akademie wirklich mehr mit als sonst wer, und zu Frau Rosskämper kann ich Ihnen Abendfüllendes erzählen: Wie sie den Kerlen hier den Kopf verdreht, Zwietracht zwischen den Teilnehmerinnen gesät und immer und immer wieder meiner Chefin in den Ohren gelegen hat, sie solle ihr doch endlich Kontakt zu den großen Messen und Galeristen verschaffen. Ich sage Ihnen, die war hartnäckig und …«, hier hielt sie kurz inne und blickte Ferschweiler dann unverwandt in die Augen, »… unverschämt. Meinte, mit ihrem Körper alles erreichen zu können. Aber damit biss sie bei mir auf Granit.«

Warum betonte Helena Claus das derart? Ferschweiler hatte doch gar nichts Diesbezügliches geäußert.

»Sie hat auf Sie also keinen Eindruck gemacht?«

»Nein, nicht den geringsten.«

»Sie können demnach auch nicht verstehen, was die anderen an ihr gefunden haben?«

»Doch, das schon. Sie war eine wirklich aparte Erscheinung. Mein Kollege Harry nannte sie immer ›lecker‹. Aber mehr hatte die Rosskämper einem Mann nicht zu bieten.«

»Nein?«

»Nein! Die hatte doch immer nur Interesse an ihrem nächsten potenziellen Geschlechtspartner.«

»Hat sie Sie denn auch mal angemacht?«

»Sie mich? Wie kommen Sie denn darauf? Ich stehe nun wirklich nicht auf so was, und sie stand auch nicht darauf.« Helena Claus schüttelte entrüstet den Kopf, und Ferschweiler beschloss, das Thema zu wechseln.

»Interessieren Sie sich für Skandinavien?«, fragte er. Ihm waren die Reiseführer und Urlaubsprospekte aufgefallen, die auf der Fensterbank hinter Helena Claus' Schreibtisch lagen.

»Mehr als das«, antwortete sie und reichte Ferschweiler eine der Broschüren, der diese allerdings nur mit mäßigem Interesse durchblätterte. »Ein Teil der Familie meiner Mutter wohnt in Südschweden, und ich würde auch gern wieder einmal dorthin. Vielleicht im nächsten Urlaub.« Missmutig blickte sie sich in ihrem Büro um. »Falls Dr. Berggrün mir irgendwann einmal wieder zwei Wochen am Stück genehmigen sollte.«

»Na dann, viel Glück«, sagte Ferschweiler und verließ das Büro.

Zurück in der Lithowerkstatt setzte sich Ferschweiler an seinen provisorischen Schreibtisch und dachte nach. Als Doris Egger einige

Minuten später den Raum betrat, blickte er überrascht auf. Er hatte mit einer resolut auftretenden Frau gerechnet, die es gewohnt war, sich wirksam in Szene zu setzen und zu verkaufen. Die Frau jedoch, die nun durch die Tür in die Werkstatt trat, wirkte unsicher und so, als koste es sie Überwindung, sich der Befragung durch einen Kriminalkommissar zu stellen.

»Guten Tag«, eröffnete Ferschweiler das Gespräch. »Ich bin Hauptkommissar Rudolph Ferschweiler von der Trierer Mordkommission. Und Sie sind Frau Doris Egger? Haben Sie vielen Dank, dass Sie sich so schnell für eine Befragung Zeit nehmen konnten.«

Doris Egger schloss die Tür hinter sich. Noch immer hatte sie kein einziges Wort gesagt. Aufmerksam schaute sie sich im Raum um, erst dann sah sie Ferschweiler an, starrte ihm direkt in die Augen, was ihm etwas unangenehm war.

»Ja, guten Tag, Herr Kommissar. Ich bin Doris Egger. Ich leite hier an der Akademie die Radierwerkstatt.«

Manches an Doris Egger erschien Ferschweiler sonderbar. Da war zum einen der Blick, mit dem sie den ihr eigentlich bekannten Raum gemustert hatte, ganz so, als habe er sich durch Ferschweilers Anwesenheit grundsätzlich verändert. Und dann ihre Körpersprache: Sie hielt praktisch die ganze Zeit über die Arme vor der Brust verschränkt. Vor wem wollte sie sich schützen? Obwohl Ferschweiler nicht allzu viel auf diese ganze Kriminalpsychologie mit ihren unglaublich vielen Ansätzen und Theorien gab, wusste er, dass man der nichtverbalen Kommunikation besondere Aufmerksamkeit schenken musste. Also: Was hatte diese Frau zu verbergen?

»Frau Egger, nehmen Sie bitte Platz. Darf ich Ihnen einen Kaffee bringen lassen?«

»Nein, vielen Dank. Ich trinke keinen Kaffee.« Mit immer noch verstohlenem Blick setzte sich die Künstlerin.

»Frau Egger, Sie sind schon sehr lange an der Akademie beschäftigt, wenn ich nicht irre?«

»Nein, Herr Kommissar, Sie irren nicht«, antwortete sie leise. »Ich bin seit ihrer Gründung hier. Ich gehöre, wenn Sie so wollen, zur Erstausstattung.«

»Dann kennen Sie ja die hiesigen Verhältnisse sehr genau.«

»Wie meinen Sie das?«

Doris Egger war eine eher zierliche Person um die sechzig, drahtig, mit kurzen, lockigen braunen Haaren. Ferschweiler fragte sich, ob ihre Haarfarbe tatsächlich echt war, aber er verwarf die Frage sofort wieder: Diese Frau hätte sich niemals die Haare gefärbt, sie war durch und durch authentisch, ganz im Gegensatz zu all den anderen Personen, die ihm hier an der Kunstakademie bislang über den Weg gelaufen waren. Nichts an ihr wirkte verstellt.

»Ich komme selbst hier aus dem Viertel«, sagte er. »Und da habe ich viel über die Frühzeit der Akademie gehört, teilweise sogar das eine oder andere miterlebt. Einer meiner Cousins war, wie Sie vielleicht wissen, hier einmal Hausmeister.«

»Ja, wir vermissen ihn sehr.« Doris Egger bekam einen leicht verklärten Gesichtsausdruck. »Er war so etwas wie die gute Seele der Akademie.«

»Sie waren, wie ich gehört habe, Freitagabend, als die Tote gefunden wurde, auf dem Gelände der Akademie?«

»Ja. Ich komme aus der Vulkaneifel, und da habe ich immer einige Zeit zu fahren, bis ich in meiner Werkstatt bin. Da nutze ich natürlich die volle Zeit aus, die ich hier sein kann.«

»Sie haben keine eigene Unterkunft in Trier?«

»Nein. Früher habe ich manchmal im Turmzimmer übernachtet, aber das ist lange her. Jetzt versuche ich, mehr daheim zu sein bei meinem Vater, den ich ein wenig pflegen muss. Er hatte kürzlich seinen zweiten Schlaganfall.«

»Und was war am vergangenen Freitag? Was haben Sie gemacht?«

»Erst hatte ich Kurs, drüben in der Radierwerkstatt, dem letzten Flachbau nach Süden hin. Der, der von allen Gebäuden hier am meisten dem Verfall anheim gegeben ist.« Während sie das sagte, lächelte sie so, als ob sie die Wertschätzung ihrer Kunst am Erscheinungsbild des Gebäudes messen wollte.

Ferschweiler konnte sich noch gut erinnern. Dort, wo heute mit Säure, Kupfer und Zink gearbeitet wurde, hatte in seiner Kindheit noch das Gebrüll der Rinder die Luft erfüllt.

»Aber das ist schon ein etwas sonderbarer Ort, um Kunst zu machen, oder?«

»Weil dieses Gebäude früher einmal als Schlachthof genutzt wurde, meinen Sie? Nein, damit hatte ich nie Probleme. Das mit den Tieren ist ja Gott sei Dank längst vorbei. Jetzt werden dort wirkliche Werte geschaffen, innere, meine ich. Nicht solche mit materiellem Mehrwert. Zumindest ist das nicht unser Hauptanliegen. Reichtum macht Glück schließlich kaputt.«

»Ist Ihnen Freitagabend irgendetwas aufgefallen? Wie lange haben Sie in Ihrer Werkstatt gearbeitet?«, fragte Ferschweiler, der das Gespräch wieder in für ihn sicheres Fahrwasser lenken wollte. Die Kunst war nun wirklich nicht sein Metier.

Doris Egger sah ihn etwas irritiert an, fast so, als habe sie die Frage nicht richtig verstanden.

»Ich war so bis circa siebzehn Uhr dreißig in der Radierwerkstatt«, antwortete sie bedächtig. »Dort habe ich noch in aller Ruhe ein neues Verfahren der Foto-Radierung ausprobiert. Ich möchte Frau Dr. Berggrün gern die Foto-Radierung als neues Kursangebot schmackhaft machen. Leider hatte nicht alles so geklappt, wie ich es mir vorgestellt hatte, und so war es doch etwas später geworden. Dann habe ich noch kurz die Werkstatt aufgeräumt, nur Hans-Joachim von Stiependorf war noch da. Aber der stört mich nicht, er arbeitet sehr leise. Dann bin ich ins Atelier E 5 gegangen, wo ich noch bis circa neun Uhr gemalt habe. In all der Zeit ist mir aber nichts Ungewöhnliches aufgefallen. Aber ich war auch recht müde und in Gedanken, da habe ich auf nichts besonders geachtet.«

Hier hakte Ferschweiler nach. »Moment, Frau Egger, beim Verlassen der Akademie muss Ihnen doch das Licht in Atelier C aufgefallen sein. Die Tür hat ein Oberlicht, und das Atelier liegt auf dem Weg zum Ausgang.«

»Wie ich schon sagte, ich war ganz in Gedanken. Ich war immer noch etwas frustriert darüber, dass die Belichtung meiner neuen Filme nicht so funktionieren wollte, wie ich es mir erhofft hatte.«

Ferschweiler war ebenfalls frustriert. Doris Egger schien es zu spüren.

»Wissen Sie, Herr Kommissar, ich bin dem materiellen Leben sozusagen irgendwann von der Fahne gegangen«, sagte sie. »Vielleicht habe ich das Licht gesehen, ich kann mich nicht mehr daran erinnern, wirklich darauf geachtet habe ich nun mal nicht. Für mich als Künstlerin gibt es einfach wichtigere Dinge. Sie scheinen die Hingabe zu einer echten Aufgabe, die tiefe Verbundenheit mit der eigenen, elementaren künstlerischen Auseinandersetzung nicht zu verstehen.«

Erst dieser komische von Stiependorf und nun diese Egger. Ferschweiler musste sich zusammenreißen, um nicht aufzubrausen, konnte seinen Ärger aber nicht ganz verbergen.

»Frau Egger, es ist ein Mensch ermordet worden. Verstehen Sie das eigentlich? Sie wollen mir doch nicht ernsthaft erzählen, dass Ihr Problem mit Ihrem Radierverfahren für Sie wichtiger ist als der Mord an Melanie Rosskämper?«, fuhr er sie an.

Doris Egger sah ihn mit vor Schreck geweiteten Augen an, um dann sogleich den Blick zu senken. Erst jetzt schien sie sich ihrer Worte bewusst zu werden. »Herr Ferschweiler, nein, nein. Sie verstehen mich nicht richtig. So meinte ich das gar nicht.«

Ferschweiler hatte zunehmend den Eindruck, dass Doris Egger in ihrer ganz eigenen Welt lebte.

»In welchem Verhältnis standen Sie zu Melanie Rosskämper?«, führte er die Befragung fort, nun wieder in etwas ruhigerem Ton.

Doris Egger schien nachzudenken, sie biss sich auf die Unterlippe und antwortete schließlich:

»Ich kannte sie als Frau des Vorsitzenden des Fördervereins und als Teilnehmerin. Sie hat im Spätsommer einen meiner Radierkurse besucht. Ihre künstlerischen Fähigkeiten lagen jedoch ganz klar auf *anderen Gebieten.*«

Während sie das sagte, blieb ihr Gesicht regungslos, wie Ferschweiler mit Verwunderung feststellte, denn er hatte den Sarkasmus in ihrer Stimme wahrgenommen. Sie schaute ihn weiterhin mit ihrem ernsten, regungslosen Blick an.

»Wie meinen Sie das?«, hakte er nach. Aber wenn er gehofft hatte, dass Doris Egger ihre Aussage weiter ausführen würde, so wurde er enttäuscht. Sie blickte an die Decke und zuckte mit den Achseln.

»Ihre Stärken lagen eindeutig in der Malerei.«

Wieder verstummte sie. Musste man denn dieser Frau alles aus der Nase ziehen?, dachte Ferschweiler. Dann, wie aus dem Nichts, sagte sie plötzlich:

»Albert Einstein hat einmal gesagt: ›Die banalen Ziele menschlichen Strebens: Besitz, äußerer Erfolg, Luxus, erschienen mir seit meinen jungen Jahren verächtlich.‹ Ich sehe das genauso. Melanie Rosskämper war nur darauf aus, auf nichts anderes. Sie war eine Hedonistin durch und durch, eine von der schlimmsten Sorte, wenn Sie mich fragen. Sie hat in den letzten Wochen mit dazu beigetragen, dass ich den Glauben an das Gute im Menschen vollständig verloren habe. Stellen Sie sich vor, immer wenn sie mich sah, hat sie mich ausgelacht. Ansonsten hat sie gar nicht mit mir kommuniziert. Kunst hat mit Respekt zu tun, und sie war eine ganz respektlose Person. ›Die wahre Kunst aber hat es nicht bloß auf ein vorübergehendes Spiel abgesehen, es ist ihr Ernst damit, den Menschen nicht bloß in einen augenblicklichen Traum von Freiheit zu versetzen, sondern ihn wirklich und in der Tat frei zu machen, und dieses dadurch, dass sie eine Kraft in ihm erweckt, übt und ausbildet, die sinnliche Welt, die sonst nur als ein roher Stoff auf uns lastet, als eine blinde Macht auf uns drückt, in eine objektive Ferne zu rücken, in ein freies Werk unseres Geistes zu verwandeln und das Materielle durch Ideen zu beherrschen.‹«

Mit solch einem philosophischen Ausbruch hatte Ferschweiler nicht gerechnet. Irgendwo meinte er so etwas Ähnliches allerdings schon einmal gelesen oder gehört zu haben.

»Es ist von Schiller«, sagte Doris Egger, die Ferschweilers nachdenklichen Gesichtsausdruck richtig interpretierte.

Ferschweiler wurde aus der Künstlerin nicht schlau. Gerade noch hatte sie behauptet, sie sei dem Leben abhanden gekommen, und jetzt kannte sie sich bestens in der deutschen Popmusik aus. Innerlich schüttelte er den Kopf. Bei Doris Eggers Verhältnis zu der schönen Toten musste aber doch, so viel stand für ihn mittlerweile fest, eine gewisse Aversion im Spiel gewesen sein.

»Ich hätte da noch zwei Fragen, Frau Egger.«

Ferschweiler kam nun endlich zu dem, was er sich für das Verhör vorgenommen hatte.

»Darf ich Sie noch fragen, was Sie von Hans-Joachim von Stiependorf halten?«

»Ach, der Hajo«. Doris Egger lächelte. »Der ist schon so lange in meinen Kursen, der gehört schon fast zur Familie.«

»Aber wie schätzen Sie ihn ein?«

»Als Künstler meinen Sie wohl nicht, Herr Kommissar? Da ist er nämlich trotz seiner unglaublichen Bescheidenheit einer der besten, die ich kenne. Als Mensch ist er eher eine Mimose. Da ist er mir sehr ähnlich«, gestand die Künstlerin für Ferschweiler überraschend offen. »Aber er kann, falls Sie das meinen, keiner Fliege etwas zuleide tun. Wissen Sie, was er für ein Hobby hat? Er züchtet Hamster! Ist das nicht komisch?«

Ferschweiler konnte nicht wirklich nachvollziehen, worüber sich Doris Egger amüsierte, lachte aber aus Höflichkeit mit. Dann sagte er: »Erlauben Sie mir noch eine Frage zu Herrn von Stiependorf: Wie war sein Verhältnis zu Melanie Rosskämper?«

»Von Verhältnis würde ich gar nicht sprechen. Er fand sie einfach nur abscheulich. Er ging ihr aus dem Weg, wann immer er konnte.«

»Frau Egger, das wäre es zunächst einmal. Wir werden sicherlich noch auf Sie zurückkommen. Bitte halten Sie sich zu unserer Verfügung.«

»Aber darf ich denn wieder zu meinem Vater in die Eifel fahren? Er braucht mich doch.«

Die Künstlerin hatte sich total verwandelt. Gerade noch voller Energie und Aggression, wirkte sie nun wieder unsicher und lammfromm. Ferschweiler fiel es schwer, sie wirklich zu durchschauen.

»Natürlich können Sie fahren. Aber Sie kommen bitte morgen wieder.« Ferschweiler hatte keine Lust auf Tränen.

»Aber sicher, wohin sollte ich denn sonst gehen? Ich schlafe zwar auf dem Hof meines Vaters, aber eigentlich lebe ich doch hier, zumindest künstlerisch. Hier ist mein wahres Zuhause. Nur hier an der Akademie kann ich Mensch sein.«

Dann stand Doris Egger auf und verließ lautlos das Atelier.

Ferschweiler knipste die Lampe aus, die vor ihm auf der als Schreibtisch dienenden Werkbank stand. Er fühlte sich wie gerädert. In seiner Karriere hatte er schon so einige Verhöre und Befragungen durchgeführt, aber diese hier in der Kunstakademie, die brachten ihn an den Rand der Verzweiflung. Das Verhör mit dem letzten Künstler auf seiner Liste, Laszlo Kafka, würde noch ein wenig auf sich warten lassen. Kafka würde erst im Laufe des Tages wieder in Trier sein. Dem Gespräch mit ihm sah Ferschweiler mit Spannung entgegen. Erst einmal war aber Rosi dran. Schließlich hatte sie ihn um einen Gefallen gebeten. Und wer war Ferschweiler, wenn er nicht den Wünschen seiner »Herzensdame« so schnell wie eben möglich nachkommen würde?

Nachdem Ferschweiler die Einkäufe im »Standhaften Legionär« abgegeben hatte, ging er noch einmal zurück zur Kunstakademie, wo er hoffte, endlich das Verhör mit Laszlo Kafka führen zu können. Vielleicht war ja auch der ominöse Kollege von Helena Claus noch da.

Bereits als Ferschweiler die Hofeinfahrt durchschritt, bemerkte er hinter einem der Fenster der Akademieverwaltung ein Gesicht, das ihn aufmerksam beobachtete und das er nicht kannte. Zielstrebig steuerte er auf die Verwaltung zu. Der junge Mann, zu dem das Gesicht gehörte, blickte ihm bereits aus dem Büro von Helena Claus entgegen.

»Hallo, Herr Ferschweiler«, sagte er. »Schön, Sie einmal wiederzusehen.«

Der junge Mann kam Ferschweiler irgendwie bekannt vor, aber er konnte ihn nicht recht einordnen. Vergeblich kramte er in seinen Erinnerungen, wann und wo er vielleicht schon einmal mit ihm zu tun gehabt haben könnte. Verhaftet oder verhört hatte er ihn jedenfalls noch nie, da war er sich sicher.

»An Ihrem Blick sehe ich, dass Sie mit mir nichts anzufangen wissen«, lachte ihn der junge Mann vergnügt an. »Ich bin Harry Haltaufderheide. Sie haben mich vor Zeiten mal im TUS Euren trainiert.«

Natürlich. Jetzt konnte sich Ferschweiler erinnern. Damals war er für einige Zeit Vizeersatztrainer in Euren gewesen, wobei der Sportplatz eigentlich noch zu Trier-West gehörte – zumindest im Herzen der Bewohner. Und der kleine Harry war ihm besonders ans Herz gewachsen, da er anders war als die restlichen Jungs in der Mannschaft: ruhiger, weniger aggressiv und von hoher spielerischer Begabung.

»Mensch, Harry, ich hab dich gar nicht erkannt.«

»Kein Wunder, Trainer. Ist ja auch schon eine Weile her, dass wir miteinander gekickt haben.« Haltaufderheide lachte, und Ferschweiler freute sich ehrlich, ihn wiederzutreffen.

»Ja, es war eine schöne Zeit damals. Aber Harry, du weißt, warum ich hier bin?«

Harry Haltaufderheide wurde sofort ernst. »Ich habe davon gehört. Tragisch … Erst die Rosskämper und dann die Kinzig … Ich selbst bin erst heute aus meinem Urlaub von der Sauer zurückgekehrt. Ich war dort campen mit meinen beiden Söhnen.«

Campen im November – für so einen harten Hund hätte Ferschweiler seinen ehemaligen Schützling gar nicht gehalten. Harry wirkte eher wie ein unbeschwerter Sonnyboy.

»Und was ist deine Aufgabe an der Kunstakademie?«, wollte er wissen. »Dein Onkel hatte doch ganz anderes mit dir vor, oder?«

»Ach, mein Onkel«, entgegnete Harry. »Der ist falsch gepolt. Wenn es nach ihm gegangen wäre, dann wäre ich jetzt Anzugträger und Betriebswirt in seiner Firma. Ich habe nach dem Tod meiner Mutter mit der Familie gebrochen, war zwei Jahre als Anhalter unterwegs durch die Welt und habe dann versucht, meinen eigenen Weg zu gehen.«

Ferschweiler nickte. »Harry«, sagte er dann. »Weißt du, ob Lazlo Kafka inzwischen wieder an der Akademie ist? Es hieß, er werde für heute zurückerwartet, und ich würde ihn jetzt gern befragen.«

»Ja, der war gerade hier«, antwortete Harry. »Und der ist bestimmt auch noch da.«

»Schick ihn bitte in die Lithowerkstatt, ja?«, bat Ferschweiler und verabschiedete sich von Harry.

Das Gelände des alten Schlachthofs hatte sich mittlerweile geleert. Nur wenige Wagen standen noch auf dem Parkplatz, als Ferschweiler in Richtung seines Verhörraumes ging. Auch Künstler machten offensichtlich gern früh Feierabend.

Laszlo Kafka ließ auf sich warten. Ferschweiler saß nun schon seit einer knappen halben Stunde in der Lithowerkstatt. Gerade hatte er mit de Boer telefoniert, der ihm mitgeteilt hatte, dass er Thomas Gorges bisher nicht habe erreichen können, die Kollegen aber dranblieben. Ferschweiler gefiel das nicht. Genauso wenig wie Laszlo Kafkas Unpünktlichkeit. Er äußerte seinen Unmut über die mangelnden Manieren an der Akademie und wies de Boer gerade an, sich den morgigen Vormittag frei zu halten, da er noch einmal nach Konz fahren wollte, um mit dem Ehemann von Ulrike Kinzig zu sprechen, als sich die Tür plötzlich öffnete. Ein Mann trat ohne anzuklopfen in den Raum.

Ferschweiler schaute ihn verdutzt an. Dann sagte er in sein Handy: »Okay, er ist jetzt da. Wir sehen uns dann später.«

Ferschweiler hatte sich Laszlo Kafka ganz anders vorgestellt: schlank, groß gewachsen, gut aussehend, mit vollem Haar und ebenmäßigen Gesichtszügen. Aber der Mann, der ihm nun entgegentrat, entsprach in vielem dem totalen Gegenteil von Ferschweilers Vorstellung.

Laszlo Kafka war relativ klein, höchstens einen Meter siebzig, und untersetzt. Er hatte schwarzes, nach hinten gegeltes Haar, das sich bereits bis über die Mitte seines Schädels zurückgezogen hatte, und eine für Ferschweilers Geschmack etwas zu dominante Nase. Seine Finger waren auffallend kurz. Ferschweiler stach sofort der imposante Siegelring am linken Ringfinger ins Auge – selbst der des Edlen von Schnüffies hätte daneben bescheiden gewirkt. Dazu trug Kafka einen äußerst eleganten, dunklen, gut geschnittenen Anzug – Ferschweiler tippte auf Maßanfertigung – und darunter ein aufwendig besticktes weißes Hemd mit doppelten Manschetten. In der Brusttasche des Jacketts steckte ein dezent orange-rot gemustertes Seidentuch, und sein linkes Handgelenk zierte eine mächtige goldene Uhr. Es war keine Rolex, das konnte Ferschweiler erkennen. Vielleicht eine Breitling? Auf jeden Fall schien sie teuer gewesen zu sein.

»Guten Tag, Herr Kommissar«, sagte der Mann. »Ich bin Laszlo Kafka, Dozent für Malerei und Lebenskunst hier an der Akademie.«

Beim letzten Teil des Satzes meinte Ferschweiler, einen süffisanten Unterton wahrnehmen zu können.

»Herr Kafka, ich freue mich, dass Sie heute noch Zeit für die Trierer Polizei gefunden haben«, sagte Ferschweiler, wobei er sich einen leichten Zynismus nicht verkneifen konnte. »Nehmen Sie bitte Platz.«

»Aber, aber, Herr Kommissar«, entgegnete der Dozent und setzte sich auf einen der alten, von Farbresten überzogenen Holzstühle, »ich bin doch nicht im öffentlichen Dienst beschäftigt. Mich kann man eigentlich immer sprechen, bei Tag und bei Nacht. Es kommt halt immer nur darauf an, ob ich gerade anwesend bin oder mich um meine internationale Karriere kümmern muss.«

Der Mann mit seiner recht abgehobenen Art war Ferschweiler vom ersten Augenblick an unsympathisch.

»Wie Sie sicher wissen, ermittle ich in einem Mordfall.«

»Ja, eine tragische Geschichte. Ich habe Melanie sehr gemocht. Sie war eine Art Muse für mich.«

Während er das sagte, breitete Kafka theatralisch die Arme aus.

Musen, dachte sich Ferschweiler, gab es hier an der Akademie offensichtlich sehr viele.

»Kannten Sie die Tote näher?«, wollte er wissen.

»Natürlich. Wir waren sehr gute Freunde. Als ich von ihrem Tod erfuhr, habe ich bitterlich geweint. Aber das Leben muss ja weitergehen, Herr Kommissar. Die Sonne hört nicht auf, im Osten auf- und im Westen unterzugehen, nur weil ein geliebter Mensch stirbt. So hart das auch klingt, es ist nun einmal so. Diese Erfahrung haben Sie sicherlich auch schon gemacht.«

Kafka traten Tränen in die Augen. Der Tod der jungen Frau schien ihm wirklich nahezugehen. Oder er war ein guter Schauspieler – was Ferschweiler in seiner langen Karriere bereits häufiger untergekommen war.

»Es bleibt eine Wunde, die sich niemals ganz schließen wird. Aber gegen die Schmerzen helfen Ablenkung und Arbeit. Und deshalb habe ich heute auch direkt wieder mit meiner Arbeit begonnen. Auch in den letzten Tagen hatte ich für Trauer keine Zeit; ich musste mich in den Trubel der internationalen Kunstszene stürzen und habe einige Sammler meiner Werke in Luxemburg und der Wallonie besucht.«

»Woher kannten Sie Frau Rosskämper? Nur hier von der Akademie?«, fragte Ferschweiler.

»Ich habe sie vor einigen Wochen in einem meiner Kurse begrüßen dürfen. Doris Egger hatte mich ihr empfohlen. Kennen Sie sie schon?«

»Ja«, entgegnete Ferschweiler, »ich hatte bereits das Vergnügen. Und was war Ihr Eindruck von Melanie Rosskämper?«

»Das können Sie sich sicherlich vorstellen, Herr Kommissar. So eine talentierte Frau! Sie war eine echte Bereicherung für mich und meine Kurse. Sie hatte so viel Esprit und eine Art, die alle geradezu elektrisierte. Sie war eine äußerst interessante Person.«

Das war, fand Ferschweiler, eine nette Umschreibung für das Verhalten einer Frau, die nachweislich extrem polarisiert hatte.

»War sie auch in künstlerischen Dingen eine interessante Person?«, fragte er.

»Was hatten Sie denn gedacht? Natürlich auch in künstlerischen Dingen! Melanie war ein Naturtalent. Sie hat Dinge gekonnt, für die andere semesterlang ackern mussten, wenn sie es denn überhaupt schafften. Kunst hat mit harter Arbeit zu tun, Herr Ferschweiler, aber vor allen Dingen mit Begabung, mit Fortune, mit Hingabe. Und das kann man weder lernen noch lehren, anders als das technische Handwerkswerkzeug. Und auch echte Hingabe kann man nicht üben. Dazu sind die meisten hier auch schon zu festgefahren, zu borniert. Aber Melanie, die war anders. Sie war eine tolle Künstlerin.«

Und offensichtlich für dich auch eine tolle Frau, schlussfolgerte Ferschweiler.

»Was machen Sie denn genau an der Akademie, Herr Kafka? Ich habe Ihren Namen schon in so manchem Zusammenhang gehört.«

Kafka tat, als wäre es ihm etwas peinlich, von seinen Tätigkeiten zu berichten. Aber Ferschweiler war nicht erst seit gestern Polizist. Er durchschaute Kafkas gespielte Bescheidenheit.

»Ich hoffe, nur in guten. Ich leite einen bestens besuchten Malkurs und helfe zudem mal hier, mal da aus, je nachdem, wo gerade Not am Mann ist.«

»Ihr Rat ist also sehr gefragt?«, hakte Ferschweiler nach.

»Das können Sie wohl sagen«, entgegnete Kafka nun doch sichtlich stolz. »Kunst entsteht immer im Dialog und im Team. Wer diese Regeln nicht akzeptiert, hat letztendlich keine Chance.« Dann setzte er, für Ferschweilers Geschmack etwas zu aufgesetzt grinsend, hinzu: »Künstler und Künstlerinnen aller Sparten, vereinigt euch – mit mir!«

»Rauchen Sie eigentlich, Herr Kafka?«, fragte Ferschweiler unvermittelt. Die an beiden Tatorten gefundenen Zigarettenstummel gingen ihm durch den Kopf.

»Ich? Äh, nein …« Kafka schüttelte den Kopf, doch Ferschweiler war die leichte Unsicherheit in dessen Antwort nicht entgangen. Ob er log? Der Mann war Ferschweiler zunehmend suspekter.

»Mit so gesundheitsgefährdendem Zeug habe ich nichts am Hut. Ich plane eine große Karriere, und da muss ich stets fit sein. Und eine meiner wichtigsten Devisen lautet: *No drugs!*«

Ferschweiler hatte inzwischen genügend Erfahrungen mit Künstlern und deren Hang zur Selbstdarstellung gemacht, um zu wissen, dass er schnell wieder zurück zur eigentlichen Sache kommen musste, sonst würde sich dieses Gespräch noch ewig hinziehen.

»Herr Kafka, erlauben Sie mir die Frage: Wo waren Sie am Abend der Tat?«

»Mit dieser Frage habe ich gerechnet. Ich war in meiner Wohnung. Mein Seminar endet immer gegen siebzehn Uhr, und an dem besagten Tag wollte sich keiner mehr mit mir allein oder in einer Kleingruppe intensiven Fragen der Kunst widmen. Also bin ich erst kurz nach Hause gefahren, um mich frisch zu machen. Schließlich hatte mich Dr. Berggrün bei sich zu Hause zum Abendessen eingeladen«, antwortete Kafka.

»Sie waren bei Dr. Berggrün zum Abendessen? Wann genau waren Sie verabredet?« Ferschweiler war überrascht, das war neu für ihn. Weshalb hatte Dr. Berggrün ihm das verschwiegen?

»Den Aperitif hat Dr. Berggrün um Punkt achtzehn Uhr auf ihrer Terrasse serviert. Das Essen war köstlich. Es gab Brüste, ich meine natürlich Hühnerbrüste, und einen vorzüglichen Salat mit Walnussöl-Dressing.«

Ferschweiler war gerade heute nicht nach dieser Art von Humor zumute. Es hing ihm mittlerweile regelrecht zum Hals heraus. Warum meinten Menschen im Verhör immer witzig sein zu müssen? Glaubten sie, das ließe sie unverdächtiger erscheinen?

»Es tut mir leid, Herr Kommissar«, sagte Kafka. »Aber mehr kann ich Ihnen nicht bieten. Denn noch am späteren Abend, so gegen zweiundzwanzig Uhr, bin ich nach Arlon aufgebrochen. Von Melanies Tod habe ich erst Anfang der Woche erfahren. Stehe ich denn unter Verdacht?«

»Nein, noch sind wir in einer frühen Phase der Ermittlungen. Da müssen wir alle Eventualitäten in Betracht ziehen.«

»Na, da bin ich aber beruhigt. Ich möchte hier nämlich in Ruhe arbeiten. Ich habe aktuell ein großes, sehr komplexes Projekt laufen. Da müssen viele Dinge bedacht werden. Störungen kann ich mir da keine erlauben.«

Ferschweiler wurde nicht schlau aus seinem Gegenüber.

»Was ist das denn für ein Projekt, Herr Kafka, wenn Sie mir erlauben, danach zu fragen?«

»Nein, entschuldigen Sie. Das kann ich Ihnen nicht sagen. Es ist noch vieles diesbezüglich in Planung. Und es wäre für mich nicht das erste Mal, dass durch Indiskretion – ich möchte Ihnen nicht zu nahe treten, Herr Kommissar, aber Sie müssen mich verstehen – ein solch großes Projekt zunichte gemacht würde. Sie müssen sich leider noch etwas gedulden. Zudem hat es mit Ihrem Fall nicht im Geringsten zu tun.« Kafka faltete die Hände vor seinem Bauch und lächelte breit.

»Aber Melanie Rosskämper spielte doch eine Rolle in diesem Projekt?«

»›Spielte‹ ist vielleicht nicht der richtige Ausdruck. Sie war Teil des Projekts, ja. Aber Sie müssen mir schon gestatten, jetzt über dieses Thema nicht mehr zu sprechen. Warten Sie es einfach ab. Es wird ein großer Erfolg, da können Sie sich sicher sein. Bald gehe ich damit an die Öffentlichkeit, und Sie werden es dann als einer der Ersten erfahren.«

»Na, aber Sie wollen mich jetzt hier nicht dumm sterben lassen, Herr Kafka. Ein bisschen mehr könnten Sie schon verraten, oder? Schließlich bin ich von der Polizei und quasi von Amts wegen zum Stillschweigen verpflichtet.«

»Das glaube ich Ihnen aufs Wort, Herr Kommissar, aber die Konkurrenz ist überall und schläft nicht. Ich kann leider keine Ausnahme machen, bedaure.«

Ferschweiler wollte nicht lockerlassen.

»Ich verstehe Ihre Vorsicht und Ihre Bedenken, aber wäre es denn besser, wenn ich Sie für morgen früh vorladen lassen und Sie per richterlichen Beschluss dazu zwingen müsste, Details zu nennen? Das wäre doch etwas unschön, oder?«

»Herr Kommissar«, erhob Laszlo flehend seine Stimme – er war wirklich ein großer Mime, davon war Ferschweiler bereits überzeugt –, »ich kann doch nicht riskieren, dass all meine Mühen und Investitionen für die Katz sind, nur weil es vielleicht eine Indiskretion geben könnte. Entschuldigen Sie, aber Sie müssten Ihre Informationen ja weitergeben an Ihren Vorgesetzten, den Polizeipräsidenten. Und was dann passiert, würde sich selbst Ihrem Einfluss entziehen. Oder legen Sie für alle Ihre Kollegen und die übrigen Mitarbeiter der Trierer Justizbehörden die Hand ins Feuer?«

»Herr Kafka«, entgegnete Ferschweiler zunehmend gereizter, »wo liegt denn eigentlich Ihr Problem? Ihre Angst vor Indiskretion kann ich ja verstehen. Aber wo sind wir denn hier? In der ehemaligen Lithowerkstatt Ihrer Kunstakademie, oder?«

Kafka unterbrach ihn mit Nachdruck. »Sehen Sie, genau darin liegt das Problem. Sie reden von *meiner* Kunstakademie. Aber sie ist nicht meine! Meine Kurse sind zwar alle immer bis auf den letzten Platz ausgebucht, meistens schon lange im Voraus, aber wenn Sie glauben, dass dies finanziell entsprechend honoriert würde: Nein, Fehlanzeige! Aber das ist auch nicht das Schlimmste.«

Kafka schüttelte den Kopf. »Wissen Sie, ich besitze hier an der

Akademie so gut wie keinen Einfluss. Natürlich, ich veranstalte meine Kurse, die auch alle sehr erfolgreich sind. Aber meine Kunstakademie? Dass ich nicht lache!«

»Hätten Sie denn gern mehr Einfluss in der Akademie? Auf das Programm und den Lehrkörper?«

»Ja, natürlich, das ist es doch. Die Akademie krankt an mangelhaftem Management. Kennen Sie den alten Spruch ›Der Fisch stinkt vom Kopf her‹? Genauso ist es. Die Leitung besitzt keinerlei Mut für Innovationen, zu Risiken, man meint, man wäre hier in einer kommunalen Einrichtung wie einem Hallenbad. Alle schauen nur auf die Kosten und fragen sich ständig: Ob sich das noch rentiert? Ob wir uns jenes bei den jährlich sinkenden städtischen Zuschüssen noch leisten können? Sollten wir die Akademie nicht besser schließen? Was für eine Verschwendung! Es ist einfach erbärmlich!«

Laszlo Kafka war mittlerweile aufgesprungen und gestikulierte wild. »Dabei ist das Potenzial einer solchen Kunstakademie riesig! Aber die Anbindung an die Kommune ist das Problem. Andere Konzepte würden fruchtbarere Ergebnisse bringen.«

»Sie meinen also«, hakte Ferschweiler nach, dem das alles zu schnell gegangen war, »dass die Kunstakademie in Trier ein Auslaufmodell ist?«

»Nein, ganz im Gegenteil«, entgegnete Kafka. »Die Akademie ist mit das Beste, was dieser verschlafenen Stadt an der Mosel passieren konnte. Die meinen schließlich, mit ihren Ruinen und dem bescheuerten Römerexpress, der die Touristen mit einer Pseudolokomotive durch die Stadt karrt, genug für den Tourismus getan zu haben. Aber man übersieht, dass es ohne die Akademie hier ganz anders aussähe. Doch das Konzept ist nicht mehr zeitgemäß, es ist zu egalitär, wenn Sie verstehen, Herr Kommissar.«

»Sind Sie eigentlich ausgebildeter Künstler?« Ferschweiler stellte diese Frage eher aus Interesse an der schillernden Figur, die ihm da gegenübersaß.

»Nein«, antwortete Kafka. »Geht das denn überhaupt, sich zum Künstler ausbilden lassen? Ich jedenfalls bin berufen, einer zu sein. Ich habe nie an einer staatlichen Akademie oder Kunsthochschule gelernt. Das Leben selbst bietet alles, was ein Künstler braucht. Und wenn Sie nicht die nötigen Sensoren haben, um es aufzunehmen, und die Möglichkeiten und Fähigkeiten, es ästhetisch umzusetzen, was bringt Ihnen dann ein Diplom oder der Titel eines Meisterschülers? Rein gar nichts.«

Mit leicht gesenktem, ein wenig schräg gestelltem Kopf blickte Kafka Ferschweiler selbstsicher in die Augen.

»Ich jedenfalls, ich bin ein Naturtalent.«

Laut lachend lehnte er sich zurück. Ferschweiler verschlug es die Sprache. Er hatte selten jemanden kennengelernt, der ihm so unsympathisch gewesen war. Er verstand nicht, warum Kafka ihm nichts über sein angeblich so großes Projekt erzählen wollte und warum er ihn auf die Frage, ob er rauche, angelogen hatte. Ferschweiler hatte deutlich wahrgenommen, dass Kafka nach kaltem Rauch roch.

Aber was für ein Motiv sollte gerade Kafka, der zu den Wenigen gehörte, die Melanie Rosskämper gemocht hatten, für den Mord an ihr haben? Für den Moment war Ferschweiler ratlos, nahm sich aber fest vor, diesen Künstler da vor sich im Auge zu behalten und ihn näher zu durchleuchten. Er traute Kafka kein Stück über den Weg.

ACHT

Es hatte angefangen zu regnen, als Ferschweiler und de Boer am nächsten Morgen mit dem Wagen auf die Uferstraße fuhren, die Trier mit der etwa acht Kilometer weiter südwestlich gelegenen Nachbargemeinde am Zusammenfluss von Saar und Mosel verband. Der Verkehr war dicht, weil sich die ganzen Berufspendler auf den Weg zur Arbeit gemacht hatten. Ferschweiler hatte Konz nie gemocht. Er fand, es war eine mausgraue Stadt ohne Traditionen und ohne eigenes Gesicht. Demnach war er nur dort, wenn es sich dienstlich nicht vermeiden ließ. De Boer war im Zusammenhang mit dem Mord an Ulrike Kinzig zum ersten Mal überhaupt in Konz gewesen.

Sie verließen die Schnellstraße kurz vor der Brücke über die Saarmündung und erreichten die Innenstadt am Saarbrücken-Kopf, einem Kreisverkehr, auf dessen rasenbegrünter Innenfläche die Skulptur eines überdimensionalen roten Kunststoff-Donuts stand, der von einigen Scheinwerfern angestrahlt wurde und zusätzlich von innen leuchtete. De Boer musste sich auf den Verkehr konzentrieren, aber Ferschweiler machte seinem Unmut angesichts dieses Kunstwerks deutlich Luft.

»Schon wieder Kunst, oder das, was sich als solche ausgibt«, sagte er. »So viele Kunstwerke wie in den letzten Tagen habe ich in Jahren nicht gesehen. In Konz veranstaltet man seit einiger Zeit eine Art Stadtverschönerung durch Kreiselkunst, die ihresgleichen sucht. Nur das ›Kleine Rasenstück‹ in Zerf ist noch doller!«

De Boer hatte den Wagen mittlerweile um den Donut herumgesteuert und fuhr durch eine nur mäßig belebte Einkaufsstraße. »Was hat denn Dürer mit Zerf zu tun?«, fragte er.

»Ich meine dieses ›Kunstwerk‹ aus verzinkten Metallröhren, das zwei regionale Künstler auf einem Kreisel errichtet haben und das nun bald wieder abgebaut werden muss«, erwiderte Ferschweiler.

»Wieso muss das denn wieder weg?«, wollte de Boer wissen. »Sonst steht die schöne Kreiselkunst doch für immer, egal, ob sie gut oder schlecht ist.«

»Na, weil es gemeingefährlich ist. Schau mal«, ereiferte sich Ferschweiler, »da ist eine Gemeinde bereit, Geld für die Verschönerung von Kreisverkehren auszugeben, und dann stellt man da eine Ansammlung von Röhren auf, die aussehen wie die angespitzten Speere am Boden einer Fallgrube.«

»Aber die Röhren sind doch nicht versteckt, oder?«, fragte de Boer, der die Einkaufsstraße mit Tempo dreißig mittlerweile fast durchquert hatte.

»Nein, natürlich nicht.« Ferschweiler zweifelte ein wenig am Verstand seines Kollegen. »Natürlich sind die nicht in der Erde versteckt. Dann könnte man sie ja bei der Fahrt um den Kreisel auch gar nicht sehen. Aber stell dir vor, ein Biker würde auf dem Kreisel die Kontrolle über seinen Bock verlieren und dann über den Lenker –«

»So ein Quatsch«, unterbrach de Boer den Redefluss Ferschweilers. »Wie soll denn das gehen?«

»Aber stell es dir einmal vor, Wim: In hohem Bogen fliegt der Biker … und dann fällt er auf eine dieser angespitzten Röhren … nicht auszudenken.«

De Boer schüttelte den Kopf. »Rudi«, sagte er mit betont ruhiger Stimme. »Wie soll das denn gehen, ich meine, rein physikalisch? Wie schnell müsste der Biker denn unterwegs sein, damit ihm ein solch dramatisches Schicksal blüht, wie du es gerade geschildert hast? Hundertfünfzig Stundenkilometer? Oder mehr?«

»Auf jeden Fall«, entgegnete Ferschweiler, »haben sich verschiedene Interessensverbände sowie eine ganze Menge an Bikern übers Internet und auch anders organisiert und die Gemeindeverwaltung von Zerf zum Umdenken gebracht. Jetzt wird rückgebaut.«

Die beiden erreichten nun einen weiteren Kreisverkehr, in dessen Mitte eine monumentale Interpretation von Kubricks Zauberwürfel stand, ebenfalls – diesmal allerdings nur von innen – beleuchtet.

»Und gefällt dir dieses Plastikding da besser?«, fragte de Boer grinsend, aber Ferschweiler antwortete nicht.

De Boer verließ den Kreisverkehr an der ersten Ausfahrt in Richtung Roscheid. Keine drei Minuten später parkte er den Wagen vor dem Haus, in dem die Wohnung der Kinzigs lag.

Rolf Kinzig öffnete erst nach dreimaligem Klingeln. Er trug immer noch dieselben Klamotten wie bei Ferschweilers erstem Besuch.

Aber sein Blick und seine Körperhaltung waren heute deutlich verändert, und auch die Wohnung machte optisch wie olfaktorisch einen anderen Eindruck als bei ihrem letzten Besuch.

»Puh«, stieß de Boer hervor, nachdem Kinzig sie ins Wohnzimmer gelassen hatte. »Hier riecht es ja wie im Pumakäfig.«

Ungläubig, aber routiniert schauten sich die beiden Polizisten um. Was auf Ferschweiler beim ersten Besuch noch quasi wie ein Luxusapartment gewirkt hatte, glich nun der Höhle eines verwahrlosten Alkoholikers. Überall lagen und standen leere Plastikbierflaschen und Wodkaflaschen mit oder ohne Inhalt herum. Auf den Sesseln und sogar auf dem Sofa, auf dem bei seinem ersten Besuch die Katze friedlich geschlafen hatte, entdeckte Ferschweiler überquellende Aschenbecher. Von der Katze hingegen war nichts zu sehen. Nur ein hungriges, deutlich verzweifeltes Miauen aus der Küche machte Ferschweiler deutlich, dass er nachher den Tierschutzbund würde anrufen müssen.

»Herr Kinzig«, begann er das Gespräch. »Wir müssen noch einmal mit Ihnen über Ihre Frau sprechen.«

»Nur zu«, entgegnete Kinzig etwas lallend und nahm einen tiefen Schluck aus einer der Flaschen. »Ich habe keine Geheimnisse.«

De Boer war in die Küche getreten, hatte sich aber beim Anblick des stapelweise ungespülten Geschirrs, an dem Essensreste und Schimmel klebten, auf dem Fuße wieder umgedreht. Die Katze saß inmitten dieses Chaos und miaute leise.

»Vermissen Sie Ihre Frau?«, fragte Ferschweiler.

»Na ja«, stammelte Kinzig. »An sich nicht. Aber es gibt Bereiche, da …«

»Wie meinen Sie das?«

»Na, fürs Putzen war die Ulrike zuständig. Wer jetzt aufräumen und sauber machen soll, das weiß ich nicht. Ich jedenfalls nicht. Ich kann das nicht, hab es nie gelernt und will es auch nicht. Ist Frauensache …« Wieder nahm Kinzig einen großen Schluck aus der Flasche, die er in den Händen hielt.

»Aber wenn es in Ihrem Privatleben gerade bergab geht, wie können Sie dann sagen, dass Sie Ihre Frau nicht vermissen?«

»Ach komm.« Kinzig machte eine abfällige Handbewegung. Offensichtlich hatte der Alkohol ihn bereits ein wenig enthemmt und ihm den Respekt vor den beiden Polizisten genommen. »Mir geht es gar nicht ums Putzen. Nee, bei mir ist, seit die Ulrike tot ist, so etwas wie ein zweiter Frühling ausgebrochen. Ich blühe auf.«

Bei seinen letzten Worten war er mit ausgebreiteten Armen, einem dümmlichen Lächeln und deutlich glasigen Augen aufgestanden und leicht gegen den Wohnzimmertisch getorkelt. Aber er hielt das Gleichgewicht und sprach weiter.

»Ihr zwei seid ja nicht doof. Ihr wisst doch, was ich schon so alles in meinem Leben gemacht habe, die Nutten und so. Aber jetzt habe ich damit endgültig abgeschlossen. Ich muss nicht mehr diesen ganzen Luxusschrott kaufen, muss nicht mehr für alles aufkommen, was die Ulrike so haben wollte …« Wieder nahm er einen Schluck aus der Flasche – und wäre dabei fast rücklings zurück aufs Sofa gefallen.

»Nein, ich will nur noch mein eigenes Leben leben – oder das, was davon übrig ist …«

»Können Sie sich einen Grund vorstellen, warum Ihre Frau getötet worden ist?«, fragte de Boer.

Kinzig schwieg einige Sekunden. »Nein«, antwortete er dann. »Ich habe keine blasse Ahnung. Ich selbst hätte sie oft … Sie wissen schon …«

Auf einmal überkam ihn ein kehliges Lachen. Schon beim Eintreten war Ferschweiler aufgefallen, dass auf dem riesengroßen Flatscreen an der Wand gegenüber dem Sofa ein Video lief, das man nur beschönigend als Schwedenfilm bezeichnen konnte. Vor Gästen? Hatte Kinzig denn gar keine Hemmungen mehr?

»Und womit haben Sie den ganzen Luxus finanziert, Herr Kinzig?«, fragte er. »Der riesige Fernseher, die Möbel …«

»Na, ich arbeite doch in Luxemburg, auf dem Findel«, sagte Kinzig. »Da verdiene ich gutes Geld.«

»Aber so viel, dass Sie sich das hier alles leisten konnten? Inklusive der Schönheitsoperationen für Ihre Frau?«

De Boer machte ein überraschtes Gesicht, so als könne er sich nicht zusammenreimen, warum Ferschweiler das fragte.

»Ja, schon«, sagte Kinzig, dessen Stimme man die enorme Menge Alkohol, die er intus haben musste, deutlich anhörte. »Das hat gereicht. Sie können es ja gern nachprüfen. Für das, was die Ulrike wollte, hat es gereicht. Kosmetik, Modeschmuck, Strümpfe und so ’n Zeug. Aber davon hatte ich selber nichts. Gab noch nicht einmal echten Sex. Aber dafür …«

»Ja?«, fragte de Boer. »Dafür?«

»… hatte ich meine DVDs. Und Ulrike hatte sich sowieso schon vor längerer Zeit einen anderen angelacht. Hab ihr nicht mehr genügt. Schlappschwanz hat sie mich immer genannt oder fetter Sack.« Kinzig schwieg kurz. Dann sagte er: »Aber ich war auch wirklich so oft auf Nachtschicht.«

»Kennen Sie denn den anderen, den Liebhaber Ihrer Frau?« De Boer ließ nicht locker.

»Nee, natürlich nicht«, entgegnete Kinzig, nachdem er die Wodkaflasche nun geleert hatte. »Doof war die Ulrike ja auch nicht.«

»Sie haben keine Ahnung, um wen es sich beim Liebhaber Ihrer Frau handeln könnte?«, fragte Ferschweiler, und Kinzig schien es gar nicht zu behagen, nun von zwei Polizisten derart mit Fragen malträtiert zu werden.

»Ach nee«, sagte er schließlich. »Wisst ihr was? Ich sag euch jetzt einfach, was ich weiß, und ihr lasst mich dann in Ruhe, okay?«

»Wenn es denn der Wahrheit entspricht, Herr Kinzig, dann könnten wir uns durchaus auf dieses Geschäft einlassen«, entgegnete Ferschweiler.

Deutlich war aus der Küche wieder das anklagende, hungrige Maunzen der Katze zu hören.

»Also, der Typ muss ein echter Meister seines Fachs gewesen sein, so wie die Ulrike in den letzten Monaten drauf war. Und die war nicht anspruchslos, nein, im Gegenteil! Nee, nee, die wusste, was sie wollte. In dieser Hinsicht auf jeden Fall.«

»Aber Sie wissen nicht, wie der Mann heißt? Sie haben keinen Namen?«, fragte De Boer ungeduldig.

»Nein, seinen Namen kenne ich nicht, ich weiß nur, dass der Typ irgendwie zum Umfeld der Kunstakademie gehören muss. Aber das ist auch nur eine Ahnung – alte Ludennase, wenn Sie verstehen, was ich meine …« Kinzig tippte sich demonstrativ an seine vom Alkohol rot geäderte Nase.

»Sie haben sicherlich nichts dagegen, wenn wir uns bei Ihnen einmal umschauen, Herr Kinzig?« Ferschweiler wollte sich absichern.

»Tun Sie sich keinen Zwang an, Herr Kommissar«, sagte Kinzig, der die nächste Flasche vom Tisch genommen hatte und langsam aufschraubte. »Ich habe nichts zu verbergen. Ich bin ein ehrliches Mitglied der Gesellschaft.«

Ferschweiler fragte, wo das Schlafzimmer sei. Kinzig musste grinsen.

»Meins oder ihrs?«, fragte er süffisant. Als er Ferschweilers Blick bemerkte, schob er nach: »Na, sie behauptete immer, dass ich so fürchterlich schnarchen würde. Aber in Wirklichkeit wollte sie den Hund mit ins Bett nehmen, und der schnarchte wirklich zum Gotterbarmen.« Dann wies er auf eine Tür neben dem Durchgang zur Küche. »Dort finden Sie ihr Reich. Aber erschrecken Sie nicht. Mein Schlafzimmer ist der Raum direkt daneben.«

Ferschweiler hatte bereits bei den letzten Worten Kinzigs die Tür zum Zimmer der Toten geöffnet. Beim Eintreten verstand er sofort, was Kinzig gemeint hatte. Zwar war das Zimmer aufgeräumt, aber dafür komplett violett gehalten: Alle Möbel, alle Textilien, einfach alles war lila. Selbst die an den Wänden hängenden Fotografien waren violett gerahmt, und auch der kleine, auf dem Nachttisch stehende Fernsehapparat wies farblich keinen Unterschied zu seiner Umgebung auf. Unwillkürlich musste Ferschweiler zu Boden blicken, aber auch dies brachte ihm keine Erleichterung; der Teppichboden war ebenfalls von der alles beherrschenden Farbe.

»Haben Sie das Zimmer Ihrer Frau nach ihrem Tod noch einmal betreten?« Ferschweiler war wieder ins Wohnzimmer gegangen und genoss das karge Weiß der dortigen Wände.

»Nein«, antwortete Kinzig. »Wozu auch?«

»Kommst du mal, Rudi?«, hörte Ferschweiler in diesem Moment de Boer aus Kinzigs Zimmer rufen.

Sofort war Ferschweiler zur Stelle. »Was gibt es denn?«

»Sieh dir mal die Fotos über Kinzigs Schreibtisch an. Erkennst du da nicht jemanden wieder?«

Bevor Ferschweiler sich der genaueren Betrachtung des ihm von seinem Kollegen hingehaltenen Fotos widmete, ließ er erst einmal seinen Blick durch das Zimmer wandern. Was für ein Kontrast zum Zimmer der Toten: dort eine, wenn auch etwas aggressiv daherkommende Harmonie, hier totaler Wildwuchs. Überall hingen Fotos von schnellen und großen Autos an der Wand, daneben prangten Fußballplakate sowie Schals und Wimpel in Weiß-Blau. Eine große Fahne von Schalke 04 war wie ein Baldachin über dem Bett aufgehängt. Unwillkürlich musste Ferschweiler an das Zimmer seines zwölfjährigen Neffen denken.

»Nun schau schon hin, Rudi«, drängte de Boer.

Das Foto in seiner Hand zeigte zwei junge Männer in Arbeitshemden und robusten schwarzen Hosen sowie mit um den Hals gebundenen grauen Tüchern vor der Kulisse einer für Ferschweiler merkwürdig aussehenden Stahlkonstruktion. Der eine der beiden Männer, der zum Zeitpunkt der Aufnahme etwa fünfundzwanzig Jahre alt gewesen sein mochte, war unverkennbar Rolf Kinzig. Daran bestand kein Zweifel. Aber auch der andere Mann, der vielleicht etwas jünger war und eine verspiegelte Sonnenbrille trug, kam Ferschweiler bekannt vor. Als er de Boer anschaute, nickte dieser nur.

Mit der Fotografie gingen beide zurück zu Kinzig, der die vor Kurzem ergriffene Flasche schon wieder zu einem guten Teil geleert hatte.

»Können Sie mir sagen, wo das aufgenommen wurde und wer der Mann neben Ihnen ist?«, fragte Ferschweiler.

Nachdenklich blickte Kinzig auf die schon leicht vergilbte Aufnahme.

»Das war so ein kleiner, pickeliger Warmduscher, so 'n dusseliger Werkstudent. Zwei linke Hände und ein Mundwerk, das nie stillstand. Ich weiß nicht mehr, wie der hieß. Ist auch egal. War nur kurz da, 'n paar Wochen vielleicht. Und hatte von nichts 'ne Ahnung, glauben Sie mir. Hat immer nur dumm rumgestanden.«

»Aber auf dem Foto scheinen Sie dicke Kumpels zu sein?«

»Na ja, auf Maloche … Da ist man schnell mal 'n echter Kumpel. Aber um ehrlich zu sein: Ich hab mit dem nix weiter zu tun gehabt. Spielt das denn eine Rolle?«

»Wissen Sie noch, wann das aufgenommen wurde?« Ferschweiler hatte das Foto umgedreht und las die Beschriftung auf der Rückseite.

»Nee«, antwortete Kinzig, »weiß ich nicht mehr. Irgendwann Ende der achtziger Jahre oder so. Aber warum ist das denn überhaupt wichtig? Sind alles nur Erinnerungen …«

»Sie wissen also wirklich nicht, wie dieser Mann hier auf dem Foto heißt?«, insistierte Ferschweiler.

»Sagte ich doch bereits.« Wieder nahm Kinzig einen großen Schluck aus der Flasche.

»Und warum hängt das Bild dann so prominent an Ihrer Erinnerungswand?«

»Na, weil es mich an die Zeiten im Stahlwerk erinnert. Hab halt kein anderes Bild mehr aus der Zeit. Und die Zeit war gut, das kann ich Ihnen sagen.«

»Wie hieß denn die Stahlfirma, bei der Sie damals beschäftigt waren?«

»Was tut das denn zur Sache, mein Gott …« Kinzig schien mit seinen Nerven am Ende zu sein, aber Ferschweiler ließ nicht locker.

»Wie hieß die Firma? Den Namen, Herr Kinzig, dann sind wir auch wieder weg.«

Kinzig war sichtlich unwohl zumute. »Die Firma hieß Arbed«, sagte er dann. »Sie fusionierte, kurz nachdem sie mich entlassen haben, mit der spanischen Aceralia und der französischen Usinor zur Arcelor AG. Aufgenommen wurde das Bild vor der Verzinkung im Kaltwalzwerk im luxemburgischen Dudelange. Da hab ich eine Zeit lang als Schlosser gearbeitet, bevor ich, wie so viele, im Rahmen des sogenannten Strukturwandels wegrationalisiert und entlassen worden bin. Ich bin dann zurück ins Trierer Land, woher meine Familie stammt, und habe versucht, mir hier eine neue Existenz aufzubauen. Von der Abfindung des Stahlkonzerns hab ich dann einen Puff eröffnet … Aber diese Geschichte kennen Sie ja sicherlich schon aus Ihren Akten.«

Nach kurzem Schweigen fügte er hinzu: »Was aus den alten Kumpels auf der Hütte geworden ist, weiß ich nicht. Ist mir aber heute auch egal.«

»Dürfen wir das Foto mitnehmen, Herr Kinzig?«, fragte Ferschweiler.

»Wenn Sie unbedingt wollen. Aber ich hätte es gern zurück. Es ist für mich eine wichtige Erinnerung an früher.«

Nachdem sie sich verabschiedet hatten, gingen Ferschweiler und de Boer schweigend zurück zu ihrem Wagen. Dort angekommen sagte Ferschweiler:

»Okay, was haben wir? Einen nicht gerade traurigen Witwer, der den Tod seiner Frau eher als eine Erleichterung empfindet …«

»… außer beim Putzen«, ergänzte de Boer.

»... außer beim Putzen«, gab ihm Ferschweiler recht. »Zudem wirkt Rolf Kinzig stark alkoholkrank, steht an der Schwelle zur physischen Verwahrlosung und will sich nur noch um bestimmte körperliche Bedürfnisse kümmern.«

»Und«, ergänzte de Boer, »wir haben ein Foto, das Kinzig in jungen Jahren mit einem Mann zeigt, der eine gewisse Ähnlichkeit mit Laszlo Kafka aufweist.« De Boer, der sich eingehend mit dem Jahresprogramm der Akademie beschäftigt hatte, in dem mehrere Fotos von Kafka abgedruckt waren, meinte Kafka auf Kinzigs Fotografie erkannt zu haben. Ferschweiler sah die Sache genauso.

Noch bevor Ferschweiler antworten konnte, klingelte sein Mobiltelefon. Es war die Leitstelle.

»Keine guten Nachrichten«, sagte Ferschweiler, nachdem er das Gespräch beendet hatte. »In der Pension ›Schmal‹ in der Hosenstraße hat sich ein Gast erhängt. Die Kollegen vor Ort haben ihn als Otmar Wolters identifiziert. Es war anscheinend Selbstmord. Er hat ein Abschiedsschreiben hinterlassen.«

»Wolters hat sich umgebracht? Und jetzt?«

»Ich werde mir einen Wagen kommen lassen und sofort nach Trier fahren. Du bleibst hier und kümmerst dich bitte in gewohnter Manier um die Nachbarn der Kinzigs. Versuch, so viel über beide zu erfahren, wie es eben geht. Vor allem interessiert mich, wer die beiden in den letzten Wochen so besucht hat.«

»Alles klar, Chef«, sagte de Boer und deutete einen Salut an. »Wenn du mir dann nachher im Gegenzug erzählst, woher du wusstest, dass sich Ulrike Kinzig hat operieren lassen.«

»Das ist schnell erklärt«, lachte Ferschweiler. »Die Oberweite, mit der ich Ulrike Kinzig Freitagabend kennengelernt habe, kann ihr erst nach ihrer Hochzeit gewachsen sein. Denn auf dem Hochzeitsfoto, das neben dem Fernseher hing, war sie noch flach wie ein Brett. Und jetzt an die Arbeit. Wir treffen uns dann nachher im Büro.«

Als de Boer gegen Abend zurück in das Büro in der Güterstraße kam, saß Ferschweiler angespannt nachdenkend an seinem Schreibtisch. Vor ihm auf dem Tisch lag der Abschiedsbrief von Wolters.

»Und?«, wollte der Holländer wissen. »Was hat er geschrieben? Wie hat er sich überhaupt umgebracht?«

Ferschweiler blickte auf. »Er hat sich an einem dicken Nagel erhängt, den er zuvor in einen Balken über der Tür geschlagen hatte. Angeblich, wie er der entrüsteten Wirtin mitgeteilt hatte, um einen Schinken zum Trocknen aufzuhängen. Gestern Nacht hat die Wirtin dann ein Poltern gehört. Da aber schnell alles wieder ruhig war, hat sie sich nichts weiter dabei gedacht und sich in ihrem Bett wieder umgedreht. Heute kurz nach Mittag ging sie dann an Wolters' Zimmer vorbei und bemerkte, dass seine Gardinen vollständig zurückgeschoben waren und das Licht brannte. Sie hat durch das Fenster geschaut und ihn am Türrahmen baumeln sehen. Am Abend zuvor hatte er noch seine Rechnung bezahlt, weil er das Pensionszimmer am nächsten Tag räumen wollte. Der Abschiedsbrief«, Ferschweiler hob das Schriftstück hoch und zeigte es de Boer, »lag feinsäuberlich gefaltet und in ein Kuvert gesteckt auf dem Nachttisch. Es war ein sonderbarer Anblick, fast schon surreal. Und er hat mich an etwas erinnert … Ich weiß aber nicht, an was.«

»Und was hat er für Gründe angegeben?«, fragte de Boer.

»Ich lese dir den Brief am besten einmal vor:

Liebe Doreen,
nun habe ich den letzten Schritt getan. Wenn du dies liest, bin ich nicht mehr. Ich habe es bei dir nicht mehr ausgehalten, war aber zu feige, es dir zu sagen. Ich habe Melanie geliebt wie keine zweite, auch wenn sie mich oftmals schlecht behandelt hat. Mir ist inzwischen klar geworden, dass sie mich immer nur ausgenutzt und verachtet hat, während sie gleichzeitig mit jedem an der Akademie ins Bett gestiegen ist. Aber ich wollte Melanie unbedingt haben, diese wunderbarste aller Frauen, dieser Traum meines Lebens. Ich wollte mit ihr durchbrennen, ein neues Leben beginnen. Aber jetzt ist sie tot, und mein Leben hat damit keinen Sinn mehr. Ihre Seele ist nun an einem Ort, wohin ich – wenn du dies liest – auch bereits gegangen sein werde. Vielleicht sind wir zumindest dort vereint. Ich hätte mich nie von dir trennen können – nur auf diesem Wege war es möglich, denn ich hatte immer Angst vor dir. Aber zu dir zurückzukehren, davor habe ich noch mehr Angst als vor dem Sterben.
Verzeih mir, Otmar.

Alles mit der Schreibfeder in einer gestochenen Handschrift abgefasst, die keinerlei Anzeichen von Nervosität erkennen lässt.«

Er reichte den Brief de Boer, der sich, während Ferschweiler vorgelesen hatte, schweigend auf seinem Bürostuhl niedergelassen hatte.

»Starker Tobak«, sagte er nach einer Weile. »Was enttäuschte Liebe so alles anrichten kann …«

»Ja«, Ferschweiler fuhr sich mit beiden Händen durch die Haare, »aber es war nicht nur enttäuschte Liebe. Es war wohl auch die Verzweiflung darüber, dass ihm nach Melanie Rosskämpers Tod nichts anderes mehr blieb, als zu seiner Gattin zurückzukehren. Wolters' Frau muss ja eine richtige Furie sein. Und der Tod von Melanie Rosskämper hat ihn dann völlig aus der Bahn geworfen und ihm seinen letzten Rückzugsort genommen. Was für ein schreckliches Schicksal … Ich überlege schon die ganze Zeit, ob ich das hätte vorhersehen müssen.«

Ferschweiler blickte einen Moment lang nachdenklich aus dem Fenster, dann wandte er sich wieder an de Boer. »Wim, sprichst du bitte mit Wolters' Frau und kümmerst dich nach Abschluss der Untersuchungen darum, dass der Leichnam zur Bestattung möglichst schnell nach Dessau überführt wird?«

De Boer nickte schweigend.

»Zurück zu Ulrike Kinzig«, sagte Ferschweiler schließlich. »Was haben deine Befragungen der Nachbarn in Roscheid ergeben?«

»Also …« De Boer hatte seinen Notizblock bereits aus der Manteltasche gekramt. »Herr Kinzig hat sich in den letzten Tagen, so berichten verschiedene Nachbarn übereinstimmend, täglich zweimal mit dem Taxi Essen vom nahe gelegenen Imbiss ›Monis Futterkrippe‹ bringen lassen. Den Taxifahrer habe ich auch schon ermitteln können, es war immer derselbe. Er hat mir erzählt, Kinzig habe ihn bei jeder Lieferung großzügig entlohnt. Da hat er natürlich gern jede Fahrt für ihn gemacht. Auch den Alkohol hat er ihm gern und in großen Mengen besorgt. Nur dass er gestern noch zwei junge Frauen vom Bahnhof in Konz-Karthaus abholen sollte, ist ihm komisch vorgekommen. Aber als auch in dem Fall die Bezahlung stimmte, hat er die beiden leicht bekleideten Damen abgeholt und vier Stunden später wieder zurückgebracht.«

Ferschweiler konnte nur den Kopf schütteln. »Und was hatten die Nachbarn sonst noch zu berichten?«, fragte er.

»Im zweiten Obergeschoss im Haus der Kinzigs wohnt eine

knapp fünfundsechzigjährige verwitwete Dame mit einem großen Hang zum Schwätzen«, fuhr de Boer fort, »und zu erzählen hatte sie wirklich 'ne Menge, aber nichts, was uns wirklich weiterhilft: dass Kinzigs immer laut Musik gehört und sich oft bis tief in die Nacht gestritten hätten oder dass Ulrike Kinzig des Öfteren auf dem Garagenhof gestanden und mit ihrem Handy telefoniert habe. Außerdem dass Rolf Kinzig ständig betrunken gewesen sei, dann stets im Treppenhaus laut rumgegrölt und anschließend seine Frau aufs Übelste beschimpft habe, was man im ganzen Haus hören konnte. Auch die Müllsäcke vor den Briefkästen im Hauseingang stammten angeblich von Kinzig, der zu faul sei, die zwanzig Meter bis zum Müllcontainer zu gehen. Um es zusammenzufassen: Alle Nachbarn wären froh, wenn Rolf Kinzig endlich ausziehen würde.«

»Also ein richtiger Prolet, oder?«, stellte Ferschweiler fest und dachte unwillkürlich an seine Nachbarn, Familie Rach. »Aber gab es auch konkrete Ergebnisse zu unserem Fall?«

»Was die Nachbarn im Haus der Kinzigs angeht, nicht. Aber im Haus gegenüber habe ich mit einem älteren Mann gesprochen, der es sich zur Angewohnheit gemacht hat, regelmäßig mit einem Fernglas die Fassaden der umliegenden Häuser abzusuchen. Warum, wollte er mir nicht so recht sagen. Er sprach von Sicherheitsbedürfnissen und Kriminalitätsvorbeugung. Aber ich vermute, er erhoffte sich eher den einen oder anderen Blick auf nackte Tatsachen in den Schlafzimmern seiner Nachbarn.«

Ferschweiler schüttelte wieder den Kopf. »Leute gibt's«, sagte er. »Aber was hat er dir für uns Relevantes zu sagen gehabt?«

»Er konnte vor einigen Wochen Rolf Kinzig dabei beobachten – wann, konnte er nicht mehr genau sagen – wie dieser Ulrike und einen anderen Mann in flagranti im Bett erwischt hat.«

Ferschweiler wurde hellhörig. »In Kinzigs eigener Wohnung?«

»Genau. Im violetten Salon, in Ulrikes Zimmer. Er sah genau in dem Moment hin, als Kinzig das Deckenlicht einschaltete und die Bettdecke zurückzog.«

»Und auf der Matratze lagen Ulrike und der unbekannte Mann?«

»Richtig.«

»Und konnte er den Mann beschreiben?«

»Ja. Er beschrieb ihn als dunkelhaarig und von kräftiger, aber eher kleiner Statur. Ich musste sofort an Laszlo Kafka denken, so wie du ihn mir beschrieben hast. Das Gesicht des Unbekannten hat der Spanner leider nicht erkennen können.«

»Mist.«

»Aber er hat auf dem Rücken des Unbekannten ein großes Tattoo gesehen. Eins, das dir auch schon einmal begegnet ist.«

»Was zeigt es?«

De Boer schmunzelte. »Soll ich nicht lieber erst von meinem Gespräch mit den Freundinnen der Toten berichten? Die habe ich nämlich auch noch aufgesucht.«

»Wim, bitte. Was war mit dem Tattoo?«

»Na gut, der Spanner meint, auf dem Rücken des Unbekannten einen tätowierten Skorpion gesehen zu haben. Und wer hat auch so einen, wenn auch nicht auf dem Rücken?«

Ferschweiler musste nicht lange überlegen. »Kinzig! Er hat auch einen, auf Schulter und Oberarm! Das ist wahrscheinlich ein Freundschaftszeichen oder das Erkennungszeichen einer Bande. Mensch, Wim. Das kann einfach kein Zufall sein. Kinzig hat nicht einen ihm Unbekannten im Bett seiner Frau erwischt. Das ändert so einiges. Schau doch bitte gleich nach diesem Skorpion. Eine der Datenbanken des Bundeskriminalamts enthält vielleicht Informationen dazu.« Dann fragte er: »Und Ulrike Kinzigs Freundinnen? Was war mit denen?«

»Das waren auch alles Frauen aus der Nachbarschaft«, sagte de Boer, der wieder auf seinen Notizblock schaute. »Alle haben die Kinzig als mehr oder weniger egozentrisch und hedonistisch beschrieben. Sie habe immer die neuesten Klamotten und den besten Schmuck gewollt. Und intrigant soll sie auch gewesen sein. Sie habe schon mal das eine oder andere Unwahre hinter dem Rücken von anderen erzählt, um sich selbst einen Vorteil zu verschaffen.«

»Haben sie dir auch etwas zu ihrem Liebhaber erzählen können?«, fragte Ferschweiler.

»Nur ein kleines Detail. Eine der Frauen hat sich daran erinnert, dass Ulrike Kinzig vor einiger Zeit einmal von einem größeren schwarzen Geländewagen mit Luxemburger Kennzeichen vor ihrer Haustür abgesetzt worden ist. Bemerkenswert fand sie das deshalb, weil Ulrike Kinzig dem Wagen noch länger hinterher gesehen und sogar nachgewinkt habe. Ein solches Verhalten kannte sie von ihrer ansonsten eher kühlen Freundin gar nicht.«

»Noch ein Puzzleteilchen: ein dunkler Wagen mit gelbem Nummernschild. Hast du schon geschaut, ob Kafka so einen fährt?«

»Die Anfrage habe ich an die Luxemburger Kollegen weitergegeben. Ein Ergebnis habe ich zwar noch nicht, aber es kann nicht mehr lange dauern.«

»Gut. Dann bleibt uns noch das Foto von Kinzig und diesem Werkstudenten. Wir müssen so schnell wie möglich rauskriegen, ob es sich dabei um Kafka handelt.«

»Ich habe das Bild an das Stahlwerk in Dudelange gefaxt. Morgen werde ich dort anrufen und nachfragen, ob es noch Unterlagen zu den Werkstudenten gibt. Auch nach Kinzig werde ich fragen.«

Ferschweiler war zufrieden. Was als schwieriger Tag begonnen hatte, schien nun doch noch ein gutes Ende zu nehmen.

»Mensch, Rudi. Warum gehst du denn nicht an dein verdammtes Telefon?«

Ferschweiler hatte sich einen Kaffee geholt und wollte gerade die Tür zu seinem Büro öffnen, als er Dr. Quint vom anderen Ende des Flurs auf sich zukommen sah.

»Bist du denn eigentlich nur noch auf Achse? Machst du denn keine Hausarbeiten mehr?«

»Hallo, Doc«, sagte Ferschweiler, als Quint ihn erreicht hatte. »Schön, dich zu sehen. Warum rufst du mich denn nicht einfach auf dem Handy an, wenn du mit mir sprechen willst? Denk doch auch mal an dein Herz … die ganzen Stufen hier hoch … Du willst doch noch etwas von deiner Pension haben, oder?«

Dr. Quint lächelte gequält. »Ich wollte dir den Gang in meine Fliesenausstellung ersparen.« Er rang noch immer um Luft. »Ich weiß ja, wie gern du mich in meinen heiligen Hallen besuchst, Rudi.«

»Wenn du schon den weiten Weg vom Bahnhof zu uns in die Güterstraße machst, dann muss es ja wirklich wichtig sein. Komm, wir gehen in mein Büro.«

Nachdem Ferschweiler die Tür hinter ihnen geschlossen hatte, fiel Dr. Quint sofort unter lautem Stöhnen auf einen der Besucherstühle und wischte sich mit einem großen Stofftaschentuch den Schweiß von der Stirn.

»Ja, Rudi, es ist tatsächlich wichtig. Ich hatte dir doch die Ergebnisse der DNA-Analysen der Tatortspuren und der beiden Zigarettenstummel versprochen. Du weißt, ich bin zuverlässig, aber am gerichtsmedizinischen Institut in Mainz hat man wohl ausgiebig den Beginn des Karnevals gefeiert. Jedenfalls sind die Ergebnisse erst heute Morgen bei mir eingetroffen. Aber die sind sehr interessant, und ich finde, das Warten hat sich gelohnt.«

»Und? Wie lauten sie?« Ferschweiler hatte hinter seinem Schreibtisch Platz genommen und den mittlerweile geleerten Plastikbecher mit einem gut gezielten Wurf in den Abfalleimer befördert.

»Das Sperma in Melanie Rosskämpers Vagina und der Speichel an den Zigarettenstummeln stammen von ein und derselben Person.«

»Auch bei dem Stummel, den wir in Konz gefunden haben?«

»Ja. Gleiche Marke, gleicher Raucher. Ist das nicht der Traum eines jeden Ermittlungsbeamten? Und ich habe noch etwas Interessantes. Ich habe auch bei Ulrike Kinzig Spermaspuren sicherstellen können und die dann ebenfalls nach Mainz geschickt, und die Ergebnisse sind heute ebenfalls gekommen. Jetzt halt dich fest: Auch hier haben wir es mit derselben Person zu tun.«

Nun war Ferschweiler wirklich platt, aber er fing sich schnell wieder.

»Und wissen wir, von wem die DNA stammt?«

Dr. Quint machte eine verneinende Geste. »Dazu haben wir nichts in den Datenbanken. Kein einziger Eintrag. Nichts. Der Mann ist ein unbeschriebenes Blatt, zumindest in kriminalistischer Hinsicht.«

»Sieht wohl ganz so aus. Oder er hat niemals irgendwelche Spuren hinterlassen. Sonst noch Ergebnisse von der Spurensicherung, Doc?«

»Nein, keine wirklich verwertbaren. Schorsch hat Melanie Rosskämpers Malutensilien noch einmal hinsichtlich DNA-Spuren und Fingerabdrücken untersucht, aber dabei ist nichts herausgekommen. An ihren Pinseln befanden sich nur Spuren von ihr, sonst nichts.«

»Fasern?«

»Auch hier Fehlanzeige; nichts, was uns weiterhilft. Hauptsächlich Baumwolle von den ganzen Malerkitteln, die in der Akademie getragen werden. Und das ist dann auch schon alles. Von meiner Seite und von der Kriminaltechnik aus hast du also nicht mehr viel Neues zu erwarten, Rudi. Wir sind so gut wie durch.«

»Ich danke dir, die Sache mit dem Sperma klingt erst einmal recht vielversprechend«, sagte Ferschweiler zufrieden und klopfte seinem alten Freund auf die Schulter. »Jetzt wissen wir zumindest, dass die Verbindung zwischen der Kinzig und der Rosskämper ein gemeinsamer Liebhaber war.«

»Wenn die eine von der anderen wusste beziehungsweise wenn beide voneinander wussten, dass sie mit demselben Mann ins Bett gestiegen sind.« Der Gerichtsmediziner hatte sich offensichtlich auch schon so seine Gedanken gemacht. »Aber darüber werden wir nichts weiter in Erfahrung bringen können, Rudi, es sei denn, du findest den Liebhaber.«

»Und genau das habe ich vor. Und ich weiß auch schon, wo ich anfangen muss, nach ihm zu suchen.«

NEUN

Als Ferschweiler am nächsten Morgen das Kommissariat in der Güterstraße betrat, schlug die Uhr des Doms erst acht. Es war gestern zwar spät geworden im »Standhaften Legionär«, aber Ferschweiler hoffte, nun in der Frühe mit de Boer ihre bisherigen Ergebnisse noch einmal in Ruhe durchsprechen zu können. Auch interessierte ihn, was die weiteren Recherchen seines Assistenten ergeben hatten.

Auf den Gängen der Kriminalpolizei herrschte wie immer reges Treiben, doch abgesehen von ein paar kurzen Grüßen wechselte Ferschweiler mit keinem der Kollegen ein Wort. De Boer saß bereits im Büro vor seinem Rechner.

»Hallo, Rudi«, sagte er, als Ferschweiler die Tür hinter sich geschlossen hatte, »schön, dass du endlich auch da bist. Da war das letzte Stubbi gestern wohl schlecht? Ich habe gerade die letzten noch fehlenden Informationen reinbekommen.«

»Das ist ganz wunderbar«, antwortete Ferschweiler und ließ sich müde in seinen Schreibtischstuhl fallen, der bereits bessere Tage gesehen hatte und unter dem Gewicht des Kommissars ächzte. Ferschweiler würde bei Gelegenheit einen neuen beantragen müssen.

»Mann, waren das Tage«, sagte er. »Diese Künstler mit ihrem ständigen Gerede und dieser Kinzig haben mich ganz schön aufgerieben.«

»Kann ich mir gut vorstellen«, entgegnete de Boer mit einem Lachen. »Auch die Kursteilnehmer, mit denen ich in den letzten Tagen gesprochen habe, waren alle äußerst extrovertiert, um es mal freundlich zu formulieren.«

»Ja, ja, die Welt der Kunst«, stöhnte Ferschweiler und lehnte sich mit hinter dem Kopf verschränkten Armen in seinem Stuhl zurück. »Was haben deine Recherchen zu Laszlo Kafka denn nun ergeben, Wim?«

De Boer wollte gerade mit seinen Ausführungen beginnen, als Dr. Süß ihr Büro betrat.

»Guten Morgen, meine Herren«, grüßte er freundlich lächelnd. »Gibt es Neues von unserer schönen Toten vom alten Schlachthof und der erschlagenen Putzfrau aus Konz?«

Der Polizeipräsident war ein ausgesprochener Frühaufsteher und stets darauf bedacht, zeitiger als die meisten seiner Mitarbeiter zur Arbeit zu erscheinen. Heute Morgen wirkte er besonders aufgeräumt, fast schon gut gelaunt. Ganz anders als Ferschweiler.

Ferschweiler brachte seinen Chef kurz auf den letzten Stand ihrer Erkenntnisse, klärte ihn über die Ergebnisse der Vernehmungen sowie über die Resultate der chemischen und kriminaltechnischen Untersuchungen auf und formulierte dann die nächsten zu unternehmenden Schritte.

»Nach allem, was wir bisher wissen, muss der Täter im direkten Umfeld der Akademie zu finden sein.«

»Und haben Sie jemanden konkret in Verdacht?«, fragte Dr. Süß.

»Einen der Dozenten. Sein Name ist Laszlo Kafka. Wir gehen davon aus, dass er mit beiden Opfern sexuell verkehrt hat. Das Problem ist allerdings, dass er über ein Alibi verfügt und zur Tatzeit angeblich bei Dr. Berggrün zu Hause war.«

»Laszlo Kafka? Das ist doch wohl ein Künstlername, oder?«

»Richtig«, beantwortete de Boer die Frage des Polizeipräsidenten. »Kafka ist jedoch nicht nur aufgrund seiner Beziehung zu Melanie Rosskämper und Ulrike Kinzig für uns von Interesse. In der Wohnung von Kinzig haben wir ein Foto gefunden, das ihren Ehemann Rolf gemeinsam mit einem Mann zeigt, der deutliche Ähnlichkeiten mit Kafka aufweist. Kinzig konnte oder wollte uns gegenüber aber zu dem Mann keine Angaben machen.«

»Da waren deine Recherchen aber wohl sehr erfolgreich, wenn du inzwischen weißt, dass Kafka ein Künstlername ist«, sagte Ferschweiler.

»Ja«, antwortete de Boer. »Wenn Sie, Dr. Süß, gerade Zeit haben, dann referiere ich die Ergebnisse kurz. Womit soll ich beginnen?«

»Fang einfach an.« Ferschweiler stellte seine restlos geleerte Kaffeetasse neben sein Telefon auf den Schreibtisch. Dr. Süß hatte auf einem der Besucherstühle Platz genommen und schien sich regelrecht darauf zu freuen, einmal wieder an konkreter Ermittlungsarbeit beteiligt zu sein.

»Die Personalabteilung von Arcelor«, begann de Boer, »wo Rolf Kinzig und der Unbekannte auf dem Foto früher einmal gearbeitet haben, hat mir mitgeteilt, dass seinerzeit ein gewisser Manfred Bolski als Werkstudent im Stahlwerk beschäftigt gewesen sei. Er hat für neun Wochen in der Schlosserei des Kaltwalzwerks im Planarchiv gearbeitet. Eine Sekretärin aus der Materialbeschaffung der Schlosserei konnte sich sogar noch daran erinnern, dass Kinzig und Bolski immer die Pausen zusammen verbracht haben. Bolskis Papiere und Zeugnisse seien alle in Ordnung gewesen, versicherte man mir. In der medizinischen Akte, die bei der Eignungsuntersuchung durch den Werksarzt vor Bolskis Einstellung angelegt wurde, steht, dass Bolski einen Meter siebzig groß ist.«

»Also könnten Bolski und Kafka ein und dieselbe Person sein?« Der Polizeipräsident fand sichtlich Gefallen an der ganzen Sache.

»Gemach, gemach, Chef«, sagte de Boer. »So einfach ist es nicht. Denn in gesamt Luxemburg gab es in jener Zeit keinen Manfred Bolski. Allerdings lebte im nahen Perl bis 1989 ein Mann gleichen Namens. Dieser Bolski war aber einen Meter siebenundachtzig groß und ist mittlerweile tot. Ich habe die Kollegen in Perl kontaktiert, und sie waren so nett, mir einiges an Informationen, darunter Namen und Telefonnummern von Angehörigen Bolskis, aus dem Archiv zukommen zu lassen. Sogar ein Foto der Grabstelle haben sie mitgeschickt.«

De Boer blätterte in seinen Unterlagen. »Die mittlerweile einzige noch lebende Verwandte, eine Cousine zweiten Grades, pflegt das Grab bis heute. Mit ihr habe ich ebenfalls telefoniert. Sie hat mir gesagt, dass nach dem Tod ihres Cousins dessen ganze Ersparnisse weg gewesen seien. Sie wusste, dass Bolski sein ganzes Geld in Gold investiert hatte, darunter auch einen größeren Lottogewinn von 1984 – es waren knapp zweihunderttausend Mark. Er selbst lebte relativ sparsam, quasi nur für sein Auto, das er allerdings seit dem Verlust seines Führerscheins wegen Trunkenheit am Steuer nicht mehr fahren durfte. Von dem Gold aber war, als die Cousine danach suchte, im Gegensatz zu dem Auto nichts mehr da. Und sie wusste, dass Bolski es in seiner Wohnung versteckt hatte. Denn Banken gegenüber war er wohl überaus misstrauisch.«

»Aber was hat das mit unserem Fall zu tun?«, fragte Dr. Süß.

»Ehemalige Nachbarn, mit denen ich ebenfalls telefoniert habe«, sprach de Boer weiter, ohne auf die Frage von Dr. Süß zu reagieren, »berichteten zudem übereinstimmend, dass ein paar Wochen vor Bolskis Tod ein junger Mann bei ihm eingezogen sei. Bemerkenswert fanden alle, dass dieser Mann sogar Bolskis Benz fahren durfte, was in all den Jahren zuvor nie jemand anderes gedurft hatte als Bolski selbst. Dann, kurz vor dem Tod Bolskis, war der junge Mann plötzlich verschwunden. Die Todesursache bei Bolski war übrigens laut amtlichem Totenschein akutes Leberversagen. Der Mann hat angeblich wie ein Loch gesoffen und zusätzlich noch einer ausgeprägten Tablettensucht gefrönt. Ein Fremdverschulden haben die Kollegen von der Gerichtsmedizin jedenfalls nicht feststellen können.«

»Also könnte der Mann auf dem Foto der Mann sein, der bei Bolski gewohnt und der vermutlich dessen Namen angenommen hat.« Dr. Süß dachte offensichtlich mit. »Aber warum hat Bolski ihn bei sich wohnen lassen?«

»Das habe ich mich auch gefragt«, sagte de Boer. »Aber da Bolski als homosexuell galt, ist zu vermuten, dass die beiden eine Beziehung miteinander hatten.«

De Boer wollte fortfahren, doch Ferschweiler unterbrach ihn.

»Und das Gold hätte dieser junge Mann einfach an sich nehmen können, genauso wie auch Bolskis Personenstandsurkunden inklusive Pass, Personalausweis und Führerschein …«

»Richtig, und da sich Kafka und Bolski zumindest vom Gesicht her sehr ähnlich sahen, hätte er vielleicht sogar Bolskis Personalausweis nutzen können. Zumindest bei mir hat noch nie jemand wirklich die Angaben zu Größe und Augenfarbe kontrolliert«, sagte de Boer. »Diese amtlichen Dokumente dürften für ihn auch recht hilfreich gewesen sein, denn der ›falsche‹ Bolski wollte Karriere im Milieu machen. Und die hat er dann auch gemacht. Ein gewisses Startkapital konnte dabei sicherlich sehr hilfreich sein.« De Boer grinste. »Und ein Leben im Untergrund ist bekanntlich nicht billig.«

»Was meinst du mit ›Karriere im Milieu machen‹?«, fragte Ferschweiler.

»Der Reihe nach«, sagte de Boer. »2001 haben die Kollegen in Duisburg einen Manfred Bolski als Hauptverdächtigen bei einem größeren Drogendeal ermitteln können. Es reichte jedoch nicht für eine Festnahme. Dann gab es 2006 eine Schießerei an der niederländischen Grenze, als die Kollegen vom holländischen und deutschen Zoll gemeinsam einen Kleinbus kontrollieren wollten. Damals starb ein deutscher Kollege, zwei holländische wurden schwer verletzt. Der Kleinbus hingegen konnte entkommen. Man fand ihn einige Kilometer weiter an einer Ausfahrt der Autobahnmeisterei. Ein toter Dealer lag im Wagen, die beiden anderen Insassen waren flüchtig. Angemietet wurde der Bus im niederländischen Arnheim auf den Namen Manfred Bolski. Dann habe ich die Aussage eines im Jahr 2009 in Palma de Mallorca verhafteten Drogendealers, er habe mit einem Manfred Bolski als dem Vertreter eines angeblich großen Rings von Heroinimporteuren nach Deutschland im marokkanischen Tanger verhandelt. Fotos von diesem Manfred Bolski gibt es jedoch keine. Er ist wie ein Phantom – dies- wie jenseits der Landesgrenzen.«

Ferschweiler stand mittlerweile vor dem Fenster seines Büros, hatte beide Hände in den Hosentaschen vergraben und schaute hinunter auf den Innenhof, auf dem Mitglieder der Karnevalsgesellschaft Rote Funken gerade damit beschäftigt waren, ihre Musikinstrumente in einem Kleinbus zu verstauen. »Jetzt stellt sich aber immer noch die Frage, wer der junge Mann eigentlich war, der Bolskis Namen angenommen hat.«

»Mir stellt sich die Frage nicht mehr«, erwiderte de Boer. »Ich habe ihn höchstwahrscheinlich identifiziert.«

Dr. Süß klatschte begeistert in die Hände. »De Boer, gute Arbeit.«

»Er heißt mit richtigem Namen Kommittke«, sagte de Boer.

»Wie hast du das denn so überaus schnell herausbekommen?«, fragte Ferschweiler.

»Na, ich bin nicht umsonst Polizist geworden. Aber eigentlich war es ganz einfach. Die Cousine, die Bolskis Grab betreut, berichtete, dass jedes Jahr zum Todestag ihres Cousins ein großer Blumenstrauß neben dem Grabstein steht. Sie fand das all die Jahre merkwürdig, da sich ansonsten niemand für die Grabstelle interessiert habe. Die Cousine konnte mir mitteilen, von welcher Gärtnerei die Blumen stammten. Ich habe daraufhin dort angerufen und so erfahren, dass die Blumen seit Jahren von einem Lothar Kommittke aus Saarburg bezahlt werden.«

»Dann ist Kafka also Lothar Kommittke?«, fragte Dr. Süß.

»Nein, Lothar Kommittke ist fünfundsiebzig Jahre alt, aber er hat einen Sohn im passenden Alter namens Hans-Walther. Ich habe mir dessen letztes vorliegendes Lichtbild vom Einwohnermeldeamt in Saarburg kommen lassen. Es ist zwar schon einige Jahre alt, aber die Ähnlichkeit mit Kafka ist unverkennbar.«

»Weißt du schon Näheres über Kommittke?«, fragte Ferschweiler.

Der Holländer holte tief Luft. »Geboren wurde Kommittke 1967 in Saarburg. Seine Eltern hatten im Stadtteil Beurig eine Apotheke. Und der junge Kommittke hat sich schon sehr früh für Chemie interessiert. Viermal hat er bei ›Jugend forscht‹ teilgenommen, einmal sogar einen Preis gewonnen. Der Titel seines Beitrags war ›Öle und ihre Verwendung in pharmazeutischen Produkten‹. Es ging wohl, wenn ich das richtig verstanden habe, um die Optimierung von Emulsionen als Basis für medizinische Körpercremes.«

»Soso«, meinte Dr. Süß. »Klingt in unserem Zusammenhang ja nicht völlig uninteressant, oder?«

»Nein, im Gegenteil.« De Boer legte jetzt richtig los und referierte detailliert die frühe Biographie Kommittkes. »Im Wintersemester 1989/90 nahm Kommittke das Studium der Angewandten Chemie an der Universität Kaiserslautern auf. Allerdings hat er dort nie ein Diplom gemacht. Insgesamt war Kommittke fünfzehn Semester eingeschrieben und verließ die Universität offiziell nach dem Sommersemester 1997 ohne Abschluss. Danach verliert sich seine Spur.«

»Vollständig?«, fragte Ferschweiler.

»Na ja, er ist weiterhin bei seinen Eltern gemeldet. Offiziell ist er seitdem aber nicht mehr in Erscheinung getreten. Er zahlt keine Steuern, hat aber auch nie Arbeitslosengeld beantragt. Krankenakten gibt es nach 1997 auch keine mehr. Er ist wie vom Erdboden verschluckt.«

»Hast du schon mit seiner Familie Kontakt aufgenommen?«

»Das habe ich versucht. Aber der Anrufbeantworter teilte mir mit, dass man sich mit der Arbeiterwohlfahrt auf den Hurtigruten befinde und erst am 22. November zurückkehren werde. Soll ich Kontakt zu der Reederei aufnehmen, die die Hurtigruten bedient, damit wir zeitnah mit Kommittkes Eltern sprechen können?«

Ferschweiler schüttelte den Kopf und dachte nach. Dann sagte er: »Nein, bevor wir diesen Aufwand betreiben, sprechen wir erst noch einmal mit unserem Künstler. Was hat der eigentlich so gemacht, in künstlerischer Hinsicht, meine ich? Dr. Berggrün und Helena Claus waren ja ganz begeistert von ihm.«

De Boer räusperte sich. »Also, im Bereich Kunst ist Kafka weitgehend Autodidakt. Seit 2005 hat er einen Galeristen in Berlin. An der Trierer Kunstakademie ist er erstmals 2008 als Dozent in Erscheinung getreten. Überzeugt haben damals wohl sein pädagogisches Konzept und seine besondere Ausstrahlung. Seine Kurse wurden im ersten Semester, wohl wegen seiner Unbekanntheit bei den Teilnehmern, noch recht verhalten besucht, waren danach aber übervoll. Seine Lehre verfolgte immer experimentelle Konzepte. Einmal hat er ein Seminar mit dem Titel ›Die weiße Leinwand‹ angeboten, ein anderes Mal hieß sein Kurs ›Bilder, die besser nie gemalt worden wären‹. Selbst berühmt geworden ist er mit fast schon dadaistisch zu nennenden Konzepten wie der Präsentation von Bildern, die in speziellen Holzkisten verpackt waren. Öffnete man die Kisten, so setzte man dadurch einen Mechanismus in Gang, der die Leinwände im Inneren mit einer Chemikalie besprühte, die zu deren sofortiger Zersetzung führte. Er schuf also Kunst, die sich im Akt der versuchten Betrachtung selbst zerstörte und deshalb im eigentlichen Sinne unbetrachtet bleiben musste. Raffiniert, oder? Ich finde, dass das ein überaus interessantes Konzept ist, das …«

Ferschweiler schüttelte den Kopf und machte mit der rechten Hand eine deutlich sprechende ablehnende Bewegung. Kunst, die nicht betrachtet werden konnte, die quasi nur imaginär vorhanden war? Er fand das mehr als absonderlich.

»Dann hat Kafka ein Fotoprojekt gestartet«, berichtete de Boer, unbeirrt von den abwehrenden Blicken und Gesten seines Kollegen, weiter, »bei dem er Pornofilme nach Szenen durchsuchte, in denen Reproduktionen von Werken der Hochkunst im Hintergrund zu sehen sind. Diese *film stills* hat er dann ausgedruckt, vergrößert und in eine deutlich verpixelte Struktur überführt. Die Leinwände, die er so schuf, haben das Format von circa drei mal drei Metern und sind auf dem Kunstmarkt stark gefragt.«

Ferschweiler wollte nichts mehr hören. Kunst oder das, was man als solche bezeichnete, wurde ihm immer suspekter.

»Na dann, Ferschweiler«, sagte Dr. Süß zum Abschluss, stand auf und knöpfte sich sein Sakko zu. »Konzentrieren Sie sich erst einmal auf diesen Kafka alias Kommittke alias Bolski. Was für ein Verwirrspiel. Behalten Sie bloß beide einen kühlen Kopf. Wir können es uns nicht erlauben, in diesem Fall Fehler zu machen.«

»Okay, Chef«, sagte Ferschweiler. »Reicht der momentane Stand der Ermittlung eigentlich aus, dass wir uns mal in Kafkas Wohnung umsehen können?«

»Das, mein lieber Freund, glaube ich nicht. Aber Ihnen fällt schon etwas ein, da bin ich mir sicher. Nur gehen Sie behutsam vor. Einen Skandal kann ich nicht gebrauchen.«

Lautstark fiel die Tür hinter ihm ins Schloss. Im Büro herrschte einen Moment lang Stille.

Dann räusperte sich Ferschweiler. »Also ist die Verwirrung komplett, oder?« Er sah de Boer ratlos an. »Wie gehen wir weiter vor, was meinst du?«

»Wir kriegen vielleicht aktuell keinen Durchsuchungsbefehl«, sagte de Boer, »aber es ist ja sicher nichts dagegen einzuwenden, wenn wir Laszlo Kafka im Rahmen einer offiziellen Befragung noch einmal bei sich zu Hause aufsuchen.«

»Gute Idee, vielleicht können uns ja auch seine Nachbarn noch das eine oder andere über ihn erzählen. Außerdem ist es höchste Zeit, ihn um eine Speichelprobe zu bitten und nach Tattoos zu fragen. Und mal ganz abgesehen davon: Ich wollte immer schon einmal sehen, wie ein Künstler eigentlich so lebt«

Ferschweiler und de Boer verließen das Kommissariat in der Güterstraße und fuhren mit dem Dienstwagen in Richtung Fluss. Wie immer war in der Karl-Marx-Straße vor der Ampel an der Römerbrücke Stau.

Na, das kann dauern, dachte Ferschweiler und blickte aus dem Fenster.

Die Karl-Marx-Straße war eine Art Rotlichtmeile der Moselmetropole: Ein paar muffige Sexshops und Erotikkinos sowie einige schummrige Raucherkneipen und Striplokale mit bedeutungsvoll klingenden Namen reihten sich hier aneinander. Ferschweiler hatte nie verstanden, warum sich gerade in dieser Gegend der Kunstverein »Aktuelle Kunst« angesiedelt hatte. Vom Image dieser Straße würde er auf keinen Fall profitieren können, aber vielleicht waren wenigstens die Mieten niedrig. Warum allerdings der Fachbereich Psychologie der Universität hier residierte, das konnte Ferschweiler sich gut herleiten. Ob seine Überlegungen auch den Tatsachen entsprachen, darüber hätte er erst einmal weitere Nachforschungen anstellen müssen.

Das dreistöckige Haus, in dem Laszlo Kafka, oder wie auch immer er nun hieß, wohnte, stand dunkel am Ende der Straße in Trier-West. Im Sommer war dies eigentlich eine bevölkerte Gegend, doch an diesem Novembervormittag war die Straße wie leer gefegt. Kein Mensch war zu sehen.

Als Ferschweiler und de Boer vor dem Haus parkten, erkannten sie erst das Ausmaß der ganzen Tragödie. Das Haus hatte seine besten Zeiten offensichtlich schon lange hinter sich: Die Fassade schien seit Jahrzehnten keine Farbe mehr gesehen zu haben. An vielen Stellen bröckelte bereits der Putz. Die vor sich hin faulende hölzerne Eingangstür stand trotz der Novemberkälte sperrangelweit offen.

Ein Blick durch die Tür offenbarte, dass es auch im Inneren nicht besser war. Die Tür zum Kellerabgang war eingetreten und hing schief in den Angeln. Einige kohlrabenschwarze Flecken auf dem Boden deuteten darauf hin, dass vor nicht allzu langer Zeit im Treppenhaus etwas gebrannt haben musste. Ferschweiler wurde bei einem solchen Anblick immer nachdenklich. Wieso konnte so etwas in seinem Revier existieren, hier, knapp zweihundert Meter von seiner eigenen Bleibe entfernt? Was war nur mit dem Stadtteil seiner Jugend passiert?

Keiner der Briefkästen war mehr intakt, einige davon hatte man offenkundig aufgebrochen. Von den sechs Klingelschildern trugen nur noch drei Namensschilder.

»Kafka steht da nirgends«, stellte de Boer fest. »Residiert unser Top-Dozent etwa inkognito?«

»Die Adresse stimmt auf jeden Fall. Helena Claus sagte mir vorhin am Telefon, dass sie ihm regelmäßig Briefe an diese Adresse schicke, und noch nie sei etwas zurückgekommen.«

»Dann müssen wir wohl etwas allgemeiner ansetzen«, sagte de Boer und drückte auf alle Klingeln gleichzeitig.

In der ersten Etage und im Erdgeschoss ging jeweils ein Fenster auf. Oben streckte ein etwa sechzigjähriger Mann seinen nackten, stark behaarten Oberkörper nach draußen, ein Stockwerk unter ihm erschien das Gesicht einer vielleicht Zwanzigjährigen, grell geschminkt und die Ohren voller Piercingringe.

»Was gibbet denn?«, wollte der Mann mit benebelt wirkendem Blick und deutlich lallender Stimme wissen.

»Seid ihr vonne SWT?«, fragte das Mädchen aggressiv.

»Polizei«, sagte de Boer und hielt beiden seinen Dienstausweis entgegen. »Wir hätten da ein paar Fragen.«

»Ist richtig, dass ihr mal kommt und die Göre da unten kontrolliert. Der Lärm ist ja nicht zum Aushalten«, lallte es von oben.

»Halt die Fresse, Opa«, rief die junge Frau, deren nachlässig geschlossene pinkfarbene Trainingsjacke einen Blick auf ihr Dekolleté ermöglichte. »Mach's dir doch selbst mit deinen Flaschen, du alter Daos. Kannst dir gut aanen biejeln, aber sonst auch nix.« Und zu den beiden Polizisten: »Ich krieg Grief, wenn ich den seh, diesen Hondsfodt.«

»Langsam, langsam«, versuchte Ferschweiler den anscheinend schon länger schwelenden Konflikt zwischen den beiden zumindest für einen kurzen Moment zu entschärfen. »Wir haben nur ein paar Fragen zu diesem Mann.«

Ferschweiler hielt eine Fotografie von Kafka hoch, die er aus dem Jahresprogramm der Kunstakademie vergrößert hatte.

»Kann nix sehen«, erklang es von oben. »Hab mein Brill nicht auf.«

»Was hat der denn gemacht?«, wollte die junge Frau wissen.

»Kennen Sie ihn denn?«, ging Ferschweiler über ihre Frage hinweg.

»Ja, der Kerl wohnt hier. Neben dem alten Suffkopp da oben im ersten Stock.« Voller Verachtung blickte sie kurz zu ihrem Nachbarn hoch. »Is aber nich mein Typ.«

Soso, dachte sich Ferschweiler.

»Er nennt sich selbst Kafka. Komischer Familienname. Was wollt ihr Schnüffler denn von dem?««

»Das hat Sie nicht zu interessieren. Wissen Sie, ob Herr Kafka jetzt gerade zu Hause ist?« De Boer zeigte sich von der abfälligen Flapsigkeit der jungen Frau völlig unbeeindruckt – Ferschweiler fragte sich allerdings, ob sein Kollege als Zugezogener sie überhaupt verstand.

»Nein, ist er nicht. Als ich vorhin mit meinen Kindern nach Hause gekommen bin, da fuhr er gerade mit seinem Wagen weg.«

»Können Sie uns etwas über den Wagen sagen? Farbe? Modell?« De Boer hielt bereits seinen kleinen Schreibblock und einen Stift in der Hand.

»Na, das ist so ’n dicker Schlitten, schwarz mit viel Chrom vorn am Kühler. Hat ’ne Luxemburger Nummer.«

»Können Sie uns die auch nennen?« Ferschweiler verlor allmählich die Geduld. Dass immer alle meinten, mit der Polizei zusammenzuarbeiten sei schändlich. Das Gegenteil war schließlich der Fall!

»SX 6969 oder so ähnlich.«

Aus dem Inneren ihrer Wohnung hörte man nun lautes Geschrei. Die erwähnten Kinder begannen anscheinend gerade damit, sich eine regelrechte Schlacht zu liefern.

»Ich muss nach meinen Radisij schauen.« Mit einem lauten Knall schlug sie das Fenster zu. Von drinnen hörte man sie in einer Lautstärke brüllen, die Ferschweiler ihr nicht zugetraut hätte.

»Sehen Sie, was ich mit Lärm meine?«, meldete sich der Mann im Obergeschoss wieder zu Wort.

»Kennen Sie denn Ihren Nachbarn näher?« Ferschweiler legte den Kopf in den Nacken und schaute dem Mann in die trüben Augen.

»Nee. Der will mit so ’nem Schmull wie mir nischt zu tun haben. Der hält sich für wat Besseres.«

»Aber wohnen tut er doch hier. Warum eigentlich?«, wollte de Boer wissen.

»Na ja, hier hat er seine Ruhe«, sagte der Mann und schloss kichernd das Fenster.

Ferschweiler schaute zu seinem Assistenten, der wohl nicht wusste, was er sagen sollte, und daher nur die Achseln zuckte.

»Was machen wir jetzt? Gehen wir in die Wohnung?«, fragte de Boer.

»Nein, Wim, du hast Dr. Süß doch gehört: keine Skandale. Wir besorgen uns einen Durchsuchungsbefehl und kommen dann wieder«, sagte Ferschweiler, »und zwar möglichst schnell.«

»Sollten wir nicht wenigstens raufgehen und mal an der Tür lauschen?« De Boer grinste. »Würde mich nicht wundern, wenn wir jemanden dahinter röcheln hören. Du weißt schon, Rudi: Gefahr in Verzug. Hinterher heißt es noch, wir hätten uns der ›unterlassenen Hilfeleistung‹ strafbar gemacht.«

Ferschweiler sah seinen Assistenten entsetzt an. »Hör auf und komm jetzt mit. Wir sind im Trierer und nicht im Wilden Westen.«

Dr. Quint wartete bereits in ihrem Büro, als Ferschweiler und de Boer kurze Zeit später zurückkehrten. Er hatte sich auf Ferschweilers Stuhl gesetzt, und sein massiger Körper ließ den ohnehin nicht großen Raum noch kleiner erscheinen.

»Was verschafft uns denn wieder mal die Ehre, Doc?«, fragte de Boer. Ferschweiler nickte Quint lediglich zu.

»Eigentlich wollte ich euch nur zur Feier anlässlich meiner Pensionierung einladen, die nächsten Freitag ansteht. Aber eure Gesichter verraten mir, dass ihr euch wirklich sehr darüber freut, mich zu sehen.«

Ferschweiler kannte Dr. Quint seit seinem Eintritt in den Polizeidienst. Sie hatten so einiges miteinander erlebt und durchgestanden.

Aber in derart bedrückter Stimmung wie heute hatte Ferschweiler Quint selten gesehen. Musste er sich Gedanken machen?

»Geht es dir nicht gut?«, fragte er seinen alten Weggefährten besorgt.

»Nein, es ist alles in Ordnung. Alle Probleme wie immer, aber noch im grünen Bereich. Ich habe nur ein wenig Angst vor der Veränderung. Was ist, wenn ich in ein Loch falle, weil ich nichts mehr zu tun habe? Und nur im Garten sitzen? Rudi, du kennst mich.«

Das stimmte, Ferschweiler kannte Quint sehr gut.

»Weißt du was? Lass uns heute nach Feierabend gemeinsam rüber in die ›Agritiusschänke‹ gehen. Da können wir gemütlich ein Stubbi trinken und reden. Und wenn du willst, auch nageln. Hm?«

»Okay, waorom aijentlich nöt, du Flabbes?«

Nachdem Dr. Quint sich verabschiedet hatte, setzte sich Ferschweiler an seinen Schreibtisch und mühte sich damit ab, einen Bericht über die bisherigen Ermittlungen zu verfassen. Er merkte recht schnell, dass ihn diese Aufgabe den ganzen Nachmittag über in Anspruch nehmen würde. De Boer hingegen sollte in dieser Zeit noch einmal das Archiv nach weiteren Informationen zu den Namen »Bolski« und »Kommittke« durchsehen.

Der Abend in der »Agritiusschänke« verlief anders als gedacht. Quint und Ferschweiler tauschten sich über vieles aus, was sie in den letzten knapp zwanzig Jahren gemeinsam erlebt hatten. Sie sprachen auch über den Ruhestand und das beunruhigende Gefühl, mittlerweile tatsächlich zum Alteisen zu gehören. Nach dem zweiten Stubbi sagte Dr. Quint plötzlich:

»Das habe ich völlig vergessen, Rudi. Schorsch wollte vorhin, als ich ging, irgendwas von dir. Da warst du anscheinend schon unterwegs hierher. Am besten, du rufst ihn mal kurz an.«

»Wieso soll ich den anrufen? Kann der sich nicht bei mir melden, wenn er Informationen für mich hat?«

»Schon«, antwortete Quint, »aber dafür müsste der Herr Hauptkommissar auch Saft auf seinem Handy haben.«

Ferschweiler griff in seine Tasche und zog sein Mobiltelefon heraus. Es war tot.

»Scheiße«, sagte er. »Darf ich deins benutzen?«

»Wenn's denn sein muss. Aber keine 0190er-Nummern.«

Ferschweiler suchte in seinem Notizbuch nach der Nummer des Kollegen von der KTU und tippte sie in Quints Telefon. Dessen letzte Bemerkung ließ er unkommentiert.

Nach dreimaligem Klingeln meldete sich Wingertszahn-Lichtmeß.

»Rudi, schön, dass du anrufst. Du bist ja wie vom Erdboden verschluckt. Ermittelst du jetzt undercover oder bist du inzwischen beim Verfassungsschutz?«

Ferschweiler hatte über die Witze des Kollegen noch nie lachen können.

»Ich habe Neuigkeiten für dich.«

»Schieß los«, sagte Ferschweiler. »Es geht um den Mord an Melanie Rosskämper, oder?«

»Nein«, sagte der Kriminaltechniker, »es geht um beide Morde. Ich hatte dir doch von den Fasern erzählt, die ich an der Kippe neben Kinzigs Leiche gefunden habe.« Unvermittelt legte der Kollege von der KTU eine Pause ein. Ferschweiler hasste das. Immer musste man bei Schorsch nachfragen. Diese besondere Trierer Eigenart konnte er, obwohl er von hier war, selbst nicht leiden.

»Und«, fragte er genervt, aber hochinteressiert, »was ist mit den Fasern?« Beschweren nützte in diesen Fällen nichts. Schorsch war ein echter Kürenzer Dickkopf.

»Die Fasern haben mich eine Menge Arbeit gekostet. Die Farbe und Zusammensetzung haben mich sofort skeptisch gemacht. Es handelt sich um eine aufwendig produzierte Textilfaser auf Nanotechnologie basierend, die in der Herstellung von Outdoor-Bekleidung verwendet wird. Da wurde ich stutzig und habe mir die Kleidung von Ulrike Kinzig aus der Asservatenkammer kommen lassen, weil ich mich an ihre auffällige Wanderjacke erinnern konnte. Und siehe da! Die Fasern stammen zweifelsfrei von dem Stoff, aus dem die Innenseiten der Jackentaschen gemacht sind.«

»Na, leck mich fett«, entfuhr es Ferschweiler, der sich auch gut an die Jacke erinnern konnte. »Und was schlussfolgerst du daraus, Schorsch?«

»Für mich gibt es nur eine Erklärung«, sagte dieser. »Die Kinzig hatte die Kippe in ihrer Jackentasche. Und die nutzt man ja normalerweise nicht als Aschenbecher, also muss sie sie bewusst da reingetan haben.«

»Aber wenn sie die Kippen in ihrer Tasche hatte, wir sie jedoch sowohl neben Melanie Rosskämper als auch neben ihrer eigenen Leiche gefunden haben, dann muss sie die erste Kippe neben die tote Rosskämper gelegt haben, als sie sie fand.«

»Und die zweite?«, mischte sich Dr. Quint in das Gespräch ein, der während der ganzen Zeit seinen massigen Kopf neben das Mobiltelefon gehalten hatte. Gut, dass die Wirtin Ferschweiler schon kannte, sie hätte sich sonst wer weiß was bei diesem sonderbaren Paar gedacht.

»Tja«, sagte Ferschweiler nachdenklich. »Vielleicht ist sie ihr aus der Tasche gefallen, als sie den Schlag mit dem Spaten gegen die Schläfe bekam.«

»So könnte es gewesen sein«, sagte Schorsch. »Bestätigt wird deine Theorie dadurch, dass die Kippe trocken war, als wir sie fanden.«

»Aber es stellt sich die Frage, warum die Kinzig die Kippe neben die tote Rosskämper gelegt hat«, sagte Ferschweiler.

»Darauf gibt es eigentlich nur eine Antwort.« Dr. Quint winkte, während er dies sagte, der Bedienung zu, um ein weiteres Stubbi zu bestellen.

»Jetzt machst du es auch noch spannend, Doc«, sagte Ferschweiler genervt. »Nun sag doch endlich mal ohne Aufforderung, was du denkst.«

Dr. Quint lachte. »Du änderst mich nicht mehr, Rudi. Du nicht. Aber wenn du es unbedingt wissen willst. Die Kinzig hatte wahrscheinlich einen Plan. Vielleicht kannte sie den Täter und wollte uns einen versteckten Hinweis geben.«

»Wie in schlechten Kriminalromanen«, stellte Ferschweiler seufzend fest. »Aber mal ehrlich, Doc: Wieso sollte sie das tun? Ich habe mit ihr gesprochen. Da hätte sie doch klipp und klar den Täter benennen können.«

»Was weiß ich denn, Rudi? Ich bin nur ein alter Leichenfledderer kurz vor dem Zustand altes Eisen.«

»Dank dir, du alter Boxeschösser, dass ich dein Telefon benutzen durfte«, sagte Ferschweiler augenzwinkernd zu Quint, nachdem er sich von Wingertszahn-Lichtmeß verabschiedet und aufgelegt hatte, und legte ihm freundschaftlich einen Arm um die Schulter. »Gönn dir noch ein Stubbi auf meine Kosten. Wir sehen uns.«

Ferschweiler zog seinen Mantel an, grüßte freundlich in die kleine Runde der anwesenden Trinker und entschwand in die Nacht. Es war bereits wieder neblig geworden. Die heraufziehende Kälte des nahenden Winters war deutlich zu spüren.

Noch bevor Ferschweiler das Büro verlassen hatte, hatte er die Angaben zu Kennzeichen und Fabrikat des Luxemburger Wagens an seine Kollegen weitergeleitet, die einen Abgleich mit dem zentralen Verkehrsregister machen sollten. Da kurzfristig mit keiner Antwort zu rechnen war, ging Ferschweiler nicht noch einmal ins Büro, sondern fuhr mit dem Taxi nach Hause in die Dauner Straße, wo er möglichst schnell ins Bett kommen wollte. Er war völlig erledigt.

Dunkel ragte das mit braunen, bereits deutlich in Mitleidenschaft gezogenen Eternitplatten flächenfüllend bedeckte Hochhaus vor ihm auf, in dem er schon jahrelang, seit er bei der blauen Käthe ausgezogen war, seine Wohnung hatte. Nur die kleine elektrische Funzel neben dem monumentalen Klingelschild mit seinen insgesamt sechsundvierzig Namen spendete ein wenig Licht. Als Ferschweiler den Schlüssel ins Schloss stecken wollte, knallte es hinter ihm gewaltig. Erschrocken drehte er sich um. Keine drei Meter von ihm entfernt knisterten die Reste eines alten Röhrenfernsehers auf den Waschbetonplatten des Gehwegs.

So etwas hatte Ferschweiler zuletzt Silvester 1991 in Prag erlebt, als er einen Freund von Interpol besucht hatte und feststellen musste, dass die Tschechen in Ermangelung von Böllern und Feuerwerksraketen Geschirr und anderes aus den Fenstern ihrer Vorstadthochhäuser auf das Pflaster donnern ließen, um das kommende Jahr zu begrüßen. Eingeweihte wüssten dies, so sein Freund damals. Für Touristen hingegen konnte es tödlich sein.

Aber hier? Zudem war erst November.

Vorsichtig trat Ferschweiler unter der Deckung des überdachten Eingangs hervor und schaute an der Fassade des Wohnblocks nach oben. Überall Satellitenschüsseln und Wäschespinnen, aber nirgendwo brannte Licht, außer bei seinen direkten Nachbarn, den Rachs. Bei denen standen alle Fenster sperrangelweit offen. Harte, dröhnende Musik war zu hören.

Nein, nicht auch das noch. Warum mussten gerade seine Nachbarn die schlimmsten und renitentesten Mieter im ganzen Bunker sein? Warum musste er nachts ständig an die Wand seines Schlafzimmers klopfen, wenn nebenan wieder bei enormer Lautstärke die Probleme des Tages diskutiert wurden oder sonst etwas passierte?

Aber ihm war heute nicht nach weiteren Konflikten zumute. Er steckte den Schlüssel ins Haustürschloss und hoffte, dass im Kühlschrank vielleicht noch eine Flasche Riesling auf ihn wartete.

Im Foyer roch es muffig. Post hatte er keine bekommen. Gott sei Dank. Da beide Aufzüge seit geraumer Zeit nur unregelmäßig liefen, die Wohnungsbaugenossenschaft sich in dieser Angelegenheit aber äußerst geduldig zeigte, dauerte es zumeist etwas länger, bis sich eine der Kabinen zeigte.

Heute ging es allerdings überraschend schnell, aber als sich die Türen öffneten, glaubte Ferschweiler seinen Augen nicht zu trauen. Vor ihm saß, zusammengekauert in einer Ecke des versifften Fahrstuhls, weinend die Tochter seiner Nachbarn.

»Denise«, sprach Ferschweiler sie vorsichtig an. »Was ist passiert?«

Das Mädchen rührte sich kaum, gab nur kurze Laute von sich, die Ferschweiler nicht verstand.

»Komm, ich bring dich in meine Wohnung. Da bist du sicher.«

»Ey, Alter, fass mich nich an, verpiss dich«, stieß das Mädchen hervor, sprang auf und rannte an Ferschweiler vorbei aus dem Haus. Ferschweiler wollte hinterher, als aus dem Treppenhaus der Vater des Mädchens geschossen kam, im zerschlissenen Trainingsanzug und mit beflecktem Hemd, vor Erregung tiefrot im fülligen Gesicht.

»Halt du dich da raus, du Hewerling«, rief er mit erhobener Faust in Richtung Ferschweiler, als er ihn erblickt hatte. »Dich können wir hier jetzt gar nicht gebrauchen. Zieh Leine, du Arsch!«

Für Ferschweiler war diese Situation nicht neu, vielmehr war sie fast schon alltäglich. So oft hatte er bereits versucht, schlichtend einzugreifen, mehrfach die Kollegen von der Schutzpolizei gerufen. Aber waren die Beamten endlich da, dann herrschte bei seinen Nachbarn plötzlich wieder traute Einvernehmlichkeit. Weder Mutter noch Tochter bezogen Position gegen den Vater. Die blauen Flecken waren dann angeblich beim Putzen entstanden oder beim Spielen mit den Nachbarskindern. Selbst dem Jugendamt waren die Hände gebunden. Und so hatte Ferschweiler resigniert.

Als er auf seiner Etage aus dem Aufzug trat, sah er, dass bei Rachs die Tür offen stand. Kurz entschlossen klopfte er und trat ohne Aufforderung ein.

Absolut aufgeräumt und sauber präsentierte sich die Wohnung der Rachs. Hätte man anhand von Kevin Rachs Erscheinungsbild auf dessen Behausung geschlossen, man hätte meilenweit danebengelegen.

Im Wohnzimmer saß Rachs Frau Kerstin. Sie weinte, und ihr Make-up war verlaufen. Es hatte auf ihrem Glitzertop bereits merkwürdig abstrakte Formen hinterlassen – fast schon Kunst, dachte Ferschweiler, doch verwarf er diesen Gedanken sofort wieder.

»Kerstin, Mensch, was ist denn los?«, fragte er seine völlig aufgelöste Nachbarin.

»Ach Rudi, komm, hör auf. Du weißt doch, was los ist. Zieh Leine.«

»Aber ich will dir helfen, Kerstin. Soll ich nicht noch einmal das Jugendamt rufen? Es geht doch so nicht weiter.«

»Rudi, lass bitte. Es bringt doch nichts. Wenn der Kevin zurückkommt und dich hier findet, dann passiert ein Unglück. Also, bitte geh.«

Flehentlich schaute sie ihn an. Ferschweiler verstand und verließ zögerlich die Wohnung. Wie immer in solchen Situationen fühlte er sich macht- und hilflos.

Als er seine Wohnungstür hinter sich geschlossen hatte, war ihm übel. Eine solche Verrohung; er konnte es einfach nicht begreifen.

Ferschweiler hatte kaum zwei Stunden geschlafen, da machte ihn Lärm von draußen wach. Vor dem Haus hatte ein weiterer Nachbar mal wieder seinen mit allerlei Metallschrott beladenen Pritschenwagen abgestellt. Aus dem Führerhaus drang ohrenbetäubende Musik, und Ferschweiler hörte den Fahrer lauthals mitsingen: »Zieh dich aus, kleine Maus, mach dich nackig, komm zu Papa her ins große Himmelbett.«

An Schlaf war für ihn nicht mehr zu denken. Ferschweiler entschied sich, einen langen Spaziergang zu machen.

Als er das Hochhaus verlassen hatte, fragte er sich, wohin er eigentlich gehen sollte. Er beschloss nach kurzem Überlegen, die Bahngleise zu überqueren und am Fluss entlangzugehen. Auf der Dauner Straße bog er nach links in die Hornstraße ab und ging am Einkaufszentrum vorbei, das um diese Zeit wie ausgestorben dalag. Nur zwei Obdachlose lagen schlafend unter einer Decke aus Pappverpackungen im Einkaufswagenhäuschen des Discounters und schnarchten zum Gotterbarmen, mehrere geleerte Anderthalbliterflaschen Rotwein neben sich liegend.

Kurz hinter der Do-it-yourself-Autowaschanlage überquerte Ferschweiler den Bahnübergang. Wie immer bewunderte er das schmiedeeiserne Tor an der Einfahrt zum Hof der Weingroßhandlung und ging parallel der Gleise in Richtung des »Standhaften Legionärs«.

Als er an der Kunstakademie vorbeikam, bemerkte er, dass auf dem Parkplatz ein dunkler Geländewagen stand. Von der Straße aus war er durch den Metallzaun, der das Gelände umgab, gut zu sehen. War Kafka etwa jetzt gerade in der Akademie?

Langsam ging Ferschweiler weiter bis zum Tor des ehemaligen Schlachthofs, das wie immer offen stand. Nachdem er sich vorsichtig umgesehen hatte, betrat er das Gelände und ging in Richtung Parkplatz. Tatsächlich, es schien sich um Kafkas Wagen zu handeln. Ein schwarzer Porsche Cayenne mit chrombeschlagenem Gestänge im Frontbereich, und auch das Luxemburger Nummernschild stimmte mit den Angaben überein, die die junge Mutter de Boer und Ferschweiler gegenüber gemacht hatte. Blieb nur die Frage, wo genau Kafka gerade war. Ferschweiler beschloss, den zentralen Bau, bestehend aus der Kunsthalle und den angegliederten Ateliers, einmal zu umrunden.

Er brauchte nicht lange zu suchen. Bereits als er am Ende des Parkplatzes um die Ecke des Bildhauerateliers bog, sah er, dass im Turmzimmer Licht brannte. Deutlich konnte er Schatten erkennen, deren Bewegungen auf eine heftig geführte Diskussion hindeuteten.

Ferschweiler war klar, dass er nicht näher an das Geschehen herankommen konnte. Zwar hätte er Helena Claus anrufen können, die ihm aus für ihn schleierhaften Gründen ihre Handynummer auf ihrer Visitenkarte zugesteckt hatte. Aber ob die Dame erfreut darüber gewesen wäre, wenn er sie um zwei Uhr nachts aus den Federn geklingelt hätte mit der Bitte, ihm die Kunsthalle aufzusperren, das bezweifelte er doch arg. Auch machte es keinen Sinn, de Boer zu verständigen. Dann hätten sie lediglich zu zweit hier gestanden. Also hieß es warten. Vielleicht verließen Kafka und die andere Person, mit der er im Turmzimmer war, ja bald das Gebäude. Ferschweiler würde dann hoffentlich sehen können, um wen es sich handelte.

Aber wo sollte er warten? Er konnte schließlich nicht abschätzen, wann Kafka herauskommen würde. Ferschweiler stellte den Kragen seines Mantels hoch und blies sich in die gefalteten Hände. Wie kalt mochte es wohl sein? Gefühlt waren es höchstens null Grad. Allmählich merkte er, wie die Kälte ihm in die Schuhe kroch. Wo sollte er sich hinstellen, um es etwas wärmer zu haben und gleichzeitig den Eingang des Gebäudes beobachten zu können? Er entschied, sich unter die Pergola der Cafeteria zu stellen, wo er hoffentlich eine zumindest windgeschützte Ecke finden würde.

Etwa eine Stunde verging, ohne dass etwas passierte. Rosi würde bald aufstehen und im Schankraum des »Standhaften Legionärs« Klarschiff machen. Wie gern wäre er jetzt bei ihr gewesen. Ferschweiler wollte gerade schon aufgeben und sich auf den Weg zu ihr machen, da erlosch im Turmzimmer das Licht. Vor elektrisierender Spannung vergaß Ferschweiler seine kalten, steifen Füße und seine schmerzenden Ohren augenblicklich.

Die Kunsthalle hatte zwei Ausgänge, die für Kafka zum Erreichen seines Wagens in Frage kamen. Einer davon lag auf Ferschweilers Seite. Sollte der Dozent jedoch den Ausgang auf der anderen Seite nehmen, dann hätte Ferschweiler einen schlechten Beobachtungsposten gewählt. Aber das musste er riskieren. Er durfte sich jetzt nicht von der Stelle rühren, Kafka durfte ihn nicht bemerken. Zu diesem Zweck hockte sich Ferschweiler hinter die Korbstühle, die jemand unter der Pergola aufgestapelt hatte. Jetzt ging in der Kunsthalle das Licht an, gleißend hell wurde es plötzlich hinter den großen Glasflächen. Ferschweiler erkannte Kafka in Begleitung einer Frau. Er traute seinen Augen nicht. Damit hätte er nicht gerechnet. Er würde morgen noch ein weiteres Verhör führen müssen, und auf dieses freute er sich schon jetzt.

Das Licht in der Halle erlosch wieder; Kafka und seine weibliche Begleitung verließen die Halle durch den Ausgang, den Ferschweiler nicht im Blick hatte. Kurz darauf hörte er, wie der Cayenne aufheulte und vom Gelände fuhr. Ferschweiler war wieder allein. Darüber, dass er völlig durchgefroren war, ärgerte er sich nicht, denn seine Ermittlungen waren diese Nacht ein gutes Stück vorangekommen, davon war er überzeugt.

ZEHN

So früh war Ferschweiler schon lange nicht mehr in der Kantine des Polizeipräsidiums gewesen. Normalerweise startete er immer von Rosi mit einigen Klappschmeer gut versorgt in den Tag, oder aber er verzichtete ganz auf ein Frühstück. Nur Kaffee, den brauchte Ferschweiler morgens auf jeden Fall.

In der Schlange an der Essensausgabe entdeckte er Josef Simon, den er schon seit einer halben Ewigkeit nicht mehr gesehen hatte. Ganz am Anfang seiner Karriere war Ferschweiler manchmal mit Simon, den alle nur Juppes nannten, bei den Spielen der Eintracht eingesetzt gewesen. Dann aber war er zur Mordkommission und Simon zum Drogendezernat gewechselt. Ihre Wege hatten sich getrennt, und sie hatten in den folgenden Jahren eher selten miteinander zu tun gehabt.

Ferschweiler winkte Simon freundlich zu und signalisierte ihm mit einer Geste, dass er sich gleich zu ihm an den Tisch setzen würde. Simon nickte und nahm seinen üppig mit Rührei, gebratenem Speck und Bohnen beladenen Teller von den beiden Küchenangestellten entgegen, die in Trier aufgrund ihres gigantischen Körperumfangs einen geradezu legendären Ruhm genossen. Ferschweiler hingegen nahm nur ein belegtes Brötchen.

»Moin, Meister«, sagte er, als er an Simons Tisch stand, und stellte sein Tablett klappernd gegenüber seinem schon fleißig kauenden Kollegen ab. »Du hast aber einen gesegneten Appetit.«

»Hatte Nachtschicht, Rudi«, sagte Simon sichtlich erfreut darüber, seinen alten Freund wiederzutreffen. »Aber zumindest hat es sich zur Abwechslung mal gelohnt.«

»Ja? Was gab es denn?«

»Ach, wir observieren schon seit einiger Zeit eine Bande von Dealern, die über den Findel chemische Designerdrogen ins Land schmuggeln und hier in unserer Stadt verkaufen. Aufreibend, sag ich dir. Und gestern habe ich einen unserer Verdächtigen observiert. Da saß ich die ganze Nacht über im Auto.«

»Aber das kann doch ganz angenehm sein, je nachdem, wo man so steht.«

»Du hast gut lachen. Aachener Straße. Da ist nachts nix los. Nur ab und an geht da mal 'n Penner lang.«

»Aachener Straße?«, fragte Ferschweiler. »Na, da hätten wir uns ja sehen können. Ich bin letzte Nacht auch dort gewesen. Ich stand auf dem Gelände des alten Schlachthofs.«

»Ich hab von deinem Fall bereits gehört. Dann warst du also der Typ, der so gegen zwei das Gelände betreten und sich so auffällig unauffällig nach allen Richtungen umgesehen hat? Ganz so, als ob er nicht gesehen werden wollte? Ich hab dich gesehen. Mein Wagen stand genau gegenüber der Einfahrt.« Juppes gab sein berühmtes Lachen zum Besten, das für seine stattliche Figur eigentlich mehrere Oktaven zu hoch klang. »Ich dachte, da sucht sich wieder so ein Berber eine Stelle zum Ausnüchtern.«

»Allmählich habe ich den Verdacht, wir interessieren uns für dieselbe Person: Laszlo Kafka, stimmt's?«

»Exakt«, sagte Simon. »Und nun sag nicht, er ist ein Verdächtiger in eurem Mordfall.«

»Es sieht immer mehr danach aus. Er ist sogar unser Hauptverdächtiger. Nur nachweisen können wir ihm noch nichts.«

»Dann geht es euch so wie uns. Vielleicht sollten wir uns mal zusammensetzen und Informationen austauschen beziehungsweise Strategien entwickeln?«

»Gute Idee, Juppes. Ich werde gleich unseren obersten Häuptling anrufen und um seine Zustimmung bitten. So gegen neun Uhr in meinem Büro? Passt dir das?«

Gequält schaute Simon Ferschweiler an. »Eigentlich wollte ich nach Hause und eine Runde schlafen. Aber in Ordnung, Rudi. Es muss ja weitergehen. Wenn ich also nichts mehr von dir höre, um neun Uhr bei dir.«

Das Telefonat mit Dr. Süß dauerte keine Minute. Der Polizeipräsident war damit einverstanden, dass die beiden Abteilungen in diesem Fall zusammenarbeiteten. Nur legte er besonderen Wert darauf, dass keine Informationen nach außen drangen. Er könne, so kam es gebetsmühlenartig aus der Leitung, momentan einen Skandal einfach nicht gebrauchen. Kurz nachdem Ferschweiler aufgelegt hatte, betrat de Boer voller Energie den Raum.

»Gleich haben wir ein Treffen mit den Kollegen vom Drogendezernat.« Ferschweiler berichtete de Boer von seinem nächtlichen Spaziergang, den gemachten Beobachtungen und dem Gespräch mit Juppes Simon beim Frühstück.

De Boer blieb der Mund offen stehen. Dass der Fall solche Dimensionen annehmen würde, wäre ihm offenbar nie in den Sinn gekommen.

Um Punkt neun Uhr klopfte es an der Tür des Büros. Juppes Simon hatte noch zwei seiner Kollegen mitgebracht, Manuela Lübeck-Polfer und Klaus Ternes. Beide waren Ferschweiler zumindest vom Sehen her bekannt. De Boer hingegen kannte beide aus dem Polizeisportverein, wo er mit ihnen regelmäßig Fußball spielte.

Ferschweiler berichtete den versammelten Kollegen vom Stand der bisherigen Ermittlungen in den Mordfällen Rosskämper und Kinzig. Nachdem er fertig war, wartete er gespannt auf den Bericht der Kollegen vom Drogendezernat.

»Unsere Geschichte ist schnell erzählt«, hob Simon an. »Seit nunmehr knapp vier Monaten finden wir bei Razzien in der Region immer wieder Pillen, die bei uns zuvor noch nie aufgetaucht sind. Sie tragen alle als Emblem einen stilisierten Heiligen Rock, ganz so, als wolle da jemand unser schönes Trier für alle erkennbar als Drogenzentrum etablieren.«

»Was der Bischof wohl dazu sagen würde?«, sagte Manuela Lübeck-Polfer.

»Wie dem auch sei«, fuhr Simon fort. »Die chemischen Analysen haben gezeigt, dass es sich um eine synthetische Droge handelt, die nicht in Europa produziert wird. Unsere Nachforschungen haben ergeben, dass sie aus Süd- oder Mittelamerika stammt und auf den Kapverdischen Inseln umgeschlagen wird. Von dort aus erreicht sie über den Luftweg Luxemburg. Wie die Drogen aus dem Findel herausgeschmuggelt werden, war uns lange unklar. Nun haben wir aber einen deutschen Mitarbeiter der Cargo-Lux im Visier, der sich einen auffallend extravaganten Lebensstil leistet, obwohl er dazu seinem Lohnzettel nach eigentlich nicht die Mittel dafür hätte.«

»Rolf Kinzig?«, fragte de Boer. »Mitte fünfzig, leicht untersetzt, an einem Arm stark tätowiert?«

»Genau der: Rolf Kinzig, trägt ein Skorpion-Tattoo. Woher kennt ihr den denn? Unsere Erkenntnisse über ihn sind absolut frisch.« Simon war sichtlich überrascht.

»Er ist der Ehemann des zweiten Mordopfers, das mit einem Spaten in Roscheid erschlagen wurde. Ulrike Kinzig arbeitete als Putzfrau in der Kunstakademie, und sie war auch diejenige, die nur wenige Tage zuvor Melanie Rosskämper, das erste Mordopfer, gefunden hat. Wir vermuten, dass sie etwas gesehen oder gehört hatte und der Täter sie daher mundtot machen wollte«, erklärte Ferschweiler. »Wisst ihr, ob dieser Skorpion etwas zu bedeuten hat oder ob er lediglich Körperschmuck ist? Wim hat dazu nichts in unseren Datenbanken finden können.«

»Wir vermuten, dass der Skorpion ein Bandenzeichen ist und dass die Größe des Tattoos den Rang des jeweiligen Mitglieds innerhalb der Organisation widerspiegelt«, sagte Lübeck-Polfer. »Vieles spricht dafür, dass Kinzig das Zeug aus dem Terminal herausschmuggelt und an jemanden übergibt, der es dann in Trier unter die Leute bringt.«

»Möglichkeit zwei ist«, fügte Ternes hinzu, »dass Kinzig auch für den Transport nach Trier verantwortlich ist. Ich halte diese Variante für die wahrscheinlichere. Zumal für unsere übrigen Verdächtigen das Risiko, an der Grenze kontrolliert zu werden, auf diese Weise wegfällt.«

»Aber welche Rolle spielt dabei Kafka?«, fragte Ferschweiler. »Wisst ihr eigentlich, dass er in Wirklichkeit Hans-Walther Kommittke heißt und auch eine Zeit lang unter dem Namen Manfred Bolski aufgetreten ist?«

Als die Kollegen dies verneinten, referierte de Boer den diesbezüglichen Stand ihrer Ermittlungen.

Simon war baff. »Nach unseren Recherchen ist Kafka – oder wie immer er auch heißen mag – der Hauptverantwortliche für den Handel mit dieser Droge in unserer Region. Bei ihm laufen die Fäden zusammen, er bekommt den Löwenanteil des Gewinns.«

»Hat er Komplizen?«

»Nach unserem Wissen sind es zwei. Kinzig schmuggelt die Drogen vom Flughafengelände, und sein Kollege besorgt den Vertrieb an die Kleindealer hier in der Region. Ihn haben wir auch schon identifiziert. Er heißt Thomas Gorges und studiert offiziell an der Uni Jura. Aber wer's glaubt, wird selig. Er vertreibt so einiges, was in Deutschland offiziell verboten ist.«

»Ich weiß«, entgegnete Ferschweiler, der immer mehr darüber

staunte, was sich ihm da offenbarte. »Unter anderem ägyptische Zigaretten.«

Nun schaute wiederum Simon irritiert.

»Die spielen in unserem Fall eine wichtige Rolle als Indiz«, schob Ferschweiler zur Erklärung nach. »An beiden Tatorten haben wir Zigarettenstummel dieser seltsamen Marke gefunden. Unter anderem dadurch konnten wir eine definitive Verbindung zwischen den beiden Morden herstellen.«

»Okay«, sagte Simon. »Gorges also«, fuhr er fort. »Aber der ist seit zwei Tagen verschwunden. Die Kollegen, die ihn observieren sollten, haben ihn verloren. Und weder seine Kommilitonen noch seine Freunde wissen, ob er eventuell verreist ist oder wo er sich aufhalten könnte.«

Oder ob er vielleicht auch ermordet wurde, dachte Ferschweiler.

»Und an seinem Stammplatz im ›Bistro A/B‹ an der Uni hat man ihn auch schon seit zwei Tagen nicht mehr gesehen, was wohl, zumindest wenn man seinen Kommilitonen Glauben schenken will, recht ungewöhnlich für ihn ist.«

»Ja, dort habe ich die Tage noch mit ihm gesprochen, aber er hat mich ziemlich dreist abgefertigt. Danach wollte ich ihn zur offiziellen Vernehmung aufs Präsidium bestellen, aber wir konnten ihn nirgendwo finden«, sagte Ferschweiler.

Simon nickte. »Wir sind uns sicher, dass er ganz tief in der Geschichte drinhängt. Ich habe da einen Informanten aus der Drogenszene. Er ist eigentlich nur ein kleiner Fisch, aber hin und wieder beliefert er mich mit nützlichen Informationen. Er hat gehört, dass demnächst ein größerer Deal über die Bühne gehen und dass Thomas Gorges etwas damit zu tun haben soll. Woher er die Infos hat, wollte er mir nicht sagen, aber bisher waren seine Angaben immer zuverlässig, und wir konnten dank seiner Tipps schon ein paar ganz beachtliche Erfolge erzielen. Rudi, du erinnerst dich sicherlich an die Razzia auf dem Bauernhof in der Nähe von Hermeskeil?«

»Ja, natürlich«, antwortete Ferschweiler. »Das haben doch alle im Präsidium mitbekommen. Wer hätte gedacht, dass eine achtzigjährige Bäuerin aus dem Hunsrück in ihrer alten Scheune in großem Stil Hanf anpflanzt und diesen dann auch noch mit Hilfe ihres Enkels in der Nachbarschaft verkauft?«

»Richtig«, lachte Simon. »Und ihr größter Kunde war das Altenheim ›Sankt Joseph‹ in Wasserliesch. Der Enkel war Zivildienstleistender und hat die Senioren aus der Gegend über seinen Dienst bei ›Essen auf Rädern‹ bestens mit Rauschmitteln versorgt. Ja, das war schon eine tolle Geschichte. Hast du eigentlich gehört, wie die Oma sich damals bei ihrer Festnahme aufgeführt hat?«

»Sicher, das hat im ganzen Präsidium die Runde gemacht. Hat sie die Kollegen, die sie festnehmen wollten, nicht mit ihrem Gehstock attackiert und musste dann Handschellen angelegt bekommen? Ich habe gehört, sie hätte noch in ihrem Hochwälder Dialekt geflucht, als sie hier im Präsidium ankam! Man hätte sie zwar fast nicht verstehen können, sie aber noch im hintersten Kellerraum gehört.«

Diese Begebenheit war fast allen im Präsidium noch gut im Gedächtnis.

Man hatte die Frau beim Ernten der Hanfpflanzen in ihrer für den Anbau der Drogen perfekt umgebauten Scheune quasi in flagranti verhaftet. Das vollklimatisierte Gebäude hatte über ein automatisches Bewässerungs- und Beleuchtungssystem verfügt, das optimale Wachstumsbedingungen für die rund eintausend Hanfpflanzen bot. Der Enkel hatte extra dafür ein spezielles Computerprogramm entwickelt.

»Auf alle Fälle kam der Tipp damals von, ach, nennen wir ihn der Einfachheit halber Max«, fuhr Simon fort. »Max hat uns schon oft sehr nützliche Hinweise gegeben, und wir haben im Gegenzug bei so manchen seiner Vergehen ein Auge zugedrückt. Er ist wirklich nur ein Kleinkrimineller, er ist in nichts Größeres verwickelt. Wichtig ist für unseren Fall jedoch, dass Max Kontakt zu diesem Thomas Gorges hat.«

Ferschweiler war ganz Ohr.

»Max hat uns erzählt, dass die Trierer Drogenszene seit einiger Zeit mit Ecstasy-Pillen regelrecht überschwemmt werde. So wie es aussieht, ist Gorges maßgeblich daran beteiligt. Und das Zeug werde nachgefragt wie verrückt. Die Dinger müssen eine super Wirkung haben – keine Kopfschmerzen, keine Flashbacks, sehr verträglich, und die Kids würden total darauf abfahren. Das ist natürlich verheerend, wie du dir sicher vorstellen kannst. Wir haben also ein äußerst großes Interesse daran, Kafka endlich zu überführen und dingfest zu machen. Und es wäre schön, wenn unsere beiden Abteilungen in dieser Sache zusammenarbeiten würden. Bislang sieht es ja so aus, als hingen unsere Fälle zusammen. Schließlich ist unser Kandidat gleichzeitig auch eurer.«

»Das sehe ich auch so«, sagte Ferschweiler. »Was wisst ihr sonst noch?«

»Max sagt, dass eine größere Lieferung von Pillen erwartet wird. Die Übergabe soll angeblich im ›B 51‹ stattfinden, also mitten in deinem Kiez, was ja irgendwie ganz gut passt«, sagte Simon mit leicht ironischem Unterton.

»Mein lieber Josef, Trier-West ist auch nicht schlimmer als Trier-Nord oder Ehrang«, entgegnete Ferschweiler sachlich. Er hasste solche Bemerkungen und wollte sich nicht provozieren lassen.

»Ist ja schon gut, Rudi, ich wollte dich nicht kränken. Das sollte nur ein kleiner Scherz sein«, sagte Simon, der offensichtlich vergessen hatte, dass Ferschweiler über alles lachen konnte, nur nicht über Witze, die seinen geliebten Stadtteil zum Inhalt hatten. Wie um Ferschweiler zu besänftigen, fügte er hinzu: »Ich weiß ja selbst, dass Trier-West von allen sogenannten Trierer Problemvierteln die niedrigste Kriminalitätsrate hat. Trier-Nord und Ehrang sind mittlerweile viel schlimmer. Und versteh mich bitte nicht falsch, wenn ich von Problemvierteln spreche.«

»Ist gut, Juppes. Du weißt, ich bin, was meinen Kiez angeht, etwas dünnhäutig. Aber zurück zur Sache. Warum soll denn die Übergabe ausgerechnet im ›B 51‹ über die Bühne gehen? Warum treffen sich die Dealer nicht am Hafen oder an irgendeiner anderen abgelegenen Stelle?«, fragte Ferschweiler.

»Das ist eine gute Frage. Uns ist das bisher auch nicht ganz klar. Max vermutet, dass niemand in der vollen Disco mit so einem Handel rechnet. Und damit könnte er sogar recht haben. Aber wie sie mit der Masse umgehen wollen, das weiß ich nicht. Ich nehme an, dass Gorges in Kafkas Auftrag einen ersten persönlichen Kontakt mit dem Abnehmer herstellen soll, damit dieser die Ware prüfen kann. Und wenn dann alles stimmt, wird er sich wahrscheinlich mit Kafka zur Übergabe der Gesamtmenge an einem anderen Ort treffen, vielleicht auch wieder irgendwo in Trier-West. Hast du eine Idee, wo, Rudi?«, fragte Simon.

»Du hast recht, vielleicht treffen sie sich erst mal, tauschen eine Probe aus und wickeln den Handel dann woanders ab. Aber woher soll ich wissen, welcher Ort dafür in Frage käme? Du bist der Spezialist, Juppes, nicht ich. Wann soll die Übergabe denn stattfinden?«, fragte Ferschweiler.

»Max sagt, dass es nächsten Mittwoch passieren soll. Mittwochs gibt es im ›B 51‹ immer Motto-Partys. Es wird also entsprechend voll sein. Vor diesem Hintergrund macht auch Max' Vermutung Sinn, dass es eigentlich ein unauffällig auffälliger Ort ist«, sagte Simon.

»Und wie wollt ihr vorgehen?«, fragte Ferschweiler.

»Wir haben in einer Stunde eine Sitzung geplant, in der wir die konkrete Vorgehensweise besprechen werden. Wenn du möchtest, könnt ihr, du und Wim, gern dazustoßen. Dr. Süß und Oberstaatsanwalt Freiherr von und zu Caspers werden auch dabei sein.«

»Oh Gott«, stöhnte Ferschweiler, der mit dem karriereorientierten Oberstaatsanwalt in der Vergangenheit so seine Probleme gehabt hatte. Wie viele seiner Kollegen im Präsidium konnte Ferschweiler den Staatsanwalt nicht ausstehen. Er hasste die Art, wie sich Caspers auf Grundlage der Ermittlungsergebnisse anderer zu profilieren versuchte.

»Ja, ich weiß, dass du ihn nicht leiden kannst«, sagte Simon, der Ferschweilers Gesichtsausdruck anscheinend ganz gut hatte lesen können. »Ich auch nicht. Aber in diesem Fall lässt er es sich natürlich nicht nehmen, dabei zu sein. Sollte uns tatsächlich ein dicker Fisch ins Netz gehen, dann wäre das auch für seine Karriere mehr als förderlich.«

»Gut, es nützt ja alles nichts. Da müssen wir beide dann wohl oder übel durch. Wir sehen uns also gleich«, sagte Ferschweiler. Er fragte sich stumm, wie er diese Sitzung mit Caspers nur überstehen sollte.

Als Ferschweiler und de Boer den großen Besprechungsraum betraten, waren ihre Kollegen vom Drogendezernat und der Polizeipräsident bereits anwesend.

Josef Simon, der trotz seiner körperlichen Fülle erstaunlich agil und behände wirkte, kam auf Ferschweiler zu und begrüßte ihn mit einem freundschaftlichen Schlag auf die linke Schulter.

»Hallo, Rudi, Wim, schön, dass ihr da seid. Wir warten eigentlich nur noch auf unseren großen Zampano, dann kann es direkt losgehen«, sagte er augenzwinkernd.

Ferschweiler und de Boer nahmen nebeneinander an dem großen ovalen Tisch aus rustikaler Eiche Platz, auf dem mehrere Stapel Kaffeetassen, silberne Thermoskannen und Teller mit Gebäck standen. Kaum hatten sie sich gesetzt, als de Boer sich auch schon einen Keks in den Mund schob und weitere auf einer Untertasse als Nachschub sicherte. Ferschweiler sah ihn von der Seite an und schüttelte verständnislos den Kopf.

Gerade hatte er sich eine Tasse Kaffee eingeschenkt, als unter lautem Getöse die Tür des Konferenzzimmers aufflog und Oberstaatsanwalt Caspers hereinkam.

Alle Gespräche verstummten schlagartig. Der Oberstaatsanwalt besaß eine naturgegebene Autorität, die er seiner stattlichen Erscheinung verdankte: knapp einen Meter neunzig groß, stark übergewichtig und mit vollem grau melierten Haar. Trotz seines Leibesumfangs trug er stets perfekt passende schwarze Anzüge und weiße, gestärkte Hemden. Lediglich die Farbe seiner Krawatte wechselte täglich. Zusätzlich leistete er sich den Luxus handgenähter englischer Schuhe.

»Guten Tag, meine Damen und Herren. Guten Tag, Herr Dr. Süß«, begrüßte er die Anwesenden mit seiner tönenden Stimme. Dann reichte er dem Polizeipräsidenten die Hand, nahm zu dessen Rechten Platz, nickte den übrigen Anwesenden kurz zu und klopfte zweimal auf den Tisch. »Ich denke, dass ich Sie nicht alle persönlich begrüßen muss, und mache es daher, wie ich es aus dem zivilisierten Norden gewohnt bin, mit einem Klopfen«, sagte er.

Josef Simon erhob sich, atmete tief durch und stellte sich ans Rednerpult. »So, nun, da wir alle vollzählig sind, wollen wir endlich auch beginnen.«

Während er dies sagte, blickte er den Staatsanwalt direkt an, der ihm wiederum einen finsteren Blick über den Rand seiner schmalen Designerbrille zuwarf. Dann fasste Simon die bisherigen Erkenntnissen seiner Abteilung zusammen.

Doch noch bevor er zum Ende hatte kommen können, unterbrach ihn Oberstaatsanwalt Caspers mit einem lautem Hüsteln. »Herr Simon, das ist ja alles schön und gut. Aber bisher haben Sie nichts als Vermutungen und die Aussage eines Kleinkriminellen aus dem Drogenmilieu, der Ihnen manchmal vermutlich eher unwesentliche Informationen liefert. Auch wenn Sie seine Angaben als noch so verlässlich einstufen, so ist das, was Sie uns hier präsentieren, doch alles sehr, sehr vage. Sie wollen sicher in der Disco am besagten Abend einen größeren Einsatz durchführen? Dafür müssen Sie uns aber mehr liefern, mein Lieber.« Caspers strich sich mit der rechten Hand über seinen Bartansatz und zupfte in der für ihn typischen Weise an einem seiner vielen eingewachsenen Barthaare am Kinn, was bereits zu einer deutlichen Entzündung geführt hatte. Ferschweiler wandte angewidert den Blick ab.

Josef Simon räusperte sich. »Selbstverständlich haben Sie recht, Herr Oberstaatsanwalt. Bisher haben wir nicht viel. Aber ich darf die Kollegen Rudolph Ferschweiler und Wim de Boer von der Mordkommission in unserer Runde begrüßen, die unsere Ausgangslage mit ihren Erkenntnissen aus einem anderen Fall merklich erweitert haben. Sie sind im Zuge der Ermittlungen in den Mordfällen Rosskämper und Kinzig auf einen Thomas Gorges gestoßen. Er ist der Einzige im Raum Trier, der mit hier nicht zu bekommenden ägyptischen Zigaretten handelt. Kippen solcher Zigaretten konnte die Spurensicherung an den Fundorten beider Leichen sicherstellen.« Simon zwinkerte Ferschweiler komplizenhaft zu. »Gorges handelt mit fast allem: angefangen bei Zigaretten, Amphetaminen, Marihuana und LSD bis hin zu Heroin und Kokain. Und der Mann, von dem wir glauben, dass Gorges für ihn arbeitet, steht in besagten Mordfällen unter Verdacht. Es handelt sich um einen Dozenten der Kunstakademie, Laszlo Kafka.«

»Laszlo Kafka?«, wiederholte Oberstaatsanwalt Caspers. »*Der* Laszlo Kafka? Ich besitze mehrere seiner Werke. Er ist ein exzellenter Künstler. Ich wusste gar nicht, dass er hier in Trier unterrichtet. Noch einer, den es in die Provinz verschlagen hat.«

»Ja, Herr Oberstaatsanwalt. Genau dieser Kafka ist unser Hauptverdächtiger in den Mordsachen Kinzig und Rosskämper«, bestätigte Ferschweiler.

»Herr Ferschweiler«, Caspers wandte sich direkt an ihn, »sind Sie sich da auch absolut sicher? Kafka ist schließlich nicht irgendjemand, nicht irgendso ein Eifelyeti oder Hunsrückbauer. Das ist der neue Star am Künstlerhimmel!«

So viel Begeisterungsfähigkeit hätte Ferschweiler Caspers gar nicht zugetraut.

»Wir sind uns sicher, Herr Oberstaatsanwalt. Sehr sicher sogar. Und: Star oder nicht Star, das ist doch hier nicht von Belang, oder?«

Bei seinen letzten Worten hatte Ferschweiler Caspers einen finsteren Blick zugeworfen. Dieser ewige Haarspalter und besserwisserische Worte-im-Mund-Verdreher würde ihn eines Tages noch dazu treiben, eine gewaltige Dummheit zu begehen und ihm endgültig die Meinung zu geigen.

»Sie haben natürlich recht, es spielt tatsächlich keine Rolle. Ein großer Künstler kann genauso ein Krimineller sein wie jeder andere Mensch auch.« Caspers wandte sich wieder an Simon. »Es scheint, als hätten Sie doch mehr als nur vage Vermutungen. Was schlagen Sie also vor? Wozu soll ich Ja sagen?«

»Also«, fuhr Simon ungeduldig fort. »Wir wissen, dass der Deal im Laufe des kommenden Mittwochabends im ›B 51‹ ablaufen soll. Ich schlage vor, dass wir uns mit mehreren Teams vor und im Inneren der Disco platzieren. Wir müssen dabei sehr vorsichtig vorgehen. Wir wollen nicht nur an Gorges, sondern auch an die Hintermänner ran, vor allem an Laszlo Kafka. Wir lassen den Deal laufen und schlagen dann zu gegebener Zeit hart und entschieden zu.«

Nachdem sich die Kollegen gegenseitig auf den letzten Stand gebracht hatten und das weitere Vorgehen geplant war, witterte Ferschweiler seine Chance. Zwar musste er sich innerlich überwinden, aber wenn nicht jetzt, wann dann?

»Was meinen Sie, Herr Oberstaatsanwalt, bekommen wir einen Durchsuchungsbefehl für Kafkas Wohnung?«

Simon und Ferschweiler warfen sich einen vielsagenden Blick zu. Es war ein entscheidender Moment. Stille herrschte im Raum. Beide blickten gespannt auf den Juristen, der gedankenverloren an einem weiteren eingewachsenen Barthaar zupfte.

»Zwei Morde und die Gefahr, dass Trier mit Designerdrogen überschwemmt wird, sind mehr als gute Gründe«, sagte Caspers nach einer Weile. »Aber im Moment sollten wir uns ruhig verhalten. Ich muss Sie bitten, Kafka zumindest vorübergehend in Ruhe zu lassen. Schließlich wollen wir unseren vom rechten Weg abgekommenen Künstler ja nicht unnötig warnen und so den Deal im ›B 51‹ und unseren hoffentlich daran anschließenden Fahndungserfolg gefährden, nicht wahr, meine Herren? Also, bis auf Weiteres gilt die Devise: Finger weg von Kafka! Haben wir uns verstanden?«

Ferschweiler nickte schweigend und versuchte, sich seine Enttäuschung nicht anmerken zu lassen. Das hätte er voraussehen müssen. Auch de Boer schien mit dem Ergebnis dieser Besprechung alles andere als glücklich. Aber was sollten sie machen? Caspers saß am längeren Hebel – und er konnte, wenn er wollte und etwas schiefging, Ferschweiler das Leben zur Hölle machen.

Als Ferschweiler und sein Assistent wieder in ihrem Büro saßen, schwiegen sie beide eine Zeit lang nachdenklich.

»Was meinst du?«, fragte de Boer schließlich. »Ist das nicht eine verrückte Wendung? Da glauben wir die ganze Zeit, es gehe um Eifersüchteleien unter Hobbykünstlern, und jetzt wird daraus auf einmal eine knallharte Drogennummer.«

»Aber was hatte Melanie Rosskämper mit Kafkas Drogengeschäften zu tun? Und was die Kinzig?« Ferschweiler rieb sich gedankenverloren das Kinn.

»Na ja«, dachte de Boer laut. »Ulrike Kinzig wusste wahrscheinlich durch ihren Mann von der Sache. So etwas lässt sich schlecht über einen längeren Zeitraum geheim halten. Und der Lebensstil, dem die Kinzigs frönten, lässt sich ohne die Zusatzeinnahmen aus den Drogengeschäften auch kaum erklären.«

»Okay. Und die Rosskämper? Wusste die auch davon?«

»Möglicherweise.«

»Aber warum? Je weniger Mitwisser es gibt, desto problemloser lässt sich ein großer Deal doch abwickeln?« Ferschweiler war nicht überzeugt.

»Wenn sie Bescheid gewusst hätte, dann bestünde die Möglichkeit, dass sie ihn erpresst haben könnte.«

»Hätte, könnte, würde … Dafür haben wir keine Anhaltspunkte.«

Natürlich wusste Ferschweiler, dass es nicht fair war, seinen Ärger über den Verlauf der Besprechung an de Boer auszulassen. Er wollte sich gerade entschuldigen, als sein Mobiltelefon klingelte. In Trier-West war eine Leiche gefunden worden.

Es war immer noch nebelig, als Ferschweiler aus dem Wagen stieg. Das Gelände des Energieversorgers RWE hatte ehemals der Bahn als Ausbesserungswerk gedient. Am anderen Ende des großen Platzes herrschte hektisches Treiben. Blaulichter flackerten nervös, die Kollegen hatten Absperrbänder gezogen.

Zielstrebig ging Ferschweiler auf den nächstbesten Uniformierten zu und fragte ihn, wo Dr. Quint sei. Der Beamte deutete in Richtung des im Nebel nur schemenhaft zu erkennenden Hochbunkers, der als Relikt aus dem Zweiten Weltkrieg noch immer an die Bedeutung Triers als wichtiger Umschlagplatz für Material und Truppen erinnerte.

Ferschweiler bedankte sich, duckte sich unter dem Absperrband durch und ging auf das Betonbauwerk zu. Wozu es heute genutzt wurde, das wusste er nicht, tatsächlich hatte er es auch noch nie bewusst wahrgenommen. Er erreichte den von vier großen Halogenscheinwerfern hell erleuchteten Bunkereingang, in dem Dr. Quint neben seiner Tasche kniete. Ächzend erhob sich der Pathologe, als er Ferschweiler bemerkte.

»Oh, hallo, Rudi. Wir beide haben aber am Ende meiner Laufbahn wirklich einen Lauf, oder? Sehen uns nun fast täglich, und das, obwohl ich eigentlich meinen Resturlaub verbüßen müsste«, sagte er und massierte seinen Rücken im Bereich der Nieren.

»Tja, mein Bester«, sagte Ferschweiler. »Manchmal meint es das Schicksal eben gut mit einem.«

»Kommt auf die Sichtweise an«, konterte Quint. »Der hier würde es sicherlich etwas anders sehen.«

Er wies auf die zuvor von ihm untersuchte Leiche vor dem Eingang des alten Luftschutzraums. Ferschweiler verschlug es bei dem Anblick die Sprache.

»Was ist mit dir, Rudi?«, fragte Quint. »Was hast du?«

Doch Ferschweiler blieb stumm. Voller Entsetzen schaute er auf den Leichnam des jungen Mannes vor sich auf der Erde. Der Tote lag auf dem Rücken, der Kopf war zur Seite gekippt, an der rechten Seite des Schädels klaffte eine große Wunde. Das Haar und ein Großteil des Gesichts waren von einem breiten Vorhang aus getrocknetem Blut überzogen.

»Ja«, sagte Dr. Quint, nachdem er Ferschweiler etwas Zeit gegeben hatte, sich wieder zu fassen. »Kein schöner Anblick, selbst für einen Kriminalisten nicht. Dem Zustand der Leiche nach würde ich schätzen, dass er schon mindestens achtundvierzig Stunden hier liegt. Der Mitarbeiter des Energieversorgers, der ihn vor einer knappen Stunde gefunden hat, hat einen Schock erlitten. Er ist zur Behandlung im Krankenhaus.« Nach einem Moment fügte er hinzu: »Irgendwie erinnert es an die erschlagene Putzfrau aus Konz-Roscheid, oder? Der Tote weist die gleiche Verletzung auf wie Ulrike Kinzig.«

Ferschweiler starrte immer noch wie benommen auf den Leichnam.

»Ich vermute, dass man ihm ebenfalls mit einem Spaten den Schädel eingeschlagen hat«, fuhr Quint fort. »Größe und Art der Verletzung lassen zumindest diesen Schluss zu. Aber auf meine genauen Ergebnisse wirst du noch ein bisschen warten müssen.«

Was Ferschweiler derart zu schaffen machte, war nicht die Art der Verletzung, sondern vielmehr der Umstand, dass er wusste, wer der Tote war.

»Rudi, kennst du den etwa?«, fragte Quint.

»Ja«, erwiderte Ferschweiler. »Den kenne ich. Er heißt Thomas Gorges und war ein Dealer, der neben Drogen auch mit Zigaretten handelte, die bei uns nicht zu bekommen sind.«

»Schau mal.« Quint hielt Ferschweiler eine kleine Plastiktüte mit blauen Pillen hin. »Die haben wir bei ihm gefunden. Hast du solche schon einmal gesehen?«

»Noch nie in der Realität«, antwortete Ferschweiler. »Aber Juppes Simon hat mir erst vorhin bei einer Besprechung ein Foto einer solchen Pille gezeigt.«

»Weiteres habe ich bisher nicht gefunden. Wenn du meine bescheidene Meinung hören möchtest, dann war da jemand mächtig sauer auf deinen Dealer.«

Ferschweiler dachte nach. »Laszlo Kafka, unser Hauptverdächtiger in den Morden an Rosskämper und Kinzig, und der Tote hier wollten angeblich demnächst in der Disco ›B 51‹ einen Drogendeal über die Bühne bringen. Aber jetzt liegt Thomas Gorges hier.« Ferschweiler zeigte auf den Toten. »Gut möglich, dass Kafka auch Gorges ermordet hat, warum auch immer. Vielleicht haben sie sich gestritten, oder Kafka hat geglaubt, Gorges würde ihn an die Polizei verraten.«

Dr. Quint schaute Ferschweiler an. »Wenn wir die Tatwaffe hätten, wären wir um einiges schlauer. Wir suchen gerade das ganze Gelände ab.«

»Ich hoffe, dass wir sie bald finden werden. Weiß Juppes Simon eigentlich schon von dem Fund?«, fragte Ferschweiler.

»Nein«, entgegnete Quint. »Wir hatten den Toten ja noch nicht identifiziert.«

»Dann rufe ich ihn jetzt direkt an. Wir müssen unbedingt besprechen, wie wir jetzt weiter vorgehen wollen.«

»Na«, sagte der Gerichtsmediziner, der noch einmal seinen offenbar geschundenen Rücken streckte, »ich drücke euch auf jeden Fall die Daumen. Meine Ergebnisse bekommst du bald. Und vielleicht besuchst du mich dann doch noch ein letztes Mal in meinen heiligen Hallen, was meinst du?«

Simon und seine Mitarbeiter erwarteten Ferschweiler und de Boer bereits. Ferschweiler unterrichtete die Kollegen kurz über die ersten Erkenntnisse von Dr. Quint.

De Boer schaute gedankenverloren aus dem Fenster, dann drehte er den Kopf, blickte in die Runde und sagte:

»Was haben wir? Dr. Quint vermutet, dass die Tatwaffe in den Mordfällen Gorges und Kinzig identisch ist. Beide Opfer wurden demnach mit einem Spaten erschlagen. So wie es aussieht, haben wir es also mit ein und demselben Täter zu tun. Für mich steht fest, dass es einen Zusammenhang zwischen beiden Morden geben muss. Wie der Mord an Melanie Rosskämper da reinpasst, ist mir allerdings noch nicht ganz klar.«

»Nach euren aktuellen Kenntnissen kommt als Täter niemand anderes in Frage als Kafka«, sagte Simon. »Einer von Kafkas Partnern ist der Ehemann von Ulrike Kinzig, Thomas Gorges ist der andere. Vielleicht wollte Gorges Kafka übers Ohr hauen, wer weiß?«

»Warum Thomas Gorges sterben musste, werden wir wahrscheinlich nur vom Täter selbst erfahren«, sagte Ferschweiler. »Wir müssen jetzt handeln, sonst geht uns Kafka durch die Lappen. Die Gefahr, dass er sich absetzt, ist einfach zu groß. Da sich die Razzia in der Disco mit dem Tod Gorges' erübrigt hat, schlage ich vor, die Kunstakademie zu durchsuchen. Denn wenn Kafka irgendwo hier in Trier seine Drogen bis zum großen Deal zwischenlagern kann, dann dort. Das Gelände eignet sich perfekt. Es ist groß und unübersichtlich«.

»Das ideale Versteck«, ergänzte de Boer Ferschweilers Überlegungen.

Simon nickte. »Du hast recht, Rudi. Das ist zumindest eine Möglichkeit. Ich informiere die Chefs und besorge uns Durchsuchungsbefehle für den alten Schlachthof und auch für Kafkas Wohnung. Einverstanden?«

»Alles klar«, sagte Ferschweiler. »Wir fahren jetzt schon einmal vor an die Akademie. Ruf mich an, wenn die Durchsuchung starten soll.«

Unter der Römerbrücke waberten noch letzte Nebelschwaden, als Ferschweiler und de Boer im Dienstwagen die Mosel überquerten. An der Bushaltestelle Westbahnhof saßen wieder die üblichen Verdächtigen bei einer kleinen Stärkung zusammen, und im ehemaligen »Luxemburger Eck« wurde immer noch gebaut. Hier, in Rosis alter Kneipe, sollten wohl Studierendenwohnungen entstehen. Was für eine Vorstellung! Lange hatte sich in Ferschweilers Revier nur wenig getan. Jetzt folgten die Veränderungen auf einmal Schlag auf Schlag. Wie gut, dass es wenigstens noch einige Konstanten gab.

Der Parkplatz der Akademie war brechend voll. De Boer parkte den Wagen auf einem eigentlich für Mitarbeiter der Verwaltung reservierten Platz neben Natascha Berggrüns in die Jahre gekommenem Cabriolet.

Sie stiegen aus und sahen Helena Claus an einem Fenster der Verwaltung mit einem dicken Buch in der Hand stehen. Als sie Ferschweiler und de Boer entdeckte, winkte sie ihnen zu. Ferschweiler, der annahm, dass dies allein ihm gelte, winkte verlegen zurück.

Im Inneren der Kunsthalle herrschte wie immer Hochbetrieb. Mehrere ältere, sehr wichtig wirkende Frauen und Männer in Overalls oder farbfleckigen Latzhosen trugen geschäftig kleinere und größere Leinwände umher oder waren dabei, Grafiken an der Wand zu befestigen.

»Ach, Herr Kommissar.« Natascha Berggrün trat auf die beiden zu. »Schön, dass Sie da sind. Wir bereiten gerade unsere große Abschlussausstellung vor. Jeder Kurs endet mit der Präsentation der besten von den Teilnehmern gefertigten Arbeiten.«

»Interessant, Frau Doktor«, sagte Ferschweiler gelangweilt. »Wir würden gern noch einmal mit Ihnen und Frau Claus sprechen. Allerdings würden wir vorher gern das Turmzimmer sehen. Wäre das möglich?«

»Warum denn das Turmzimmer?«, fragte Dr. Berggrün überrascht.

»Das erkläre ich Ihnen später.«

»Also gut, dann werde ich Sie hinbringen. Es ist allerdings schon lange nicht mehr in Benutzung. Bitte, hier entlang.«

»Ist Herr Kafka eigentlich schon auf dem Gelände?«, wollte Ferschweiler wissen.

»Nein, ich glaube nicht. Ich habe mich auch schon darüber gewundert, dass er heute noch nicht bei mir gewesen ist. Sonst macht er das immer als Erstes, wenn er morgens kommt. Wir sprechen dann oft über neue Projekte und jonglieren mit Ideen«, antwortete Dr. Berggrün. »Sein Kurs läuft aber noch, also wird er vermutlich gleich kommen, falls er nicht doch schon längst da ist.«

Ferschweiler und de Boer tauschten besorgte Blicke aus. Ob es etwas zu bedeuten hatte, dass Kafka noch nicht an der Akademie erschienen war? Ob er sich überhaupt noch in Trier aufhielt?

Dr. Berggrün, die von de Boers und Ferschweilers Unruhe nichts mitzubekommen schien, führte die beiden über verschiedene Treppen in den unteren Bereich des Turms.

»Früher fanden dort oben immer die Dozentenbesprechungen statt. Doch als die Akademie sich zu entwickeln begann und dadurch der Lehrkörper anwuchs, wurde es oben zu eng. Später hat sich niemand mehr so recht mit dem Zimmer anfreunden können. Ich weiß auch nicht, warum.«

»Und heute wird es also gar nicht mehr genutzt?«, fragte Ferschweiler.

»Nein, nur noch als Depot für unsere Requisiten, also für all die Dinge, die unsere Teilnehmer zum Zeichnen brauchen. Nicht alle haben immer etwas vor dem inneren Auge, wenn sie den Zeichenstift zum vielleicht ersten Mal in die Hand nehmen. Deshalb haben wir so einiges an Vorlagenmaterial vorrätig.«

Mit schnellem Griff fand sie den passenden Schlüssel an ihrem prallen Schlüsselbund und machte sich daran, die Tür aufzusperren. Es dauerte ein wenig, ohne besonderes Fingerspitzengefühl schien sich der Schlüssel im Schloss kaum drehen zu lassen.

»Manchmal wünschte ich mir«, sagte Dr. Berggrün mit vor Anstrengung leicht gerötetem Gesicht, »die Stadt hätte uns damals für alle Türen elektronische Schlösser bewilligt. Aber so muss man bei einigen Türen richtig kämpfen.«

Endlich hatte sie es geschafft. Ein leichtes Knarren war zu hören, und die Tür ging auf. Oft wurde sie anscheinend tatsächlich nicht mehr geöffnet. Gemeinsam betraten sie nun einen Raum, dessen Höhe Ferschweiler auf sechs Meter schätzte, was ungefähr dem Doppelten seiner Tiefe entsprach. Alte Schaufensterpuppen standen an die Wände gelehnt, und Koffer voller Kleider und Kleinutensilien waren aufeinandergestapelt. Nur ein kleines Fenster in etwa vier Metern Höhe ließ etwas Licht in den Raum. Eine äußerst steile Holztreppe, deren Stufen abwechselnd von Stufe zu Stufe gewölbt waren, sodass man sie trotz der enormen Neigung bequem besteigen konnte, führte nach oben.

»Dort hinauf, Herr Kommissar. Das ist der Weg zum eigentlichen Turmzimmer. Klettern Sie nur hoch, wenn Sie schwindelfrei sind«, frotzelte Dr. Berggrün.

»Aber, meine Liebe«, sagte Ferschweiler, »ich stamme aus Trier-West. Da ist man das Über-Dächer-Gehen gewohnt. Man wird praktisch mit einer solchen Begabung geboren.«

Tatsächlich erklomm Ferschweiler die Treppe erstaunlich schnell und sicher. Was er dann sah, als er oben angekommen den Kopf durch die Luke zum Turmzimmer steckte, verschlug ihm die Sprache. Der Raum war angefüllt mit ausgestopften Tieren: Marder, Eichhörnchen, die unterschiedlichsten Arten von Vögeln, sogar ein Leopard war auszumachen. Ein leichter Geruch nach Formaldehyd lag in der Luft. De Boer, der Ferschweiler gefolgt war, musste sichtlich nach Luft schnappen. Wie lange hatte hier wohl niemand mehr gelüftet?

»Ui«, entfuhr es Ferschweiler. »Bilden Sie die zukünftigen Illustratoren für Sielmanns Tierleben aus?«

»Könnte man meinen«, lachte Natascha Berggrün von unten. »Aber Sie glauben nicht, wie beliebt das Zeichnen von Tieren anhand von Präparaten einmal war. Auch heute noch gibt es Teilnehmer, vorzugsweise Männer, die nichts anderes machen wollen. Besonders seit Laszlo Kafka bei uns ist und sich diesem Bereich verstärkt widmet.«

Der Mensch ist doch eine seltsame Spezies, dachte Ferschweiler. Präparate!

Was ihn aber am meisten an diesem Raum interessierte, war die breite Matratze, die zentral auf dem Boden lag.

»Und die Matratze da?«, fragte er Dr. Berggrün, die zu ihm hochsah. »Wozu dient die?«

Verlegen, so wie es sonst eigentlich nicht ihre Art war, blickte die gestandene Kunsthistorikerin zu Boden.

»Tja, Herr Kommissar, was soll ich sagen …«

»Ich kann es mir schon denken. Nur: Wer hat denn einen Schlüssel zu diesem Raum?«

»Eigentlich nur wir in der Verwaltung. Warum fragen Sie?«

»Na ja, ich habe Grund zu der Annahme, dass sich Herr Kafka des Öfteren hier oben aufhält.«

»Aber nie allein. Er besitzt keinen Schlüssel zum Turmzimmer, wenn Sie das meinen. Er muss immer von einem von uns begleitet werden, also von mir, Frau Claus oder von Herrn Haltaufderheide. Erst gestern Nachmittag war ich mit ihm zusammen hier. Er hat sich die Präparate von zwei südamerikanischen Amazonen, die er vor einer Woche hier gelagert hatte, geholt. Schöne Papageien, wirklich. Wissen Sie, er ist nicht nur ein sehr guter Künstler, sein Vater hat ihm auch eine beachtliche Sammlung von Tierpräparaten vermacht, aus der Herr Kafka uns in letzter Zeit immer mal wieder wirklich tolle Exemplare als Vorlagenmaterial mitgebracht hat. Meistens waren es Vögel aus Süd- oder Mittelamerika. Sie verfügen über viel frischere und intensivere Farben als unsere Staubfänger, die schon viele Jahre auf dem Buckel haben und bei denen es sich auch nur um heimische Exemplare handelt.«

Verstehe, dachte Ferschweiler. Du kennst deine Künstler wirklich gut.

Auf dem Weg zurück zur Verwaltung sagte Dr. Berggrün kein Wort. Ferschweiler steckte de Boer einen Zettel zu, den er oben im Turmzimmer, für Dr. Berggrün nicht zu sehen, geschrieben hatte.

De Boer nickte und fragte: »Entschuldigen Sie, Frau Dr. Berggrün, wo finde ich denn Ihre Toiletten?«

»Hinter der Treppe in der Kunsthalle. Gehen Sie einfach dort durch die Tür, dann am Kicker vorbei, und Sie sind da.«

»Vielen Dank«, antwortete de Boer und verschwand. Schon im Gehen tastete er in der Innentasche seines Mantels nach seinem Handy.

Schweigend absolvierten Ferschweiler und Dr. Berggrün das letzte Stück bis zum Verwaltungsgebäude.

Man machte Meter, wenn man hier tagtäglich arbeitete, dachte

Ferschweiler. Kein Wunder, dass sein Cousin Gereon immer äußerst fit gewesen war.

***

De Boer ging derweil in die Kunsthalle zurück. Immer noch wuselten die Künstler herum und bauten ihre Abschlussausstellung auf. An einem Tag wie heute musste eigentlich auch ein Haustechniker da sein.

»Wer ist denn hier der Hausmeister?«, fragte de Boer einen großen Mann mit einem auf seinem grauen Polopulli aufgedruckten grünen Dackel zwischen rosafarbenen Punkten.

»Der eine steht dahinten auf der Leiter«, sagte der Mann. »Seinen Kollegen habe ich heute noch gar nicht gesehen. Ist wohl wieder einmal rekonvaleszent.«

De Boer bedankte sich höflich und ging auf den Hausmeister zu, der auf einer voll ausgefahrenen Leiter stand und eine Schraube in vier Metern Höhe an einer der Wände der Kunsthalle befestigte.

»Wim de Boer von der Kriminalpolizei Trier. Hätten Sie vielleicht kurz Zeit für mich?«

»Muss ja wohl sein. Oder haben Sie meinen Kollegen heute schon gesehen?«, presste der Mann mürrisch hervor und stieg von der Leiter. »Der lässt mich heute wieder hängen. Und dann diese Künstler … Warum müssen die immer alles anders machen als normale Menschen? Ein kleines Bild von fünf mal zehn Zentimetern in vier Metern Höhe aufhängen? Wer soll das denn sehen?« Der Hausmeister schüttelte den weitgehend kahlen Kopf. Ferschweiler hätte in dem alten Trierer Miesepeter einen vortrefflichen Gesprächspartner gefunden, da war sich de Boer sicher.

»Was kann ich denn nun für einen Hüter des Gesetzes tun, junger Mann?«

»Mich würde interessieren, wo die Dozenten ihre privaten Sachen deponieren, während sie unterrichten. Gibt es dafür einen speziellen Bereich?«

»Kommen Se ma mit.« Der Hausmeister führte de Boer in einen angrenzenden Raum. »Hier stehen die Spinde, von denen jeder Dozent einen benutzen kann, wenn er mag. Viele tun das aber gar nicht. Ist ihnen zu arbeiterhaft, zu wenig elitär.«

»Und welcher ist der von Laszlo Kafka? Oder hat der auch keinen?«, wollte de Boer wissen.

»Doch, doch. Der Herr Kafka hat auch einen. Es ist der vierte in der Reihe, der mit dem Bild von Franz Kafka drauf. Originell, oder? War's das jetzt? Kann ich wieder Bilder unsinnig aufhängen gehen?«

Der Mann war de Boer irgendwie sympathisch.

Auf dem Weg zurück zum Verwaltungsgebäude rief er Josef Simon an und bat ihn, mit der Durchsuchung der Kunstakademie zu beginnen. Simon bestätigte ihm, dass der Durchsuchungsbeschluss vorläge und die Kollegen von der KTU und der Drogenfahndung sowie weitere für die Durchsuchung angeforderte Beamte bereits auf dem Parkplatz vor dem nahen Kaufland warteten.

De Boer hatte die Eingangstür zur Verwaltung noch nicht ganz erreicht, als die Wagen der Kriminalpolizei nacheinander auf das Gelände fuhren.

Natascha Berggrün und Helena Claus kamen mit großen Augen aus der Verwaltung nach draußen auf den Hof.

»Guten Tag«, sagte Simon, nachdem er unter großem Schnaufen aus dem Wagen gestiegen war. »Wer ist hier verantwortlich? Ich habe einen richterlichen Durchsuchungsbeschluss.« Er fuchtelte wild mit Papieren in der Luft herum.

»Einen was?«, fragte Dr. Berggrün entsetzt. »Einen Durchsuchungsbeschluss? Was wollen Sie denn bei uns durchsuchen?«

»Erst einmal die Büros«, sagte Simon, »und dann das eine oder andere Atelier sowie die Nebenräume der Kunsthalle. Treten Sie jetzt bitte beiseite, damit meine Kollegen mit ihrer Arbeit anfangen können.«

Vier Männer in weißen Papieroveralls zwängten sich mit großen Metallkoffern an Helena Claus und Natascha Berggrün vorbei ins Gebäude. Vier weitere wurden von Klaus Ternes in Richtung Kunsthalle geführt.

Ungläubig wandte sich Helena Claus an Ferschweiler, der aus der Verwaltung ebenfalls nach draußen gekommen war.

»Was hat das denn zu bedeuten, Herr Kommissar? Was hoffen Sie hier zu finden?«

»Es geht um Dinge, die Sie mir bisher verschwiegen haben, meine Liebe. Wenn Sie mir dann bitte in Ihren Besprechungsraum folgen würden. Frau Doktor kommt sicherlich gleich nach.«

Vorsichtig machten sich die Mitarbeiter der KTU an Kafkas Spind zu schaffen. De Boer war nervös. Keinem der Beamten war es bisher gelungen, Kafka auf dem Gelände der Akademie oder in seiner Wohnung ausfindig zu machen. Anscheinend war wirklich das eingetreten, was sie nach dem Fund von Thomas Gorges' Leiche befürchtet hatten: Kafka hatte Trier verlassen.

»Ich hab's«, sagte einer der Techniker. »Herr Kommissar, wollen Sie sich selbst den Inhalt des Spinds einmal ansehen?«

»Ja, vielen Dank«, antwortete de Boer. Langsam öffnete er die Spindtür. Hatte Kafka auf der Außenseite ein Porträt des großen Prager Dichters gleichen Namens geklebt, so wies die Innenseite eher auf den Geschmack eines Bauarbeiters denn eines großen Künstlers hin. Nacktfotos hingen dort, manche zeigten die abgebildete Dame in eindeutigen Positionen. Es handelte sich fast ausschließlich um Fotos von Melanie Rosskämper. Nur ein Bild zeigte eine andere Person, und de Boer war sicher, dass Ferschweiler sich gerade über dieses Bild freuen würde.

***

Ferschweiler hatte am großen Tisch im Besprechungsraum der Verwaltung Platz genommen. Seine Kollegen durchkämmten währenddessen systematisch die anliegenden Büros. Die Rechner der beiden Mitarbeiter sowie den von Natascha Berggrün hatten sie bereits konfisziert und in ihre Dienstwagen geladen. Bald würden die darauf enthaltenen Daten im Polizeipräsidium von erfahrenen Computerspezialisten ausgewertet werden, und denen, das wusste Ferschweiler, entging nichts.

Zufrieden war er trotzdem nicht. Er war zwar voller Zuversicht, dass die Kollegen etwas finden würden, aber Kafka schien er nach dem aktuellen Stand der Dinge vorerst verloren zu haben. Durch die offen stehende Zimmertür sah er zu, wie die Kollegen den Inhalt der Schränke und Schubladen in Helena Claus' Büro angingen. Auf die Ergebnisse der Durchsuchung war er gespannt. Oftmals wurden bei solchen Aktionen persönliche Geheimnisse zutage gefördert, von denen eigentlich niemand etwas erfahren sollte. Mal sehen, was man so alles bei Helena Claus finden würde.

»Herr Ferschweiler. Von Ihnen bin ich wirklich enttäuscht. Ich dachte, Sie würden mir vertrauen. Und nun das!«

Helena Claus hatte den Besprechungsraum betreten, sichtlich außer sich. Die Tasse in ihrer Hand zitterte, ihre Augenlider flatterten leicht.

»Was soll das alles hier, Herr Kommissar?«, wollte sie von Ferschweiler wissen.

»Liebe Frau Claus«, antwortete dieser bedächtig. »Lassen Sie uns doch einmal ganz in Ruhe miteinander reden. Ganz sachlich, ohne zu flirten. Sie wissen, was ich meine?«

Helena Claus wurde allmählich ruhiger, aber sie trat immer noch unsicher von einem Fuß auf den anderen.

»Herr Ferschweiler, ich habe nicht nur so mit Ihnen geflirtet. Ich finde Sie wirklich durch und durch sympathisch«, antwortete sie endlich. Auch zu ihrem Lächeln hatte sie zurückgefunden. »Verstehen Sie mich nicht falsch, aber was sollte ich denn machen?«

Ferschweiler spürte, dass Helena Claus ihn falsch einschätzte und glaubte, ihn durch ihre weiblichen Reize manipulieren zu können. Das war seine Chance, sie aus dem Konzept zu bringen.

»Aber hätten Sie mir nicht sagen können, dass Sie und Kafka ein Paar sind?«

»Ein Paar? Dass ich nicht lache! Ich habe mit ihm nichts zu tun, außer natürlich rein dienstlich an der Akademie.«

»Natürlich an der Akademie, wo denn sonst?«, sagte Ferschweiler unschuldig.

Irritiert schaute ihn die dunkelhaarige Schöne an.

»Aber dass Sie sich gestern Nacht mit Ihrem Top-Dozenten im Turmzimmer getroffen haben, davon wollen Sie mir lieber nichts erzählen, nehme ich an?«

Auf Helena Claus' Gesicht stand jähes Entsetzen. Die Tasse fiel ihr aus der Hand, und die kanadische Flagge, die diese schmückte, zerbarst auf dem Fußboden in unzählige Teile.

»Woher ... woher wissen Sie denn das? Wir haben doch immer versucht, so diskret wie möglich zu sein.«

»Tja, meine Liebe. Sie sollten die Trierer Polizei eben nicht unterschätzen. Ich habe Sie letzte Nacht beobachtet. Und ich war doch sehr überrascht über das, was ich sehen musste, ganz ehrlich. Ich hätte anderes von Ihnen erwartet.«

Helena Claus brach in Tränen aus. »Herr Kommissar, können Sie das denn nicht verstehen? Sie haben Laszlo doch persönlich kennengelernt!«

Ja, dachte Ferschweiler, das ist ein echter Kotzbrocken. Aber er schwieg.

»Ich meine, ich bin doch auch nur eine Frau. Entschuldigen Sie, aber so attraktiv wie er ist … Und so verständnisvoll. So einen Mann habe ich noch nie zuvor kennengelernt.« Sie weinte nun ungehemmt. »Verstehen Sie mich bitte, er versprach mir so viel. Und er liebte mich wirklich.«

»Und da sind Sie sich sicher? Er liebte Sie wirklich?«

»Ja, er war bereit, alles für mich aufzugeben!«

»Alles? Was denn?«

»Ach, Sie haben doch keine Ahnung. Sie wollen ihm nur etwas anhängen. Aber Sie liegen falsch, egal, was er Ihrer Meinung nach getan hat.« Helena Claus musste ein Taschentuch zur Hand nehmen. Ihre Tränen liefen ununterbrochen. Mittlerweile hatte sie sich hingesetzt.

»Okay, Frau Claus«, sagte Ferschweiler. »Was genau haben Sie gestern Nacht mit Herrn Kafka im Turmzimmer gemacht?« Eindringlich fügte er hinzu: »Und ich erwarte jetzt eine ehrliche Antwort!«

Helena Claus gewann bei dieser Frage unvermittelt ihre Fassung zurück.

»Warum interessiert Sie denn das? Wollen Sie sich etwa mit mir verabreden?«

Unter anderen Umständen wäre Ferschweiler vielleicht auf dieses sehr deutliche Angebot eingegangen. Jetzt erwiderte er jedoch: »Nein, haben Sie vielen Dank. Ich möchte diesen Fall aufklären. Und Ihnen kommt darin eine Schlüsselrolle zu.«

»Mir?«, fragte Helena Claus, die sich ihre Tränen trocknete. »Mir doch nicht. Ich bin doch hier nur die kleine Tippse.«

De Boer betrat das Besprechungszimmer. Überrascht schaute er auf die in einer Kaffeelache schwimmenden Scherben auf dem Boden und anschließend auf Helena Claus, die mit hängenden Schultern auf ihrem Stuhl saß.

»Chef«, richtete er das Wort an Ferschweiler, »kannst du bitte mal kurz rauskommen?«

»Sie entschuldigen mich, Frau Claus?«

Ferschweiler stand auf und ging mit de Boer auf den Flur hinaus. Triumphierend zog sein Assistent ein Foto aus seiner Tasche.

Ferschweiler konnte es nicht fassen. »Das gibt's ja gar nicht«, sagte er ungläubig. »Na, da bin ich jetzt aber platt.«

»Hab ich mir doch gedacht, Chef, dass du so reagieren würdest. Ich konnte es auch zuerst nicht glauben.«

Unverzüglich ging Ferschweiler ins Besprechungszimmer zurück.

»Frau Claus«, setzte er die weitere Befragung ohne Umschweife fort, »haben Sie nicht immer so von Melanie Rosskämper gesprochen, als ob Sie die Dame nur sehr flüchtig gekannt hätten?«

Helena Claus sah erstaunt auf. »Ja«, antwortete sie. »Ich kannte Frau Rosskämper tatsächlich nur als Teilnehmerin sowie als Mitglied unseres Fördervereins.«

»Sonst nicht?«, setzte Ferschweiler nach.

»Nein, wieso?«

»Das heißt, Sie kannten sie nicht näher?«

»Nein, überhaupt nicht. Aber warum fragen Sie das?«

»Weil ich mir das hier nicht erklären kann.«

Ferschweiler legte das Foto, das ihm de Boer gerade gegeben hatte, vor Helena Claus auf den Tisch.

Schlagartig wich die Farbe aus ihrem Gesicht. Leichenblass betrachtete sie die Aufnahme, dann sackte sie in sich zusammen. Das Foto zeigte sie und Melanie Rosskämper nackt im Turmzimmer der Akademie in eindeutiger Pose.

»Schnell, de Boer. Ein Glas Wasser. Sie ist ohnmächtig geworden.«

Ferschweiler hatte Helena Claus gerade noch auffangen können. Langsam kam sie wieder zu sich, aber erst nachdem ihr de Boer einen Schluck Wasser eingeflößt hatte, war sie wieder ansprechbar.

»So ein Schwein«, jammerte sie. »Warum hat er das nur getan?«

»Ich glaube«, sagte Ferschweiler, »weil er Sie damit in der Hand hatte. Aber was wollte er von Ihnen? Warum hat er Sie erpresst?«

»Er hat mich nicht erpresst. Er wollte von mir die Daten der Teilnehmer«, antwortete Helena Claus. »Besonders haben ihn diejenigen Teilnehmer interessiert, die finanziell gut dastehen. Kafka hat vor, in

Luxemburg eine eigene Kunstschule zu eröffnen. Und dazu brauchte er zahlungswillige Kunden. Ich habe ihm die Adressen gegeben und ihm geholfen, unsere Teilnehmer abzuwerben.«

Ferschweiler wurde hellhörig. Bestand die Möglichkeit, dass Kafka nach Luxemburg geflohen war?

»Freiwillig? Sie sagten, er habe sie nicht erpresst«, sagte er.

»Ja, freiwillig. Ich habe es aus Liebe getan. Dass er solche Fotos von mir hat, davon habe ich nichts gewusst. Das ist eine Katastrophe!«

»Nun beruhigen Sie sich erst einmal«, wollte de Boer sie trösten. »Noch hat das Foto außer uns keiner gesehen.«

Ferschweilers strafender Blick brachte ihn jedoch schnell zum Schweigen.

»Aber warum haben Sie uns dann erzählt, Kafka habe sich die Daten selbst von Ihrem Rechner gezogen?«, wollte Ferschweiler wissen. »Warum haben Sie uns überhaupt davon erzählt und in diesem Zusammenhang seinen Namen ins Spiel gebracht? Sie waren doch seine Komplizin.«

»Er hat sich in letzter Zeit immer mehr von mir zurückgezogen. Sprach kaum mehr mit mir, fasste mich nicht mehr an. An das, was vorher lief, war gar nicht mehr zu denken. Gestern Nacht, das war eine seltene Ausnahme. Er hatte mir die ganze Zeit über versprochen, er würde mich an seiner neuen Akademie zur Verwaltungschefin machen. Und ich dumme Kuh habe ihm das geglaubt. Dabei hatte er das nie vor. Ich war enttäuscht und verletzt, ich habe mir gedacht, ich könnte ihm damit einen Denkzettel verpassen. Dass ich mit Ihnen über Laszlo geredet hatte, habe ich letzte Nacht dann bereits wieder bereut, auch wenn er mich damit wahrscheinlich nur wieder hinhalten wollte.« Sie schluchzte laut. »Hätte ich das vorher gewusst, ich hätte mich nie auf ihn eingelassen …«

»Wissen Sie denn, wo er diese neue Akademie aufbauen will und wie er sie zu finanzieren gedenkt? Mit der Adresse würden Sie uns sehr weiterhelfen, Frau Claus.«

»Ja, er hatte bereits sehr konkrete Pläne. Ich weiß, dass er vor einiger Zeit ein Anwesen in der Nähe von Echternach erworben hat. Woher er das Geld dazu hatte, weiß ich nicht. Ich nehme an, es stammt aus dem Verkauf seiner Kunst.« Helena Claus sah immer noch aus wie ein Häuflein Elend.

»Also in der Nähe von Echternach«, sagte Ferschweiler. »Können Sie das nicht noch etwas präzisieren?«

»Es ist in Waldbillig, mitten in der Luxemburger Schweiz.« Helena Claus sprach sehr leise.

Ferschweiler steckte das Foto in die Innentasche seines Mantels, wandte sich zum Gehen, sagte aber dann noch: »Frau Claus, bitte halten Sie sich zu unserer Verfügung.«

Als sie draußen auf dem Flur standen, fragte Ferschweiler de Boer: »Hast du Juppes und seinen Kollegen gesagt, dass sie auch das Turmzimmer unter die Lupe nehmen sollen?«

»Scheiße, das hab ich glatt vergessen bei all der Aufregung wegen des Spinds.«

Wim de Boer war es sichtlich peinlich, nicht daran gedacht zu haben.

»Ich werde mich aber sofort darum kümmern. Oder brauchst du mich im Moment?«, fragte er.

»Jetzt gerade nicht. Aber beeil dich. Kafka scheint ja nicht auf dem Gelände zu sein, aber lass die Kollegen noch einmal alles nach ihm absuchen.«

»Wird gemacht, Chef.« De Boer eilte in Richtung Kunsthalle.

Ferschweiler klopfte an die Tür von Natascha Berggrüns Büro.

»Kommen Sie herein«, drang es durch die alte, leicht verzogene Holztür. »Nur keine falsche Scheu.«

Das Büro der Akademieleiterin hatte Ferschweiler zwar schon mehrmals zu Beginn seiner Ermittlungen betreten, tatsächlich wahrgenommen hatte er dessen Einrichtung und Ausstattung bisher aber nicht. Neugierig sah er sich um. Er fühlte sich fast wie in einem Museum für moderne Kunst. Links an der Wand hing eine großformatige Arbeit, die sich bei näherem Hinsehen als eine Art Collage aus verschiedenen Wellpappenresten und ausgerissenen Fragmenten arabischer Tageszeitungen entpuppte.

»Das ist eine frühe Arbeit des Gründers der Akademie. Gefällt sie Ihnen?«

Natascha Berggrün war von ihrem Schreibtisch aufgestanden und kam auf Ferschweiler zu.

»Ich verstehe von Kunst viel zu wenig, um mir ein Urteil erlauben zu können. Aber wem es gefällt …«, versuchte Ferschweiler auszuweichen.

Dr. Berggrün musste lachen. »Möchten Sie auch einen frischen Kaffee, Herr Kommissar?«

»Och«, entfuhr es Ferschweiler. »Einen mit Milch würde ich wohl nehmen.«

Dr. Berggrün öffnete ihre Bürotür. »Herr Haltaufderheide? Könnten Sie so freundlich sein und für den Herrn Kommissar und mich einen Kaffee aufbrühen? Vielen Dank.«

Als sie sich wieder zu Ferschweiler umgedreht hatte, sagte er: »Also, liebe Frau Dr. Berggrün, ich möchte mich für die Unannehmlichkeiten entschuldigen, die wir Ihnen gerade bereiten. Aber es haben sich einige Dinge ereignet, die keinen weiteren Aufschub in unseren Ermittlungen erlauben. Nach unserem bisherigen Stand geht es um weit mehr als nur um einen Mord aus Neid und Eifersucht im Künstlermilieu. Wir vermuten, und das aus gutem Grund, dass es um Drogengeschäfte geht.«

»Drogen?« Natascha Berggrün sah ihn ungläubig an. »Bei uns in der Akademie? Sie müssen sich irren. Ihre Kollegen werden keine Drogen finden. Da bin ich mir ganz sicher.«

»Warten wir ab, was unsere Drogenspürhunde, mit denen meine Kollegen gerade die Akademie durchsuchen, finden werden.«

Es klopfte. Harry Haltaufderheide trat ein und servierte grinsend den bestellten Kaffee.

»Da hast du meiner Kollegin aber ordentlich eingeheizt, Rudi. So kenne ich die ja gar nicht.« Er hatte offensichtlich keine Ahnung, was hier gespielt wurde.

Durch das Fenster konnte Ferschweiler beobachten, wie de Boer gemeinsam mit Josef Simon die Kunsthalle verließ und schnurstracks auf die Verwaltung zukam.

»Wann bekommen wir denn eigentlich unsere Computer und die übrigen Dinge zurück, die Sie heute mitgenommen haben?«, wollte Dr. Berggrün wissen.

»Sehr bald schon, wenn alles nach Plan verläuft.«

Im nächsten Moment klopfte es erneut, und seine beiden Kollegen betraten das Büro.

»Dürften wir uns kurz hier beraten, Dr. Berggrün?«, fragte Ferschweiler.

»Selbstverständlich, meine Herren. Was für eine Frage. Es geht immerhin um den Ruf der Akademie.«

Schnell bemühte sie sich, auf ihrem Besprechungstisch zumindest halbwegs Klarschiff zu machen. »Bitte, meine Herren. Nehmen Sie Platz.«

»Vielen Dank, Frau Dr. Berggrün, wenn Sie uns nun allein lassen könnten?«

Dr. Berggrün blickte Ferschweiler vorwurfsvoll an und verließ, ohne ein weiteres Wort zu sagen, ihr Büro.

»Also, Kollegen, was hat unsere Aktion ergeben?«

Simon sprach als Erster. »Wir haben noch nichts Konkretes gefunden, aber die Hunde haben sowohl an Kafkas Spind als auch in seinem Atelier angeschlagen. Insofern können wir ernsthaft darauf hoffen, hier heute noch einen Volltreffer zu landen. Nur Kafka, der scheint tatsächlich nicht hier zu sein.«

Ferschweiler dachte kurz nach, dann fragte er: »Sag mal, Juppes, wer ist denn eigentlich momentan für Luxemburgs Osten zuständig? Immer noch Michelle Biver?«

»Nein«, antwortete Simon. »Michelle hat sich bereits vor zwei Jahren versetzen lassen. Sie arbeitet inzwischen fürs Innenministerium. Aber sie hat eine attraktive und äußerst engagierte Nachfolgerin bekommen, mit der ich bereits erfolgreich zusammengearbeitet habe: Tessy Contz. Sollen wir mit ihr einen Termin vereinbaren?«

»Unbedingt. Wir müssen uns noch heute mit ihr treffen«, sagte Ferschweiler. »Wir müssen Kafka finden, und es ist gut möglich, dass er sich gerade drüben im Ländchen aufhält. Frau Claus hat mir erzählt, er wolle eine Kunstschule in Waldbillig eröffnen. Willst du den Kontakt zu unserer Kollegin herstellen? Dich kennt sie ja schon. Nur um sicherzugehen, schicken wir vorher noch mal eine Streife zu Kafkas Wohnung, und wenn er da nicht ist, dann lösen wir eine Großfahndung nach ihm aus.« Ferschweiler gab de Boer ein Zeichen, der hatte jedoch bereits zum Handy gegriffen.

Ferschweiler ging zur Tür, öffnete sie und bat Dr. Berggrün, die im Flur gewartet hatte, wieder herein.

»Was passiert denn jetzt mit der Kunstakademie?«, fragte sie.

»Nichts weiter«, sagte Ferschweiler. »Sie können so weitermachen wie bisher, sofern keine Verdachtsmomente gegen Sie oder Ihren Lehrkörper auftauchen. Unsere Ermittlungen bei Ihnen sind so gut wie abgeschlossen.«

Dr. Berggrün nahm wieder hinter ihrem von Papieren überladenen Schreibtisch Platz. Unverständnis stand ihr ins Gesicht geschrieben. »Ich verstehe das alles nicht«, sagte sie.

»Wie sollten Sie auch?«, entgegnete Ferschweiler. Er nickte de Boer und Juppes Simon zu, und diese verließen das Büro. Als sie die Tür hinter sich geschlossen hatten, fügte Ferschweiler hinzu: »Sie können ja schlecht alle kontrollieren, mit denen Sie zusammenarbeiten. Und Vertrauen wird nun mal manchmal enttäuscht.«

»Aber so?« Natascha Berggrün wirkte, als sei sie mit der Situation völlig überfordert und als habe sie inzwischen erkannt, längst nicht mehr die Kontrolle über das zu haben, was an ihrer Akademie geschah. Ferschweiler war sich sicher, dass sie kein Theater spielte. Anscheinend hatte sie wirklich nichts von Kafkas Geschäften gewusst. Aber wenn es sich so verhielt, dann blieb noch immer eine Frage offen.

»Warum haben Sie mir eigentlich nicht gesagt, dass Sie am Abend des Todes von Frau Rosskämper mit Kafka verabredet waren?«

Dr. Berggrün schaute auf. »Wie verabredet? Ich habe doch an meinem Vortrag gearbeitet.«

»Aber Herr Kafka behauptet, abends bei Ihnen gewesen zu sein.«

Die Akademieleiterin wurde nervös und wich Ferschweilers Blick aus. »Ach, ich weiß nicht mehr, ich kann mich nicht erinnern. Die letzten Tage waren so aufregend, so aufreibend. Spielt das denn eine Rolle, wann Herr Kafka bei mir war?«

»Reden Sie lieber nicht weiter«, sagte Ferschweiler ungehalten. »Sie könnten es später noch bereuen. Aber ich kann Ihnen versprechen, dass wir uns über Ihre Lügen später noch unterhalten werden.«

Die Zeit drängte, und Ferschweiler hatte im Moment Wichtigeres zu tun, als sich noch länger mit der Leiterin der Akademie herumzuärgern. Er murmelte einen knappen Gruß und verließ das Gebäude.

»Juppes«, sagte er, als er zu Simon und de Boer auf den Platz vor der Verwaltung trat, »hast du schon mit unserer Kollegin in Luxemburg telefoniert? Die Zeit drängt. Wir müssen sie möglichst schnell in Echternach treffen. Und informiere den Oberstaatsanwalt, dass wir internationale Amtshilfe brauchen.« Und zu de Boer: »Die Fahndung hast du inzwischen ausgelöst? Gut. Dann hol schon mal den Wagen.«

ELF

Knapp fünf Minuten später brachen Ferschweiler und de Boer in ihrem Dienstwagen nach Luxemburg auf. Josef Simon fuhr nicht mit; seine Kollegen waren noch dabei, an der Kunstakademie das Unterste zuoberst zu kehren und weiter nach Spuren der synthetischen Drogen zu suchen.

Ferschweiler und de Boer fuhren schweigend über die B 49 in Richtung der Grenze zum Großherzogtum. Als sie Igel mit seinem berühmten römischen Grabdenkmal passierten, sagte de Boer:

»Und was machen wir, wenn Kafka tatsächlich in Waldbillig ist?«

Ferschweiler blickte weiterhin aus dem Fenster auf das allmählich in den Blick kommende, am Hang liegende Gruthenhäuschen, einen rekonstruierten römischen Grabtempel, an dem sie einen Augenblick später mit hoher Geschwindigkeit vorbeizogen. Kaum vorzustellen, dass diese eng dem Verlauf des Flusses folgende Straße in der Antike einmal fast vollständig von Grabdenkmälern gesäumt gewesen war. Ferschweiler musste an den toten Thomas Gorges denken.

»Erst einmal reden wir mit unserer Kollegin«, sagte er nach einer Weile. »Und dann sollten wir versuchen, Kafka festzusetzen. Oder hast du schon etwas anderes geplant?«

»Nein«, sagte de Boer.

»Gut. Du weißt, dass ich Aktionismus jeder Art hasse«, erwiderte Ferschweiler.

Auch als Autofahrer war de Boer ein besonderer Fall. Regeln kannte er am Steuer keine. So missachtete er grundsätzlich alle Geschwindigkeitsbegrenzungen und andere Vorgaben der Straßenverkehrsordnung. Die Dreißigerzone in Wasserbilligerbrück schien er gar nicht wahrzunehmen. Mit achtzig Sachen bretterte er durch den kleinen Ort. Sobald sie auf der Bundesstraße Richtung Echternacherbrück waren, erreichte die Tachonadel, kaum dass sie das letzte Haus hinter sich gelassen hatten, schon wieder den Bereich jenseits der hundertzwanzig. Ferschweiler wurde in den Sitz gepresst und hielt sich am ausklappbaren Handgriff oberhalb der Beifahrertür fest. Weder in Metzdorf noch in Ralingen nahm de Boer den Fuß vom Gas, auch nicht in Godendorf oder Minden. Es fehlte nur noch, dass er das mobile Blaulicht aufs Wagendach setzte. Ferschweiler hätte am liebsten, wäre es ihm möglich und die Verbindung nicht so schlecht gewesen, den Bus genommen.

Als sie die Brücke in Echternacherbrück erreichten, an deren westlichem Ende das Staatsgebiet von Luxemburg begann, mäßigte sich de Boer plötzlich und hielt sich exakt an die ausgeschilderte Geschwindigkeitsbegrenzung. Ferschweiler sah ihn erstaunt an.

»Na ja«, sagte der Holländer verlegen, der Ferschweilers Blick bemerkt hatte. »Die kontrollieren im Ländchen ja regelmäßig. Und die Strafen sind wirklich happig … Und bei meinem Gehalt …«

Ferschweiler musste lachen. »Ach, Wim. Allmählich beginne ich dich tatsächlich zu mögen.«

Als sie Echternach erreicht hatten, parkte de Boer den Wagen auf einem großen Parkplatz in der Nähe des alten Abteigebäudes direkt am Ufer der Sauer. Im Mittelalter war Echternach ein wichtiges religiöses Zentrum gewesen und hatte eine bedeutende Schule der europäischen Buchmalerei beherbergt, dann aber war es in eine Art Dornröschenschlaf gefallen, aus dem es erst langsam wieder erwachte. Für Touristen war die Stadt auf jeden Fall eine Reise wert. Ferschweiler selbst war das letzte Mal vor vier Jahren im Zusammenhang mit einem anderen Fall hier gewesen.

Zu Fuß machten sich die beiden Polizisten auf den Weg zum städtischen Verwaltungsgebäude, das keine dreihundert Meter vom Ufer des Flusses entfernt lag. Aus den die Straßen säumenden kleinen Restaurants und Gaststätten, die sich nun zur Mittagszeit allmählich füllten, drangen wohlriechende Essensdüfte auf den Gehsteig. Ferschweiler verspürte das starke Verlangen, wieder einmal Träipen, Gromperekichelcher oder Kuddelfleck zu essen, moselfränkische Spezialitäten seiner Kindheit, wie es sie authentisch nur noch in ganz wenigen Restaurants in Luxemburg gab. In Trier suchte er danach vergeblich, aber hier in Echternach könnte er vielleicht Glück haben. Er überlegte, ob sie vielleicht nach ihrem Gespräch mit Tessy Contz noch in einer der einladend wirkenden Gaststuben einkehren sollten, aber angesichts der Umstände des Falls verwarf er diese Idee recht schnell wieder.

»Chef, da vorn ist die Dienststelle«, riss ihn de Boer aus seinen Gedanken.

Das dreistöckige Gebäude hatte seine besten Tage bereits hinter sich. Grau und unwirtlich präsentierte es sich seinen Besuchern. Neben der Tür prangte das Bronzeschild der *Police Grand-Ducal*, das das Staatswappen Luxemburgs, den aufgerichteten roten Löwen auf hellblau-weiß gestreiftem Grund, trug. Ferschweiler wollte den Aufzug rufen, doch der leicht belustigte Gesichtsausdruck de Boers ließ ihn dann doch ebenfalls die Treppe nehmen.

Die Dienststelle der Bereitschaftspolizei Echternach bestand nur aus einer kleinen Dienststube mit einem langen Tresen, wie es ihn auch in vielen anderen kleineren Polizeistationen diesseits der Grenze gab, sowie einem Aufenthaltsraum für die diensttuenden Beamten und einem Büro für den Chef vom Dienst.

»Moien, Monsieur le Commissaire«, begrüßte Frens-Claude Kruse Ferschweiler herzlich, nachdem dieser nach kurzem Anklopfen die Tür geöffnet hatte. Beide hatten schon mehrfach zusammengearbeitet und kannten sich recht gut. »Schön, dich einmal wieder bei uns zu sehen! Und nicht nur zum Kaffee- oder Schnapskaufen. Wie geht es Rosi?«

Kruse war Mitte fünfzig und von untersetzter Statur. Wie um sich für seinen weitgehend kahlen Schädel zu entschuldigen, trug er einen äußerst üppigen Schnauzbart, dessen Farbe mit den Jahren von einem tiefen Schwarz zu einem lichten Grau übergegangen war, der aber nichts von seiner Monumentalität verloren hatte.

»Alles bestens, Frens. Uns geht es allen gut.«

»Möchtet ihr einen Kaffee? Die Madame von der *Police Judiciaire* ist noch nicht eingetroffen.«

Kruse führte seine beiden Kollegen in das Büro seines Chefs, der heute wegen einer Fortbildung in Brüssel weilte.

»Macht es euch bequem.« Mit einladender Geste wies er auf die lederne Sitzgruppe, die fast die Hälfte des ansonsten eher spartanisch ausgestatteten Büros einnahm. Kruse brachte Kaffee und ließ Ferschweiler und de Boer dann allein. Er müsse Verbrecher jagen, sagte er beim Hinausgehen lächelnd und ließ dann die Tür des Büros hinter sich mit Schwung ins Schloss fallen.

Ferschweiler und de Boer genossen schweigend ihr dampfendes Heißgetränk und warteten auf ihre Kollegin. Als Tessy Contz schließlich eine gute Viertelstunde später den Raum betrat, war Ferschweiler, der bereits wieder kulinarischen Gedanken nachhing und den die

Gerüche seiner Kindheit noch immer nicht losließen, etwas überrascht. Er hatte mit einer Frau vom Alter, Aussehen und Kaliber Michelle Bivers gerechnet: gestanden, vollschlank und jovial. Doch die Frau, die ihm gegenüberstand, hatte so gar nichts mit ihrer Vorgängerin gemein, zu der Ferschweiler immer ein recht gutes Verhältnis gehabt hatte. Tessy Contz war circa einen Meter fünfundsiebzig groß, sehr schlank und durch und durch weiblich. Sie sah einfach umwerfend aus. Auch de Boer schien beeindruckt zu sein.

Tessy Contz war höchstens Ende zwanzig, gehörte also einer Generation von Polizisten an, von der Ferschweiler stets gedacht hatte, dass die Polizeischulen sie durch ihren akademischen Anspruch für die alltägliche Ermittlungsarbeit verdorben hätten – *profiling* auf wissenschaftlicher Grundlage war nicht seine Sache.

»Moien.« Sie reichte ihm ihre schlanke, äußerst gepflegt wirkende Hand. Ihre Nägel waren perfekt manikürt und in einem geschmackvollen Bordeauxrot lackiert. Ihre helle Haut war, wie Ferschweiler schon auf den ersten Blick feststellte, makellos. Tessy Contz trug ein maßgeschneidertes Kostüm und Perlenschmuck an Hals und Ohren. Am rechten Flügel ihrer schmalen, vielleicht etwas zu langen Nase blinkte ein kleines Brillantpiercing. Selbst Melanie Rosskämper hätte neben der jungen Polizistin nur knapp bestehen können.

»Können wir Deutsch reden, oder sollen wir es französisch machen?«, wandte sie sich an Ferschweiler, der genauso wie de Boer unmittelbar bei ihrem Eintreten von seinem Platz aufgesprungen war.

Ferschweiler musste schmunzeln, dann ungewollt husten.

»Nein, Madame Contz. Wir können, wenn Sie möchten, gern auf Deutsch miteinander reden. Mein Französisch ist etwas eingerostet …«

Die Luxemburger Kollegin lächelte ihn vieldeutig an. Ferschweiler spürte, wie sein Herz klopfte. Tessy Contz hatte er sich wirklich völlig anders vorgestellt.

»Na dann, die Herren Kollegen, was kann ich für Sie tun?«

Sie nahm auf dem Sessel Ferschweiler gegenüber Platz und schlug ihre langen, schlanken Beine übereinander.

Ferschweiler hatte auf einmal einen trockenen Mund. Seine Zunge klebte ihm förmlich am Gaumen.

»Äh, ja«, begann er verunsichert. Mit Michelle Biver hätte er in dieser Situation kein Problem gehabt. Aber Tessy Contz? Manchmal merkte er, dass die Routine, die er sonst an den Tag legte, gar keine war und er mit fortschreitendem Alter anders auf seine Umgebung, speziell auf Frauen, reagierte, als er es sich als gestandener Polizist im Alltag oder vor seinen Vorgesetzten eingestehen wollte.

»Monsieur Ferschweiler? Wollen wir nun diese Sache miteinander bereden oder nicht?« Tessy Contz blickte ihm tief in die Augen.

»Äh, ja, natürlich«, antwortete Ferschweiler. »Entschuldigen Sie meine Unkonzentriertheit, aber dieser Fall ist anders als vieles, was ich bisher erlebt habe.«

»Das kann ich mir vorstellen«, antwortete die Luxemburgerin. Lässig lehnte sie sich in ihrem Sessel zurück. Mit laszivem Aufschlag ihrer mit einem eleganten Hellblau geschminkten Lider sagte sie nach einer kurzen Pause: »Dabei haben Sie bestimmt viele aufregende Fälle zu lösen, Monsieur le Commissaire. Sollen wir unser Gespräch vielleicht lieber in einem Bistro fortsetzen? Ich finde diesen Raum hier fürchterlich.«

»Das ist eigentlich eine wirklich gute Idee, mein Magen hängt mir zwischen den Knien«, schaltete sich de Boer in die Unterhaltung ein, »aber die Zeit drängt. Vielleicht ein anderes Mal.«

Ferschweiler schilderte Tessy Contz in gebotener Kürze ihre bisherigen Ergebnisse und den aktuellen Stand der Ermittlungen.

»Tja, und so sitzen wir nun hier und hoffen auf Ihre Hilfe«, endete er.

»Aber meine Herren, was kann ich denn da für Sie tun? Sie haben keinen internationalen Haftbefehl für Kafka; Sie haben nur Amtshilfe beantragt. Dass ich mich mit Ihnen heute so überaus kurzfristig treffe, ist allein meiner Neugierde Ihnen und Ihrem Fall gegenüber geschuldet sowie der Tatsache, dass ich es äußerst schätze, die Kollegen auch jenseits der Grenze kennenzulernen. Und Josef Simon, der mich angerufen hat, ist ein alter Kollege von mir, dem ich sowieso kaum etwas abschlagen kann.«

Ferschweiler war beeindruckt. So viel Aufgeschlossenheit suchte man bei der Trierer Polizei weitgehend vergebens. Aber Juppes ein *alter* Kollege der jungen Polizistin?

»Wir wissen Ihr Entgegenkommen sehr zu schätzen, Madame. Aber verstehen Sie bitte unsere Situation. Der Verdächtige hält sich höchstwahrscheinlich bei Ihnen in Luxemburg auf, genauer gesagt in Waldbillig. Wenn wir, ohne Sie zu informieren, einfach ins Müllerthal gefahren wären, wissen Sie, was dann los wäre?«

»Ja, Monsieur, das kann ich mir schon denken. Und Sie haben völlig recht: Die Institution von Herrn Kafka ist mir bereits bekannt. Sie steht kurz vor der Eröffnung. Also, was schlagen Sie vor?«

»Nun …« De Boer ergriff das Wort. »Es wäre wunderbar, wenn wir unverzüglich gemeinsam nach Waldbillig fahren könnten, um Kafka dort zu stellen …«

»Nachdem wir uns dort umgesehen haben, werden wir entscheiden, wie es weitergehen soll«, fiel Ferschweiler seinem Kollegen ins Wort. »Schließlich dürften sich Ihr Dienstherr und die Presse auch nicht gerade darüber freuen, wenn der Findel als Drogenumschlagplatz Berühmtheit erlangen sollte.«

»Traurige Berühmtheit«, fügte de Boer noch hinzu.

»In Ordnung, meine Herren. Dann fahren wir also ins schöne Müllerthal. Ich informiere nur noch eben die Kollegen, damit sie, wenn nötig, schnell Einsatzkräfte hinterherschicken können.«

Als die drei schließlich in Ferschweilers Dienstwagen saßen, wurde Tessy Contz plötzlich ernst.

»Monsieurs, ich sollte Ihnen vielleicht noch sagen, dass meine Mutter sich auch in Waldbillig aufhält. Möglicherweise werden wir sie also gleich dort treffen. Wir sollten also alles tun, sie nicht in Gefahr zu bringen.«

»Selbstverständlich, Madame. Aber wie kommt das, dass Ihre Mutter dort ist?«, fragte Ferschweiler. »Arbeitet sie für Laszlo Kafka?«

»Nein, wo denken Sie hin? Sie hat in ihrem ganzen Leben noch nie arbeiten müssen. Er hat sie persönlich eingeladen, sich einen Vorabeindruck von seiner Kunstakademie zu verschaffen. Er will alles so luxuriös wie möglich gestalten, und meine Mutter, die eine alte Kundin der Trierer Akademie ist, erschien ihm aufgrund ihrer hohen Ansprüche und wohl auch wegen ihres beträchtlichen Vermögens als eine gute Testerin.«

»Warum nutzt Ihre werte Mutter denn nicht weiter die Kunstakademie in Trier?«, wollte Ferschweiler wissen. »Die haben doch ein solides und sehr umfangreiches Angebot.«

»Ja, da haben Sie recht«, antwortete seine junge Kollegin. »Das Programm ist wirklich gut. Auch die meisten Dozenten sind wirklich toll, und der alte Schlachthof selbst hat natürlich einen sehr speziellen Charme. Aber meine Mutter möchte nicht mehr dauernd aus Luxemburg-Stadt nach Trier fahren müssen. Und ein möbliertes Zimmer irgendwo in diesem schrecklichen Stadtteil, in dem die Akademie liegt« – Ferschweiler stach es in der Magengegend – »ist auch nicht unbedingt nach ihrem Geschmack. In der näheren Umgebung gibt es sonst auch nur heruntergekommene Kneipen ohne Anspruch und Stil. Es ist schrecklich.«

Ferschweiler stach es zum zweiten Mal. Rosi durfte er das nicht erzählen.

»Nein, ich kann meine Mutter durchaus verstehen«, sagte Tessy Contz überzeugt. »Und stellen Sie sich einmal vor: Alles muss in Trier extra bezahlt werden, nichts an der Akademie ist in den Kursgebühren inklusive. Selbst Kaffee muss man sich selber holen gehen …«

»Und das wird in Waldbillig besser gelöst sein?«, fragte Ferschweiler, der sich wieder im Griff hatte.

»Kein Vergleich, Monsieur le Commissaire.« Tessy Contz machte eine abfällige Geste. »Bei Kafkas Kunstakademie handelt sich im Vergleich dazu um eine Art Luxushotel mit angeschlossenen Ateliers. Sie werden es ja gleich selbst sehen.«

Während sie sprachen, steuerte de Boer den Wagen zwar sicher, aber mit hoher Geschwindigkeit über die kleinen Waldstraßen in der Nähe Echternachs. Mehrfach musste er Schafen und Wanderern ausweichen. Schließlich kam nach einer weiteren Kurve am Ende der Straße ein großes Gebäude in Sicht.

»Wir sind da«, sagte Tessy Contz. »Das ist das ›Hotel du Lac‹, der zentrale Bau der neuen Akademie.«

Das imposante Gebäude, das mit einer seiner Schmalseiten zur mit lautem Rauschen vorbeifließenden Schwarzen Ernz zeigte, stammte aus den späten sechziger Jahren. Es besaß eine glatte, gelblichbraun gestrichene Putzfassade und war im Erdgeschoss um einen wintergartenähnlichen Vorbau erweitert, der einmal um das ganze Gebäude herumzulaufen schien.

»Biegen Sie bitte an der Gabelung vor dem Hotel rechts ab. Dort können wir dann den Wagen abstellen.« Tessy Contz kannte sich anscheinend bestens aus.

Langsam rollte der Wagen auf den geschotterten Parkplatz. Hier noch eine freie Lücke zu finden, fiel nicht leicht. Überall standen große Limousinen und elegante Sportwagen, größtenteils mit belgischen oder Luxemburger Nummernschildern. Die wenigen Karossen, die deutsche Kennzeichen trugen, kamen fast alle aus Düsseldorf und Köln.

»Na, um Kundschaft muss sich Herr Kafka ja anscheinend nicht sorgen«, sagte Ferschweiler mit Blick auf die versammelten in lackiertes Blech investierten Millionen.

»Nein, das muss er wirklich nicht.« Tessy Contz hatte bereits die Wagentür geöffnet und einen ihrer schlanken Füße auf den Schotter des Parkplatzes gesetzt. »Das Hotel selbst ist schon länger in Betrieb und genießt einen ausgezeichneten Ruf. Was meinen Sie, wie es hier aussieht, wenn er erst seine Akademie offiziell eröffnet hat? Wobei es dazu nun ja vermutlich nicht mehr kommen wird …«

»Hat Kafka denn Werbung für seine Kunstschule gemacht?«, fragte Ferschweiler.

»Nein, im Gegenteil. Er hat sein Vorhaben geheim gehalten, nur mal hier, mal da ein paar Andeutungen gestreut. Meine Mutter, die bestens in diesem Bereich vernetzt ist, hat auch erst durch seine persönliche Einladung davon erfahren. Und Kafka hat ihr absolutes Stillschweigen abverlangt, als Gegenleistung für ihre Teilnahme am Testlauf. Ich für meinen Teil denke, das ist alles eine Art Marketingstrategie. Und – voilà! – sein Kalkül geht offensichtlich auf. Aber bitte kommen Sie, meine Herren. Ich kenne den Weg.«

Sie ging vor de Boer und Ferschweiler her in Richtung des dem Parkplatz zugewandten Haupteingangs.

Das Hotel wirkte von außen modern und schlicht: viel Glas und glatte Putzfassaden. Als Ferschweiler hinter Tessy Contz die Lobby betrat, glaubte er, seinen Augen nicht zu trauen. Von der Bäderarchitektur seiner Jugendzeit war hier nichts mehr geblieben. Unter einem Hotelempfang verstand er jedenfalls etwas anderes.

Während die Wände der Lobby in dunklem Tropenholz gehalten waren, wirkte der einem aufgeschnittenen Zylinder ähnelnde Tresen auf Ferschweiler wie ein Raumschiff aus einem Science-Fiction-Film. Im oberen Bereich bestand er bis zu einer Höhe von knapp fünfzig Zentimetern aus glattem, poliertem Beton. Darunter schlossen sich verschiedenfarbig beleuchtete Bereiche aus Glas an:

zunächst in Blau in mehreren Abstufungen, darunter in Violett, dann in Grün und schließlich wieder in Blau. Eine feine Leiste aus mattem Stahl schloss den Tresen zum Fußboden hin ab. Die beiden aparten jungen Empfangsdamen, die in schicken Uniformen ihren Dienst verrichteten, wurden von einem an der Decke angebrachten Leuchter illuminiert, der die gleichen Ausmaße wie der Innenraum des Rezeptionstresens hatte und von außen ebenfalls mit Tropenholz ummantelt war.

Ferschweiler kam sich plötzlich ein wenig schäbig vor, seine Luxemburger Kollegin passte hier allerdings bestens ins Bild, ebenso wie de Boer in seinem gut sitzenden Anzug, der allerdings vermutlich auch nur durch die Hände eines Lohnschneiders in Fernost gegangen war. Aber er mit seiner zerbeulten, fleckigen Bundfaltenhose und dem alten Sakko, in dem er bereits mehr als einmal geschlafen hatte?

»Wie kann ich Ihnen helfen?«, fragte eine der beiden Empfangsdamen beflissen, als sie den Tresen erreicht hatten.

»Wir hätten gern den Chef des Hotels, Monsieur Kafka, gesprochen«, sagte Tessy Contz.

»Und wen darf ich melden?«, wollte die charmante Dame im Raumschiff wissen.

»Melden Sie Madame Tessy Contz in Begleitung von Freunden.«

»Sehr gern.« Die Empfangsdame lächelte und wandte sich dem Telefon auf der anderen Seite des Tresens zu.

Nur wenige Sekunden später wandte sie sich wieder dem Trio vor dem Tresen zu.

»Monsieur Kafka ist momentan nicht da, aber er wird in circa einer halben Stunde erwartet. Wenn Sie so lange in unserem Restaurant Platz nehmen möchten? Gern können Sie sich in der Zwischenzeit aber auch das Gelände ansehen.«

Tessy Contz bedankte sich und führte ihre beiden Kollegen ins Restaurant. »Das müssen Sie sich ansehen. Es ist wirklich extraordinär!«

Nachdem sie eingetreten waren, musste Ferschweiler ihr insgeheim beipflichten. Obwohl er übertriebenen und vor allem zur Schau gestellten Luxus nicht mochte, war er doch einigermaßen beeindruckt, ja geradezu fasziniert. Hinter der Bar zierte wie in den alten Etablissements aus dem Paris der Belle Epoque ein großer Spiegel die Wand, vor dem eine ansehnliche Batterie von Flaschen mit allen nur erdenklichen Alkoholika aufgereiht war. Neben dem Spiegel hing ein Gemälde, bei dessen näherer Betrachtung Ferschweiler stutzig wurde. Hatte er dieses Motiv nicht schon irgendwo einmal gesehen? Das Bild zeigte den gefesselten, vollständig bandagierten Körper eines Mannes, den zahnlosen Mund zum stummen Schrei geöffnet. Unwillkürlich fröstelte es Ferschweiler.

»Schau mal da, Chef. So etwas habe ich ja noch nie gesehen, nicht einmal in den Luxushotels in Indonesien, für die mein Vater tätig war.«

Der Holländer wies auf den hinteren Teil des Restaurants, der einem wahren Dschungel glich. Unterschiedlichste Orchideen, Farne und Gräser bildeten so etwas wie eine künstliche Grotte. Am Boden der offenbar aus einem Fels geschlagenen Nische hatten tropische Seerosen ihre Tabletts zu voller Größe geöffnet, während an der Wand dahinter Wasser in Kaskaden herabfloss.

»Ah, Sie haben die Grotte im Blick«, ertönte es plötzlich hinter ihnen. »Das ist wirklich mit das Imposanteste, was Laszlo uns bietet. Es ist *superbe*!«

Unbemerkt war eine Frau Mitte sechzig, gekleidet in einen – wenn auch auf Figur geschnittenen – Malerkittel zu ihnen getreten.

»Mama«, sagte Tessy Contz in leicht vorwurfsvollem Ton. »Warum bist du vorhin nicht an dein Telefon gegangen und tauchst jetzt hier so einfach auf? Ich bin dienstlich unterwegs.«

»Ach, Kind, hör auf.« Madame Contz blickte Ferschweiler und de Boer nacheinander freundlich an. »Ich hatte noch im Atelier zu tun. Hier herrscht nun mal kein Müßiggang. Monsieur«, wandte sie sich an Ferschweiler, »darf ich mich trotz meines gehobenen Alters zu Ihnen gesellen?«

»Aber mit Vergnügen«, antwortete Ferschweiler, dem die Frau sofort sympathisch war. »Sie sind also die Mutter der bezaubernden Kollegin neben mir?« Er konnte selbst nicht glauben, was er da soeben gesagt hatte.

»Das bin ich. Mein Name ist Agathe Contz«, antwortete die etwas untersetzte Dame, die in ihrer Jugend sicherlich keine geringere Schönheit gewesen war als ihre Tochter heute. »Und wie lautet Ihr Name?«

»Ferschweiler, äh, Rudolph Ferschweiler.«

»Monsieur Ferschweiler, es freut mich außerordentlich, Ihre Bekanntschaft zu machen«, erwiderte Madame Contz und sagte daraufhin zu einem in der Nähe stehenden Kellner: »Bitte bringen Sie mir einen Gin Tonic. Aber mischen Sie bitte Q-Tonic mit Tanqueray, dann wird es gut.«

Die alte Dame verstand etwas vom Genießen. Ferschweiler hatte es angesichts ihres Auftretens aber auch nicht anders erwartet.

»Frau Contz, was schätzen Sie denn an den bald buchbaren Ateliers in Waldbillig besonders, etwa gegenüber der Trierer Akademie, an der Sie nach meinen Informationen auch lange Zeit gearbeitet haben?«, fragte Ferschweiler, nachdem sie an einem Vierertisch Platz genommen hatten.

»Nun, die Akademie in Trier«, setzte Madame Contz an, »besitzt natürlich einen ausgezeichneten Ruf, und ich bin wirklich sehr dankbar dafür, dass ich meine ersten Schritte als Künstlerin in der alten Römerstadt machen konnte. Aber das Ambiente? Herr Ferschweiler, ich bitte Sie. Das ist eine regelrechte Katastrophe. Geradezu gruselig.«

Bei dieser Bemerkung stach es Ferschweiler erneut in seinen Eingeweiden.

»Und hier? Was bietet man Ihnen hier?«

»Schauen Sie sich doch einmal um. Hier ist alles nur vom Feinsten. Ich könnte mir keine Umgebung vorstellen, die besser dafür geeignet wäre, meiner Kreativität freien Lauf zu lassen.«

»Und Laszlo Kafka? Welche Rolle spielt er in Ihrem Wirken als Künstlerin?« Ferschweiler war ehrlich neugierig.

»Oh, tatsächlich eine sehr wichtige. Ohne ihn wäre es mir nie so schnell gelungen, zu mir selbst zu finden und mein volles künstlerisches Potenzial auszuschöpfen. Und ohne ihn hätte ich wohl auch nicht so schnell den Tod meines Mannes verwunden. Laszlos Unterricht hat mir völlig neue Perspektiven eröffnet. Er ist etwas ganz Besonderes, Monsieur Ferschweiler. Ein echter Glücksfall!«

Ferschweiler war sich da auch sicher: Kafka war tatsächlich etwas ganz Besonderes. Nur ob er auch ein Glücksfall war, da bestanden für ihn doch enorme Zweifel.

Sein Blick fiel durch die Fensterfront, die zu einem überaus gepflegten Garten hinausging. Ferschweiler erstarrte.

Laszlo Kafka eilte mit zwei Taschen in den Händen in Richtung Parkplatz.

»Dort ist er«, rief Ferschweiler. »Er will abhauen. Wir müssen ihn aufhalten!«

Suchend sah er sich nach de Boer um, der gerade einen Telefonanruf erhalten hatte und sich diskret entfernt hatte. Er wusste, dass der Holländer seine Waffe dabeihatte. Er selbst war wie immer unbewaffnet.

»Wir müssen handeln. Wenn er erst einmal weg ist, dann haben wir keine Chance mehr«, sagte Ferschweiler. »Ich gehe jetzt raus. Und Sie schlagen solange Alarm. Holen Sie die Kavallerie.« Schon war er aus dem Restaurant nach draußen gestürmt.

»Stehen bleiben, Kafka!«, rief er. »Ich verhafte Sie wegen dreifachen Mordes!«

Laszlo Kafka blieb tatsächlich stehen und drehte sich provozierend langsam zu Ferschweiler um. »Ach, der Herr Kommissar«, lachte er spöttisch. »Sie wissen doch so gut wie ich, dass Sie hier keinerlei Befugnisse haben.«

»Sie haben Melanie Rosskämper umgebracht«, versuchte Ferschweiler, auf Zeit zu spielen. »Aber ich verstehe nicht, weshalb. Warum haben Sie sie getötet? Wollte sie bei Ihren Geschäften nicht mitmachen?«

»Das ist absolut lächerlich. Ich hätte Melanie nie etwas angetan«, erwiderte Kafka. »Und von welchen Geschäften reden Sie? Ja, ich gebe es zu. Melanie und ich, wir waren ein Paar. Ich gebe auch zu, dass ich sie geliebt habe und dass ich mit ihr zusammen diese Kunstakademie aufbauen wollte. Aber das ist ja wohl kaum verboten.«

»Mag sein, aber trotzdem haben Sie sie umgebracht.«

»Hören Sie auf, so etwas zu behaupten«, rief Kafka erbost. »Wagen Sie es nicht! Warum um alles in der Welt hätte ich so etwas tun sollen? Sie wissen es ja anscheinend selbst nicht.«

»Vielleicht wusste Melanie zu viel. Und auch wenn Sie sie geliebt haben: Hätten Sie tatsächlich zugelassen, dass Sie ihretwegen alles verlieren? Melanie Rosskämper war eine Frau, die andere nur benutzt hat. Glauben Sie, sie hätte bei Ihnen eine Ausnahme gemacht?«

»Ich habe keine Ahnung, was Sie meinen. Wovon soll Melanie gewusst haben?«

»Von Ihren Drogengeschäften natürlich.«

Kafka zögerte kurz, dann sagte er selbstgefällig: »Welche Drogengeschäfte? Ich weiß wirklich nicht, wovon Sie sprechen.«

»Woher hätten Sie denn sonst das Geld für Ihre Luxusakademie nehmen sollen? Von dem Geld, das Sie damals Manfred Bolski gemeinsam mit seiner Identität abgenommen haben, ist doch sicher schon längst nichts mehr übrig, Herr Kommittke.«

Kafka wurde blass, hatte sich aber schnell wieder unter Kontrolle. »Und?«, rief er. »Haben Sie irgendwelche Drogen gefunden? Ich nehme doch stark an, Sie haben alles an der Akademie und sicherlich auch in meiner Wohnung auf den Kopf gestellt.«

Ferschweiler sah Kafka unverwandt in die Augen. »Warum musste Ulrike Kinzig sterben?«, fragte er, ohne auf dessen Fragen zu reagieren. Mittlerweile hatte er sich eingeschossen.

»Wer um Himmels willen ist denn das nun wieder? Ich habe diesen Namen noch nie gehört.«

»Hören Sie auf, Kafka. Wir wissen, dass Sie mit Ulrike Kinzigs Mann Geschäfte gemacht haben. Mit Rolf Kinzig, Ihrem alten Freund aus Ihrer Zeit als Werkstudent bei Arbed. Und mit seiner Frau haben Sie geschlafen.«

»Dann habe ich halt mir ihr geschlafen, was heißt das schon. Und was Ihre anderen Behauptungen betrifft: Sie können mir nichts beweisen.« Er grinste Ferschweiler wieder breit und überlegen an.

»Da wäre ich mir an Ihrer Stelle nicht so sicher, Herr Kommittke!«, rief de Boer, der durch die Restauranttür in den Garten trat. Hinter ihm folgten Tessy Contz und ihre Mutter. »Die Beweislast ist erdrückend«, fügte er hinzu.

Ferschweiler drehte sich mit fragendem Blick zu seinem Assistenten um. De Boer wusste offenbar mehr als er. Dann ging es ihm auf: Das Telefonat, natürlich! De Boer musste noch einmal mit Simon gesprochen haben.

»Die Kollegen von der Drogenfahndung haben vor wenigen Minuten Ihr Drogenversteck in der Kunstakademie ausgehoben. Die Techniker von der KTU haben ein Zwischengeschoss zwischen der Fotowerkstatt und dem Vortragssaal entdeckt, von dem selbst Dr. Berggrün nichts wusste. Und dort, in einem Raum, in dem man nicht einmal stehen kann und der nur über eine Bodenklappe zugänglich ist, haben sie Ihren Lagerraum gefunden. Die Untersuchungen der KTU dürften nur noch Formsache sein. Ich bin mir absolut sicher, dass es Ihre Fingerabdrücke sind, die dort sichergestellt werden konnten. Auch Ihr Kollege Rolf Kinzig sitzt mittlerweile in Untersuchungshaft. Thomas Gorges dagegen haben Sie selbst kaltgestellt.«

Kafka biss sich auf die Lippe.

»Und zudem, Herr Kommittke, sollten Sie noch eins wissen«, fuhr de Boer fort. »Die Staatsanwaltschaft in Trier hat gegen Sie einen Haftbefehl erlassen und um internationale Amtshilfe in Luxemburg nachgesucht. Die Beamten aus Echternach sind bereits verständigt und werden in wenigen Minuten hier sein.«

Kafka wirkte für einen kurzen Moment unentschlossen. Dann sprang er plötzlich auf Madame Contz zu, packte sie am Revers ihres Malerkittels und hielt ihr die Mündung einer Pistole an die Schläfe.

»Laszlo«, kreischte Madame Contz entsetzt. »Was tun Sie da?«

»Runter mit der Waffe!«, schrie Kafka in de Boers Richtung, der auf Kafka angelegt hatte, nun aber seine Dienstwaffe vor sich ins Gras fallen ließ. »Wir gehen jetzt alle schön rein, oder ich drücke ab.«

Mit der Waffe an Madame Contz' Hinterkopf dirigierte Kafka die Beamten und Tessy Contz in ein angrenzendes Gebäude, das wie eine alte Mühle aussah, und von dort aus in einen angrenzenden fensterlosen Abstellraum. Alles ging so schnell, dass Ferschweiler wenig Hoffnung hatte, dass irgendjemand etwas davon mitbekommen hatte.

»Scheiße«, entfuhr es de Boer, nachdem Kafka die Tür hinter ihnen verriegelt hatte. »Das kann doch nicht sein, dass wir jetzt hier festsitzen!« Wütend rüttelte er am Türgriff.

Ferschweiler besah sich die schwere Tür. »Ich glaube nicht, dass wir die so einfach aufbrechen können«, sagte er frustriert. »Wir werden zumindest so lange hier festsitzen, bis die Kollegen aus Echternach eintreffen. Und wenn wir Pech haben, dann ist das für Kafka Zeit genug, um zu verschwinden.«

Tessy Contz blickte hilflos von ihm zu de Boer. Nur ihre Mutter hatte ihre gute Laune offensichtlich nicht verloren. Dass Kafka gerade damit gedroht hatte, sie zu töten, und ihr eine Waffe an den Kopf gehalten hatte, schien sie bereits wieder vergessen zu haben.

»Messieurs«, hob sie an, »ich verstehe ja Ihre Wut, aber wollen Sie Laszlo denn nicht verfolgen?«

»Aber Madame.« Ferschweiler schüttelte den Kopf. »Ich glaube, Sie stellen sich das alles ein bisschen zu einfach vor.«

Madame Contz musterte Ferschweiler mit kritischem Blick. Dann seufzte sie indigniert und schob de Boer beiseite, der sich noch immer am Türgriff versuchte. Sie betrachtete das Schloss einen Augenblick lang, dann wandte sie sich zu ihrer Tochter, de Boer und Ferschweiler um, die sie fragend anstarrten.

»Ich kenne mich mit Schlössern dieser Art bestens aus«, verriet sie mit einem Lächeln. »Ich war einmal luxemburgische Meisterin im Sicherheitsschlossöffnen. Meisterschaften dieser Art veranstaltet die nationale Vereinigung der Sportsfreunde der Sperrtechnik bei uns schon seit 1958. Geben Sie mir zwei Minuten.« Sie zog eine ihrer Haarnadeln aus ihrer eleganten Hochsteckfrisur und begann, den Schließzylinder zu bearbeiten.

Nach knapp anderthalb Minuten hatte sie die Tür geöffnet.

»Voilà, Messieurs. Nun sind Sie wieder an der Reihe.«

De Boer war als Erster draußen, aber Ferschweiler war unmittelbar hinter ihm.

»Kafka hat nur knapp drei Minuten Vorsprung, wenn überhaupt«, rief er. »Den können wir noch einholen.«

Vom Parkplatz des Hotels waren bereits die Sirenen der ersten Luxemburger Polizeiwagen zu hören.

»Hörst du die Sirenen? Zum Parkplatz ist er also bestimmt nicht. Oder die Kollegen haben ihn bereits geschnappt«, meinte de Boer, »was ich allerdings leider nicht glaube. So dumm ist er nicht.«

»Zum Hotel zurück ist er aber sicher auch nicht, denn da suchen die Kollegen als Erstes nach ihm«, entgegnete Ferschweiler. »Er muss in Richtung Wald gelaufen sein.« Er zeigte auf die Wand aus Bäumen, die sich in knapp einhundert Metern Entfernung hinter dem Mühlengebäude erhob.

»Oder er ist dem Bach gefolgt und versucht so, über den Campingplatz da drüben die Straße zu erreichen«, sagte de Boer.

»Dann laufen wir in Richtung Campingplatz. Ich hoffe, du hast recht.«

Sie liefen los. Anfangs kamen sie gut voran, die Wiesen um Kafkas Akademie waren gepflegt, die Wege ebenso, aber als sie den Campingplatz erreicht hatten, änderte sich die Bodenbeschaffenheit schlagartig.

»Mist!«, schrie de Boer plötzlich hinter Ferschweiler. »Ich bin umgeknickt. Ich glaube, ich habe mir den Knöchel verstaucht.«

»Dann bleib du hier, Wim«, sagte Ferschweiler, »und schick die Uniformierten hinter mir her.«

Hastig lief er weiter, mittlerweile dem Verlauf der Schwarzen Ernz folgend. Hinter dem Campingplatz begann der Wald, durch den lediglich ein Trampelpfad führte. Etwas weiter vor sich hörte Ferschweiler etwas knacken, dann fluchte jemand. Kafka hatte also tatsächlich diesen Weg genommen.

Einen Moment später entdeckte er ihn.

Kafka war auf seiner Flucht anscheinend gestürzt und in einer Schlammpfütze gelandet, hatte sich aber bereits wieder in Bewegung gesetzt. Schlamm und Matsch liefen an seinem schicken Anzug herunter.

»Kafka!«, schrie Ferschweiler. »Bleiben Sie stehen. Sie haben keine Chance!«

Kafka wandte sich um und gab einen Schuss in Richtung seines Verfolgers ab. »Verpiss dich«, rief er und feuerte ein zweites Mal auf Ferschweiler, der sich gerade noch rechtzeitig auf den Boden geworfen hatte. Dann lief er weiter in Richtung einer Brücke, die über die Schwarze Ernz führte.

Ferschweiler rappelte sich auf und setzte ihm hinterher.

Plötzlich rutschte er auf einem glitschigen Laubhaufen aus und schlug seitlings auf dem Boden auf. Hilflos wie eine Schildkröte lag er für einen kurzen Moment am Ufer des Flüsschens auf dem Rücken und fluchte. Kafka durfte nicht entkommen. Also mühte Ferschweiler sich wieder auf und lief keuchend weiter.

Von Kafka war nichts mehr zu sehen. Ferschweiler schien ihn verloren zu haben. Aber wie konnte das sein, so kurz vor der einzigen Brücke über die Schwarze Ernz? Die Brücke konnte er noch nicht überquert haben, dafür hatte sein Vorsprung nicht gereicht. Ferschweiler lief auf die Brücke zu und suchte dabei alle sich nur bietenden möglichen Verstecke mit den Augen ab. Nichts. Kafka war wie vom Erdboden verschluckt.

Atemlos blieb Ferschweiler am Fuß der Brücke stehen. Plötzlich hörte er ein Geräusch in unmittelbarer Nähe. Als er sich umdrehte, sah er Kafka hinter einem Baum hervortreten.

Ferschweiler erstarrte, als Kafka mit seiner Waffe auf ihn anlegte und den Abzug durchzog. Doch nur ein Klicken war zu hören.

»Scheiße«, schrie Kafka. Hektisch machte er sich am Schlitten seiner Waffe zu schaffen, die durch den Schlamm eine Ladehemmung bekommen zu haben schien.

Ferschweiler zögerte nicht eine Sekunde. Mit einem gewaltigen Sprung stürzte er auf Kafka zu.

***

Die beiden Männer rangen mitten auf der schmalen Brücke miteinander, hatten sich geradezu ineinander verbissen. Kafkas Waffe war dabei in den Teich unterhalb des Wasserfalls gefallen.

Tessy Contz war mittlerweile an der Brücke angekommen, dort wo die drei Fontänen des Wasserfalls das Becken des unteren Bachverlaufs erreichten. In der rechten Hand hielt sie de Boers geladene und entsicherte Dienstwaffe, in der linken ihre hochhackigen Sandalen. De Boer, der mit seinem verstauchten Knöchel am Campingplatz zurückgeblieben war, hatte ihr gesagt, in welche Richtung sie laufen musste.

»Monsieur Ferschweiler«, rief sie dem Kommissar zu, »halten Sie sich zurück! Die Kollegen vom Sondereinsatzkommando sind gleich hier. Kafka, geben Sie auf oder ich schieße!«

Ferschweiler schien sie jedoch nicht zu hören. Stakkatoartig schlug er mit der Faust Kafka auf Schulter und Brust, während dieser versuchte, ihm mit seiner Linken Schläge in die Nierengegend zu versetzen.

Tessy, die ihre Sandalen hatte fallen lassen und die Waffe nun mit beiden Händen hielt, zielte auf das Knäuel männlicher Körper, sah aber keine Möglichkeit, einen gezielten Schuss auf Kafka abzugeben. Die beiden Männer kämpften weiter, so als hätte keiner von ihnen sie wahrgenommen. Blut rann über die Gesichter beider Kontrahenten.

»Rudi«, rief Tessy noch einmal. »Lass ihn los, ich kann sonst nicht schießen!«

Noch immer schien Ferschweiler sie nicht zu hören. Tessy sah, wie er einen heftigen Schlag ins Gesicht erhielt. Er taumelte zurück, hielt seinen Gegner aber immer noch am Arm gepackt. Plötzlich hielt Kafka ein Messer in der rechten Hand und wollte gerade auf Ferschweiler einstechen.

Tessy gab einen Schuss ab. Krachend durchbrach er die Stille des Waldes.

Ferschweiler schrie auf, Blut spritzte aus seiner linken Schulter. Mit vor Schmerz verzerrtem Gesicht ließ er Kafka los und fiel rücklings zu Boden. Kafka schien im ersten Augenblick erleichtert, dann schien er jedoch gewahr zu werden, dass er, nun da Ferschweiler ihn nicht mehr festhielt, das Gleichgewicht verlor und nach hinten fiel. Er versuchte, mit rudernden Armen seine Balance zu wahren, aber es war bereits zu spät. Mit einem kurzen, gellenden Schrei stürzte er von der Brücke in den darunterliegenden Tümpel.

Tessy hörte noch ein knackendes Geräusch, das sie an das Zersplittern von morschem Holz auf Stein erinnerte, dann breitete sich Stille im Wald aus.

ZWÖLF

Das Erste, was Ferschweiler spürte, war ein stechender Schmerz in der linken Schulter. Langsam öffnete er die Augen und sah sich um. Offensichtlich lag er allein in einem weiß getünchten Krankenzimmer. Was war geschehen, und warum war hier niemand, der ihm ein Glas Wasser reichen konnte? Er hatte fürchterlichen Durst.

Er versuchte, sich in seinem Bett aufzurichten. Seine linke Schulter war vollständig bandagiert. Zur Stabilisierung hatte man ihm zusätzlich den linken Arm vor dem Bauch fixiert. Er sollte sich wohl in keinem Fall bewegen.

An seiner rechten Schläfe klebte offenbar ein Pflaster. Vorsichtig befühlte er die Stelle und zuckte unwillkürlich vor Schmerz zusammen. Das Pflaster bedeckte eine mächtige Beule, wie er sie seit seinen Kindertagen nicht mehr gehabt hatte. Ja, wenn er ehrlich war, hatte er eine derartige Verletzung auch damals niemals erlitten, denn obwohl er aus Trier-West kam und er seinem Viertel durchaus einen eher rauen Charme attestieren würde, hatte er sich in seinem ganzen Leben noch nie richtig geprügelt. Bis heute jedenfalls. Aber hatte der Kampf, an den er sich verschwommen erinnern konnte, tatsächlich erst heute stattgefunden? Er war sich nicht sicher. Zudem hatte er noch immer keine Ahnung, wie er in das Krankenzimmer gelangt war.

Ferschweiler verspürte eine bleierne Müdigkeit. Verzweifelt suchte er nach der Klingel, um die Schwester zu rufen. Ein praktisch denkender Mensch hatte die Klingelschnur um das Kopfteil des Bettes gewickelt. Dummerweise hing sie aber zu Ferschweilers Linken. Mühsam und unter Schmerzen unternahm er mehrere Versuche, mit dem rechten Arm über seine verbundene Schulter zu greifen. Erst nach einer ganzen Weile gelang es ihm, sich vorsichtig nach links zu drehen. Die verletzte Schulter dabei nicht zu belasten, war schier unmöglich.

Schon wollte er vor Schmerzen laut aufschreien, Schweiß lief ihm bereits die Stirn herunter, da gelang es ihm endlich, die Schnur mit den Fingerspitzen zu fassen zu kriegen. Vorsichtig zog er sie zu sich heran und betätigte den Klingelknopf. Dann sackte er erschöpft in sein Kissen zurück. Es dauerte keine Minute, ihm kam es aber wie eine halbe Ewigkeit vor, bis eine Krankenschwester sein Zimmer betrat.

»Moien, Herr Ferschweiler. Schön, dass Sie wieder bei uns sind. Sie haben sehr lange geschlafen. Was kann ich für Sie tun?«

Behutsam hob sie mit einer Hand seinen Kopf an und richtete geschickt mit der anderen das Kopfkissen.

»Wasser«, war das Einzige, was Ferschweiler hervorbrachte. Seine Stimme klang rau und belegt.

»Der große Durst, den Sie verspüren, kommt von der Narkose. Ebenso die Müdigkeit.«

Sie reichte ihm ein Glas sprudelndes Mineralwasser.

»Jetzt trinken Sie erst einmal einen Schluck, und dann ruhen Sie sich weiter aus. In ein paar Stunden wird es Ihnen schon wieder viel besser gehen.« Mitfühlend tätschelte ihm die rundliche Schwester die Hand. Sie sprach eindeutig mit luxemburgischem Akzent, das war Ferschweiler trotz seiner körperlichen Schwäche nicht entgangen.

Nachdem sie ihm ein weiteres Glas Mineralwasser in Reichweite hingestellt hatte, verließ die Schwester den Raum. Wieder allein versuchte Ferschweiler sich zusammenzureimen, was passiert war. Man hatte ihn operiert, so viel stand fest. Aber weshalb er hier und nicht bei den Barmherzigen Brüdern in Trier lag, das war ihm nicht klar. Er hätte die Schwester fragen können, aber sie war so schnell wieder verschwunden, wie sie gekommen war.

Nur bruchstückhaft kehrte allmählich die Erinnerung zurück. Ferschweiler hoffte inständig, dass seine Gedächtnislücken nur von kurzer Dauer sein würden. Er erinnerte sich noch an Kafkas Kunstakademie und daran, wie er ihm durch den Wald gefolgt war, und dann war da irgendetwas mit einer Brücke gewesen, aber was?

Während er darüber nachdachte, schlief er wieder ein.

***

Als de Boer am nächsten Morgen das Büro betrat, wunderte er sich über die Anzeige auf dem Display seines Telefons, das ihm siebenunddreißig entgangene Anrufe anzeigte. Noch bevor er sich setzen konnte, klingelte der Apparat erneut. De Boer kannte die angezeigte Nummer, sie gehörte der KTU. Es nahm den Hörer ab.

»Hallo, Wim«, begann Wingertszahn-Lichtmeß in vorwurfsvollem Ton, »dich zu erreichen ist ja wirklich eine Wissenschaft für sich. Ich habe gestern Nachmittag zigmal bei dir angerufen, aber anscheinend hielt es keiner für nötig, mal ans Telefon zu gehen.«

»Schorsch«, sagte de Boer ruhig, »was gibt es denn? Rudi ist noch in Luxemburg im Krankenhaus.« Er rieb sich seine müden Augen und überging geflissentlich die Befindlichkeiten seines Kollegen.

»Was? Das wusste ich nicht. Hab anscheinend nur die Hälfte mitgekriegt«, wurde Schorsch nun freundlicher – de Boer meinte sogar einen besorgten Unterton wahrnehmen zu können. »Tut mir leid. Was ist denn genau passiert? Wie geht es ihm?«

»Lange Geschichte. Aber was Rudi angeht: Ein Schuss in die Schulter ist halt nicht ganz ohne, Schorsch«, antwortete de Boer. »Und die schwere Gehirnerschütterung, die er sich auch noch zugezogen hat, tut ihr Übriges. Aber er befindet sich auf dem Weg der Genesung.«

»Gott sei Dank, da bin ich aber froh«, sagte Schorsch, und de Boer glaubte diesmal sogar echte Betroffenheit herauszuhören.

»Also, Schorsch, warum wolltest du mich sprechen?«

»Also, pass auf«, sagte Schorsch nach einer für die meisten einheimischen Kollegen in wichtigen Situationen typischen Sprechpause. »Wir haben uns den Rechner von Ulrike Kinzig angesehen, den du bei eurer Aktion gestern in Waldbillig in Kafkas Büro sichergestellt hast. Wir haben darauf erst einmal eine Menge Musikdateien und Fotos gefunden, alles nichts Außergewöhnliches. Bilder von diversen Reisen nach Mallorca oder Gran Canaria und so. Besonders interessant waren die Fotos von einem FKK-Urlaub in Südfrankreich. Der echte Wahnsinn. Solche Berge habe ich noch nie gesehen.«

De Boer fand, dass der Kriminaltechniker langsam mal bei seiner Mutter ausziehen sollte. »Schorsch, komm verdammt noch mal zur Sache«, unterbrach er den Redefluss seines Kollegen.

»Sei doch nicht immer gleich so gereizt«, seufzte Wingertszahn-Lichtmeß. »Du wirst schon langsam genauso launisch wie der Rudi. Also, ich wollte dir eigentlich schon sagen, dass der Rechner sauber sei, aber dann habe ich mir gedacht, ich sollte mir die einzelnen Musikdateien noch einmal näher anhören. Und eine davon dürfte dich sehr interessieren. Ich würde vorschlagen, du kommst gleich mal bei mir im Labor vorbei.«

»Was ist das für eine Datei?«, fragte de Boer.

»Es handelt sich um den Mitschnitt eines Gesprächs. Hochinteressant, sag ich dir. Glaub mir, es dürfte wirklich das Beste sein, wenn du mal eben bei mir vorbeikommst, damit ich es dir vorspielen kann.«

»Du machst es spannend. Also gut, ich komme«, entgegnete de Boer.

Kurz darauf verließ er das Gebäude, um zum alten Präsidium gegenüber den Kaiserthermen zu fahren. Die KTU hatte dort noch immer ihre Labors und Werkstätten. Er brauchte keine fünf Minuten, der Alleenring war frei.

***

Ferschweiler wusste nicht, wie lange er geschlafen hatte. Ein kurzes, aber lautes Klopfen an der Zimmertür hatte ihn geweckt. In der offenen Tür stand de Boer mit Tränen in den Augen.

»Entschuldige, Rudi, aber ich bin einfach froh, dich zu sehen. Als ich den Schuss gehört habe, dachte ich im ersten Moment, du wärst tot. Es war so schrecklich.«

Ferschweiler hatte seinen Assistenten noch nie so am Boden zerstört gesehen. »Erzähl mir, was passiert ist«, bat er de Boer. »Ich habe fast keine Erinnerung daran.«

Als der Holländer die Ereignisse zu schildern begann, fiel auch Ferschweiler langsam wieder ein, was vorgefallen war. Vor seinem inneren Auge sah er, wie er Kafka verfolgt und wie sie dann auf der Brücke miteinander gerungen hatten.

»Der Schuss, wer hat den abgegeben?«, fragte er de Boer. »Du?«

De Boer schaute verlegen zu Boden, dann antworte er: »Das war Tessy Contz. Sie wollte eigentlich Kafka treffen. Aber ihr habt miteinander gekämpft … Und im falschen Augenblick hast du dich dann wohl genau in ihre Schussbahn gedreht.«

De Boer machte eine kurze Pause. Dann richtete er sich stolz zu voller Sitzgröße auf.

»Die Presse ist übrigens ganz aus dem Häuschen. So einen Skandal hat es hier bisher wohl nur selten gegeben. Ich habe dir das ›Luxemburger Wort‹ von heute mitgebracht.«

Er reichte Ferschweiler die Zeitung. In großen Lettern prangte die Schlagzeile »Skandal in zukünftiger Luxus-Kunstschule« auf der Titelseite. Darunter war ein Foto, das mehrere Polizisten zeigte, die einen Zinksarg in einen Leichenwagen schoben.

Jetzt waren die Erinnerungen wieder vollständig da.

»Sag Tessy Contz doch bitte, dass ich ihr nicht böse bin. Na ja, vielleicht sollte sie zukünftig auf den Einsatz ihrer Dienstwaffe verzichten«, fügte er grinsend hinzu. »Schließlich ist sie eher eine Meisterin im Umgang mit ganz anderen Waffen.«

»Mensch, Rudi.« Der Holländer wirkte trotz des platten Witzes seines Chefs sichtlich erleichtert. »Ich bin so froh, dass nichts Schlimmeres passiert ist und du noch der Alte bist. Der Steckschuss in deiner Schulter ist bestimmt schnell verheilt. Übrigens hat auch schon Dr. Süß angerufen und uns gratuliert. Er ist sehr zufrieden mit dir, und sogar der Oberstaatsanwalt lässt dir Grüße ausrichten.«

Ferschweiler nickte geistesabwesend. Etwas ließ ihn nicht los. Er spürte dieses Gefühl in der Magengegend, das ihm sagte, dass irgendetwas nicht stimmte.

»Ich hätte Kafka allerdings gern vor Gericht und anschließend hinter Schloss und Riegel gesehen«, sagte er nach einem Moment des Schweigens.

Nachdenklich sah er aus dem Fenster seines Krankenzimmers. Draußen bewegten sich die kahlen Wipfel einiger Bäumen im heftigen Novemberwind hin und her.

»Ja, ich auch«, sagte der Boer. »Und er wäre auf jeden Fall lebenslänglich eingefahren. Die KTU hat in dem Versteck in der Akademie auch den Spaten gefunden, mit dem Ulrike Kinzig, ihr Hund und auch Thomas Gorges erschlagen worden sind. Die kriminaltechnischen Untersuchungen sind mittlerweile abgeschlossen. Es besteht kein Zweifel: Das Blut am Blatt des Spatens stammt von Gorges sowie von der Kinzig. Kafka sind in Roscheid wohl die Sicherungen durchgebrannt – obwohl er auch dort alles bis ins Kleinste geplant hatte. Die Zigarettenstummel müssen allerdings tatsächlich aus Ulrike Kinzigs Jackentasche gefallen sein, genauso wie Dr. Quint es gesagt hat.« De Boer zog sein Smartphone samt Kopfhörer aus der Jackentasche.

»Aber wieso hätte Ulrike Kinzig eine falsche Spur legen sollen? Warum sollte sie Kafkas Kippe neben den Leichnam von Melanie

Rosskämper gelegt haben?« Ferschweiler fasste sich mit der freien Hand an seine schmerzende Beule.

»Ich habe da etwas, das du dir unbedingt anhören solltest. Wir haben in Kafkas Büro in Waldbillig den Laptop von Ulrike Kinzig sicherstellen können. Kafka muss ihn bei seinem letzten Besuch bei Rolf Kinzig in Roscheid mitgenommen haben. Wir haben Kinzig inzwischen noch einmal befragt, und er hat zugegeben, dass Kafka am Tag nach dem Tod seiner Frau bei ihm gewesen ist. Wahrscheinlich war Kinzig da wieder hackenstramm und hat deshalb nicht mitbekommen, dass Kafka das Gerät mitgenommen hat. Er war übrigens, du kannst es dir bereits denken, lila.« De Boer musste schmunzeln. »Schorsch hat auf dem Rechner eine Aufnahme gefunden, die am späten Abend von Melanie Rosskämpers Tod aufgenommen worden ist. Hör einfach mal zu. Dann wird dir einiges klarer.«

Er reichte Ferschweiler einen der beiden Kopfhörer, den anderen steckte er sich selbst ins Ohr. Dann betätigte er die Abspieltaste auf seinem Handy.

Zunächst war nur ein Rauschen zu vernehmen. Dann hörte man im Hintergrund Kirchenglocken, die zwei Mal schlugen.

»Das Band wurde mitten in der Nacht, gegen zwei Uhr aufgezeichnet«, sagte de Boer. »Erkennst du die Glocken?«

»Nein«, antwortete Ferschweiler, »mein Kopf ist noch nicht wieder so weit, dass ich Feinheiten der Trierer Geläute erkennen könnte.«

»Entschuldige, Rudi. Daran habe ich nicht gedacht. Macht aber nichts, du wirst es gleich ohnehin erfahren.«

De Boer ließ die Aufnahme weiterlaufen. Nun konnte man das Schlagen einer Fahrzeugtür vernehmen.

»Hallo, Ulrike«, hörte Ferschweiler eine männliche Stimme sagen.

»Das ist ja Kafka«, entfuhr es ihm erstaunt.

»Na, habe ich dir zu viel versprochen?«, fragte de Boer. »Aber wart ab, es wird noch besser.«

Ferschweiler hörte, wie Kafka sagte: »Es tut mir leid, dass du warten musstest. Heute ist ein schrecklicher Tag, das kannst du dir sicher vorstellen. Rolf hat mich angerufen und mir erzählt, was passiert ist. Du hast ihn tatsächlich als Erstes informiert? Und mich hast du nicht angerufen, um es mir zu sagen? Das überlässt du also deinem Mann, na wunderbar. Also, was gibt es so Dringendes, was du mir nicht am Telefon sagen kannst? Und warum treffen wir uns vor St. Matthias, noch dazu mitten in der Nacht?«

Eine weibliche Stimme antwortete: »Hallo, Laszlo, ist nicht so schlimm, dass du mich so lange hast warten lassen.« Dann trat eine kurze Pause ein. »Aber ich weiß ja sowieso«, fuhr sie fort, »dass ich in deinem Leben keine Rolle mehr spiele. Ich kann also nicht sagen, dass ich Melanie nachtrauere, aber das kannst du dir denken, oder?«

»Das ist die Stimme von Ulrike Kinzig«, sagte Ferschweiler.

»Richtig«, meinte de Boer.

Ulrike Kinzig sagte: »Weißt du, Laszlo, niemand hat von meinen Gefühlen für dich etwas geahnt. Selbst Rolf, der Idiot, nicht. Erst als er uns miteinander in meinem Bett ertappt hat, ist ihm so einiges klar geworden. Aber egal. Er ist ja von dir abhängig, nicht du von ihm. Was sollte er also machen? Ich hatte ja schon längst meine Ruhe vor ihm, und er hat im Gegenzug damit angefangen, nur noch mehr zu saufen und ständig diese blöden Pornos zu schauen. Aber ich, ich habe dich wirklich geliebt. Und du hast mich nur ausgenutzt und bist Melanie verfallen. Als ich euch beide vor ein paar Wochen im Turmzimmer erwischt habe, da konnte ich es einfach nicht fassen. Ihr seid echte Schweine. Schon von unten habe ich Melanies Stöhnen gehört. Ich bin leise die Holztreppe hochgestiegen und habe euch beide gesehen. Melanie hat zwischen all den ausgestopften Viechern auf dem Boden gelegen, und du hattest deinen Kopf zwischen ihren Schenkeln. Es war furchtbar, Laszlo. Dass du mir das antun konntest!«

Dann war wieder Kafka zu hören: »Bist du fertig, Ulrike, meine Kleine? Was willst du eigentlich von mir? Ich habe mich in Melanie verliebt. So ist es eben. Wenn ich mit ihr geschlafen habe, dann war das für mich wie der Himmel auf Erden. Sie war die wunderbarste und phantastischste Frau, der ich je begegnet bin.«

Für einen Moment trat auf dem Band Stille ein. Nur das schwere Atmen von Ulrike Kinzig und Laszlo Kafka war zu hören.

»Ich weiß«, sagte Kafka dann, »dass ich dich verletzt habe. Aber was hast du denn von mir erwartet? Dass ich dich heirate? Dein Mann ist immerhin mein Freund und Geschäftspartner.«

Ferschweiler schaute de Boer an und wollte etwas sagen, aber sein

Assistent schüttelte den Kopf und forderte ihn damit auf, still zu sein und weiter zuzuhören.

»Du hast mich nur ausgenutzt, von Anfang an«, sagte Ulrike Kinzig. »Ich war bloß ein Spielzeug für dich. So wie alle anderen Frauen auch nur Spielzeuge für dich sind. Und die Rosskämper, die hast du auch nur gevögelt wegen ihren guten Beziehungen. Gib es zumindest zu!« Den letzten Satz hatte sie mit lauter, schluchzender Stimme ausgestoßen.

»Geht das vielleicht auch noch etwas lauter?«, entgegnete Kafka hörbar erregt.

»Ach, soll man uns doch hören!«, schrie Ulrike Kinzig nun wieder mit fester Stimme. »Du benutzt die Menschen nur. Du bist ein solcher Egoist, in deinem Leben dreht sich alles immer nur um dich. Liebe, Mitgefühl, das kennst du doch gar nicht. Also hör auf, hier den Trauernden zu spielen. Das nimmt dir keiner ab.«

»Was willst du von mir, Ulrike?«, fragte Kafka.

»Du hast sie umgebracht! Du hast sie getötet, weil du sie nicht mehr gebrauchen konntest und sie dir lästig wurde. Gib es zu! Sei zumindest ein Mal, ein einziges Mal ehrlich.«

»Sag mal, bist du jetzt total durchgeknallt? Du spinnst doch.«

»Ich sehe immer noch das völlig entstellte Gesicht von Melanie vor mir. Ich wusste sofort, dass du sie ermordet hast. Die weit aufgerissenen Augen, die verdrehten Arme.«

»Hör auf«, schrie Kafka. »Ich will das nicht hören.«

Ulrike Kinzigs Stimme klang wieder ganz ruhig und gefasst, als sie fortfuhr: »Ich habe diesem Kommissar, der mich verhört hat, nichts von meinem Verdacht erzählt. Und er hatte keine Ahnung davon, dass ich wusste, wer Melanie umgebracht hat. Du weißt ja, dass ich eine ganz gute Schauspielerin bin.«

»Ich frage dich jetzt zum letzten Mal, Ulrike: Was willst du von mir?«

»Ich will einen Neuanfang … mit dir!«

»Das kann nicht dein Ernst sein. Melanie ist tot, und jetzt glaubst du, ich sei wieder frei, um mit dir eine Beziehung anzufangen? Du bist ja völlig bescheuert!« Kafkas Stimme klang hasserfüllt.

»Irgendwie habe ich mir schon gedacht, dass du so reagieren würdest«, erwiderte Ulrike Kinzig. »Ich habe zwar dem Kommissar nicht erzählt, dass du mit Melanie ein Verhältnis hattest, aber woher willst du wissen, dass ich nicht morgen auf dem Präsidium erscheine, um meiner Aussage noch dieses eine kleine Detail hinzuzufügen? Und mal ganz abgesehen davon: Du denkst vielleicht, du hättest keine Spuren hinterlassen. Aber in dem Punkt irrst du dich.«

»Was soll denn das jetzt schon wieder heißen?«

»Ich rede von den Zigaretten, die dir dein kleiner Freund Gorges immer besorgt. Mir war sofort klar, dass du Melanie ermordet hast, auch wenn ich nicht weiß, wie du es angestellt hast. Ich bin nach draußen gegangen, um eine Zigarette zu rauchen, zum Ausgang direkt neben deinem Atelier, und als ich dort deine Kippen auf dem Boden gesehen habe, wusste ich, wie ich es dir heimzahlen kann, dass du mich die ganze Zeit über so dermaßen verarscht hast.«

»Ich verstehe noch immer nicht, wovon du eigentlich redest.«

»Erst erfährt die Polizei davon, dass du ein Verhältnis mit Melanie Rosskämper hattest, und dann findet sie deine DNA am Tatort. Glaubst du nicht, dass sich dann irgendjemand die ganze Geschichte wird zusammenreimen können? Verstehst du jetzt, wovon ich rede?«

Einen Moment lang herrschte Stille auf dem Band, dann brach Kafka in schallendes Gelächter aus.

»Ich sehe schon, du hast dir das wirklich gut überlegt«, sagte er, als er sich wieder beruhigt hatte. »Du liest zu viele Krimis, Ulrike. Dein Plan hat nur einen Haken: Ich habe Melanie nicht ermordet. Und zu der Zeit, als sie starb, habe ich mit unserer allseits geschätzten Frau Dr. Berggrün bei ihr zu Hause zu Abend gegessen. Und solange man mir nicht nachweist, dass ich mich an zwei Orten gleichzeitig aufhalten kann, beweist deine Zigarettenkippe überhaupt nichts.«

»Dann werde ich der Polizei alles über deine Drogengeschäfte erzählen. Ist mir scheißegal, ob ich Rolf und mich selbst damit reinreite. Ich würde es mir an deiner Stelle also noch einmal gut überlegen. Sei vorsichtig, Laszlo, ich weiß mehr über dich, als dir lieb sein kann«, sagte Ulrike Kinzig mit bebender Stimme. »Wenn ich dich schon nicht haben kann, dann will ich wenigstens dein Geld. Hunderttausend Euro, oder ich gehe zur Polizei.«

»Du wagst es, mich zu erpressen? Du kleine, miese Schlampe.« Kafka klang nun alles andere als selbstsicher, seine Stimme zitterte vor Wut. »Wenn du denkst, dass du damit durchkommst, dann hast du dich geschnitten. Verlass dich drauf!«

»Geh jetzt«, sagte Ulrike Kinzig unbeeindruckt. »Du hast Zeit bis Mittwochmittag, um das Geld zu besorgen. Dann treffen wir uns wieder. Und jetzt hau ab.«

»Also gut, ich werde dir das Geld besorgen, und dann will ich, dass du aus meinem Leben verschwindest. Wenn ich dich nach Mittwoch noch einmal wiedersehe, dann wirst du es bereuen. Du bist wirklich das Allerletzte.« Voller Verachtung hatte er ihr die letzten Worte entgegengeschleudert.

Dann war zu hören, wie die Wagentür geöffnet und direkt anschließend wieder zugeworfen wurde. Anscheinend hatte Kafka das Fahrzeug verlassen. Damit war die Aufzeichnung zu Ende.

»Also hat die Kinzig Kafka erpresst«, sagte Ferschweiler mit vor Erstaunen geweiteten Augen und gab de Boer den Kopfhörer zurück. »Das Band ist ja sensationell. Sie hat es wohl als eine Art Lebensversicherung aufgenommen. Und damit kennen wir nun das Motiv für ihre Ermordung.«

»Ja«, sagte de Boer. »Jetzt wissen wir, warum sie sterben musste. Dadurch, dass sie ihn erpresst und damit gedroht hat, seine Drogengeschäfte auffliegen zu lassen, war sie für Kafka zu einer Gefahr geworden. Für ihn stand einfach zu viel auf dem Spiel. Sein ganzer Lebensentwurf als großer Impressario der Kunstwelt und als Leiter einer eigenen Luxuskunstakademie.«

»Aber was den Mord an Melanie Rosskämper angeht, sind wir noch immer keinen Schritt weiter. Wenn wir nicht nachweisen können, dass Frau Dr. Berggrün ihm ein falsches Alibi gegeben hat, dann kommt Kafka als Täter nicht in Frage. Zumal mir immer noch nicht klar ist, welches Motiv er gehabt haben könnte.«

Im Zimmer kehrte Stille ein. Ferschweiler schaute wieder auf die sich noch immer heftig im Wind hin und her bewegenden Baumkronen vor seinem Fenster.

Irgendwann sagte de Boer ganz ruhig: »Rudi, wir waren blind. Wir hatten den Mörder die ganze Zeit vor unserer Nase und haben ihn nicht bemerkt. Wir haben uns so sehr auf Kafka versteift, dass für uns niemand anderes mehr in Betracht kam.«

Ferschweiler sah ihn überrascht an. »Wen meinst du?«, fragte er.

»Na, deine grauen Zellen sind wohl noch nicht alle wieder da, wo sie hingehören«, flachste de Boer.

Aber Ferschweiler überhörte die Anspielung auf seine noch nicht ganz wiederhergestellte Geisteskraft geflissentlich und fragte stattdessen erneut: »An wen denkst du?«

De Boer war nun nicht mehr zu halten. »Wer hat uns denn überhaupt auf die Spur von Kafka gebracht?«

Ferschweiler rieb sich seine schmerzende Schulter. »Ich weiß es nicht. Sag du es mir.«

»Ich habe mir die Mühe gemacht, die Alibis von Natascha Berggrün und Helena Claus noch einmal detailliert zu überprüfen. Du weißt schon: Die eine hat erst ausgesagt, sie habe einen Vortrag vorbereitet, aber dann hatte sie auf einmal doch mit Kafka zu Abend gegessen. Und die andere hat erzählt, beim Einkaufen und anschließend mit Otmar Wolters im Kino gewesen zu sein. Wolters wiederum ist angeblich vor dem Kino an der Mosel spazieren gegangen. Ich habe es auch endlich geschafft, die Berber aufzuspüren, von denen er gesprochen hat, aber die waren Freitagabend wohl zu besoffen, jedenfalls konnten sie sich nicht an ihn erinnern. Im Kino hatte ich gar nicht erst angerufen. Für mich klang das Alibi der beiden zu plausibel. Und ein Blick ins Kinoprogramm hatte gezeigt, dass tatsächlich dieser Harrison-Ford-Film gezeigt werden sollte.«

»Ich kann mich erinnern. Und?«

»Ursprünglich hatte meine Befragung von Dr. Berggrüns Nachbarn nichts ergeben. Alle waren, wie die Berggrün ausgesagt hat, beim Martinsgansessen der Freiwilligen Feuerwehr. Aber ein Nachbar, den ich erst heute befragen konnte, weil er direkt am Tag nach der Tat zu einer Pilgerfahrt nach Lourdes aufgebrochen war, sagte, dass am besagten Freitag ab ungefähr achtzehn Uhr ein großer schwarzer Geländewagen vor Dr. Berggrüns Haus geparkt habe. Auch habe er auf seiner Terrasse Teile eines Streitgesprächs mitanhören können. Genau erinnern konnte er sich noch an einen Satz seiner Nachbarin, weil er den so skurril fand: ›Und dich habe ich an meinem Busen genährt wie eine echte Mutter. Und nun diese Enttäuschung!‹«

»Also wusste die Berggrün von der Akademie in Luxemburg. Aber warum hat sie uns die ganze Zeit nicht davon erzählt?«

»Ich würde vermuten«, sagte de Boer, »weil sie uns gegenüber ihre Enttäuschung über Kafka und seine Pläne nicht zeigen wollte. Sie hatte mit ihrer Institution immerhin einiges zu verlieren. Für sie wäre es wahrscheinlich das Schlimmste gewesen, wenn die meisten der finanziell etwas potenteren Teilnehmer nach Waldbillig gewechselt wären.«

»Mit dem Mord an Melanie Rosskämper hat sie demnach aber wirklich nichts zu tun.«

»Nein. Vielleicht hat sie Melanie Rosskämper den Tod gewünscht, das vermag ich nicht zu beurteilen. Letztendlich habe ich Natascha Berggrün stets als äußerst sympathische, alles andere als aggressive Person erlebt.« Nach einigen Sekunden fügte de Boer hinzu: »Kafka kann somit auch nichts mit dem Tod der Rosskämper zu tun haben, denn Dr. Berggrüns Nachbar hat den Geländewagen tatsächlich erst gegen zweiundzwanzig Uhr wieder wegfahren sehen. Kafka kann also unmöglich zum Zeitpunkt des Mordes in Trier-West gewesen sein.«

»Und was ist mit Helena Claus?«, wollte Ferschweiler nach kurzem Überlegen wissen.

De Boer schien auf diese Frage gewartet zu haben. »Da sieht es etwas anders aus. Sie hat uns gegenüber gesagt, sie habe im Kino an der Treviris-Passage zusammen mit Otmar Wolters einen Film gesehen. Ich habe mir ihre Eintrittskarten noch einmal näher angesehen.«

»Und?«, wollte Ferschweiler ungeduldig wissen.

»Helena Claus hat sich ihre Karte nicht erst gegen sieben direkt vor Vorstellungsbeginn, sondern bereits um vierzehn Uhr dreißig mit ihrer EC-Karte am Vorverkaufsschalter gekauft. Aber die hätte sie gar nicht einlösen können. Denn an jenem Abend ist der Harrison-Ford-Film wegen Problemen mit dem Abspielgerät ausgefallen. Helena Claus kann also zur Tatzeit nicht mit Wolters im Kino gewesen sein.«

Ferschweiler überlegte. »Dann haben sich beide gegenseitig ein Alibi gegeben?«

»So würde ich das nicht sehen, Rudi. Ich würde eher sagen, Helena Claus hat dadurch, dass sie Wolters ein Alibi gab, sich selbst eins verschafft.«

Das stimmte; Ferschweiler erinnerte sich. Wolters hatte Helena Claus nicht widersprochen, als diese von ihrem gemeinsamen Kinobesuch am Tatabend erzählt hatte.

»Aber Wolters brauchte überhaupt kein Alibi, er hatte ja mit dem Mord nichts zu tun«, wandte Ferschweiler ein.

»Sie dafür aber umso mehr. Dass Wolters sich schließlich umgebracht hat, dürfte ihr gut gepasst haben. So konnte er seine Aussage nicht mehr widerrufen.«

»Aber warum hat Wolters ihr Alibi nicht widerlegt?«, fragte Ferschweiler.

»Das weiß ich nicht genau«, erwiderte de Boer. »Aber ich beginne so langsam zu begreifen. Heute Morgen ist in unserem Büro seine Frau aufgetaucht, um seinen Abschiedsbrief bei mir abzuholen. Bei ihrer Erscheinung und ihrem Auftreten war ich sofort davon überzeugt, dass Wolters höllische Angst vor ihr gehabt haben muss.«

»Dann meinte er das, was er in seinem Abschiedsbrief geschrieben hat, tatsächlich ernst. Aber das erklärt immer noch nicht, warum er Helena Claus gedeckt hat. Da Wolters tot ist, werden wir sie das wohl selber fragen müssen.« Ferschweiler war trotz allem ungehalten. »Aber diese Informationen kommen verdammt spät, Wim. Wenn du deine Arbeit vernünftig gemacht hättest, dann wäre sicherlich einiges anders gelaufen.«

»Also, Rudi«, verteidigte sich de Boer. »Du hattest von Anfang an Kafka im Visier. Und es gab dafür ja auch gute Gründe. Die Hinweise haben sich dann ja auch verdichtet. Und nachdem du dich mit Simon kurzgeschlossen hast, hat alles eine enorme Eigendynamik bekommen. Da hatte ich dann auch schlicht keine Zeit mehr, weiterzurecherchieren. Außerdem gab es zunächst keinen Grund, am Alibi von Helena Claus zu zweifeln …«

»Wie konnten wir nur so blind sein«, sagte Ferschweiler sichtlich unzufrieden mit sich selbst. »Ich hatte gedacht, die Claus sei auch nur eine von diesen Frauen, die nichts außer schön und verführerisch sein wollen. Aber sie ist offenbar richtig durchtrieben. Verdammt, Wim, was war ich für ein Idiot. Die Rosskämper und Kafka hatten niemals vorgehabt, Helena Claus mit nach Luxemburg an die neue Akademie zu nehmen. Sie hat Kafka zwar die streng vertraulichen Kundendaten der Trierer Akademie zugespielt und ihn auch in allen anderen Belangen unterstützt. Aber zum Dank ist er dann mit einer anderen ins Bett gestiegen.«

»Und Helena Claus wäre weiterhin die kleine Angestellte in Trier geblieben«, ergänzte de Boer.

»Aber dann lass uns jetzt nicht weiter Zeit vergeuden.« Ferschweiler versuchte, sich in seinem Krankenbett aufzusetzen. »Hilf mir mal, Wim. Wir müssen sofort zurück nach Trier zur Kunstakademie und Helena Claus aufhalten, bevor sie sich aus dem Staub machen kann.«

»Nix da, Chef. Du bist verletzt, du brauchst Ruhe. Die Kollegen und ich machen das schon.«

Doch Ferschweiler war bereits aufgestanden und hielt schon seine Hose in der Hand, die er aus dem Kleiderschrank dem Bett gegenüber genommen hatte.

»Jetzt hilf mir endlich in die Hose, verflucht«, stöhnte er. Der Schmerz in seiner Schulter nahm ihm kurz den Atem. Es fühlte sich wie tausend Nadelstiche an. Doch er biss die Zähne zusammen, und mit de Boers Hilfe gelang es ihm schließlich, sich anzuziehen.

Ferschweiler hatte keine Lust auf langwierige Diskussionen mit Krankenschwestern und Ärzten, deshalb war er froh, dass ihnen niemand begegnete, als sie die Station verließen und mit dem Fahrstuhl hinunter in die Tiefgarage fuhren. De Boer hatte den Dienstwagen in der hintersten Ecke des Parkdecks abgestellt.

»Tut mir leid, Rudi, aber das war der einzige noch freie Platz. Das Krankenhaus hat zurzeit Hochkonjunktur.«

Bei jedem Schritt spürte Ferschweiler ein deutliches Hämmern in seinem Schädel. Die Beule an seiner Schläfe hatte er bis zu diesem Zeitpunkt fast schon vergessen, nun meldete sie sich zurück. Vielleicht war es doch keine so gute Idee gewesen, sich selbst aus dem Krankenhaus zu entlassen. De Boer telefonierte inzwischen mit Dr. Berggrün, die ihm bestätigte, dass sich Helena Claus zurzeit an der Kunstakademie aufhielt und wie gewohnt arbeitete.

»Entwarnung, Rudi: Sie ist noch in Trier. Aber wir sollten uns trotzdem ein bisschen beeilen«, trieb de Boer seinen Vorgesetzten an. Nur mit Mühe war es Ferschweiler bisher gelungen, mit dem Holländer Schritt zu halten.

Als sie den Wagen erreicht hatten, hielt de Boer ihm die Tür auf, und Ferschweiler ließ sich mühsam in den Ledersitz fallen.

De Boer nahm neben ihm auf dem Fahrersitz Platz, startete den Wagen und jagte durch die Tiefgarage Richtung Ausfahrt. Selbst hier konnte sich der notorische Raser nicht beherrschen.

»Wo lag ich da eigentlich?«, fragte Ferschweiler.

Sein Assistent musste lachen. »Das war das Centre Hospitalier in

Luxemburg-Stadt. Jetzt geht es aber endlich zurück nach Trier-West.«

Ferschweiler und de Boer rasten zurück nach Trier, geradewegs zur Kunstakademie. De Boer hatte das Radio in der Hoffnung angestellt, seinen Namen im Zusammenhang mit den Ereignissen in Waldbillig zu hören. Als der Moderator den nächsten musikalischen Beitrag ankündigte, stellte de Boer das Radio lauter. Aus den Boxen erklang »Hells Bells« von AC/DC, und das Innere des Wagens schien förmlich zu vibrieren.

»Mein Lieblingssong«, sagte de Boer, wie um sich für die Lautstärke zu entschuldigen.

Ferschweiler konnte ihn kaum verstehen, zu laut wummerte es im Fond des Wagens. Aber bei seinem Kollegen wunderte ihn inzwischen gar nichts mehr.

De Boer setzte, nachdem sie bei Wasserbillig die Grenze überquert hatten, das mobile Blaulicht aufs Wagendach, und so donnerten sie schon bald über die Schlaglöcher und das Kopfsteinpflaster der Luxemburger Straße. Sie passierten das Eros-Center und die zahlreichen Autohändler arabischer Herkunft.

Ferschweiler hielt sich mit der rechten Hand krampfhaft am Handgriff über der Beifahrertür fest. Aus Furcht, de Boer könne abgelenkt werden, traute er sich nicht, die Lautstärke des Radios herunterzudrehen. Jede einzelne Unebenheit der Straße sandte eine Schmerzwelle durch seine lädierte Schulter, was ihm Tränen in die Augen trieb.

Der Wagen schoss über die Kreuzung an der Römerbrücke, jagte die Aachener Straße hinauf und fuhr dann endlich mit quietschenden Reifen in den Innenhof der Kunstakademie.

De Boer hatte den Wagen noch nicht ganz zum Stehen gebracht, da versuchte Ferschweiler schon auszusteigen.

»Warte, ich helfe dir.«

De Boer sprang aus dem Wagen und lief um das Fahrzeug herum zur Beifahrerseite. Er musste Ferschweiler aus dem Sitz ziehen und ihn auf den wenigen Metern zum Eingang der Verwaltung stützen. Ferschweiler war es während der Fahrt vor lauter Aufregung gelungen, die Schmerzen auszublenden, nun aber glaubte er, mit seinen Kräften am Ende zu sein.

Dr. Berggrün kam ihnen von drinnen entgegen und hielt ihnen die Tür auf.

»Sie ist weg, Sie kommen zu spät.« Sie wirkte vollkommen aufgelöst. Tränen hatten ihr Make-up verschmiert, Reste ihrer Wimperntusche liefen ihr über die Wangen.

»Was genau ist passiert?«, fragte Ferschweiler und musste um Luft ringen.

De Boer reichte Dr. Berggrün ein Papiertaschentuch. Dankend nahm sie es an, putzte sich die Nase und antwortete, immer noch mit von Tränen erstickter Stimme:

»Ich habe Frau Claus heute gekündigt. Nach all dem, was ich über sie erfahren habe, nach dieser persönlichen Enttäuschung, konnte und wollte ich nicht mehr mit ihr zusammenarbeiten. Noch nie in meinem ganzen Leben hat mich jemand derart hintergangen. Als ich ihr gesagt habe, dass ich sie nicht mehr auf dem Gelände sehen wolle, hat sie einen Aktenordner nach mir geworfen und mich aufs Übelste beschimpft. Ich wäre sogar bereit gewesen, ihr eine Abfindung zu zahlen. Ich wollte sie einfach nur noch so schnell wie möglich hier raushaben.«

Dr. Berggrün schnäuzte sich, dann fuhr sie fort.

»Leider habe ich ihr auch gesagt, dass Sie angerufen und Ihren Besuch angekündigt hätten. Daraufhin hat sie wortlos ihre Sachen genommen, in ihrem Büro noch einmal kurz telefoniert und dann die Akademie verlassen. Ich bin ihr noch nachgegangen, weil ich sicher sein wollte, dass sie das Gelände tatsächlich verlässt. Und wirklich: Sie ist ohne Umwege in ihren Wagen gestiegen und weggefahren.«

»Vielleicht kriege ich raus, mit wem sie telefoniert hat«, sagte de Boer und ging an Dr. Berggrün vorbei in die Verwaltung.

»Was für ein Auto fährt sie? Kennen Sie das Kennzeichnen?«, fragte Ferschweiler.

»Sie fährt einen roten japanischen Kleinwagen, ich glaube, einen Toyota. Und das Kennzeichen ist irgendetwas mit ihren Initialen – HC. Den Rest weiß ich nicht.«

»So viele rote Toyotas mit HC im Kennzeichen gibt es in Trier zum Glück nicht. Die kriegen wir schon. Die Kollegen werden alle Ausfallstraßen kontrollieren, und von denen haben wir in Trier Gott sei Dank ja auch nicht allzu viele.« Aber Ferschweiler war noch immer etwas ungehalten. »Wissen Sie denn, in welche Richtung sie gefahren ist?«, fragte er mühsam beherrscht.

»Sie ist rechts auf die Aachener Straße abgebogen.«

»Also Richtung der Bitburger.« Ferschweiler überlegte kurz. »Haben Sie eine Ahnung, wohin Frau Claus unterwegs sein könnte? Hat sie Familie, Freunde, Hobbys?«

»Sie wohnt in der Bergstraße drüben in Gartenfeld, dort wo früher mal die alte Löwenbrauerei gestanden hat. Sie wissen, wo das ist?«

Ferschweiler nickte.

»Ob sie Freunde hatte oder Hobbys …«

Natascha Berggrün dachte kurz nach.

»Na ja«, sagte sie dann. »Über Privates haben wir tatsächlich nie viel gesprochen. Aber ich weiß natürlich, dass sie verheiratet ist … mit einem Schweden oder einem Norweger, jedenfalls mit einem Skandinavier. Allerdings leben die beiden wohl nicht mehr zusammen, aber ob sie eine neue Beziehung hat, kann ich nicht sagen.«

»Hat sie Familie?«

»Nicht, dass ich wüsste«, entgegnete Dr. Berggrün. »Zumindest niemanden hier in Trier. Sie ist eine Zugezogene. Ursprünglich stammt sie aus Kiel.«

»Danke, Frau Dr. Berggrün«, sagte Ferschweiler. »Sie hören von uns!«

Als sie wieder im Wagen saßen, sagte de Boer: »Ich weiß, wo die Claus hin will. Ich habe die Wahlwiederholungstaste gedrückt und war dann mit dem Lastminute-Schalter am Flughafen Hahn verbunden. Helena Claus hat wohl einen Flug gebucht.«

»Dann fahren wir zum Hahn«, entgegnete Ferschweiler. »Ruf die Zentrale an und leite eine Großfahndung nach Helena Claus' Wagen ein.«

De Boer telefonierte und steuerte gleichzeitig den Dienstwagen in Richtung Kaiser-Wilhelm-Brücke.

»Rudi, weißt du eigentlich, was das alles soll?«, fragte er, nachdem er aufgelegt hatte. »Warum stellt Helena Claus sich nicht einfach? Macht doch eh alles keinen Sinn mehr.«

»Wahrscheinlich eine Kurzschlusshandlung.« Eine andere Erklärung fiel Ferschweiler auch nicht ein, aber er wertete diese Flucht als ein Geständnis. Helena Claus schien geahnt zu haben, dass sie überführt war. Nun hoffte Ferschweiler inständig, dass sie nicht noch eine größere Dummheit beging.

»Mir sind neulich auf ihrem Schreibtisch Prospekte von schwedischen Ferienhäusern aufgefallen«, erzählte er. »Als ich sie darauf angesprochen habe, sagte sie mir, ein Teil ihrer Familie lebe in Schweden. Vielleicht will sie sich nach Skandinavien absetzen, denn vom Hahn gehen Direktflüge nach Stockholm und Oslo.«

Schon wenige Minuten später klingelte de Boers Handy. Es waren die Kollegen von der Autobahnpolizei in Schweich. Helena Claus war kurz vor der Autobahnabfahrt Mehring gestoppt worden, nachdem man sie mit über hundertsiebzig Stundenkilometern innerhalb einer Baustelle geblitzt hatte.

Keine Viertelstunde später parkte de Boer den Wagen auf dem Parkplatz der Autobahnmeisterei. Vor dem hässlichen Flachbau, den sich die Polizei mit der Straßenmeisterei teilte, stand der kleine rote Toyota.

Im Gebäude warteten bereits freudestrahlend die Kollegen, die Helena Claus kurz zuvor festgenommen hatten. Offensichtlich hatten sie nur sehr selten derartige Erfolge bei ihrer Arbeit zu verzeichnen, anders konnte sich Ferschweiler die unverhohlene Freude nicht erklären. Das Gesicht von Siegfried Manderscheid, den Ferschweiler von verschiedenen Fortbildungen kannte, war allerdings übel zugerichtet.

»Haben Sie Katzen?«, fragte de Boer ihn mit ironischem Unterton.

»Seit vorhin«, knurrte der Kollege und wies auf das Büro hinter sich. »Und ich hoffe, ihr nehmt die Katze mit. Wir wollen sie jedenfalls nicht länger als eben nötig hier behalten. Wir entwickeln hier gerade eine Allergie gegen Katzenhaare.«

Die Kollegen hatten Helena Claus in einem leer stehenden Büro untergebracht. Dort saß sie wie ein Häufchen Elend auf einem Stuhl. Man hatte ihr, nachdem sie bei der Festnahme Manderscheid das Gesicht blutig gekratzt und seinem Kollegen Hans-Martin Schleimer heftig in die Weichteile getreten hatte, Handschellen angelegt. Ferschweiler wusste nicht recht, ob er sich in dieser Situation genauso freuen konnte wie die Kollegen von der Autobahnpolizei. Leid tat ihm Helena Claus zwar nicht, aber er konnte bei ihrem Anblick auch keine Genugtuung empfinden.

Leise hatte er den Raum betreten. Helena Claus hob den Kopf und blickte ihm direkt in die Augen. Ferschweiler musste kurz daran denken, dass eben diese Augen ihm den Blick für das Wesentliche vernebelt hatten. Anders konnte er sich seine Fehler im Umgang mit der schönen dunkelhaarigen Frau nicht erklären. Doch schnell fasste er sich wieder.

»Eigentlich habe ich nur eine Frage, Frau Claus. Warum?«

Ferschweiler lehnte sich mit dem Rücken an die Scheibe zum Dienstraum der Autobahnpolizisten. Mit der rechten Hand fuhr er sich unwillkürlich über den Verband an seiner linken Schulter.

Helena Claus hielt seinem Blick eine gewisse Zeit lang stand und schwieg. Dann sagte sie auf einmal mit belegter Stimme: »Es war einfach nur Liebe. Ich habe beide, Laszlo und Melanie, wirklich geliebt. Aber beide haben mich nur ausgenutzt. Nach Strich und Faden verarscht. Als Melanie dann auch noch schwanger wurde, habe ich rot gesehen. Ich wusste, Laszlo würde mich fallen lassen, nachdem er Melanie ein Kind gemacht hatte, und das hätte ich nicht ertragen.«

»Und da haben Sie sich dazu entschlossen, Melanie Rosskämper zu töten.«

»Nein, nicht sofort. Erst habe ich versucht, mit ihr zu reden. Aber sie hat mich nur ausgelacht. Hat mich als blöd bezeichnet und sich darüber lustig gemacht, wie ich nur glauben könnte, dass Laszlo mich, gerade mich, mit nach Luxemburg an seine neue Akademie nehmen wolle. Und die ganze Zeit hat sie sich über ihren Bauch gestreichelt, nur um überdeutlich zu betonen, dass sie von Laszlo schwanger war.«

»Aber Sie haben dennoch mit ihr geschlafen.«

Helena Claus blickte Ferschweiler immer noch unverwandt, nun aber voller Verzweiflung an. »Geschlafen habe ich mit ihr. Das stimmt. Aber ich habe auch das nur für Laszlo getan. Ich wusste nicht, dass er uns dabei fotografiert hat.« Helena Claus fing ungehemmt zu weinen an. »Das hätte ich nie von ihm gedacht. Ich habe ihm vertraut, die ganze Zeit über, bei allem, was er gemacht hat und was er von mir wollte. Aber es war letztendlich alles nur eine einzige Lüge. Die größte meines Lebens.«

»Und warum haben Sie dann Melanie so heimtückisch ermordet? Warum nicht Kafka?«

»Ach, Laszlo war doch selbst nur Opfer. Melanie war da ganz anders. Sie hat immer alles bekommen, was sie wollte. Sie hat Laszlo den Kopf verdreht und es ausgenutzt, dass er so eine empfindliche Künstlerseele hatte und sich nicht wehren konnte.«

Ferschweiler war überrascht, was für ein Bild Helena Claus von Kafka immer noch hatte. Still zollte er ihm seinen Respekt für so viel Suggestionskraft. Für das Manipulieren von Menschen hatte er wohl wirklich ein Talent besessen.

»Und dann haben Sie sie getötet? Warum auf diese Art?«

»Weil ich nicht entdeckt werden wollte, warum denn sonst? Sonst hätte ich sie auch überfahren oder mit einem Mühlstein um den Hals in die Mosel werfen können. Nein … brutal hätte ich zu ihr nie sein können. Ich wollte ihr nicht wehtun. Es sollte schnell gehen.«

Es trat eine Pause ein, in der Helena Claus vor Weinen nicht sprechen konnte. Ferschweiler hätte ihr gern ein Taschentuch gereicht. Aber er vermutete seine Kollegen, die auf Helena Claus im Moment wirklich nicht gut zu sprechen waren, hinter der Glasscheibe, und blieb daher hart.

Mit vor der Brust verschränkten Armen sagte er kühl: »Sie wussten von ihren Allergien?«

Helena Claus nickte. »Sie hatte mir davon von sich aus erzählt. Ich wollte es eigentlich gar nicht hören. Alle Teilnehmer hängen mir immer mit ihren Problemen in den Ohren: Schmerzen hier, Eheprobleme dort. Aber ich bin nun mal kein Seelsorger, Herr Ferschweiler. Bei Melanie allerdings, da wusste ich ab einem bestimmten Zeitpunkt, dass es sich lohnt zuzuhören. Und der Rest war dann leicht. Schließlich bin ich studierte Ökotrophologin. Und als Hans-Joachim von Stiependorf mir dann vor einigen Wochen dieses Walnussöl geschenkt hat, da war mir klar, wie ich es machen würde, wenn ich mich endlich dazu durchringen könnte.«

Ferschweiler sagte nichts, sondern sah Helena Claus nur an. Er versuchte, schlau aus dieser Frau zu werden. »Und wie genau sind Sie den Mord angegangen? Mussten Sie lange nach einem Weg suchen, Melanie Rosskämper das Öl unterzujubeln? Oder war Ihnen von Anfang an klar, wie es laufen würde?«

»Die Gelegenheit bot sich praktisch wie von selbst. Melanie nahm ja an Moni Weiß' Kurs teil, die das innovative Konzept der Körperbemalung entwickelt hat. Und ich wusste von Melanie, dass sie angefangen hatte, Moni Weiß zu imitieren. Das hat sie schließlich bisher bei all ihren bisherigen Kursleitern so gemacht.«

Unvermittelt richtete sich Helena Claus auf. »Es war ganz einfach. Melanie arbeitete allein im Atelier. Ich bin zu ihr gegangen und habe ihr zugeschaut. Das habe ich oft gemacht. Ich wusste also immer, womit sie sich gerade beschäftigte. Da sie an diesen heftigen Allergien litt, hatte sie immer einen kleinen, abschließbaren Metallkoffer dabei, in dem sie ihre extra geprüften Malmaterialien transportierte. Und als sie am besagten Freitagabend kurz einmal an ihrem Spind im Flur war, habe ich einfach das Fläschchen mit dem Walnussöl an die Stelle ihres eigenen, nicht allergenen Lösungsmittels gestellt. Und da sie ebenfalls Apothekenfläschchen benutzte, hat sie es nicht bemerkt. Als sie dann zu malen anfing, war es zu spät.«

Ferschweiler nickte. »Und haben Sie auch das Gummiband an dem defekten Fenster abgenommen und dann dort alle Spuren verwischt?«

»Ja«, antwortete Helena Claus nach einer Pause. »Das habe ich schon am Donnerstag gemacht. War doch ein guter Trick, um den Verdacht auf jemanden zu lenken, der keine Schließberechtigung für die Türen hatte, oder?«

Ferschweiler wusste nicht, was er antworten sollte. Daher fragte er: »Und wie haben Sie Otmar Wolters dazu bekommen, Ihnen ein Alibi zu geben?«

»Ach, Otmar, die gute Seele. Ich war tatsächlich jeden Tag in der Woche bis auf den besagten Abend mit ihm im Kino. Wir waren gute Freunde. Ich wusste als Einzige, dass er wahnsinnig in Melanie verliebt war und sich bereits ein paarmal mit ihr getroffen hatte. Ich wusste auch von Otmars panischer Angst vor seiner Ehefrau, schließlich hatte ich ihn schon oft vor ihr gedeckt. Ich hatte also noch was gut bei ihm, und schließlich kam er für Sie als Tatverdächtiger in Frage und brauchte selbst ein Alibi. Danach genügte schon ein kleiner Hinweis, ich könnte seiner Frau ja in einem Nebensatz mal …«

»Was ich aber immer noch nicht verstehe, Frau Claus: Warum gerade an diesem Abend? So wie ich das verstehe, hatten Sie schon lange Zeit unter Melanie Rosskämper zu leiden.«

»Der Auslöser für meinen endgültigen Entschluss, Melanie zu töten, war ein Abend in der Woche zuvor. Da hatte ich eine Verabredung mit Laszlo in seiner Wohnung.«

Ferschweiler meinte förmlich den Ekel zu spüren, der in Helena Claus' Betonung des Wortes »Wohnung« mitschwang.

»Wir hatten uns schon längere Zeit nicht mehr geliebt, und ich hatte eine solche Sehnsucht nach ihm. Außerdem wollte ich gern mit ihm noch einmal über Luxemburg sprechen. Ich hätte ja an der Akademie in Trier kündigen müssen. Also hatten wir uns verabredet. Aber ich wollte ihn überraschen und bin deshalb schon zwei Stunden früher zu seiner Wohnung gegangen.«

Sie machte eine Pause und schluchzte. »Aber als ich dann schließlich dort war, musste ich mitansehen, wie Laszlo es heftig und lautstark mit Melanie trieb. Und das, obwohl ich doch mit ihm für diesen Abend verabredet war. Da habe ich den Entschluss gefasst, beide zu bestrafen. Zu allem Überfluss erzählte mir Melanie dann auch noch kurz darauf, dass sie schwanger sei. Und da wusste ich, dass Laszlo sich für sie entscheiden würde. Ich wusste, ich würde ab sofort keine Rolle mehr in seinem Leben spielen. Er würde mich fallen lassen wie eine heiße Kartoffel.«

»Wussten Sie denn nicht, dass Kafka gar nicht der Vater von Melanie Rosskämpers Kind war?«

»Nein«, antwortete Helena Claus sichtlich überrascht. »Das habe ich nicht gewusst. Sagen Sie mir tatsächlich die Wahrheit?«

»Ja, Frau Claus. Beim Vater von Melanie Rosskämpers Kind handelte es sich um einen anonymen Samenspender. Das hat mir ihr Ehemann berichtet, der Reproduktionsmediziner ist. Er hat die Befruchtung in vitro selbst vorgenommen. Hat Frau Rosskämper Ihnen denn nichts davon erzählt?«

»Nein.« Helena Claus schüttelte wieder den Kopf. Tränen rannen über ihr Gesicht. »Nein, sie hat immer nur von ihrem Baby gesprochen und wie froh sie sei, dass es endlich geklappt habe.«

Ferschweiler schwieg, ebenso Helena Claus.

»Dann war also vielleicht doch alles nur ein Missverständnis?«, fragte sie nach einer Weile hilflos.

»Vielleicht war es das tatsächlich. Ein Missverständnis. Aber eines mit tödlichem Ausgang.«

Ferschweiler blickte noch einmal auf die in Tränen aufgelöste junge Frau. Irgendwie tat sie ihm nun doch leid. Aber es blieb vorerst nichts mehr zu sagen, und er spürte, dass er dringend nach draußen an die frische Luft musste. Ohne ein weiteres Wort verließ er das Büro.

Erst jetzt, wie aus dem Nichts, meldeten sich die Schmerzen in seinem Kopf und in seiner Schulter zurück. Ferschweiler wollte zu Rosi, in ihre gemütliche kleine Wohnung hinter dem »Standhaften Legionär« in der Aachener Straße. Er wünschte sich eine Porz Viez und einen guten Teller voller Terdich mit gebratener Blutwurst und hoffte, dass er die Kunstakademie so schnell nicht mehr würde betreten müssen. Von Künstlern hatte er für die nächste Zeit mehr als genug. Nur der Kunst aus Rosis Küche, der wollte er treu bleiben. Da war er sich sicher.

Epilog

Die Kunstakademie machte in den nächsten Wochen und Monaten einen tief greifenden Wandel durch. Neue, äußerst engagierte Mitarbeiter und Dozenten brachten frischen Wind und produktive Ideen mit sich, sodass das öffentliche Interesse an der schönen Toten im alten Schlachthof allmählich abklang. In den ersten Wochen nach Abschluss der Ermittlungen schrieb Ferschweilers alter Freund Rolf-Dieter Graz noch den einen oder anderen Artikel für den Trierischen Volksfreund über die Dinge, die sich an der Kunstakademie ereignet hatten, aber auch diese erschienen mit der Zeit immer seltener. Am Ende reichte es nicht einmal mehr für einen Dreizeiler im Lokalteil.

Das International Art Resort Müllerthal hingegen, Laszlo Kafkas geplante Kunstakademie, wurde nie eröffnet. Ohne den kreativen Kopf des Unternehmens, ohne Laszlo Kafka, trieb das Projekt niemand mehr weiter voran. Viele derjenigen, die sich für Kafkas Akademie interessiert hatten, meldeten sich stattdessen an der Kunstakademie in Trier als Teilnehmer an. Das Anwesen in Waldbillig wurde bald von einer großen internationalen Hotelkette gekauft und spielte danach – jedenfalls in Hinblick auf die Kunstszene – keine große Rolle mehr.

Mit dem Wiedererblühen der üppigen Spalierrose vor der Verwaltung der Kunstakademie kehrte im darauffolgenden Jahr das geregelte bunte Treiben der Kunst wieder in die Ateliers an der Aachener Straße zurück. Der Skandal war bald vollständig vergessen.

Ferschweiler für seinen Teil hätte jedenfalls auch nach seinem Ausflug in die Welt der Kunst nicht entscheiden können, ob etwas tatsächlich Kunst war oder wegkonnte. Er würde sich wohl noch einmal die Argumente Mike Krügers anhören müssen.

Glossar

Boxeschösser – Angsthase

Daos – dummer Mensch

Flabbes – oberflächlicher Mann, Spaßvogel

Fraamensch – Frau

Gromperekichelcher – Kartoffelpuffer

Informel oder informelle Kunst – Sammelbegriff für die Stilrichtungen der abstrakten (im Sinne von nicht-geometrischer, gegenstandsloser) Kunst in den europäischen Nachkriegsjahren, die ihre Ursprünge im Paris der 1940er und 1950er Jahre hat

Kaap – Kappe

Kaapes-Terdich – Gemisch aus Sauerkraut und Kartoffelpüree

Kipsaté met pindasaus – niederländisch, indonesischer Hühnchenspieß mit Erdnusssauce

Klappschmeer – belegtes Brot

Koar – Auto

Kroket en frietjes – niederländisch, Fleischkrokette mit Pommes frites

Kuddelfleck – traditionelles luxemburgisches Gericht aus Rinderpansen

Marjuusebetter – Schreckensruf bei Verwunderung, zusammengezogen aus – Maria! Josef! Peter!

Moien – luxemburgisch für »Guten Tag«; wird zu jeder Tageszeit als Gruß benutzt

Lyoner – Fleischwurst

Priejel – Prügel

Pubes – Unsinn

quant – prima

Schangen – Bewohner von Luxemburg

Schmull – schmuddelige Person

Seibrenner – Wittlicher, Wittlicher Säubrenner

Stubbi – normierte kleine, stabile, braune, bauchige und 330 ml fassende Bierflasche

SWT – Stadtwerke Trier

Terdich – Kochgericht

Träipen – Blutwurst zum Braten

Trendelaorsch – langsamer Mensch

Vadda – Vater

Viez – Trierer Nationalgetränk, Apfelwein, der aus für die Region typischen sog. Viezäpfeln hergestellt wird

Die Übersetzungen aus dem Trierischen beziehen sich auf die folgenden Quellen:
Josef Marx u. Horst Schmitt: Trierer Wörterbuch, Trier 2011
sowie:
www.trier-tip.de/TR_Lexikon/index.html

Die beiden im Text verwendeten Zitate von Albert Einstein und Friedrich Schiller sind den folgenden Quellen entnommen:
Albert Einstein: Mein Weltbild, hrsg. v. Carl Seelig, Berlin 28. Auflage 2005, S. 10
Friedrich von Schiller: Die Braut von Messina, in: Sämtliche Werke, Band II: Dramen, München 1981, S. 816f.

Die dem Text vorangestellte Gedichtzeile entstammt:
Ilse Kibgis: Überbleibsel, in: dieselbe: Meine Stadt ist kein Knüller in Reisekatalogen, Oberhausen 1984, S. 73